Der Ariadnefaden: Wenn ich Christine Lehmann lese, spüre ich, dass das Genre grenzenlose Möglichkeiten bietet und ich dessen niemals müde werde. Ich liebe literarische Krimis mit starken Charakteren, die mich mitreißen und die düsteren Seiten der Realität nicht aussparen. Am meisten bewundere ich Krimis, die mich nötigen, meinen Standpunkt anzuzweifeln. Wenn ich mich bei Vorurteilen erwische, beim Denken in Schubladen, wo das Leben eigentlich widersprüchlicher ist, dann ist die Lektüre eine Offenbarung. Lisa Nerz hat mich schon öfter so ins Wanken gebracht. Sie hat so eine Art, in Konflikte hineinzuschliddern und Unstimmigkeiten ans Licht zu zerren. Das muss für sie entsetzlich anstrengend sein – ich aber kann gefahrlos genießen, wie ihre turbulenten Erfahrungen meine Welt weiten und an meinen Ansichten sägen. Zuverlässig entwickelt sich alles anders, als ich vorhergesehen habe, und bleibt doch glaubhaft, wasserdicht, exzellent recherchiert. Das ist Krimi-Leseluxus für mich.

Mit Teufelsg'walt drängt sich jetzt das Thema Kinder in Lisas Leben: ein Thema voller Emotionen und Fallstricke, die den klaren Standpunkt auf harte Proben stellen. Nicht nur die Tabus und Glücksversprechen rund um Kinder bieten Zündstoff. Die Kinderfrage ist so eng mit großen Menschheitsfragen verwoben – Moral und gesellschaftliche Konditionierung, Macht und Ohnmacht, Lebensraum, Privatsphäre, Verantwortung und Zukunft … Und da stürzt sich Lisa Nerz mitten hinein und durchwühlt diesen Humus unserer Kultur. Ein nüchternes Wort wie Sorgerecht entpuppt sich als Labyrinth aus Machtverhältnissen. Ein obsessiv vernunftbetonter Staatsanwalt mutiert köstlich zum gurrenden Clown. Rasant und wahrhaftig, beklemmend und urkomisch, finster und heiter: *Mit Teufelsg'walt* ist für mich ein schwindelerregend guter Kriminalroman über unsere Welt.

Else Laudan

Dr. Christine Lehmann, geboren 1958, lebt in Stuttgart und Wangen (Allgäu) und ist als Nachrichten- und Aktuellredakteurin beim SWR tätig. Mit Lisa Nerz schuf sie eine provokante Serienheldin, die der hiesigen Krimikultur frische Impulse verpasst. Christine Lehmann schreibt Romane und Kurzkrimis, Kriminalhörspiele (Radio Tatort), Glossen und Artikel (z. B. für *Das Argument* und *TitelMagazin*) und verfasste mit Fahnder Manfred Büttner *Von Arsen bis Zielfahndung – ein Handbuch für Krimiautorinnen und Neugierige.*

Coverabbildung »noras sehnsüchte«, Teil des Bühnenbilds für *Don Pasquale* beim Rossini Opernfestival Rügen 1997, von Wolfgang Thiel: *1951 in Zweibrücken, lebt in Stuttgart, bestückt seit den 80ern Stadt und Land mit seinen quietschbunten Plastiken. War einmal der Kunstlehrer der Autorin. Sein Thema ist der Mensch – meist Madonnen, Engel, Mannequins, Amazonen, Weibsbilder. Gestaltete unter anderem auch die Stadtbahnhaltestelle Stuttgart-Degerloch. www.atelier-thiel.de

Christine Lehmann

Mit Teufelsg'walt

Ariadne Krimi 1179
Argument Verlag

Ariadne Krimis
Herausgegeben von Else Laudan
www.ariadnekrimis.de

Christine Lehmann bei Ariadne:

Vergeltung am Degerloch (Ariadne Krimi 1165)
Gaisburger Schlachthof (Ariadne Krimi 1167)
Pferdekuss (Ariadne Krimi 1171)
Harte Schule (Ariadne Krimi 1157)
Höhlenangst (Ariadne Krimi 1161)
Allmachtsdackel (Ariadne Krimi 1169)
Nachtkrater (Ariadne Krimi 1173)
Mit Teufelsg'walt (Ariadne Krimi 1179)

Zusammen mit Manfred Büttner:
Von Arsen bis Zielfahndung – Das aktuelle Handbuch
für Krimiautorinnen und Neugierige

Deutsche Originalausgabe

Glashüttenstraße 28, 20357 Hamburg
Telefon 040/4018000 – Fax 040/40180020
www.argument.de
Umschlag: Martin Grundmann, unter Verwendung eines
Bühnenbildes von Wolfgang Thiel
Lektorat & Satz: Iris Konopik
Druck und Bindung: CPI Moravia Books, Pohorelice,
Printed in Czech Republic
Gedruckt auf säure- und chlorfreiem Papier
ISBN 978-3-86754-179-4
Erste Auflage 2009

Selbstverständlich haben die Beamtinnen und Beamten der Jugendämter in Deutschland eine schwierige Aufgabe, und sie bewältigen sie vermutlich nach bestem Wissen und Gewissen. Keineswegs will ich einen Berufsstand oder ein bestimmtes Jugendamt unter Verdacht stellen. Und um auszuschließen, dass der Eindruck entsteht, ich zielte mit meiner Darstellung allgemeiner Missverhältnisse auf das Stuttgarter Jugendamt, habe ich es in meiner Fiktion in einen anderen Stadtteil verlegt. Ähnlichkeiten mit lebenden Mitarbeiterinnen und Mitarbeitern dieses oder eines anderen Jugendamts sind rein zufällig und nicht beabsichtigt. Ähnlichkeiten mit tatsächlichen Fällen von brutaler Inobhutnahme wollte ich nicht vermeiden.

1

Ein Kind kreischte, eine Frau schrie in höchsten Tönen, die Zimmerdecke über meinem Bett knarrte unter Leuten. Dabei war es stockfinster draußen. Mein Wecker zeigte kurz nach sechs.

Stach da oben gerade der Vater seine Familie ab? Und das in meinem Mietshaus! Der körpereigene Adrenalinalarm wuppte mich aus dem Bett und trieb mich in Jeans und Pullover, ehe ich einen klaren Gedanken fassen konnte. Cipión stand auch schon an der Wohnungstür mit steil aufgestellter Rute. Zum Bellen konnte er sich auch jetzt nicht entschließen. Der Rauhaardackel hatte, seit ich ihn aus einer Höhle gerettet hatte, noch nie gebellt. Erst hatte ich gedacht, er sei traumatisiert, inzwischen war ich zu dem Schluss gekommen, dass er es für sinnlos hielt, Krach zu machen. Wir verstanden ohnehin nie, was er uns damit sagen wollte.

Ich warf mir den Parka über, nahm den Schlüssel vom Haken und öffnete die Tür. Cipión trabte hinaus. Das hölzerne Treppenhaus war dezembernachtkalt. Und es roch nach Stressschweiß. Hier waren Leute mit aggressiven Absichten in den vierten Stock gestiegen. Ich zitterte plötzlich. Nicht vor Kälte. Denn knapp unterhalb meines bundesrepublikanischen Vertrauens in die Rechtsstaatlichkeit polizeilicher Maßnahmen staute sich das viel ältere Menschheitswissen von staatlicher Willkür und nächtlichen Abtransporten in Folterlager.

Ich nahm zwei Stufen auf einmal. Auf halbem Weg verlosch das Treppenhauslicht. Die Wohnungstür ein Stockwerk höher stand halb offen. Lampenlicht fiel auf den Treppenabsatz. Das Holz war, weil weniger Menschen in den vierten Stock stiegen, glatter als in den unteren Bereichen. Ich glaube, ich war noch nie hier oben gewesen. Und nur einmal hatte ich unten im Hauseingang die Frau getroffen, die mit ihren beiden Kindern seit einem halben Jahr über mir lebte und den Briefkasten mit dem Namensschild »Habergeiß« leerte. Sie war bebrillt und dick.

Die Tochter zählte schätzungsweise dreizehn Jahre, der Bub fünf oder sechs.

Er schrie tief drin in der Wohnung. »Ich will nicht mit! Ich will nicht!«

Ich stieß die Tür auf, genau in den Rücken einer Frau im Wintermantel. Die Wohnung hatte anders als meine einen Flur. An dessen Ende stand gestikulierend die Tochter und redete auf eine Person ein, die ich nicht sehen konnte. Cipión dackelte unerschrocken hinein. Die Frau im Flur fuhr herum.

»Was ist hier los?«, fragte ich im Polizeiton.

Die Tochter sah mich – ob sie mich auch erkannte, weiß ich nicht – und schrie: »Die wollen Tobi mitnehmen!«

Hinter der Ecke am Ende des Flurs trat eine weitere Frau hervor. Sie war eine von denen, die ihre grauen Haare nicht färbten und naturtrübe Kleidung biologischer Weltanschauung trugen, was sie als bewusst und sozial verantwortungsbewusst lebende Gutmenschen auswies. Unter dem Mantel leuchtete ein möhrenfarbenes Wollkleid.

»Wir sind vom Jugendamt«, erklärte sie. »Gehen Sie bitte und lassen Sie uns unsere Arbeit machen.«

»Und ich bin von der Presse.« Ich zog meinen gewerkschaftlichen Presseausweis aus dem Parka und hielt ihn hoch. »Schwabenreporterin Lisa Nerz. Ich wohne ein Stockwerk tiefer. Und ich bin eine aufmerksame Bürgerin, die sich nicht im Bett umdreht, wenn im Haus ein Kind schreit, als würde es abgestochen.«

Das musste die Dame vom Jugendamt gutheißen, auch wenn der Zeitpunkt gerade ungünstig war.

»Können Sie sich auch ausweisen?«, fragte ich.

»Ja, genau!«, schrie die halbwüchsige Tochter. »Sie haben sich gar nicht ausgewiesen.«

»Doch, das haben wir«, antwortete die Grauhaarige im Möhrenkleid betont leise. »Außerdem kennst du mich, Katarina.«

Jetzt erschien in einer Tür die Mutter. Der Morgenmantel hing schief, das Gesicht war grau, das Haar hing wie welker Schnittlauch vom Kopf, die Brille hatte Schlagseite.

»Bitte gehen Sie wieder auf Ihr Zimmer, Frau Habergeiß«, sagte die Grauhaarige streng.

»Na hören Sie mal!«, entfuhr es mir. »Das ist ihre Wohnung!«

»Und Sie verlassen diese Wohnung jetzt auch!«

Eine dritte Frau erschien, aus dem Kinderzimmer hervorgezerrt durch den Jungen, den sie am Handgelenk gepackt hielt, als wolle sie ihn nie wieder loslassen. Vor lauter Protest und Gegenwehr hatte Tobi sich den Schlafanzug fast ausgezogen und einmal um den Leib gewickelt. Er zerrte an der Hand der Frau zu seiner Schwester, doch die Frau zog ihn so heftig zurück, dass er den Boden unter den Füßen verlor. Er war so erschrocken, dass er nicht einmal brüllte.

»Lassen Sie meinen Bruder los«, kreischte Katarina. »Sie tun ihm weh!« Sie sprang vor, mit erhobener Faust.

»Katarina!«, schrie die Mutter gellend.

Die Grauhaarige stellte sich schützend vor ihre Kollegin. Es gab ein kurzes Gerangel.

»He!«, rief ich.

Cipión knurrte. Er mochte Handgemenge nicht.

Alle Augen richteten sich auf den kleinen Rauhaardackel mit dem borstigen Schlappohrgesicht und der steil erhobenen Rute. Cipión war schätzungsweise zwei Jahre alt und bereit, die Verantwortung des Rudelführers zu übernehmen.

»Schaffen Sie den Hund hier raus!«, herrschte mich die Frau an, die den Flur blockierte. »Und gehen Sie!«

»Nicht, bevor Sie sich ausgewiesen haben.«

»Wir müssen uns Ihnen gegenüber nicht ausweisen!«, belehrte mich die Grauhaarige.

»Dann hole ich eben die Polizei! Für mich sieht das hier nach Indianerüberfall vor Morgengrauen und nach Kindsraub aus.«

»Die Polizei wird Ihnen nicht helfen!« Selbstsicherheit der Staatsmacht straffte die Stimme der Frau im Möhrenkleid.

»Wie Sie wollen!«, antwortete ich lächelnd. »Es war mehr zu Ihrem Schutz gedacht. Denn ich gehöre zu den gewaltbereiten Personen. Aber vielleicht zieht ja Frau Habergeiß eine gewaltfreie Einigung vor.«

Die Mutter nickte mit aufgerissenen Augen hinter dicken Brillengläsern.

»Hier geht es nicht um eine Einigung«, belehrte mich die Dame. »Sie sollten sich nicht einmischen. Sie machen es der Familie nur noch schwerer.«

Ein Zittern flutete mich. »Warum wollen Sie das Kind mitnehmen? Morgens um sechs?«

»Das diskutiere ich mit Ihnen nicht. Verlassen Sie bitte unverzüglich die Wohnung. Sonst hole ich die Polizei.«

»Bleiben Sie hier!«, schrie die Tochter. »Helfen Sie uns!«

Der Junge an der Hand der dritten Frau fing unversehens an zu röcheln und nach Luft zu schnappen.

»Das Spray!«, rief Katarina und stürzte fort in den Raum, der vermutlich das Badezimmer war. Sekunden später kam sie mit einem Asthmaspray zurück. Doch wieder zerrte die Frau Tobi am Handgelenk zurück wie einen unartigen Hund. »He!«, kreischte das Mädchen. »Wenn er stirbt, sind Sie schuld!«

»Gib mir das Spray!«, antwortete die Frau betont ruhig.

Die Mutter wankte mit Neigung zur Ohnmacht. Katarina stampfte mit dem Fuß auf die Dielen und schleuderte, plötzlich grün vor Zorn, das Asthmaspray von sich. Es knallte der Frau, die Tobi am Arm hielt, gegen die Stirn, fiel zu Boden und schoss über die Dielen auf Cipión zu, der mit allen vieren in die Höhe sprang, und blieb vor meinen Füßen liegen.

»Katarina!«, seufzte die Mutter tonlos. »Bitte!«

Das Mädchen brach heulend zusammen und sank mit dem Rücken an der Wand zu Boden.

Die Grauhaarige im Möhrenkleid warf mir einen Da-sehen-Sie-es-Blick zu. Der Junge pumpte angestrengt. Sein Atem ging pfeifend.

Ich bückte mich, hob das Asthmaspray auf. »So, und Sie lassen jetzt den Jungen los, oder Sie haben eine Anzeige wegen Körperverletzung nach Paragraph 223 StGB am Hals.«

Leichte Unsicherheit flackerte zwischen den drei Frauen. Der Paragraph war ein sehr einfacher, der immer galt, wenn es zu Gewalt kam, nur deshalb konnte ich ihn zitieren. Aber es machte Eindruck.

»Außerdem können Sie morgen im *Stuttgarter Anzeiger* nachlesen«, fuhr ich fort, »dass bei einer Aktion des Jugendamts beinahe ein Kind gestorben wäre, weil Sie eine Hilfeleistung behindert haben. Wollen Sie das?«

Ich kniete mich neben den röchelnden Knaben und setzte ihm das Spray an die Lippen. Er atmete routiniert ein, die Augen auf Cipión geheftet, der hundefreundlich heranwedelte.

»Darf ich ihn streicheln?«

»Na klar.«

Da endlich ließ die Frau seine Hand los.

»Wie heißt er denn?«, fragte Tobi.

»Cipión.«

»Thippionn?«, sprach er mir nach.

Ich gab ihm noch einen Hub aus der Flasche. Doch Tobi war schon ganz auf Cipións Schlappohren, bärtige Schnauze und raues Fell konzentriert und dachte nicht mehr ans Atemholen. Sein dünnes Handgelenk war krebsrot von der Zerrerei an der Hand der Frau vom Jugendamt. Seine Arme, sein Hals und sein Gesicht waren zudem von kleinen Wunden übersät. Vermutlich Neurodermitis.

Aus der Augenhöhe des Jungen, in der ich mich befand, wirkten die drei Damen vom Jugendamt groß, wuchtig und böse. Die Grauhaarige stand starr, als würde sie sich niemals zu einem Kind hinunterbeugen. Die Frau, die Tobi gehalten hatte, rieb sich die Stirn und warf Katarina einen bösen und zugleich triumphierenden Blick zu. »Das wird Konsequenzen haben, das ist dir doch wohl klar!«

Katarina zuckte mit den Schultern.

»Ja, für Sie!«, sagte ich und richtete mich auf. »Hausfriedensbruch, Körperverletzung, Amtsmissbrauch. Am besten, Sie verschwinden jetzt. Und nächstes Mal bringen Sie einen richterlichen Beschluss mit.«

»Wir benötigen keinen richterlichen Beschluss!«, erklärte mir die Grauhaarige.

Tatsächlich? Ich stutzte. »Das kann ich mir nicht vorstellen. Aber wie dem auch sei, das nächste Mal wird Frau Habergeiß Ihnen nicht die Tür öffnen.«

Katarina nickte eifrig. »Wir machen Ihnen einfach nicht mehr auf, nie mehr!«

»Und jetzt raus, die Damen!«

»Wir werden nicht gehen!«, erklärte die Grauhaarige. »Jedenfalls nicht ohne Tobias. Wir sind berechtigt …«

»Doch, Sie werden, Frau … äh …«

Sie antwortete nicht.

»Wie heißen Sie denn nun?«

Sie presste die Lippen zusammen, als hätte sie eine Fliege im Mund.

»Haben Sie Angst, mir Ihren Namen zu nennen?«, lächelte ich.

»Ich habe keine Angst! Mein Name ist Hellewart, Leiterin des ASD. Und wenn Sie jetzt diese Wohnung nicht unverzüglich verlassen, werde ich Sie anzeigen wegen Widerstands gegen die Staatsgewalt und Behinderung …«

Lächelnd trat ich an sie heran. »Sehen Sie die Narben in meinem Gesicht, ja? Ich scheue keine Prügel. Und Sie sind sicher klug genug, der rohen Gewalt zu weichen. Denn wenn ich eins gar nicht abkann, dann behördliche Frechheit. Und das morgens um sechs! Ich brauche nämlich meinen Schlaf! Ich bin gestern ziemlich versumpft. Mir ist es scheißegal, ob Sie mich später verklagen, weil ich Ihr Haar ein bisschen zerzaust habe, verstehen Sie?«

2

Sally war mir im Grunde immer noch böse. Sie bemühte sich zwar, den alten Ton wiederzufinden, aber es war nicht mehr dasselbe, wenn ich abends in voller Montur im *Tauben Spitz* einlief und mich an die Bar setzte wie ein Macker auf Brautschau. Sie kokettierte nicht mehr mit mir, wenn sie mir das Pils und Maultaschen in der Brühe hinstellte.

»Stell dir vor, Sally, was heute passiert ist …«

Sie träufelte den letzten Schaum aus der Flasche ins Weizenglas.

»Ich wache morgens um sechs auf …«

Sally nahm das Tablett hoch. »Seit wann wachst du um sechs auf?«

»Immer wenn in der Wohnung über mir ein Kind schreit, als sollte es abgestochen werden.«

»Und du hast es gerettet! Gratuliere!«

Sallys Freundschaft rettete ich heute auch wieder nicht, dachte ich. Sie zog in den Gastraum der Weinstube ab, ohne den Fortgang meiner Geschichte wissen zu wollen. Ihre Lockenmähne wippte blond auf dem Rücken. Sie reichte ihr bis knapp zum Po.

»Das Jugendamt wollte das Kind mitnehmen«, erklärte ich, als sie wieder hinter dem Tresen stand. »Morgens um sechs!«

Sally füllte Viertelesgläser mit Trollinger und Lemberger. »Man hört doch immer wieder von toten Kindern und dass das Jugendamt zu spät eingegriffen hat. Erst kürzlich hat eine Mutter ihr vierjähriges Töchterle von einer Brücke in den Neckar geworfen.«

Die Mutter sei mit der Erziehung des Kindes hoffnungslos überfordert, Tobias sei in seiner geistigen Entwicklung zurückgeblieben, er fehle wiederholt im Kindergarten, hatte mir Katarina die Urteile des Jugendamts zitiert, während sie nach unserem Sieg über die Damen in Naturtextilien in der Küche eine

Zigarette rauchte und die Mutter, Nina Habergeiß, sich einen Wodka eingoss und dabei erklärte, normalerweise trinke sie nicht, aber auf den Schrecken!

Sally verzog das Gesicht. »Wodka morgens um sieben?«

Es hatte keinen Sinn. Ich würde sie nicht gewinnen können für die Sache Habergeiß gegen das Jugendamt. Seit ich Sally vor einem halben Jahr am oberen Ende der achtzig Stufen, die zu ihrer Wohnung führten, hatte stehen lassen, um meinem Lebensabschnittsirrtum hinterherzulaufen, verweigerte sie mir den Bund gegen den Rest der Welt.

»Morgen hole ich dich mit deiner Senta am Sender ab und wir drehen eine Runde im Park, okay?«

»Wenn du nichts Besseres vorhast.«

»Ich muss doch sowieso mit Cipión raus.«

Auch wieder falsch. Was musste ich tun, damit Sally aufhörte, mir zu unterstellen, dass ich für sie nur dann einen Finger krümmte, wenn es mir gerade in den Tageslauf passte? Was ohne Zweifel so war. Nur dass es ihr früher nichts ausgemacht hatte. Doch die Zeiten emotionaler Gemütlichkeit waren vorbei. Sie hatte mir einst das Leben gerettet, als ich neben ihr im Krankenhaus mit allergischem Schock abzudanken drohte, und das wollte sie jetzt vermutlich täglich gewürdigt wissen.

Sally arbeitete hauptberuflich als Sekretärin in einer aktuellen Redaktion des SWR. Doch für ihre drei Katzen, die altersschwache Schäferhündin und den kleinen Luxus von Maniküre, Pediküre, Haarpflege und Rückenschule im Fitnessstudio bediente sie außerdem an drei Abenden im *Tauben Spitz*. Die schwäbische Weinstube im Bohnenviertele zwischen Parkhäusern, Puffs und Hauptstraßen war zur Feierabendstunde nur noch halb so gut besucht wie vor dem Rauchverbot.

»Noch ein Pils?«, erkundigte sich Sally geschäftsmäßig. »Bist du mit Richard verabredet?«

»Nein, ich wollte zu dir, Sally!«

»Ich muss schaffen.«

»Und vielen Dank auch, dass du mir damals das Leben gerettet hast.«

Sie riss die blauen Augen auf. »Was?«

»Wenn du im Krankenhaus nicht die Ärzte gerufen hättest, dann wäre ich jetzt tot.«

Sie lachte entrüstet. »Das wüsste ich aber!«

»Aber du hast doch …«

»Gar nichts hab ich.«

Ich schluckte. »Erinnerst du dich nicht? Ich hatte den Unfall. Wir lagen auf demselben Zimmer im Katharinenhospital. Mein Gesicht war zerschnitten von der Windschutzscheibe und mein Bein eingegipst. Das Fenster ging nach vorne raus auf die Unihochhäuser und den Stadtgarten. Das hast du mir damals erklärt. Ich kannte Stuttgart nur vom Schulausflug als Sündenpfuhl. Dann kam meine Mutter angereist. Erinnerst du dich nicht? Sie hat es sich nicht nehmen lassen, mir persönlich mitzuteilen, dass mein Mann den Unfall nicht überlebt hat, sie hat es auf Katholisch gemacht: ›Der Herr hat's gegeben, der Herr hat's genommen. Wer weiß, wozu's gut ist.‹ Erinnerst du dich nicht daran?«

»Doch.« Sally nickte.

»Und ich habe mich so aufgeregt, dass die Ärzte meinten, sie müssten mir zur Beruhigung was ins Infusionswasser tun. Darauf habe ich dann allergisch reagiert, und wenn du nicht …«

Sally schüttelte die Locken. »Nein, so war das nicht. Du hast dich jesusmäßig über deine Mutter aufgeregt, aber es waren nicht die Medikamente. Du hast die Infusion rausgerissen, du wolltest aufstehen. Du bist total ausgerastet. Deshalb habe ich geklingelt. Die mussten dich festbinden und sedieren.«

»Dann verdanke ich dir nicht mein Leben?«

Sie schüttelte den Kopf. »Bestimmt nicht!«

Das änderte alles. Ich musste mein Leben von Grund auf überprüfen. Womöglich war alles falsch, was ich mir so über mich gemerkt hatte. Vielleicht hatte ich Maultaschen in der

Brühe noch nie gemocht und teilte sie nur mit dem Löffel, weil ich im Dorf an der Schwäbischen Alb groß geworden war und mit meinem vernarbten Gesicht sonst in der Szene von Stuttgart keine Identität mehr gehabt hätte. Wieso überhaupt Narben? Man sah sie kaum noch. Vermutlich musste ich schon lange nicht mehr das Biest spielen, den Mummenschanz im Dreiteiler mit Krawatte konnte ich mir sparen. Im Rock hätte man mich trotz meines Gesichts und ohne alle Irritationen als Frau erkannt.

»Sag mal, Sally!«

»Ja.«

»Soll ich eigentlich so bleiben, wie ich bin?«

Sie hielt inne – keine Ahnung, was sie gerade tat – und musterte mich. »Wieso?«

»Du kennst doch Brecht: Ein Mann, der Herrn K. lange nicht gesehen hatte, begrüßte ihn mit den Worten: ›Sie haben sich gar nicht verändert.‹ – ›Oh!‹, sagte Herr K. und erbleichte.«

Sie legte den Kopf schief.

»Sally, du hast die einmalige Chance, mich umzumodeln. Du kannst jeden Wunsch äußern. Soll ich künftig die Regeln der gewaltfreien Kommunikation anwenden?«

»Was?«

»Na, Ich-Botschaften und so Zeugs. Ich möchte, dass du mich wieder magst! Es macht mich traurig, dass du mir böse bist. Das heißt, eigentlich macht es mich kribbelig.«

Ein winziges Lächeln zuckte über Sallys Gesicht. »Dann kratz dich halt!«

Gleich hatte ich sie wieder! Gleich … Aber da schepperte die Lokaltür und mein Lebensabschnittsirrtum, Oberstaatsanwalt Dr. Richard Weber, betrat das Lokal. Sally zog Schulter und Brauen hoch. »Und hör zuallererst auf mit deinen Halbwahrheiten! Von wegen, du bist wegen mir hier.«

»Richard ist mein Zeuge!«, rief ich. »Ich bin nicht verabredet mit ihm. Nicht wahr, Richard?«

Er sagte nie etwas – schon gar nicht, wenn man ihn direkt fragte –, bevor er nicht die Situation durchschaut hatte. Außerdem folgte ihm auf dem Fuß eine Frau in schwarzem Mantel mit violettem Schal. Beim Aufknöpfen offenbarte sie Hüftmassen, auf denen der graue Karriererock falsche Falten schlug. Sie war eindeutig jünger als er, sagen wir 32 Jahre alt. In den Ohrläppchen steckten kleine rote Steine.

Sie hieß Sonja Depper.

Ich nahm mein Bierglas von der Theke und folgte meiner Liebeskomplikation mit Tussi an einen der runden Holztische unter Kupferlampen. Richard zog den Kamelhaarmantel aus. Er bewegte sich wieder mal so geschmeidig, als sei der cognacfarbene Dreiteiler sein bequemster Freizeitanzug. Gewöhnlich waren Frauen sofort hin und weg von ihm und fragten sich zugleich, ob der mächtige Oberstaatsanwalt für Wirtschaftsstrafsachen beim Landgericht Stuttgart schwul war. Es lag an dem schwer zu enträtselnden Widerspruch zwischen Richards kraftvoller Männlichkeit und seiner für Männer untypischen Delikatesse in Kleiderfragen. Nur etwas klein war er geraten, das war vielleicht ein Manko, vor allem für eine Walküre im verrutschten Karrierekostüm. Man wusste ja, kleine Männer waren aggressiv.

Sally brachte ein Viertele Lemberger für Sonja und ein Jever fun für Richard.

Sie war Familienrichterin, wie sich alsbald herausstellte, denn sie gehörte zu den Frauen, die gern spitzmäulig und verächtlich über andere urteilten. »Ausgerechnet die Bildungsfernen und geistig Minderbemittelten kriegen Kinder wie die Karnickel!«

»Im Grundgesetz ist nicht festgelegt, welchen IQ Eltern haben müssen«, bemerkte Richard unwirsch.

»Vom IQ rede ich nicht, Herr Dr. Weber …«

Also nicht nur per Sie, sondern sogar noch per Doktor, registrierte ich.

»So gut müssten Sie mich doch kennen, mein Lieber …«

Ouuu!

»… dass Sie wissen, dass ich keine von denen bin, die meinen, nur wer Abitur hat, dürfe sich zur Gattung des Homo sapiens zählen. Viel wichtiger sind Herzensbildung, Verantwortungsbewusstsein und Lustkontrolle. Und da sitzen Mütter vor mir, die stinken nach Bier! Entzug abgebrochen. Die Wohnung total vermüllt. Das ganze Geld geht für Drogen drauf, aber sich beklagen, dass Obst und Gemüse so teuer sind. Es gibt vier Tafelläden in Stuttgart, sage ich immer! Aber da müsste man ein paar Meter zu Fuß gehen und sich an Öffnungszeiten halten. Zu so etwas hat ein Hartz-IV-Empfänger natürlich keine Zeit! Sie glauben gar nicht, wie viele Mütter allein mit dem Haushalt hoffnungslos überfordert sind, geschweige denn mit der Kindererziehung.«

Ich hatte ein Déjà-vu.

»Aber uns beschimpfen. Sie glauben ja nicht, was ich alles zu hören kriege! Als ob der Staat irgendein Interesse daran hätte, Kinder wegzunehmen.«

»Sagen Sie, Frau Depper«, unterbrach ich das juristische Fachgespräch. »Sie reden jetzt nicht zufällig vom Fall Tobias Habergeiß?«

Die Familienrichterin musterte mich, als gehörte ich zu den Delinquentinnen aus dem Prekariat.

»Da waren heute früh drei Damen vom Jugendamt bei Nina Habergeiß in der Neckarstraße, angeführt von einer gewissen Frau Hellewart.«

Die Richterin hängte Schlösser vor ihre Mimik.

»Ich wohne genau drunter. Deshalb habe ich es mitgekriegt. Sie wollten den fünfjährigen Sohn mitnehmen.«

»Sobald das Jugendamt von einer Kindeswohlgefährdung erfährt, ist es verpflichtet, das Kind unverzüglich in Obhut zu nehmen. Das gilt auch bei einem unverschuldeten Versagen des Personensorgeberechtigten, zum Beispiel nach Alkoholmissbrauch von Vater oder Mutter.«

»Und wer entscheidet das?«

»Zunächst das Jugendamt. Es kann auch ohne richterliche Entscheidung handeln, wenn Gefahr im Verzuge ist. Das Familiengericht muss dann schnellstmöglich einen Beschluss fassen.«

»Und die Eltern? Welche Möglichkeiten haben die?«

»Hier geht es ausschließlich um das Wohl des Kindes.«

»Das heißt, die Eltern verlieren in jedem Fall vor Gericht?«

»So würde ich das nicht ausdrücken.«

»Gegen eine Maßnahme des Jugendamts«, stellte Richard klar, »gibt es keine Rechtsmittel.«

»Man kann beim Oberlandesgericht Beschwerde einreichen oder Berufung beantragen«, widersprach Sonja.

»Bei einer Entscheidung des Familiengerichts, ja«, erwiderte Richard. »Aber bei einer Entscheidung des Jugendamts nicht. Das muss ich Ihnen doch nicht erklären, Frau Depper.«

Die junge Richterin nahm den hochnäsigen Zungenschlag des Oberstaatsanwalts mit einem halben Lächeln hin. Sie musste sehr verknallt sein!

»Die Inobhutnahme eines Kindes«, erklärte mir Richard, »ist ein reiner Verwaltungsakt. Das Jugendamt gehört zur Stadtverwaltung. Oberster Dienstherr ist der Oberbürgermeister.«

»Aber da muss doch ein Richter ...«

»Sicher. Doch um eine Inobhutnahme zu erwirken, muss das Jugendamt vor Gericht keinen Nachweis des elterlichen Versagens führen.«

»Was? Die Behauptung, dass es so sei, genügt?«

Richard nickte. »Das Gericht stimmt in der Regel den Maßnahmen des Jugendamts zu. Außerdem kann das Jugendamt einer richterlichen Anordnung widersprechen. Es muss ein Kind nicht herausgeben, auch wenn ein Gericht so entscheidet.«

Ich versuchte, es zu begreifen. »Das heißt, es tut einfach nicht, was das Gericht verlangt?«

»Das kommt durchaus vor. Beim Petitionsausschuss des

Europaparlaments liegen 400 Petitionen, die solche Fälle betreffen.«

»Aber das geht doch nicht!«, fuhr ich auf. »Da muss man doch was machen können!«

»Nur mit einem guten Anwalt und viel Geld«, sagte Richard. »Dann kannst du bis vor den Europäischen Gerichtshof für Menschenrechte ziehen. Der hat schon so manches Jugendamt einschließlich der Bundesrepublik Deutschland verurteilt. Nur, ob die örtlichen Behörden, also das Jugendamt, den Beschluss des EuGH auch umsetzen, steht auf einem ganz anderen Blatt. Das Jugendamt legt beispielsweise neue Gutachten vor, erklärt neue Gefahren für das Kind …«

»Und wer ruft die zur Ordnung?«

»Niemand. Es gibt keine Aufsichtsbehörde. Jugendämter können selbst bei vorsätzlich verantwortungslosem Handeln nicht haftbar gemacht werden. Nicht wahr, Frau Kollegin?« Richard lächelte der dickhüftigen Richterin zu.

»Von Vorsatz würde ich hier auch nie sprechen, Herr Kollege«, sagte sie. »Die Jugendämter entscheiden nach bestem Wissen und Gewissen. Fehler kommen natürlich vor, wir sind alle Menschen.«

»Ja, das alte Problem mit dem Fehler erster und zweiter Art beim Signifikanztest«, sagte Richard genüsslich. »Eine Hypothese ist richtig und wird abgelehnt, oder sie ist falsch und wird angenommen. Wenn nun die Hypothese lautet: ›Das Kind ist gefährdet‹, kann das Jugendamt zwei Fehler begehen, den Fehler 1. Art und den Fehler 2. Art. Fehler 1. Art: Das Jugendamt sagt: ›Nein, das Kind ist nicht gefährdet‹, und lässt es in der Familie, doch dort stirbt es an Misshandlungen. Fehler 2. Art: Das Jugendamt sagt: ›Ja, das Kind ist gefährdet‹, und holt es aus der Familie. Diese Annahme ist jedoch falsch, was sich hinterher allerdings kaum nachweisen lässt, denn das Kind überlebt ja außerhalb der Familie. Der Fehler 1. Art ist für das Jugendamt also eindeutig folgenschwerer, weil die Öffentlichkeit aufschreit, als der Fehler 2. Art. Folglich wird es danach trachten, den Fehler 1. Art zu vermeiden, auch wenn es bedeutet, dass der Fehler 2. Art um ein Vielfaches häufiger begangen wird.«

»Ich denke nicht«, widersprach Sonja Depper, »dass das die Grundlage der Jugendamtsentscheidungen ist.«

Richard lächelte ihr arrogant in die Augen. »Die Beamten können gar nicht anders vorgehen, Frau Depper, und es wäre gut, wenn es ihnen auch bewusst wäre. Das ist Beurteilende Statistik, also Wahrscheinlichkeitsrechnung. Und gerade mit Wahrscheinlichkeiten kann unser Gehirn nur schlecht umgehen. Sonst würden wir nicht Lotto spielen.«

»Aber …« Ich verstand das Wesentliche immer noch nicht. »Aber irgendwo muss ich doch Widerspruch einlegen können gegen eine Entscheidung des Jugendamts! Und zwar einen, der unverzüglich wirkt.«

»Du kannst eine Dienstaufsichtsbeschwerde beim Oberbürgermeister einreichen«, antwortete Richard.

»Und dann?«

»Der schickt deine Beschwerde an den zuständigen Sachbearbeiter beim Jugendamt weiter, damit er Stellung nimmt.«

»Und wie das ausgeht, können wir uns denken. Die Familie sei mit der Erziehung des Kindes hoffnungslos überfordert. Die Entscheidung, das Kind in eine Pflegefamilie zu geben, sei richtig und notwendig gewesen.«

»Neu zu beeltern, wie man so schön sagt«, ergänzte Richard mit schrägem Blick. »Und nach einigen Jahren Rechtsstreit hat sich das Kind bei den neuen Eltern so eingelebt, dass es grausam wäre, es herauszureißen und zu den Eltern zurückzuste cken.«

Die Maultaschen klappten das Maul zu in meinem Magen. »Ich dachte, wir leben in einem Rechtsstaat?«

»Jugendämter müssen schwierige Entscheidungen treffen«, sagte Richterin Depper. »Es geht um das Wohl von Kindern.«

»Aber was das Kindeswohl ist«, unterbrach Richard, »ist im

deutschen Gesetz nicht definiert. Das definiert das Jugendamt. Und der eine Sachbearbeiter sieht das Kindeswohl schon gefährdet, wenn das Kind ständig bei den Großeltern ist, eine andere Sachbearbeiterin erst, wenn es schwer verletzt im Krankenhaus liegt.«

»Ich kenne Annemarie Hellewart, die Leiterin des Allgemeinen Sozialen Diensts, gut«, widersprach Depper. »Sie ist eine Frau mit Augenmaß und Erfahrung.«

»Verzeihung, Frau Depper. Aber das ist doch gerade die Krux. Sie kennen Ihr Jugendamt. Sie schätzen Frau Hellewart, Sie vertrauen ihr. Die Mutter, die eingeschüchtert oder wütend um ihr Kind kämpft, sehen Sie dagegen zum ersten Mal.«

Die Amtsrichterin schaute den plötzlich so angriffslustigen Staatsanwalt überrascht an. »Leider sehe ich sie nicht zum ersten Mal, wenn es um eine so drastische Maßnahme wie eine Inobhutnahme geht. Wir sind nämlich von Rechts wegen gehalten, vorher alle anderen Mittel auszuschöpfen. Doch wenn die Mutter nicht kooperativ ist, wenn sie das Kind trotz richterlicher Anordnung nicht in den Kindergarten schickt …«

»Wie im Fall Tobias«, hakte ich nach.

Depper blinzelte. »Familiensachen sind grundsätzlich nicht öffentlich, Frau Nerz. Und es handelt sich, wie schon gesagt, um schwierige und komplexe Entscheidungen.« Die Richterin beugte sich vor. »Es ist noch gar nicht lange her, da hat eine Mutter ihre vierjährige Tochter von einer Neckarbrücke ins Wasser geworfen. Es stand ganz groß im *Stuttgarter Anzeiger*. Sie werden sich erinnern. Angeblich hat sie sich überfordert gefühlt. Für die Presse war der Schuldige schnell ausgemacht: das Jugendamt. Die Frau habe sich mehrmals ans Jugendamt gewandt und um Hilfe gebeten. Aber tatsächlich war sie nie beim Jugendamt. Sie hat sich an andere Stellen gewandt. Doch selbst wenn es so gewesen wäre, dann frage ich Sie, Frau Nerz. Wie würden Sie entscheiden? Da erklärt Ihnen eine Mutter aus einer augenscheinlich intakten Familie, sie fühle sich überfordert. Hätte man ihr sofort das Kind weggenommen, dann hätten die selbsternannten Familienschützer gleich wieder Kindsraub geschrien. Und wer denkt auch so was? Jede Mutter fühlt sich von Zeit zu Zeit überfordert!«

»Tatsächlich?«

»Das ist doch allgemein bekannt.« Sonja Depper griff plötzlich nach dem Weinglas und trank in großen Schlucken.

»Sie haben keine Kinder?«, fragte ich. Eigentlich interessierte es mich nicht, ob die Frau mit den fülligen Hüften Kinder hatte. Aber irgendetwas in Deppers Verhalten zwang zu der Frage.

»Nein.« Sie stellte das Viertelesglas mit einem Klong auf den Tisch. »Aber … aber ich hatte Kinder. Zwei Töchter. Sie sind … nun, sie sind kurz nach der Geburt verstorben. Plötzlicher Kindstod.« Sie lachte unmotiviert. »Wenn das ein Mal passiert … mein Gott, schon davon erholt sich so manche Mutter nicht. Und mir … uns passiert das zweimal. Vermutlich ein Gendefekt. Sie werden verstehen, dass mein Mann und ich es nicht ein weiteres Mal haben … haben herausfordern wollen, wenn ich das mal so ausdrücken darf.«

Ich verspürte das Bedürfnis, hysterisch zu lachen. »Und eine Adoption?«, fragte ich mit mehr weiblichem Entsetzen im Ton, als ich empfand.

Richard hielt den Blick fest auf seine Hand gesenkt, die am Bierglas drehte.

»Wir haben uns das tatsächlich überlegt«, antwortete die Richterin. »Aber es gibt so viele Paare, die auf Kinder warten, und wir werden auch nicht jünger.«

»Dann gehen Sie doch ebayen«, schlug ich vor.

»Was?«

»Im Internet gibt es bestimmt auch Kinder zu kaufen.«

»Das ist geschmacklos, Frau Nerz!«

»Wetten, dass?«

Sie wandte sich dem Mann am Tisch zu. »Kinderpornos im Internet, das ja, aber Kinder?«

Richard fing an, mit der Zigarettenschachtel zu spielen.

Sonja Depper nahm einen weiteren tiefen Schluck und strich sich das Haar hinters Ohr. »Und Sie, Frau Nerz? Haben Sie Kinder?«

»Sehe ich so aus?«

»Lassen Sie mich raten! Sie wollen auch keine.«

»Ach, es gibt so viele auf der Welt, es herrscht Überproduktion, da muss ich nicht auch noch produzieren.« Wieso rechtfertigte ich mich überhaupt!

»Nach meiner Erfahrung«, urteilte die Richterin, »ist das Argument der Überbevölkerung ein vorgeschobenes Argument. Tatsächlich sind es meist egoistische Gründe, warum Frauen keine Kinder wollen. Sie scheuen die Verantwortung, die Arbeit, die Opfer und Einschränkungen.«

Ich lächelte böse zurück. »Es gibt sowieso nur niedere Beweggründe, Frau Richterin. Sie haben Ihre Kinder doch auch nicht wegen der Rentenkasse bekommen!«

Sonja Depper leerte das Weinglas, wischte sich Schweiß von der Stirn und sah plötzlich mädchenhaft aus. Richard hielt hartnäckig den Blick auf seine kurzen kräftigen Finger gesenkt, atmete aber auch nicht mehr ruhig. Ein Anflug von Scham streifte mich.

Da sie von Richard keine Hilfe bekam, zwang Depper ihre grauen Augen, mich die Nadelstreifenweste hinab zu mustern, und startete ihren Angriff: »Und Sie, Frau Nerz, Sie spielen hier also die Dragqueen.«

»Dragqueens sind die Männer, dressed as a girl«, erklärte ich.

»Wie nennt man das dann? Transvestit? Oder heißt das bei Frauen anders?«

»Keine Ahnung. Bei mir heißt das Lisa Nerz.«

»Sie haben ein Problem mit Ihrer Weiblichkeit, Frau Nerz.«

Als sich unsere Blicke trafen, war der Grundstein für tiefen Hass gelegt. In mir häuften sich niedere Beweggründe für einen sinnlosen Mord.

»Ich bin jedenfalls gern Frau!« Sie warf Richard einen schnellen Blick zu.

Aber auch dazu sagte er nichts.

»Als Frau hat man auch viele Vorteile.«

»So, welche denn?«, fragte ich.

Richard zog eine Zigarette aus der Schachtel. »Wenn Sie mich einen Moment entschuldigen würden?«

Auf knisternden italienischen Ledersohlen flüchtete er vors Lokal.

»Habe ich was Falsches gesagt?«, fragte Sonja.

»Ist das wichtig?«, fragte ich zurück. »Entscheidet er über Ihre Karriere? Oder haben Sie sich in ihn verknallt?«

»Ihre Raubeinigkeit können Sie sich sparen, Frau Nerz. Das beeindruckt mich nicht.«

»Womit könnte ich Sie denn beeindrucken?«

Der betrunkene Blick der Richterin eierte über mein Gesicht. »Wollen Sie mich anmachen? Sind Sie so eine?«

Ich lachte.

»Dann ist ja gut.« Sonja Depper angelte nach ihrer Handtasche, legte den Geldbeutel auf den Tisch und schaute sich nach Sally um. Sie zog auch schon mal den Schal aus dem Ärmel ihrer Jacke, faltete ihn halb und schlang die beiden Enden durch die Schlaufe, so dass nach Art moderner Karrieredamen der Bollen auf ihrer Brust zu liegen kam. Man hätte nur an den Schalenden ziehen müssen, damit sich die Schlinge zuzog und sie strangulierte.

»Übrigens«, lockte ich. »Falls Sie wissen wollen, warum Herr Weber genau jetzt eine rauchen gegangen ist …«

»Bestimmt nicht!«

»Er möchte nicht Zeuge der Wette sein, die ich Ihnen vorschlage.«

»Was für eine Wette?«

»Ich beweise Ihnen, dass Ihre Freundin Annemarie Hellewart vom Jugendamt aus niederen Beweggründen handelt.«

Der beschwipste Blick der Richterin rutschte von meinem Gesicht ab und glitt über den Tisch. Sie sank über ihrer Handtasche zusammen und schüttelte den Kopf.

»Alternativ dazu beweise ich Ihnen, dass es im Internet Kinder zu kaufen gibt. Was ist Ihnen lieber? Sie dürfen wählen.«

Sonja Depper zog fröstelnd die Schultern hoch. »Wissen Sie, wie mir das hier vorkommt? Als müsste ich stante pede einen Pakt mit dem Teufel schließen.«

3

»Stante pede!« Aus welchen Mottenkisten hoben Juristen ihren Wortschatz? »Stehenden Fußes«, verriet mir das Internet.

Richard hatte angeboten, sie nach Hause zu fahren – »Liststraße, das liegt auf meinem Weg« –, und ich hatte mich auf mein Fahrrad geschwungen und war in die andere Richtung geradelt. Die Dezemberkälte hatte mir in die Ohren gebissen und mir geholfen, wieder runterzukommen. Noch zwei Minuten länger, und ich hätte die Richterin umgebracht, und zwar ohne zu wissen, aus welchen Gründen. Was hatte mich nur dermaßen aufgeregt? Diese eigenartige Unempfindlichkeit? Dieses Rechthaben, der urteilende Ton? Und so was war Richterin. Ich zitterte immer noch.

Das weltweite Netz nahm mich freundlich auf. Ein Kind war schnell gefunden. Da gab es Eltern in Hoyerswerda, die bei Ebay ihre Kinder angeboten hatten, allerdings nicht zum Kauf, sondern zum tageweise Mieten. Der Staatsanwalt ermittelte nun in Richtung Kinderhandel. Und es gab eine Siebzehnjährige, die bald niederkommen würde und sich in einem Forum erkundigte, ob es eine Möglichkeit gab, das Kind wegzugeben, ohne es an die Anonymität einer Adoption zu verlieren.

Gab es, nämlich die sogenannte offene Adoption.

Gegen elf schlüsselte sich Richard in meine Wohnung. Cipión sauste unter dem Heizkörper hervor, rannte mit fliegenden Schlappohren zur Tür und warf sich in maßlos übertriebener Freude auf den Rücken, wie immer, wenn er beschämt war, weil er Richard nicht schon vorher auf der Treppe gehört hatte. Auch ich wunderte mich, schließlich hatte ich aus seinem Fahrdienstangebot an Sonja Depper schließen müssen, dass er zu sich nach Hause fahren würde.

»Und«, fragte er, »schon ein Kind gefunden?«

»Hat sie sich über mich beschwert, deine Walküre?«

»Du hast sie halt ein bissle verschreckt, Lisa.«

»Oh, das tut mir aber leid!«

Mit der unnachahmlichen Geste der Erleichterung zog er sich den Schlips aus dem Kragen und öffnete den obersten Hemdknopf.

»Nimm dich vor der in Acht, Richard! Die geht über Leichen!«

»So, gefällt sie dir nicht?« Er lachte, hängte sein Jackett über eine Stuhllehne und ging in die Küche, um den Kaffeeautomaten anzustellen. Mit Sicherheit warf er dabei einen Blick aus dem Fenster über die Neckarstraße hinüber auf den Bunker der Staatsanwaltschaft, um sich zu vergewissern, dass bei ihm im Büro in Augenhöhe meines Küchenfensters kein Licht brannte. Nachdem er festgestellt hatte, dass er folglich nicht dort, sondern hier war, kam er ins Zimmer zurück, stellte den Fernseher an, warf sich auf mein altes Sofa und zappte sich durch bis Snooker. Richard konnte stundenlang Snooker gucken. Das Klackklack der Billardkugeln störte nicht, die Kommentatoren pflegten in raunendem Ton die Spielzüge zu erklären, und der Beifall beschränkte sich auf ein Fingerschnippen.

»Übrigens«, sagte ich, »ein Kind hätte ich schon für Frau Depper. Da will eine Siebzehnjährige ein Kind loswerden, das sie bald bekommt.«

»So?« Er erinnerte sich, dass der Kaffeeautomat inzwischen

aufgeheizt sein musste, und stand auf. Ich hörte, wie er aus der Spüle einen meiner Becher nahm und unter dem Wasserhahn ausspülte.

»Sie hat dir doch sicher von unserer Wette erzählt, oder?«

Richard erschien in der Tür, einen tropfenden Kaffeebecher in der Hand und Alarm im Blick.

»Nicht? Ich habe ihr angeboten, dass ich ihr beweisen werde, dass ihre Busenfreundin vom ASD, Annemarie Hellewart, aus unlauteren Beweggründen handelt. Die gefährlichsten Menschen auf der Welt, Richard, sind diejenigen, die es gut meinen!«

»Soso.«

»Hellewart trägt möhrenfarbene Kleider und die Haare biograu. Sie strotzt vor moralischer Eitelkeit!«

»Und du bist natürlich total objektiv.« Er drehte sich um und verschwand wieder in der Küche. Ich hörte das Mahlwerk der Kaffeemaschine. Wasser knatterte aus dem Überdruckbehälter. Ich stand auf und tappte strümpfig hinüber.

»Im Ernst, Richard. Das, was das Jugendamt heute früh da oben veranstaltet hat, das hat mich erinnert an …«

»Scht! Lisa! Vergleiche mit Gestapo oder Stasi zeugen nur von historischer Unbildung!« Er zog den Kaffeebecher aus der Maschine und blies in den Schaum.

»Und warum ziehst du mit dieser Richterin Depper herum?«

Er nagelte seinen asymmetrischen Blick in meinen.

»Was ist es? Ihr Kutschpferdearsch im Karrierekostüm oder die verständnislose Bewunderung für dich in ihrem Blick?«

Er schnaubte, dass der Schaum über den Becherrand trielte. »Sie hat mich heute im Amt besucht, und ich wollte nicht unfreundlich sein.«

»Was macht eine Richterin denn in der Staatsanwaltschaft?«

»In Baden-Württemberg springt man auf der Karriereleiter zwischen Staatsanwaltschaft und Richteramt hin und her. Bis vor drei Jahren war Depper noch Staatsanwältin. Sie hat allerdings keinen einzigen Fall zum Abschluss gebracht.«

»Und warum besucht sie dich?«

»Aus Langeweile?« Er schmunzelte. »Nun ja, sie betrachtet mich als ihren Mentor.« Es klang peinlich berührt. »Und jetzt, wo Trautwein ans Oberlandesgericht geht, möchte sie wieder zu uns zurück. Ins Dezernat für Tötungsdelikte, nicht in meines. Meisner intrigiert schon seit Wochen, um das zu verhindern.«

Ich lachte.

»Und weißt du, warum Depper so schrecklich gern Frau ist?«

»Weil die Frauen die Kinder bekommen.«

»Und weil sie damit Karriere machen will.«

»Wie bitte? Heißt es nicht allenthalben, Kinder seien der Karriere eher abträglich?«

»Reine Propaganda, Lisa! Vergiss alle Studien über Karriere, Kinder und Kindertagesstätten. Die sind zwanzig Jahre alt oder gefälscht. Kinder sind kein Beförderungshindernis, sondern ein Beförderungsgrund. Kinderlose Frauen haben heutzutage ein Karriereproblem. Die mit Kindern nicht. Alle erfolgreichen Frauen haben Kinder. Es müssen nicht gleich sieben sein wie bei Familienministerin von der Leyen. Bei gleicher Qualifikation … ach was red ich, bei halbwegs ausreichender Qualifikation bekommt die Frau mit Kind den Posten, nicht die ohne.«

Ich konnte es nicht beurteilen. Meine Karriere als Fremdsprachensekretärin war nie in die Gänge gekommen und die als Journalistin hatte nach wenigen Jahren beim *Stuttgarter Anzeiger* einen steilen Abstieg erfahren. Zum Nachteil meiner beruflichen Entwicklung und gesellschaftlichen Integration hatte ich ein Vermögen geerbt, was es mir erlaubte, mein Leben ziel- und verantwortungslos zu verplempern.

»Oder unverheiratete Männer«, bemerkte ich. »Und ob deine Beobachtungen im Amt für eine solche Analyse ausreichen, Richard, das …«

»Holla, Lisa!« Er lachte heiter und hämisch. »Auf das feministische Dogma von der Benachteiligung der Mütter fällst sogar du rein!«

Ich schluckte und fuchste mich. »Was ist, Richard? Hat Depper die Indiskretion besessen, dir deine Kinderlosigkeit vorzuhalten, oder was hast du gegen Mütter mit Karriere?«

»Ich habe nichts gegen Mütter in Führungspositionen, Lisa. Das weißt du. Ich rege mich auch nicht darüber auf, wenn eine Amtsrichterin die Sitzung regelmäßig Viertel vor zwölf unterbricht, weil sie die Kinder aus dem Kindergarten holen muss, egal, wie viele Zeugen noch warten. Ich arbeite wirklich lieber mit Kolleginnen zusammen. Die lassen sich wenigstens nicht durch jede Niederlage des VfB Stuttgart aus dem Konzept bringen. Aber Kinder als Leistungsbeweis für die Karrierefähigkeit, da komme ich nicht mit. Das hat was von … von Missbrauch.«

Richard war feinfühlig, wenn es um Kindheiten ging. Seine eigene hatte er im Zeichen des »Gewogen und zu leicht befunden« einem erbarmungslosen Vater zum Trotz und nur mit Blessuren überlebt.

»Na hör mal«, sagte ich. »Wenn Kinder nix bringen, wozu sollte man sie dann kriegen? Schon bei den Affen bringen Kinder Prestige. Deshalb klauen ranghöhere Affen den rangniedrigeren gern mal das Baby. Auch wenn es dann an den eigenen trockenen Titten stirbt.«

4

Damit hätte die Sache erledigt sein können. Doch noch einmal forderte Richterin Depper unsere volle Aufmerksamkeit.

Eigentlich hatte ich mich am Morgen noch dreimal im Bett umdrehen wollen, aber die Erinnerung an den gestrigen Überfall hielt mich wach. Ich lauschte nach oben. Da hätten Dielen knarren müssen, zwei Kinder mussten für Kindergarten und Schule fertig gemacht werden. Ich fluchte, schwang die Beine aus dem Bett, zog mich an, stieg zusammen mit Cipión ein Stockwerk höher und klingelte. Zuerst tat sich gar nichts, dann hörte ich jenseits der Tür Katarinas verschlafene Stimme. »Nicht schon wieder!«

»Ich bin's, Lisa von unten«, sagte ich. »Mach auf!«

Sie öffnete mit dem Hörer der Gegensprechanlage in der Hand und blickte mich verträntan an.

»Musst du nicht in die Schule? Und Tobi in den Kindergarten?«

»Wie spät ist es denn? Scheiße!« Sie ließ den Hörer fallen, schrie in die Wohnung: »Mama!«, und riss die nächste Tür auf. Ich hängte den Hörer der Gegensprechanlage auf, während Cipión schon mal das Kinderzimmer stürmte. »Aufstehen, Tobi«, hörte ich Katarina ihren Bruder wecken. »Schau mal, da ist das Hundle!«

Aus dem Schlafzimmer ihrer Mutter kam Katarina unverrichteter Dinge wieder heraus. Sie machte eine resignierte Geste und fuhr Tobi an, der bei Cipión hockte und ihn streichelte: »Zieh dich an!«, und verschwand im Badezimmer.

Die Küche sah unerwartet ordentlich aus. Es gab eine Mikrowelle, eine Kaffeemaschine, die Spüle war sauber. Aber ich fand keinen Kaffee, kein Brot, keine Butter im Kühlschrank, keinen noch so verschrumpelten Apfel. Eine Dose Kakao gab es, aber die Milch im Kühlschrank roch faulig. Zum Frühstücken war jetzt vermutlich ohnehin keine Zeit mehr. Wann fing eigentlich die Schule an?

Ich hörte Katarina Tobi zur Eile antreiben, mütterlich keifend: »Deine Hose kannst du selber anziehen. Du bist groß genug!« Dann kam sie in die Küche, steckte sich eine Zigarette an und begann, sich vor einem kleinen Spiegel am Küchentisch zu schminken. Make-up, Puder, Lidschatten, Lidstrich, Wimperntusche, als ob sie alle Zeit der Welt hätte.

»Es ist nichts da für ein Pausenbrot«, bemerkte ich.

Katarina winkte ab. »Tobi kriegt was im Kindergarten.«

»Und du?«

Sie sah mich über die Wimpernbürste hinweg an. »Ich bin eh zu fett.«

Cipión brachte Tobi in die Küche. Die Hose hatte der Junge an, allerdings falsch herum, mit dem Reißverschluss hinten.

Katarina stöhnte. »Du bist wirklich selten blöd! Zieh die Hose wieder aus! Ausziehen! Hörst du schlecht?«

Tobi verzog das Gesicht.

»So geht das nicht, Katarina«, bemerkte ich.

»Scheiße, ich weiß!« Braune Augen blitzten mich an. »Das brauchen Sie mir nicht zu sagen! Was kann ich dafür, wenn Mama den Wecker nicht hört? Und ich muss jetzt hier fertig machen, verdammt!«

»Stell dir selber einen Wecker!«

»Ich hab keinen.«

»Dann kauf dir einen.«

»Ich habe kein Geld.«

»Katarina! Was willst du? Andern die Schuld geben oder selber handeln?«

Der Übergang von Vernunft zum Jähzorn war blitzkurz. Die Dreizehnjährige schleuderte das Schminkmäppchen durch die Küche und kreischte: »Warum lassen Sie uns nicht einfach in Ruhe? Ja?«

Stifte, Döschen und Tuben spratzelten durch die Küche, klongten in die Spüle, klackerten hinter den Kühlschrank, kullerten über den PVC-Boden. Ich erwog, die gekränkte Helfersseele zu geben und beleidigt abzuziehen, natürlich nicht ohne düstere Drohungen mit dem Jugendamt, verwarf es aber. Allerdings auch nicht ohne Drohung: »Tobi muss regelmäßig in den Kindergarten. Wenn ihr das nicht hinkriegt, ist er weg.«

»Dann ist er halt weg! Verdammte Scheiße! Was kann ich denn dafür? Vielleicht begreift Mama es dann endlich!«

»Wenn sie Tobi erst mal haben, seht ihr ihn nicht so schnell wieder. Ist dir das klar?«

»Ja und!«, brüllte das Mädchen und sprang auf. »Was kann

ich dafür? He? Was kann ich denn da machen? Ich habe auch ein Leben!«

»Katarina, du solltest dringend was gegen deine Zornesausbrüche unternehmen. Sonst hast du bald ein schönes Leben im Knast.«

Das beruhigte sie urplötzlich. »Es klappt doch normalerweise«, schwindelte sie. »Heute ist echt eine Ausnahme! Ich schwör!«

»Okay. Wer bringt Tobi in den Kindergarten?«

»Ich nehme ihn mit. Das liegt auf dem Weg.«

»Wohin?«

»Ich gehe ins Ostheim.«

Das war eine Grund- und Gesamtschule knapp zehn Minuten zu Fuß von der Neckarstraße entfernt.

»Tobi?«, rief Katarina, sich umwendend. »Wir müssen los! Komm!«

In diesem Moment erschien die Mutter. Sie trug einen Bademantel über dem Nachthemd und hatte sich die Haare gekämmt. Ihr »Guten Morgen« klang nicht wirklich erfreut und ihr Versuch, die mütterliche Regie zu übernehmen, wirkte ungeübt. »Katarina, ihr müsst los! Ihr kommt zu spät«

»Tobi stellt sich wieder mal an wie ein Mongo!«, blaffte Katarina ihre Mutter an. »Wo ist seine Jacke?«

»In der Wäsche.«

Katarina stöhnte. »Es ist kalt, Mama!«

Der Junge stand in der Küchentür und kratze sich die verschorften Arme.

Katarina zwängte sich an mir vorbei, ging hinter dem Küchentisch in die Hocke, riss die Klappe der Waschmaschine auf und begann, Klamotten herauszuzerren, Jeans, Pullover, Shirts, bis sie eine grüne Jacke mit Kapuze gefunden hatte, die ziemlich verdreckt war.

»Komm her, Tobi!«

Tobias rümpfte die Nase. »Das stinkt. Das zieh ich nicht an!«

»Ihr stinkt eh alle!«

»Ich will aber nicht stinken!«, kreischte nun Tobi los und trat nach Katarinas Hand.

»Au!«, rief das Mädchen und versetzte dem Jungen eine Ohrfeige.

Tobi schrie und fing an zu heulen.

Cipión stellte besorgt die Ohren und sträubte den Schnauzbart.

»Hört auf zu streiten!«, rief die Mutter schwach. »Katarina, du sollst Tobi nicht schlagen. Das habe ich dir schon hundertmal gesagt.«

»Du kannst mich mal!«, schnappte das Mädchen. »Wenn du die Wäsche mal waschen würdest, dann hätte Tobi was zum Anziehen! Und ich auch! Außerdem brauche ich fünf Euro!« Ihr Ton wurde übergangslos freundlich bettelnd. »Fürs Werken. Das habe ich dir doch erzählt.«

Die Mutter warf mir einen kurzen Blick zu und ging den Geldbeutel holen. Ich ahnte, dass sie es in meiner Gegenwart nicht auf ein Gezerfe ankommen lassen wollte. Und Katarina nutzte meine Anwesenheit, um ohne Geschrei an Geld zu kommen. Einzeln zählte Mutter Habergeiß ihrer Tochter die Euromünzen in die Hand. »Und kauf Tobi was zum Frühstück beim Bäcker. Und jetzt marsch! Ihr kommt zu spät!«

Halbwegs befriedet zog Katarina ihrem Bruder die Jacke an und schubste ihn zur Wohnungstür hinaus. »Danke noch mal«, sagte sie, sich kurz zu mir umdrehend. Dann fiel die Tür ins Schloss.

Stille!

Nina Habergeiß raffte den Morgenmantel über dem Busen. Ungebetene Helfer wurde man nur mit Erklärungen wieder los.

»Ich hab Migräne«, murmelte sie. »Ich musste heute Nacht eine Tablette nehmen. Deshalb habe ich heute früh den Wecker nicht gehört.«

So wollte ich mich aber nicht wegschicken lassen. »Das ist doch gelogen! Sie haben getrunken!«

Brillengläser blitzten mich an. »Wie reden Sie eigentlich mit mir, Frau Nerz?«

»Wenn Sie Tobi behalten wollen, dann müssen wir den Tatsachen ins Auge sehen, Frau Habergeiß!«

»Wir?« Sie lachte entrüstet.

Ich schluckte. Jetzt nicht beleidigt sein! Und nicht Aber sagen! »Aber«, sagte ich, »Sie haben doch objektiv ein Problem. Das Jugendamt will Ihnen Tobias wegnehmen. Und zwar weil Sie bereits die Anordnung missachtet haben, den Jungen regelmäßig in den Kindergarten zu schicken. Und die kommen wieder!«

»Und was für ein Problem haben Sie?«

»Wie?«

Sie lächelte halb. »Sie mischen sich in fremde Angelegenheiten ein. Sie drohen den Frauen vom Jugendamt Gewalt an. Natürlich kommen die wieder, mit Polizei und allem. Besser haben Sie es dadurch nicht gemacht. Und jetzt stehen Sie hier und erwarten, dass ich mich bedanke. Alle scheinen zu meinen, nur weil ich Hartz-IV-Empfänger bin, kriege ich nichts auf die Reihe. Alle wissen ganz genau, was ich tun und lassen muss. Würden Sie der Frau Matuschek von unten ins Gesicht sagen, dass sie Alkoholikerin ist?«

Okay. Nina hatte schon gestern früh nicht mit mir reden wollen. Eigentlich hatte ich erwartet, dass sie später bei mir klingelte, um sich zu bedanken, sich mir anzuvertrauen und mit mir zusammen eine Strategie zu entwickeln. Aber ich hatte vergeblich gewartet.

»Dabei könnte ich Ihnen vermutlich sogar helfen«, versuchte ich mich aus der Psychokiste zu retten. »Ich meine, als Journalistin. Wenn ich Ihren Fall öffentlich machen würde …«

»Danke, ich melde mich dann schon, wenn ich das wünsche.«

»Warum wollen Sie nicht mit mir reden?«

»Warum können Sie uns nicht einfach in Ruhe lassen? Sie leben Ihr Leben und wir unseres.«

»Verdammt, Frau Habergeiß! Der Kühlschrank ist leer, es gibt kein Brot. Die Kinder brauchen Frühstück!«

»Gleich unten ist ein Bäcker!«

»Aber …«

»Wissen Sie was, Frau Nerz …«

»Lisa«, sagte ich und lächelte duzhaft.

Sie bemühte sich zu lächeln, brachte es aber kaum fertig. »Frau Nerz, Sie führen sich auf wie die Familienpflegerin vom Jugendamt. Die ging hier durch und sagte: Der Kühlschrank ist leer, die Waschmaschine ist zu alt, das Bad ist zu klein. Es fehle die Badewanne. Kinder müssten baden. Ich habe ihr erklärt, dass Tobias das nicht verträgt. Er hat Neurodermitis. Das hat sie als Ausrede abgetan. Der Junge sei gestresst, er brauche ein geregeltes Familienleben und Erziehung zur Hygiene. Und wenn ich keine Badewanne einbauen lasse, dann … Von welchem Geld?, habe ich sie gefragt. Tja, wenn ich meinen Kindern keine angemessene Versorgung gewährleisten könne, dann müsse man sich andere Lösungen überlegen.«

»Tut mir leid«, sagte ich.

»Gewährleisten!« Die Frau zerkaute das Wort zwischen den Zähnen. »Eine Sprache haben die drauf. Entweder sie reden mit einem, als wäre man ein kleines Kind, oder sie reden in hochgestochenem Amtsdeutsch. Dann sind sie böse. Dann wollen sie, dass man sich klein und dumm fühlt.«

Ungebildet jedenfalls klang Nina Habergeiß nicht, auch wenn ihr die Haare wie welker Schnittlauch auf die Schultern hingen. Da blieb mir nur noch der ehrenvolle Rückzug.

»Okay, Frau Habergeiß, dann …«

Cipión erhob sich und trabte in den Flur zur Tür.

»Dann lasse ich Sie in Ruhe. Aber …« Ich drehte mich in der Tür doch noch mal um. »Falls es am Geld hängt, ich meine, wenn Sie mal Geld brauchen …«

»Danke, Frau Nerz. Aber ich brauche keine Almosen!«

Da platzte mir der Kragen. »Was glauben Sie denn, was das ist, was Sie vom Staat nehmen? Das ist auch mein Geld! Ich zahle nämlich Steuern! Und damit Sie mich richtig verstehen, Frau Habergeiß, ich finde es völlig in Ordnung, dass wir Leute wie Sie durchfüttern, und ich finde auch, dass die Hartz-IV-Sätze zu niedrig sind. Aber Sie können froh und dankbar sein, dass dieses Geld ohne Ansehen der Person vergeben wird, denn wenn Sie es von mir persönlich bekommen würden, müssten Sie mich höflich und nett behandeln. Und ich würde täglich Dank von Ihnen verlangen, und zwar mit Kniefall! Klar?«

Sie kniff die Lippen zusammen.

Ich drehte mich um, schlug die Tür hinter mir zu, trampelte die Holztreppe hinunter zu meiner Wohnung und hakte das Thema Tobias ab. Nur gut, dass Nina Habergeiß mich nicht tatsächlich um Hilfe gebeten hatte: Kinder hüten, Katarina Nachhilfe geben, mit Tobias auf den Abenteuerspielplatz gehen, mir Schicksal und Klagen anhören, der Mutter Bewerbungen schreiben helfen und die Flasche wegnehmen. Womöglich war es für Tobias wirklich besser, wenn er in eine neue Familie kam.

Nein! Niemals! Mein ganzer Organismus sirrte vor Protest. Ein uraltes, urtümliches Gefühl von Angst jagte durch meinen Leib. Stell dir vor, man hätte dich mit fünf Jahren deinen Eltern entrissen, der bigotten Mutter mit der effizienten Ohrfeigenhand, dem Vater, der sich nie für dich interessiert hat. Von jetzt auf nachher hätte ich sie verloren. Wie im Krieg – ausgebombt. Kein Abschied, kein Andenken. Stattdessen neue Eltern, plötzlich Geschwister, Neid, Eifersucht, neue Regeln, andere Strafen, fremde Körper, die meinen an sich drückten. Brrr! Ekelhaft.

Ich goss einen Becher heißen Kaffee in mich hinein, legte mich wieder ins Bett und schlief, bis ein Anruf meiner Mutter mich weckte.

Ob ich zu Weihnachten käme.

»Muss das sein?«

»Es könnte unser letztes Weihnachtsfest sein.«

»Das hast du letztes Jahr auch behauptet. Ich habe alles abgesagt, bin zu dir rausgefahren und mit durch die Christmetten gezogen. Und was ist?«

»Willst du dich darüber beklagen, dass ich noch lebe?«

»Nein, Mama. Ich besuche dich gern …« Das war eine Lüge. »Aber nicht wieder zu Weihnachten.«

»Deiner Mutter wirst du doch wohl einen Herzenswunsch erfüllen können. Vielleicht den letzten!«

»Mama! Geht es nicht auch ein bisschen weniger dramatisch? Ich komme am Wochenende. Okay?«

»Ich werde Apfelkuchen backen. Den magst du doch!«

Schnell ja gesagt und den Hörer aufgelegt. Ich rechnete. Noch drei Tage Gnadenfrist. Der matschige und saure Apfelkuchen meiner Mutter gehörte zu den unvermeidbaren Prüfungen der Tochterliebe.

Ich duschte.

In der Neckarstraße nebelte ein kalter Dezembermorgen. Auf dem Hochbahnsteig der Stadtbahn fröstelten Rentner, Kopftuchtürkinnen und sehr verspätete Schülerinnen, die ihre letzte Zigarette rauchten. Einkaufen sollte ich auch noch! Bei Flimse stapelten sich Stiefel im Wühlkorb. Alles billig. Die Scheiben des Schnellbacks waren beschlagen, so dampften drinnen Menschen, Kaffee und Brötchen. Im Bioladen raffte ich warme Socken, Datteln, Dinkelkekse, Vollkornnudeln, Sonnenblumenkerne und andere Dinge, die ein Mensch nicht brauchte, in den Wagen. An der Theke für süße Stückchen stand Staatsanwältin Meisner und suchte sich einen Diätunterbrecher für die Mittagspause aus.

»Ich muss gleich in die Sitzung«, erklärte sie, was im Juristenjargon Gerichtsverhandlung hieß.

Wieder auf der Straße stieß ich fast mit der Kopftuchtürkin zusammen, die unter mir wohnte. Sie erwiderte meinen Gruß nicht. An ihrer Seite ging ein vielleicht zehnjähriges Mädchen, das mich mit großen orientalischen Augen anschaute und lächelte. Ich folgte ihnen mit meinen Tüten und fragte mich, ob das Mädchen nicht eigentlich in der Schule sein musste. Im Hausflur blockierte Oma Scheible die Briefkästen, konnte aber die türkische Mutter und ihre Tochter kaum aufhalten. Sie eilten in langen Mänteln die steinerne Treppe hinauf, die nur bis zum Hochparterre reichte. Danach ging es hölzern weiter.

»Fahret Sie Weihnachten wieder heim?«, erkundigte sich Oma Scheible. Sie plante gern beizeiten das Leben anderer Leute.

»Wohin?«

»Heim zu Ihrer Mutter!«

Ach so! Ich tappte jedes Mal in die Falle. »Nein.«

»Solltet Sie aber. Wer weiß, wie lang's noch hebt. Erscht grad isch die Frau von meinem Neffe g'schtorbe. Die war noch koine sechzig. Vor vier Jahren isch's losgange mit dem Bruschtkrebs. Und kaum ging's dere oin Tag gut, musste sie scho wieder zur Chemo.«

»Und Ihnen geht's gut?«, fragte ich. Oma Scheible war im letzten Jahr krummer und ihre Augen waren farbloser geworden. Von der Aktion gestern früh bei den Habergeiß hatte sie offenbar nichts mitbekommen. Das machte mir Sorgen. »Fahren Sie heim an Weihnachten?«

»Was? Wohin soll ich?«

»Heim, Frau Scheible.«

»Und wo soll des sein?«

Ich grinste sie an. »Sie mit Ihrer Lebenserfahrung, was würden Sie sagen? Ab wann geht das Daheim auf einen selber über?«

»Ach so!« Sie kicherte. »Des moinet Sie. Also bei uns daheim hemmer ufg'hört, von den Eltern daheim zum sage, wo i selber Kinder g'het hen.«

Also würde ich »heim« fahren, bis meine Mutter tot war.

Ich räumte meinen Kühlschrank ein und setzte mich an den Computer. Der geweckte Bildschirm präsentierte mir die Seite, die ich gestern Nacht hatte stehen lassen. Das siebzehnjährige Mädchen erkundigte sich unter »Wer weiß was?«, ob es für sie auch eine Möglichkeit gab, ihr Kind wegzugeben, ohne dass es in der Anonymität einer Adoption verschwand.

»Was sagt denn der Vater dazu?«, hatte ein Kommentator darunter geschrieben. Tja, die Väter.

Im Netz hatte ein Türke Spuren hinterlassen, der seit acht Jahren um seine Tochter kämpfte, die von der Mutter zur Adoption freigegeben worden war. Bis zum Europäischen Gerichtshof für Menschenrechte hatte der Vater sich geklagt. Der hatte die Praktiken des Jugendamts und die Bundesrepublik Deutschland verurteilt, doch das Kind hatte der Türke nicht bekommen. Das Jugendamt Wittenberg lehnte alles ab, selbst den Vorschlag des Bundesverfassungsgerichts, ihm das Sorgerecht zu übertragen. Inzwischen waren irgendwelche Richter eines Oberlandesgerichts wegen Rechtsbeugung angeklagt. Ende offen.

Jeden Tag wurden in Deutschland 80 Kinder ihren Müttern, Vätern oder Eltern weggenommen, unter Obhut des Jugendamts gestellt und in Heime und Pflegefamilien verteilt. Ungefähr 190 000 Kinder lebten derzeit kraft amtlicher Gewalt von ihren Eltern getrennt. Zum Vergleich: In deutschen Gefängnissen saßen etwa 73 000 Schwerverbrecher ein. Und die hatten sich durch alle Instanzen klagen können, wenn sie gewollt hatten. Und selbst im Gefängnis hatten sie verbriefte Rechte. Doch wer schaute nach den Kindern, die in Heimen und Fremdfamilien landeten? Wer außer dem Jugendamt, das sie selbst dorthin expediert hatte? Worum ging es da wirklich? Ums Kindeswohl? Um Hilfe?

Der Glaube, zu den Guten zu gehören, war ein starker Blindheitsfaktor für Gewalt und Unrecht. Aber wieso funktionierte es so still und reibungslos, so gut?

Wo waren die Gewinner? Wer verdiente daran?

Ich rief bei Ruth Laukin vom *Stuttgarter Anzeiger* an. Sie war unter anderem für die Sonntagsbeilagen zuständig. »Ich hätte ein Thema«, sagte ich und erzählte ihr von Nina Habergeiß und Tobias. »Die Selbstherrlichkeit des Jugendamts ist ein Skandal! Da sollte man mal was drüber machen.«

Ruth war nicht überzeugt. »Wenn man bei diesen Geschichten genauer hinguckt, dann stellt sich meistens heraus, dass bei solchen Familien einiges im Argen liegt. Ich kenne eine Mitarbeiterin des Jugendamts. Und was die so erzählt …«

»Schon verstanden«, sagte ich. »Wenn wir dem Jugendamt vorwerfen, es nehme zu viele Kinder in Obhut, kriegen wir ein Problem beim nächsten Kindsmord, den das Jugendamt nicht verhindert hat.«

Ruth druckste. »Musst du das wieder so auf den Punkt bringen, Lisa?«

Wir verblieben so, dass ich wieder anrufen sollte, wenn ich Habhafteres hätte. Ich holte Senta, die altersschwache Schäferhündin, aus Sallys Wohnung in der Urbanstraße und ging die Stöckachstraße entlang zur Hauptpforte des SWR. Als ich am Sender ankam, war mir warm, Cipión hechelte und Senta hing die Zunge fast bis auf die ergraute Brust. Sally wartete auf dem Hof und rauchte.

»Ich dachte schon, du hast es wieder vergessen.«

Wir drehten mit den Hunden unsere Runde durch den nasskalten Park der Villa Berg, und ich berichtete von dem Drama des Vormittags, dem Anruf meiner Mutter. »Und ich Lellebebbel habe ihr versprochen, sie am Wochenende zu besuchen!«

Der riesige Krater der Baustelle am Funkhaus interessierte Sally mehr. Ihr zukünftiger Arbeitsplatz. Neben den drei blauen Türmen des Architekten Gudbrot entstand ein neues Redaktionshaus ohne anthroposophischen Sichtbeton.

Um halb zwei lieferte ich Sally an der Pforte ab, rauchte mit ihr zusammen noch eine Zigarette und zog mit Senta und Cipión heimwärts. Als ich am Fußgängerüberweg Hackstraße angekommen war und das einstige Telegrafenamt, heute Staatsanwaltschaft, und den Hochbahnsteig am Stöckach vor Augen hatte, klingelte mein Handy. Das Display zeigte Richards ID.

»Hast du heute Nachmittag schon was vor?«, fragte er.

»Jede Menge!«

»Was denn?« Richards Geringschätzung meiner journalistischen Pflichten war unerschütterlich.

»Ich muss am Wochenende meine Mutter besuchen«, erklärte ich.

Ich hörte ihn lächeln. »Dann hast du also Zeit für einen Spaziergang. Pass auf …« Jemand quatschte ihm dazwischen, und ich hörte, wie er sich formell von einem Herrn Richter verabschiedete. Dann war er wieder in meinem Ohr. »Ich komme gerade aus der Sitzung und bin auf dem Weg zum Wagen. Sonja Depper hat angerufen. Wir … wir müssen sie abholen.«

»Wir?«

»Sie hat sich verlaufen, sagt sie.«

»Wie, verlaufen?«

»Im Wald.«

»Dann sag ihr: Immer geradeaus laufen, nach ein bis zwei Tagen stößt sie wieder auf Zivilisation und kann sich ein Taxi rufen.«

»Ich weiß, Lisa«, seufzte Richard. »Aber anscheinend gibt es da ein Problem. Sie habe eine furchtbare Dummheit gemacht, hat sie gesagt.«

»Was für eine Dummheit?«

»Das wollte sie mir am Telefon nicht sagen.«

»Und wo befindet sie sich genau?«

»Das konnte sie mir auch nicht sagen.«

Wobei wir wieder am Anfang waren. »Silberwald, Schönbuch, Feuerbacher Tal«, schlug ich vor. »Stuttgart zwischen Wald und Reben.«

»Ach so! Nein.«

»Was denn nun?«

»Sie sei auf dem Weg zu den Bärenseen.«

»Dann sollten wir unbedingt die Bergwacht rufen und Lawinenhunde!«

Das Handy knisterte einen Moment und die Fußgängerampel wurde grün.

»Du musst doch sowieso mit Cipión raus«, argumentierte Richard.

»Ich bin gerade auf dem Rückweg.«

»Die kurze Runde mit Sally?«

»Himmel, Richard! Warum willst du denn unbedingt Cipión und mich dabeihaben, wenn du dich mit Sonja Depper im Wald triffst?«

»Genau deshalb! Lisa.«

Ich musste lachen. »Fürchtest du, dass sie dich verführt und hinterher der sexuellen Nötigung bezichtigt?«

Er lachte nicht.

»Aber ich muss erst Senta zurückbringen. Sagen wir, in einer Viertelstunde an der Ausfahrt der Staatsanwaltschaft?«

Eigentlich wollte ich mir dann für die Waldwanderung noch schnell festeres Schuhwerk anziehen, aber Katarina fing mich auf der Treppe ab. Die Wimpertusche war verschmiert, sie keuchte und schrie: »Sie haben Tobi mitgenommen! Ich bring sie um!«

»Langsam!«

»Sie haben ihn aus dem Kindergarten geholt. Vor meinen Augen. Ich kam gerade, um ihn abzuholen. Ich habe nicht mal mehr mit ihm reden dürfen!«

»Wer hat ihn abgeholt?«

»Sie hatten zwei Polizisten dabei.«

»Wer?«

»Die vom Jugendamt. Mann, wovon rede ich denn die ganze Zeit? Und sie wollten mir nicht sagen, wohin sie ihn bringen. Aber er hat doch gar nicht seine Sachen! Wie soll er denn einschlafen ohne seinen Puschel?«

Tränen liefen dem Mädchen übers Gesicht.

»Ihr braucht einen Anwalt«, sagte ich.

In Katarinas Augen trat kindliches Vertrauen. Sie war erst dreizehn Jahre alt, ein Teenager in den inneren Wirren der Pubertät, ständig in Gefahr, Opfer von Gefühlsumschwüngen zu werden und auszurasten. »Und wann kriegen wir Tobi dann wieder?«

»Erst einmal muss euch das Jugendamt mitteilen, und zwar heute noch, dass es Tobias in Obhut genommen hat. Ihr legt Widerspruch ein, und es gibt eine Gerichtsverhandlung. Dafür braucht ihr den Anwalt.«

»Und Tobi? Wann können wir ihn besuchen?«

Vermutlich gar nicht, aber das mochte ich nicht sagen.

»Er braucht doch seine Sachen, den Puschel, die Salbe gegen Neurodermitis und so was.«

»Wie hat es deine Mutter aufgenommen?«, fragte ich, um abzulenken.

Katarina zuckte mit den Schultern. In ihren Augen glitzerte ein schräger Zug.

»Was ist mit deiner Mutter? Raus mit der Sprache. Ich muss das wissen, sonst kann ich euch nicht helfen.«

»Sie … sie hat Migräne und … und Depressionen … und Angststörungen und solche Sachen. Sie ist in Behandlung. Sie war früher mal Hebamme. Das konnte sie dann aber nicht mehr machen, und dann die Scheidung von meinem Papa …«

»Und wo ist dein Vater?«

»Irgendwo in Albanien. Er ist Moslem. Wir haben schon lange nichts mehr von ihm gehört. Er ist auch nicht Tobis Vater. Tobis Vater lebt in Anklam. Das ist irgendwo im Osten.«

»In Mecklenburg-Vorpommern.«

Katarina nickte. »Aber der hat eine andere geheiratet und zwei Kinder mit der. Arbeit hat er keine und zahlen tut er auch nicht.«

Auf diese Väter brauchte ich also nicht zu setzen.

»Pass auf, Katarina. Im Moment können wir gar nichts machen. Aber ich besorge euch einen Anwalt. Okay?«

Das Kind nickte.

»Der braucht dann alle Unterlagen, alles, was ihr je schriftlich vom Jugendamt oder Gericht oder sonst irgendeinem Amt bekommen habt.«

»Alles klar.«

»Weißt du, wo deine Mutter die Unterlagen hat?«

»Ich glaube schon.«

»Okay. Dann bring sie mir … Aber nicht jetzt. Heute Abend, ja? Jetzt muss ich weg, und zwar zügig.«

Mit sicherer Hand lenkte Richard den diplomatendunklen Mercedes die Kaltentaler Abfahrt hinauf. Der Stadtteil Vaihingen klemmte zwischen den Zufahrten auf die Autobahnen, die sich im Süden der Stadt kreuzten und verzweigten, und den Abwegen nach Rohr, Dürrlewang, Musberg oder zum Campus der Technischen Universität, der in den siebziger Jahren Wald und Wiesen verdrängt hatte.

»Was hast du mit Frau Depper ausgemacht?«, erkundigte ich mich.

»Dass sie zur Uni kommt, zur Sternwarte. Aber sie war ziemlich desorientiert. Ich konnte nur kurz mit ihr reden. Es war mitten in der Sitzung. Ich habe ihr gesagt, sie solle an die Seen gehen und sich dort auf eine Bank setzen und mich in einer Stunde wieder anrufen.«

Ich zog mein Handy. »Und hat sie angerufen?«

»Nein.«

»Gib mir mal ihre Nummer. Oder dein Handy.«

Richard griff sich ins Jackett. Ich klickte auf die Anruferliste. Die letzte waren Zahlen. »Ist es die?«, fragte ich. »12 Uhr 6, und dann die Ziffern …«

»Ja.«

Ich drückte Rückruf und ließ es klingeln.

»Was macht eigentlich Frau Deppers Ehemann?«

»Er ist Anwalt.«

»Nein, Richard, ich meine, warum hat sie nicht ihn angerufen, sondern dich?«

»Das weiß ich nicht.«

Zwischen ausgedehnten Parkplätzen verkrümelten sich die Betonbauten der Universitätsinstitute. Japaner querten die Straße. Richard bog in die Sackgasse vor der kleinen Sternwarte ab.

Keine Sonja Depper weit und breit. Rechts Parkplätze am Wald, links ein Studentenwohnheim mit steinerner Tischtennisplatte auf der Wiese. Hinter einer rotweißen Schranke begann der unüberschaubare Glemswald. Er belagerte den Westen der Stadt von Sindelfingen, Böblingen, Leonberg und Musberg über Botnang bis nach Feuerbach im Norden nahezu geschlossen, wenn auch immer wieder durchfräst von Autobahnen und Bundesstraßen.

Richard parkte, Cipión tobte im Fußraum, und in Richards Handy tutete noch immer das Rufzeichen ins Leere. Richard ging zur Schranke vor. Ich folgte ihm und gab ihm sein Telefon zurück. »Meldet sich nicht.«

Er schlug den Kragen seines Kamelhaarmantels hoch und stopfte den Schal fest. »Gehen wir ein Stück?«

Ein sibirischer Ostwind fegte den Waldrand entlang. Mein Parka hatte dem wenig entgegenzusetzen und meine Chucks waren zu dünn. Freudig schritt Richard in den Wald hinein. Cipión rannte voraus, stieß die Schnauze in die Böschung und hatte im nächsten Moment bereits etwas gefunden, was er kauen konnte.

»Pfui!«, schrie ich.

Widerstrebend spuckte der Dackel einen Schnuller aus. Ich kickte ihn vom Weg und scheuchte Cipión weiter.

»Richard! He, warte! Das hat doch keinen Sinn. Weißt du, wie viele Wege es hier hat? Und sie sind Kilometer lang!«

Richard deutete ein schmales Lächeln an. »Aber wir haben es immerhin versucht.«

Ich begriff: Er wollte Depper nicht finden. Er wollte nur nicht lügen, wenn sie ihm später Vorhaltungen machte. Pietistenlogik. Deshalb aß er freitags auch keine Maultaschen, jene Herrgottbescheißerle, die in der grünen Füllung Fleisch versteckten. Mein katholischer Gott ließ sich betrügen, aber der protestantische schaute in die Maultaschen und Richard ins Herz.

»Rein logisch betrachtet«, argumentierte ich, »können wir sie hier nicht finden. Wenn sie sich tatsächlich verlaufen hat, wie sie behauptet, dann nicht hier, wo man die Unihochhäuser zwischen den Bäumen sieht.«

»Ich glaube nicht«, sagte Richard, »dass Logik und Richterin Depper etwas gemein haben.«

Er sog die kalte Luft tief in die Lungen und schritt energisch aus. Eine Mutter mit Kinderwagen kam uns entgegen. Der Säugling schlief unter Deckenbergen, die jugendliche Mutter schob im Sturmschritt. Ihr Gesicht war ausdruckslos, als dächte sie schon lange nicht mehr darüber nach, wie sie den Tag verbrachte. Hauptsache, der Schreihals schlief.

»Übrigens, jetzt haben sie Tobi abgeholt.«

Richard warf mir einen kurzen Blick zu.

»Du erinnerst dich? Tobias Habergeiß, fünf Jahre, der über mir wohnt.«

Die Erinnerung war unnötig, denn Richards Namensgedächtnis war computergenau.

»Und zwar mit Polizei, aus dem Kindergarten.«

Der Staatsanwalt schwieg.

»Ich bin sicher, Depper hat das entschieden. Wieso darf eine kinderlose Walküre so was entscheiden? Und wieso darf eine, die so was entscheidet, Kinder wollen? Sie ist doch nie daheim! Vielleicht sollte ich Depper mal beim Jugendamt anzeigen!«

»Weswegen denn? Sie hat doch gar keine Kinder!«

»Eben drum. Es dient sicher dem Kindeswohl, wenn sie auch niemals mehr eines bekommt! Wahrscheinlich hat sie ihre Töchter im Kinderbett gemeuchelt!«

»Lisa, bitte! Außerdem, wenn du Krieg gegen die zuständige Familienrichterin führst, kriegt Frau Habergeiß ihren Tobias erst recht nicht wieder.«

»Wie kriegt sie ihn denn wieder, Richard?«

Er senkte das Kinn in den Kragen. »Es wird Gespräche geben. Mit allen Beteiligten. Wenn Frau Habergeiß sich nicht allzu ungeschickt anstellt, nicht von vornherein alles ablehnt, sich kooperativ zeigt ...« Es klang wie Pfeifen im Walde.

»Du musst ihr einen guten Anwalt besorgen, ja?«

Er nickte. Wir hatten die drei Stauseen der einstigen Stuttgarter Wasserversorgung erreicht, die Pfaffensee, Neuer See und Bärensee hießen und sommers wie winters von Joggern und Walkern umschwärmt wurden. Ich musste Cipión anleinen. »In schätzungsweise anderthalb Stunden ist es dunkel!«, bemerkte ich.

»Hör auf zu nörgeln, Lisa.«

Mittwochsspaziergänge waren noch hassenswerter als Sonntagsspaziergänge. Ich fragte mich, wie vernünftige Menschen sich Kinder wünschen konnten. Mich brachten schon die Gassifreuden eines Hundes an den Rand des Welthasses. Ich teilte mir den Tag gern selbst ein. Vor allem im Winter.

»Das ist jetzt drei Stunden her, Richard, dass Depper dich angerufen hat. Inzwischen ist sie längst erfroren! Oder in ihrem geheizten Wagen heimgefahren.«

»Sie hat kein Auto.«

»Ach? So kann sie Männer zu Chauffeursdiensten zwingen!«

Richard schwenkte in einen Weg, der vom mittleren See zu einem Parkplatz hinunterführte. Ein Holzsteg schwang sich über die Magstadter Straße. Die Bohlen waren morsch. Dann ging es erneut in den Wald. Immerhin konnte ich Cipión wieder laufen lassen. Durch die kahlen Bäume sah man weiter unten die Magstadter Staße gen Büsnau ziehen, dann Gebäude. Es dämmerte deutlich.

»Das Lehr- und Forschungsklärwerk der Universität«, erklärte Richard, stets freigiebig mit unnötigem Wissen.

Irgendwo schrie eine Katze.

»Dass kämpfende Katzen aber auch immer klingen wie Babys auf der Schlachtbank«, seufzte ich.

Cipión blieb stehen und stellte die Schlappohren. Ich hechtete vorwärts, um ihn am Halsband zu fassen, bevor er losschoss. Zu spät. Cipión schoss los, ich fasste daneben, stolperte vom Weg über die Böschung und konnte mich gerade noch an einem

Bäumchen festhalten. Da ging es ziemlich steil runter. Cipión überschlug sich, kugelte in einem Schwall von Laub abwärts und kam an einer Baumwurzel an einem Bach wieder auf die Pfoten. Nicht weit davon lag ein schwarzer Müllsack.

Nein, kein Müllsack! Es waren Kleider, ein länglicher Haufen, aus dem es violett leuchtete. Verdammt! Ich drehte mich zu Richard um, der mit den Händen in den Taschen herumstand und aus seinem hochgeschlagenen Kamelhaarkragen geduldig in die Welt blickte.

»Du, ich glaube, da unten liegt einer.«

Er verkrampfte sich. »Wie?«

»Ich schau mir das mal an.«

»Nein, Lisa, nicht!«, rief er. Richard war nicht zurechnungsfähig, wenn der Tod irgendwo herumlag. »Komm zurück!«

Ich rutschte den steilen Hang hinunter. Man konnte die Polizei nicht wegen eines Haufens Altkleider rufen. Doch sie nicht zu rufen ging auch nicht, falls es doch eine Leiche war.

Cipión stand mit hängender Rute an dem Baum, der ihn gebremst hatte. Und wieder schrie die Katze. Das registrierte ich am Rande. Deutlich sah ich jetzt den violetten Schal, der sich von der Astgabel eines Baums zum oberen Ende des Kleiderbündels spannte. Und das Bündel war kein Bündel, sondern ein schwarzer Wintermantel. Wirr fiel mausgraues Kopffell. Von einem Gesicht war nichts zu sehen. Es hatte sich ins Laub gewühlt. Unten ragten, verdreht, aus mächtigem Gesäß Jeanshosen heraus. Ein Bein war nach vorn gefallen. Der Fuß des anderen Beins stippte ins Wasser, das eisig kalt und klar rostrotes Buchenlaub umspielte.

Das Laub rutschte mir unter meinen Füßen weg, als ich hinüberkibbelte. Aber es musste sein. Nur sollte ich mich nicht am Schal und nicht am Baum festhalten, an dem die leblose Person hing. Drei Sekunden nahm ich mir und machte mit meinem Handy Fotos. Erst dann krustelte ich die Haare beiseite und tastete nach Hals und Puls.

Die Haut war kalt, Puls war keiner zu spüren. Aber das musste nichts heißen bei der Kälte. Einen Erhängten konnte man zurückholen, wenn sein Hirn nicht länger als eine Viertelstunde ohne Sauerstoff gewesen war.

Tot oder nicht? Wenn ich den Schal löste, zerstörte ich alle Spuren.

Egal. Ich nahm den Kopf an den Haaren hoch … Ein Ohrstecker mit rotem Stein fiel mir ins Auge. Sonja Depper! Mit Erde und Laub im Gesicht und filigranen Moosrosetten im einen halb offenen Auge, einem Blattstiel im Mundwinkel, die Lippen gebleckt vom Aufprall auf den Boden und mittlerweile erstarrt. Da brauchte ich nicht mehr an Wiederbelebung zu denken.

Und wieder schrie die Katze. Sehr nah!

Cipión fiepte. Es hielt ihn nicht mehr auf seinen Hinterkeulen, er kam und stöberte mit der Schnauze unter den Mantel der Toten. Ich zerrte ihn heraus. »Sitz! Cipión! Sitz!«

Der Katzenjammer kam von tief unter der Leiche. Und mit einem Mal legte mein träges Gehirn den Schalter um. Es war Babygeschrei.

Ich riss den Mantel hoch und damit die Schulter. Unter dem Leib, in einer kleinen Höhle, die das nach vorn gefallene Bein und das breite Becken gerade so gelassen hatten, bauschte sich rosafarbene Wolle. Ein winziges Gesicht starrte mir entgegen, halb bedeckt von einem Zettel. Ich nahm ihn weg, steckte ihn ein und schubste die Leiche auf den Rücken. Sonja Deppers Leiche gebar einen Säugling.

»Ja, wer bist du denn?«

Der Winzling blinzelte ins Licht, verzog das Gesicht, riss den zahnlosen Mund auf und schrie. Ich griff das Bündel – einen Zipfel der rosafarbenen Wolldecke musste ich unter der Hüfte der Richterin hervorziehen – und klemmte es mir in den Arm. Richard war von hier unten aus nicht zu sehen. Also musste ich es auf zwei Beinen und mit nur einer Hand den Hang hinauf schaffen. Sogar Cipión hatte Mühe.

»Richard!«, schrie ich.

Er beugte sich über die Kante. Mit manteltaschenwarmer Hand zog er mich den letzten Meter auf den Weg hinauf.

»Ja, wer bist du denn?« Richards Stimme klang zärtlich, vergnügt, fast übermütig. Leben statt Tod, das erleichterte ihn.

Wie selbstverständlich wechselte der Säugling in seine Hände. Richard besaß einen natürlichen Zugang zu Kindern jeden Alters. Als wäre er sein Leben lang Amme gewesen, gab er dem Köpfchen mit zwei Fingern Halt, knöpfte seinen Mantel auf, schob das Bündel darunter und drückte es an sein warm schlagendes Herz. Das Kleine wurde augenblicklich ruhig und schaute nur noch, mit großen blauen Augen.

»So ein süßes Butzele!«, murmelte er und zupfte das rosafarbene Mützchen zurecht. »Du bist aber mal eine ganz Hübsche!«

»Es ist Sonja Depper«, referierte ich.

»Was?«

»Sie liegt tot da unten. Sieht aus, als hätte sie sich im eigenen Schal erhängt.«

Richard nickte, ohne aufzublicken. »Und ein ganz kaltes Näschen hast du. So ein kaltes Näschen. Und Hunger hast du sicher auch.«

»Richard!«

»Ja?« Er wippte das Kindchen in seinem Arm. »Ja, gähn du nur. Schön warm ist es, gell? Und bald gibt's Happihappi.«

»He, huhu, Richard!«

Verwundert blickte er mich an. »Ja, was ist denn?«

»Da unten liegt deine Familienrichterin, tot! Unter der Leiche befand sich dieser Säugling.«

Richard zog die Brauen zusammen, ohne die Augen von seinem Mantelaufschlag zu wenden. Seit ich ihn kannte, war er fasziniert vom Lebendigen, egal, wie klein und hilflos es war. Das Gesichtchen in seinem Arm war fürchterlich winzig. Seine Haut wirkte, als sei sie zu groß. Unter dem rosafarbenen Mützchen kam spärlicher schwarzer Flaum hervor.

Ich bedachte Deppers hüftig und bäuchlings eher fülliges Erscheinungsbild. »Sie wird doch nicht heimlich schwanger gewesen sein und soeben entbunden haben, hier im Wald?«

Richard schüttelte den Kopf. »Ein paar Wochen dürfte die Kleine schon alt sein. Ja, du hast sicher Hunger, mein Butzele?«

»Wir müssen die Polizei rufen!«

Richard hob den Blick nicht vom faltigen Gesichtchen. »Keine Sorge«, murmelte er. »Wir werden deine Mama sicher ganz bald finden.«

Ich tippte die 112. Die Zentrale meldete sich. Ich sagte meinen Namen – meine Handynummer sahen sie sowieso auf ihren Bildschirmen – und meldete den Fund einer leblosen Person am Lehr- und Forschungsklärwerk der Universität Stuttgart, waldseitig. »Augenscheinlich im eigenen Schal erhängt. Keine Lebenszeichen mehr. Es handelt sich, glaube ich, um Amtsrichterin Sonja Depper.«

Der Beamte ließ sich in seiner Frageroutine nicht groß stören. »Fassen Sie nichts an. Bleiben Sie vor Ort, bis die Einsatzkräfte da sind.«

Als ich die Verbindung beendete, fiel mir auf, dass ich das Findelkind gar nicht erwähnt hatte.

»Die mit den Rundumkennleuchten kommen!«

Richard nickte, versunken in seiner turtelnden Zwiesprache mit dem Säugling auf seinem Arm. Vermutlich eine Schockreaktion auf den Tod unten am Bach. So war mit ihm nichts Vernünftiges anzufangen.

»Pass auf«, sagte ich. »Am besten, du gehst mit der Kleinen schon vor zum Wagen.«

Zärtlich stopfte er die rosafarbene Wolle, die das Wesen in seinem Mantel umhüllte, ums Gesichtchen fest.

»Du hast doch Standheizung. Okay? Hast du mich verstanden, Richard?«

»Ja«, antwortete er und blickte mich aus asymmetrischen Augen etwas spöttisch an. »Ich verstehe dich gut, Lisa.«

»Okay.«

Sein Blick tauchte in meinen.

»Und warte da! Hörst du! Ich werde die Beamten gleich zu dir schicken.«

»Ja, ja.« Eine Sekunde später hatte er sich umgedreht und marschierte mit großen Schritten den Waldweg fort in Richtung Campus. Wie ein Geist, den ich mir nur eingebildet hatte, verschwand Richards elegante Gestalt hinter der Biegung zwischen den Bäumen.

5

Nacht sammelte sich im Tal bei den Gebäuden der Kläranlage und der Leiche. Ich zündete mir die zweite Zigarette an und dachte darüber nach, warum wir Sonja Depper überhaupt gefunden hatten. Eigentlich hatten nicht wir, Richard und ich, sondern Cipión sie entdeckt. Und auch nicht sie, sondern das Baby. Der Schnuller fiel mir plötzlich ein, den er gleich zu Beginn unseres Spaziergangs durchgekaut hatte. Womöglich hatte er der Kleinen gehört. Cipións Gedächtnis für Gerüche hatte dann die Verbindung hergestellt.

Bodenkälte kniff sich durch die Sohlen meiner Chucks.

Wo war eigentlich der Kinderwagen?, fiel mir ein. Depper hatte das Baby sicherlich nicht in Wolldecken auf dem Arm durch den Wald getragen. Wenn man Säuglinge trug, dann in Trageschalen oder Bauchsäcken oder Tüchern. Dass der Kinderwagen fehlte, kam mir fast noch seltsamer vor als der Umstand, dass die Richterin ein Baby, das nicht ihr eigenes sein konnte, mit sich geführt und ihren Mentor, Oberstaatsanwalt Weber, zu Hilfe gerufen hatte. Sie habe eine Riesendummheit gemacht, hatte Richard sie zitiert. Und ich hatte mich darauf kapriziert, darüber zu spotten, dass sie sich verlaufen haben wollte. Aber dass sie zum Zeitpunkt ihres Anrufs im Landgericht und ihres Gesprächs mit Richard nicht gewusst hatte, wo sie sich befand, war wohl nur ein vorübergehendes und das vermutlich kleinere Problem gewesen. Ihr größeres war dieser Dergel, dieser Wutz, der Zwerg, das Kipf, das Scheißerchen in rosa Decken, mit dem Richard abgezogen war, als hätte er eine Beute ergattert.

Und sie lag tot da unten.

Hatte Richard mich zielstrebig hierher geführt, wenn auch auf Umwegen? Von Anfang an hatte mir nicht einleuchten wollen, was wir in diesem Teil des Glemswaldes suchten. Mein Puls pumpte Hitze bis unter meine Haarwurzeln. Richard! Mit ungewöhnlich ungebremstem Hass hatte er gestern Abend auf sie geschimpft und das Gebär-Ranking der Weiber.

Nein. Er hatte ein Alibi!

Wirklich? Hatte er wirklich ein Alibi? Deppers Anruf war kurz nach zwölf eingegangen. Angerufen hatte er mich erst halb zwei oder so. Mein Handy würde es mir genauer sagen. Was, wenn er tatsächlich sofort losgefahren war? Sie präsentiert ihm das Kind und eine hanebüchene Geschichte. Es gibt einen Wortwechsel, Streit, dann ein Schubs oder ein Fehltritt, Depper rutscht ab und erhängt sich. Richard, geschockt, flieht, ruft mich an, kehrt mit mir an den Tatort zurück … Nein! Und nochmals nein!

Endlich drehte sich Blaulicht in den Bäumen. Autoscheinwerfer blendeten von der Magstadter Straße herauf. Ein silberblauer Mercedes rollte heran, gefolgt von einem Notarztwagen. Eine uniformierte Beamtin mit silbernem Stern auf den Schulterklappen und ein Kollege mit grünen Sternen stiegen aus. Die Notärztin gesellte sich dazu.

»Sie haben den Notruf abgesetzt?«, fragte die Polizistin.

Ich deutete den Hang hinunter. »Dort.«

Der Polizist hatte die Taschenlampe schon in der Hand und leuchtete hinunter. Er probierte den schmierigen Hang, hieb die Kanten seines Schuhwerks in Laub und Erde, befand, so werde es gehen, und reichte der Notärztin die Hand. Sie rutschten hinunter.

Die Polizeikommissarin wandte sich mir zu. »Sie sind hier mit Ihrem Dackel spazieren gegangen? Ein hübscher Kerle.«

Cipión wedelte pflichtschuldig.

»Er hat sie gefunden«, erklärte ich. »Übrigens handelt es sich um Amtsrichterin Sonja Depper. Ich habe sie bewegt, weil ich dachte, ich könnte sie noch wiederbeleben. Aber ich habe vorher Handyfotos von der Auffindesituation gemacht.«

Die Polizistin zuckte zusammen. Dann setzte sie sich in den Wagen an den Funk und machte eine Meldung.

»Und Sie heißen Lisa Nerz?«, erkundigte sie sich danach.

»Schwabenreporterin Lisa Nerz.«

»Sie sind uns durchaus nicht unbekannt.« Aus Polizeimund hörte sich das nach langem Vorstrafenregister an. Aber ihr Ton blieb freundlich. »Frau Nerz, würden Sie mir bitte Ihr Mobiltelefon aushändigen?«

»Das brauche ich noch. Können wir das nicht anders regeln? Ich maile Ihnen die Fotos, oder ich schicke sie per MMS auf Ihr Handy, irgendwas dieser Art.«

Die Beamtin überlegte.

»Ach ja«, sagte ich. »Und dann lag da unter der Leiche auch noch dieser Säugling.«

»Ein Säugling?« Die Polizeikommissarin wartete nicht die Hälfte meiner Erklärungen ab. Sie scheuchte mich mit Cipión in ihren Polizeiwagen und preschte den Waldweg entlang. Doch auf dem finsteren Uniparkplatz stand nirgendwo mehr ein dunkler Daimler. »Wollen Sie mich verarschen, Frau Nerz?«

»Nein, Frau Kommissarin.«

Ihr Auge blitzte halb anerkennend. Es kam sicher selten vor, dass der Bürger die Staatsmacht in Uniform Kommissar titulierte.

»Ich kann mir das nur so erklären, dass irgendwas mit dem Baby war und mein Begleiter mit ihm ins Krankenhaus gefahren ist.«

»Name, Autokennzeichen?«

Äh, ich kannte nicht mal das Kennzeichen meines eigenen Fahrzeugs. »Oberstaatsanwalt Dr. Richard Weber.«

Sie wirkte schon viel entspannter. »Können Sie ihn anrufen?«

Ich zog mein Handy und tippte Richards Kurzwahl. Nach dem zweiten Klingeln stellte sich die Bandansage an. »Teilnehmer vorübergehend nicht erreichbar«, sagte ich. »Das spricht für Krankenhaus.«

Da der Sachverhalt hier jetzt nicht zu klären war, fuhren wir zurück.

Auf dem Waldweg hatte sich inzwischen eine stattliche Anzahl von Fahrzeugen aufgereiht. So ein Leichenfundort bei Nacht ist eine technisch aufwändige und widrige Angelegenheit. Hang und Bach erschwerten es zusätzlich, die nötige Beleuchtung aufzustellen.

Hauptkommissar Christoph Weininger vom 1.1 kam uns entgegen. Seine weißen Socken leuchteten im Dunkel, seine hellblonde Haarbürste leuchtete auch.

»Hallo, Karen«, grüßte er die Kollegin. »Scheißkalt, was?« Dann schaute er mich an und seufzte. »Ich hab schon gehört, du wieder! Immer zur falschen Zeit am falschen Ort.«

»Hallo, Christoph!«, grüßte ich munter. »Wie geht es Bethe? Und dem Kleinen? Wie alt ist er jetzt?«

»Vierzehn Monate … unser Jan-Marcel«, fügte er an, falls ich, was durchaus so war, den Namen des Söhnchens vergessen haben sollte.

»Mein Gott, wie die Zeit vergeht!«

Seit Christoph verheiratet war mit seiner brünetten Schönheit, oder vielmehr seit dem Tag, an dem er, Staatsanwältin Meisner, Richard und ich in der *Wielandshöhe* zusammen hatten essen wollen und Richards Vater gestorben war[1], hatten wir uns nicht mehr gesehen. Darüber war Christoph vermutlich nicht wirklich unglücklich gewesen, denn auch wenn er mich

1 Siehe Lehmann: *Allmachtsdackel.* Ariadne 2007

vielleicht ganz gern mochte, so hasste er doch aus tiefstem Polizeiherzen den Oberstaatsanwalt, der mein Schatten war. Eine alte Geschichte[2].

»Du kennst die Verstorbene«, bemerkte er.

»Sagen wir so. Sie trägt Mantel, Schal und Ohrstecker der Person, die ich gestern im *Tauben Spitz* getroffen habe.«

»Warum hast du dich mit ihr getroffen?«

»Nein, nicht so, Christoph. Ich denke noch nicht auf Polizeideutsch. Treffen kann auch nur heißen, dass man sich zufällig begegnet ist, ohne sich vorher gekannt zu haben, dass man aber ins Gespräch gekommen ist und sich seitdem kennt, wenn auch nur ziemlich äußerlich und oberflächlich.«

Der Kriminalhauptkommissar lächelte gequält. Die Polizeikommissarin machte ein neutrales Gesicht.

»Aber«, versuchte es Christoph noch mal, »ich darf davon ausgehen, dass du sie wiederkennen würdest? Gut. Es ist eine reine Formalität, nur damit alles seine Ordnung hat, aber könntest du noch mal einen Blick auf die Tote werfen?«

»Sag doch gleich, dass ich sie identifizieren soll. Habt ihr keinen Ausweis bei ihr gefunden?«

Es gab bestimmte Fragen, bei denen Polizisten, Richter, Staatsanwälte und wer sonst noch mit Opfer- und Täterdaten zu tun hatte, Mienen der Verschwiegenheit aufsetzten. Oft waren es ganz einfache Fragen, bei denen ich die Notwendigkeit nicht erkannte, Dienstgeheimnisse zu hüten. Vielleicht wussten sie es selbst nicht so genau und folgten nur dem Gefühl, dass nichts sagen sicherer war, wenn man nicht später feststellen wollte, dass man zu viel preisgegeben hatte. Täterwissen zum Beispiel.

»Sie hat Fotos von der Auffindesituation auf dem Handy«, informierte ihn die Kommissarin rasch.

»Ich kümmere mich darum«, antwortete Christoph.

Damit war sie das Problem los. Der Zeiger auf der Armband-

2 Siehe Lehmann: *Gaisburger Schlachthof*. Ariadne 2006

uhr der Polizistin war bereits weit über die Halb-acht-Marke gekrochen. Und um acht war Schichtende.

Ich folgte Kriminalhauptkommissar Weininger die lange Schlange der silberblauen Wagen entlang. Am Ende wartete der Leichenwagen. Der Transportsarg stand offen auf dem Weg hinter der offenen Heckklappe. Die Schuhe der Träger waren schwer von Matsch, die Hosenbeine verschmiert.

»Habt ihr Deppers Ehemann schon verständigt?«, fragte ich. »Sollte er nicht besser seine Frau identifizieren?«

»Herr Depper wird sie in der Rechtsmedizin identifizieren. Du musst mir nur sagen, ob diese Person diejenige ist, die du da unten tot aufgefunden hast. Damit die Zeugenkette geschlossen ist.«

Die Scheinwerfer eines weiteren Wagens, der eben den Waldweg entlangkam, blendete uns. Es war ein kleiner roter, dem Staatsanwältin Meisner entstieg. Sie hatte ihren Schal bis zur Nase gewickelt und pelzgefütterte Winterstiefel an den Füßen, ihre Haare wiesen nicht die eherne Sprayordnung auf wie sonst, und sie hustete.

»Abend«, grüßte sie.

»Oje«, sagte ich. »Es trifft doch immer die Falschen.«

»Tja«, antwortete sie. »Leider bin ich ans Telefon gegangen. Dabei sollte ich eigentlich im Bett liegen und Kamillentee trinken.« Sie schnupfte, versuchte, mit den Fingern Ordnung in ihre Haare zu bringen, und musterte den Leichensack. »Aber besser ich als unser geschätzter Kollege aus dem Dezernat für Wirtschaftsdelikte. Es ist Richterin Depper, stimmt das? Mein Gott, erst gestern bin ich ihr in der Staatsanwaltschaft begegnet.« Meisner schüttelte den Kopf. »Nun machen Sie schon auf, Weininger. Schauen wir der Wahrheit ins Auge.«

Christoph ratschte den Reißverschluss des Leichensacks so weit auf, dass wir im Schein seiner starken Taschenlampe das Gesicht sehen konnten.

Noch immer standen die Lippen grotesk offen, das Blatt

hatte jemand entfernt, aber nicht das Mooszweiglein aus dem halboffenen Auge. Das andere war geschlossen und von Erde geschwärzt. Trotzdem waren die kleinen roten Punkte um die Augen gut zu erkennen, die Hunderte von inneren Nadelstichen, die der Überdruck beim Kampf gegen das Ersticken unter die Haut trieb. Die Stirn hatte auf der linken Seite eine kleine Platzwunde, die noch geblutet hatte. Die kleinen roten Ohrstecker funkelten, und plötzlich sah ich es wieder vor mir, das junge und erfolgshungrige Gesicht der Richterin, die kraft Amt immer klüger war als die Eltern, die vor ihr saßen.

»Ja, das ist Sonja Depper«, sagte Meisner und seufzte.

»Es ist die Person, die vorhin da unten lag«, fügte ich an.

»Volles Programm«, ordnete Meisner an. »Ab in die Rechtsmedizin. Obduktion und Gentests.«

Christoph gab den Männern ein Zeichen. Sie ratschten den Reißverschluss wieder zu, legten den Deckel auf den Sarg und hoben ihn in den Leichenwagen. Der wurde aber nun von Meisners Auto blockiert. Ein Polizeibeamter musste geholt werden, der von Meisner den Schlüssel bekam und den Wagen rückwärts zum Parkplatz an der Magstadter Straße fuhr, gefolgt vom Leichenwagen, ebenfalls im Rückwärtsgang.

»Weiß es ihr Mann schon?«, fragte Meisner.

»Die Kollegen haben nur auf die Bestätigung gewartet«, antwortete Christoph.

Die Staatsanwältin für Tötungsdelikte hustete und schaute sich um. »Dann wollen wir mal.« Sie straffte sich und marschierte an der Reihe der Wagen entlang.

Sonja Depper hatte sich eine wirklich ungünstige Stelle zum Sterben ausgesucht, auch, was die Spurensicherung betraf. Der Hang sah inzwischen aus wie nach zwei Wochen Kinderrodeln auf drei Zentimetern Schnee. Unten hatte sich die Tatortgruppe in Overalls mit Fotoapparaten, Pinseln und Klebebändern an die Arbeit gemacht.

Christoph zündete sich eine Zigarette an.

Ich erklärte Meisner, dass ich Handyfotos von der Auffindesituation hatte. »Auf wessen Mailkasten soll ich sie senden? Auf Ihren, Frau Meisner?«

Sie deutete auf Christoph. Der nickte ergeben. Er war seit einigen Jahren der Überzeugung, dass er die Arschkarte gezogen hatte. Erst spät hatte man ihn zum Hauptkommissar befördert, intern galt er als sperrig und anspruchsvoll. Aber keine Soko verzichtete auf ihn.

»Habt ihr ein Handy bei ihr gefunden?«, fragte ich.

»Wir haben bislang nicht mal eine Handtasche gefunden«, antwortete Christoph.

»Dafür haben wir ein Baby unter der Leiche gefunden!«

»Was?« Es kam unisono von Weininger und Meisner.

Ich erklärte es ihnen. Christoph verbiss sich den Fluch auf seinen Erbfeind.

»Kindsentführung und Unterschlagung von Beweismitteln«, murmelte Meisner und kicherte hustend. »Aber es muss ein Bild für die Götter sein. Unser kaltschnäuziger Herr Dr. Weber mit Baby. Köstlich!«

»Er soll sich unverzüglich bei uns melden!«, grummelte Christoph.

Gegen halb neun hatte ich endlich auch das Protokoll unterschrieben und wurde von einem Streifenwagen in die Neckarstraße gebracht.

6

Meine Füße waren so vereist, dass ich die Treppen nicht unter den Sohlen fühlte. Ich tappte die Stockwerke hinauf wie auf Stümpfen. Was mich aufrecht hielt, war die Aussicht auf ein heißes Bad.

Als ich die Wohnungstür aufschloss, die sich ohne Flur in

mein Wohnzimmer öffnete, starrten mir erwartungsvoll drei Paar Augen entgegen. Das vierte Paar war geschlossen. Katarina und Sally saßen am Tisch und sortierten Pampers, Säuglingsnahrung, Fläschchen und Strampler. Richard saß auf dem Sofa mit dem schlafenden Säugling auf dem Arm, der seinen Zeigefinger umklammert hielt.

»Da bist du ja endlich!«, rief Sally. »Weißt du schon das Neueste? Richard ist jetzt Vater!«

»Wie?« Ich wollte schon anfügen: »Aber nicht in meiner Wohnung!«, doch das breite Lächeln, das Richard sich nicht versagen konnte, stoppte mich. Es war ein tiefes inneres, wenn auch hoffnungslos irrationales Glück, das auf seinem Gesicht strahlte.

»Ja«, sagte er mit verantwortungsferner Heiterkeit in der Stimme, »die im Krankenhaus haben unhinterfragt angenommen, dass derjenige, der das Kind bringt, auch der Vater ist.«

Wenigstens Großvater, dachte ich.

»Und dann habe ich einfach wissen wollen, wie weit das Vertrauen geht.«

Von wegen einfach! »Im Krankenhaus fragt man doch nicht nach der Geburtsurkunde«, sagte ich. »Und einen Staatsanwalt im Kamelhaarmantel mit privater Krankenversicherung schon gar nicht. Du hättest es ihnen sagen müssen!«

»Bei ihm hätte es die Kleine voll gut«, schwärmte Katarina. »Ihr würden sie dann auch die Gymnasialempfehlung geben. Er muss sie behalten.«

Sally musterte den Oberstaatsanwalt für Wirtschaftsstrafsachen mit gerührtem Großmamablick. Sein Blick wiederum ruhte selbstverloren auf seiner ihm so unvermutet vom Storch in die Arme gelegten Tochter, die satt schlummerte und dabei seinen Zeigefinger umklammert hielt.

»Den Krankenhausdokumenten zufolge«, sagte er, »bin ich jetzt Vater von Alena Weber, geboren am 17. November in Antalya.«

»Antalya!«

»Alena sieht ein bisschen südländisch aus, findest du nicht?«

»Und die Mutter?«

»Bei der Geburt verstorben«, antwortete Sally an seiner Stelle.

»Oh, das tut mir aber leid!«

Richard lächelte leise. In jedem Schwaben steckte immer auch der Schlawiner, der im gegebenen Moment seines Lebens der Versuchung erlag, festzuhalten, was er nicht durch Fleiß erworben hatte. Ich gönnte es ihm. In ein paar Stunden würde er hoffentlich wieder zur Vernunft kommen.

»Schönen Gruß, du sollst Christoph anrufen oder Meisner«, richtete ich aus. »Zum Glück kennen sie dich, sonst hätte man eine Großfahndung nach einem Kindesentführer ausgelöst. Warum bist du, ohne was zu sagen, mit ihr ins Krankenhaus?«

Richard blickte mich mit einer Unschuld an, die mich den unfreundlichen Ton bereuen ließ. »Sie hat geschrien und wollte nicht wieder aufhören. Ich dachte, vielleicht hat sie innere Verletzungen, Erfrierungen.« Er lächelte. »Aber sie ist kerngesund. Sie hatte einfach nur Hunger.«

»Ist sie nicht süß!«, sagte Sally.

»Gibt es ...« Richard schaute mich an mit einem Blick, getrübt von geheimnisvollen Hormonen, die einen Menschen zur Mutterliebe verdammten. »Gibt es denn schon eine Vermisstenanzeige?«

»Nein.«

Darauf sagte er nichts. Kein Wort. Nicht mal ein Zucken der Mimik. Hoffnung und Irrsinn gestattete Richard sich nur im Stillen, laut erlaubte er sich nicht zu wünschen, was nicht denkbar war und morgen schon nicht mehr existierte. Auf einmal tat er mir fürchterlich leid. Es schnürte mir die Kehle zu, fast hätte es mir Tränen in die Augen getrieben. Ich floh in die Küche und rädelte für Cipión eine Dose Hundefutter auf. Sally und Katarina kamen, um sich Zigaretten anzuzünden.

»Ich dachte, ich seh nicht recht«, erzählte Sally, »als Richard plötzlich mit der Kleinen im Arm vor meiner Haustür stand. Du warst ja nicht da …«

Wofür ich ausnahmsweise wirklich mal nichts konnte!

»Wir sind sofort los und haben eingekauft, Pampers, Babymilch, Nachtwäsche. Fehlt nur noch ein Kinderwagen.«

»Den könnt ihr von uns haben«, bot Katarina an. »Der von Tobi muss noch irgendwo rumfahren.«

»Und wie Richard die Kleine gewindelt hat …« Sally blies bewundernd den Rauch gegen die Küchendecke. »Als hätte er's gelernt! Sobald er sie auf den Arm nimmt, hört sie auf zu schreien.«

»Sie wird sicherlich heute Nacht ein paarmal kommen«, bemerkte Katarina.

Aber nicht in meiner Wohnung!, schwor ich im Stillen.

»Übrigens, ich hab die Unterlagen mitgebracht«, erinnerte mich Katarina an ihre Belange. »Wie Sie gesagt haben.«

Das hätte ich nicht völlig vergessen haben dürfen. Ich servierte Bier mit Alkohol für Sally, alkoholfreies für Richard und Cola für Katarina. Meine Füße waren inzwischen warm geworden. Sie kribbelten vor Hitze. »Und deine Mutter weiß, wo du bist?«

Katarina nickte. Zwischen Pampers und Kunstmilch stand eine eselsohrige Schuhschachtel, die sie mir hinschob. Die Dokumente darin waren nach dem einfachen und klaren Ordnungsprinzip der Schlamper geschichtet, chronologisch in umgekehrter Reihenfolge, die alten unten, die jungen oben. Ich begann die Schichten abzutragen. Richard war zwar ziemlich gehandicapt wegen der Kleinen auf seinem Arm und des von ihr okkupierten Zeigefingers, aber er stellte der Klärung des Sachverhalts immerhin seine Aufmerksamkeit zur Verfügung, sofern Alena nicht gerade hustete, knuckste oder die Schnute verzog.

Nina Habergeiß war vor zwei Jahren nach dreijähriger Trennungszeit von dem albanischen Staatsbürger Luftar Vlora geschieden worden, und zwar von Richterin Sonja Depper. Die Tochter Katarina Vlora und der Sohn Tobias Vlora waren der

Mutter zugesprochen worden, sie hatte allerdings nicht das alleinige Sorgerecht. Als Vater des ehelich geborenen Sohnes Tobias hatte Nina Habergeiß beim Jugendamt Paul Grollwitz angegeben, welcher der Vaterschaft jedoch nicht zugestimmt hatte. Eine Rechtsbelehrung hatte Nina die Möglichkeit einer Vaterschaftsklage vor dem Amtsgericht nahegelegt, aber es fand sich kein Urteil zur Feststellung der Vaterschaft. Luftar Vlora hatte sich auch keine Mühe gemacht, die Vaterschaft abzulehnen und eine Klärung zu verlangen, stattdessen hatte er sich unverzüglich davongemacht. Aufenthaltsort unbekannt. Nach der Scheidung hatte Nina Habergeiß die Änderung der Nachnamen ihrer Kinder in Habergeiß beantragt, doch das Amtsgericht hatte den Antrag abgewiesen. Begründung: Der Kindsvater, Luftar Vlora, habe der Änderung nicht zugestimmt.

»Wie denn auch?«, keifte Katarina. »Es hat ihn ja keiner gefragt, weil niemand weiß, wo er steckt. Das ist voll scheiße! Wenn du Vlora heißt, bist du gleich voll der Asi. Deshalb hab ich nur Hauptschulempfehlung bekommen, ich schwör.«

»Die Einwilligung des leiblichen Vaters kann durch eine Entscheidung des Familiengerichts ersetzt werden«, klärte uns Richard auf, »wenn es zum Kindeswohl unabdingbar notwendig ist. Übrigens kannst du deine Namensänderung selbst beantragen, Katarina, sobald du vierzehn bist.«

»Aber dann würde ich anders heißen als Tobi.«

»In diesem Fall wird das Familiengericht auch Tobias' Zunamen ändern müssen. Außerdem könntet ihr euch ja mal um die Zustimmung des Herrn Vlora bemühen. Warum sollte er sie verweigern. Er ist doch, wie ich das verstehe, nicht Tobias' leiblicher, sondern lediglich juristischer Vater.«

»Und wie? Niemand weiß, wo er ist.«

»Das kann nicht sein, Katarina. Seine Verwandten und Freunde wissen vermutlich, wo er ist. Man muss sich halt hinsetzen und ein paar Briefe schreiben.«

»Und wer zahlt uns das Porto?«

»Katarina! Was willst du? Klagen oder ein Problem lösen?«

Das Mädchen stöhnte. »Muss alles so kompliziert sein!«

»Warum sollte es einfach sein?«, antwortete Richard freundlich.

Katarina musterte ihn von der Seite und fing an, ihre Fingernägel zu beknabbern.

Unterschrieben war auch dieser Beschluss zur Ablehnung der Namensänderung von Familienrichterin Depper. Bei Familiensachen war das Amtsgericht gehalten, die Verfahren zu bündeln und bei einem Gericht zu belassen. So verwunderte es nicht weiter, dass auch der Streit mit dem Jugendamt von Sonja Depper begleitet worden war. Das Elend hatte mit Hartz IV begonnen. Die Arge, zuständig für die Auszahlung des ALG II, was dasselbe war, stellte fest, dass die Wohnung, die Nina mit ihren Kindern bewohnte, zu groß war.

»Das war im Raitelsberg«, erklärte Katarina.

Sally verzog das Gesicht.

»Es ist ruhig«, sagte ich, »es gibt einen Aktivspielplatz mit Ponys und Ziegen und reichlich Grünanlagen rundherum.«

»Ja, in denen sich abends die Alks streiten!«

Der Raitelsberg war eine Arbeitersiedlung aus den zwanziger Jahren im roten Osten Stuttgarts. Wir gingen fast täglich mit den Hunden dort entlang, wenn ich Sally mit Senta und Cipión an der Pforte des Senders abholte. Dort hatte Mutter Habergeiß mit ihren Kindern Vlora eine Dreizimmerwohnung von 82 Quadratmetern bewohnt. Zugestanden hätten ihnen jedoch nur 75 Quadratmeter. Und nachdem die Wohnungsgesellschaft die Mieten erhöht hatte, um das Viertel aufzuwerten, hatte die Miete plötzlich über dem gelegen, was die Arge für angemessen hielt. Zum Umzug hatte man sie zwar nicht zwingen können, aber das Mehr an Mietkosten selber zu zahlen, war bei 843 Euro monatlich nicht drin gewesen.

Sally zog im Kopf die Miet- und Nebenkosten von ihrem Netto ab und sagte: »Und dafür arbeite ich jeden Tag!«

Richard rechnete auch: »Das macht 28 Euro und 10 Cent pro Tag, wenn der Monat nur 30 Tage hat. Aber für drei Personen, Sally. Pro Tag hat jede der drei Personen rund 9 Euro zur Verfügung, für Essen, Fahrten, Ausflüge, Kleider und Schuhe, Kino, Sportverein oder Klavierunterricht.«

»Weißt du, was Tierarztrechnungen kosten!«

»Tobi hätte auch immer so gern einen Hund gehabt«, sagte Katarina. »Und ich hätte gern Gitarre gelernt.«

»Aber leider ist fast die Hälfte deines Tagesbudgets weg«, bemerkte Richard, »wenn du dir eine Schachtel Zigaretten kaufst.«

»Sie rauchen doch auch!«

»Aber ich bin über fünfzig und verdiene gut. Übrigens, Sonja Depper hat mal drei Monate lang vom Arbeitslosengeld gelebt. Und es geht, fand sie.«

»Ja«, schnaubte ich, »und als die drei Monate rum waren, ist sie Schuhe kaufen gegangen. Und aus ihrer Wohnung ausziehen hat sie auch nicht müssen.«

Dagegen hatte die Familie Habergeiß-Vlora sich eine neue Wohnung gesucht und sie bei mir im Haus unterm Dach gefunden, 69 Quadratmeter, Küche, Bad und zwei Zimmer. Die Arbeitsagentur zahlte den Umzug, sie hatte ihn schließlich gefordert. Die Miete samt Nebenkosten lag nun zwar auch nur 2 Euro unter der vorigen, aber die Arge war's zufrieden. Nicht jedoch das Jugendamt.

Kurz nach ihrem Einzug, schilderte Katarina, sei eine Jugendhelferin des Diakonischen Werks bei ihnen aufgetaucht, mit bösem Blick durch die Wohnung gegangen, habe mit dem Finger hierhin und dorthin gedeutet und dazu Befehle erteilt: »Des misset Se ändre!« Das Kinderbett für Tobias zu klein, keine Badewanne vorhanden, der Herd ungeeignet, weil ohne Backofen, Mikrowellenkost ungesund, vor allem für Tobias, die Kinder hätten keinen Platz für Schularbeiten, Tobias sei in der Entwicklung zurückgeblieben und müsse regelmäßig in den Kindergarten. Und überhaupt sei die Wohnung schlecht geschnitten und zu klein.

Die Kinder hatten sie die »Desmissetse« genannt, während Nina Habergeiß Angstzustände bekam. Desmissetse ließ kein Argument gelten, weder dass Tobias nicht in den Kindergarten wolle, noch dass Baden für seine Haut schlecht sei oder dass er außer Spaghetti mit roter Soße ohnehin kaum etwas essen wolle und auf die Hälfte aller Gemüsesorten allergisch reagiere. Noch vier- oder fünfmal ging Desmissetse durch die Wohnung, die Mängelliste wurde immer länger, der Ton fordernder. Dann machte sie Meldung, dass die Verhältnisse untragbar seien, die Mutter jegliche Kooperation verweigere und mit der Erziehung und Versorgung der Kinder hoffnungslos überfordert sei. Ein Gespräch mit Frau Hellewart wurde anberaumt, über das Katarina nichts sagen konnte, denn sie war nicht dabei gewesen. Aber der Schock saß auch bei ihr tief, denn die Mutter war aufgelöst heimgekommen und hatte geschrien: »Die wollen mich in die Klapse stecken!« Katarina hatte den Notarzt rufen müssen. »Voll der Horror!« Seitdem nahm ihre Mutter Pillen und war total gleichgültig.

In der Schuhschachtel fand sich der darauf folgende Beschluss von Richterin Depper, dem zufolge Nina Habergeiß sicherstellen müsse, dass Tobias regelmäßig den Kindergarten besuchte, weil das für seine soziale und intellektuelle Entwicklung unverzichtbar sei, da er zu Hause zu wenig Anregungen bekomme. Das nächste Dokument stellte eine formelle Entbindung aller Ärzte von der Schweigepflicht dem Jugendamt gegenüber dar, die Nina Habergeiß unterschrieben hatte. Eine Aufklärung über die Folgen habe stattgefunden, unterzeichnet Annemarie Hellewart, Jugendamt Stuttgart, ASD.

»Heilandsack!«, knurrte Richard.

»Sonst hätten sie uns Tobi doch gleich weggenommen«, verteidigte Katarina ihre Mutter.

»Dürfen die das einfach so verlangen?«, fragte Sally großäugig.

»Natürlich nicht!«, sagte Richard ungnädig. »Die Schweigepflichtentbindung ist ungültig, wenn sie einfach so verlangt wurde oder wenn der betroffenen Person Konsequenzen für den Fall angedroht wurden, dass sie sie nicht unterzeichnet. Es dürfen ihr auch keinerlei Nachteile daraus entstehen, wenn sie die Erklärung nicht unterschreibt. Die Schweigepflicht der Ärzte ist ein hohes Gut!«

So oder so waren Nina Nachteile entstanden. Ihre Ärzte hatten geplaudert, offenbar ohne Rücksprache mit ihr. Ein schriftliches Ergebnis der Familienerforschung, die das Jugendamt betrieben hatte, fand sich zwar in der Schuhschachtel nicht, aber es lag ein Zettel darin, auf dem sich Nina zu irgendeiner Zeit, vermutlich nach einem Gespräch im Jugendamt, die Worte notiert hatte: »Münchhausen by proxi.«

»Bitte was?«, fragte Sally.

Sogar Richard war blank. Sein zerebrales Archiv gab nicht die kleinste Vermutung her. »Münchhausen, der Lügenbaron«, war das Einzige, was ihm dazu einfiel.

Ich startete meinen Klappcomputer, fragte Wikipedia und referierte: »Auf Deutsch heißt es Münchhausen-Stellvertreter-Syndrom und ist eine psychiatrische Erkrankung, bei der der Erkrankte bei einem anderen Menschen Krankheiten vortäuscht oder bewusst herbeiführt, um anschließend dessen medizinische Behandlung zu verlangen. Die Erkrankung kann demnach eine subtile Form der Kindesmisshandlung sein, die in 15 bis 35 Prozent der Fälle bis zum Tod des Opfers führen kann. Häufig ist der Erkrankte ein Elternteil (meist die Mutter) oder ein Sorgeberechtigter.«

»Wie?«, fragte Katarina aufgebracht. »Versteh ich nicht.«

»Es heißt, dass deine Mutter es total geil findet, mit Tobi zu Ärzten zu gehen, und deshalb ständig behauptet, er habe eine Krankheit, die er gar nicht hat. Um die Ärzte zu täuschen, macht sie Tobi vorher krank.«

»Sind die total behindert oder was?« Katarina kreischte.

»Bitte!«, machte Richard. »Du weckst Alena auf!«

»Der Tobi ist zwar oft krank«, fuhr Katarina mit vorübergehend gesenkter Stimme fort, »aber da kann Mama doch nichts dafür. Als Baby hatte er Pseudokrupp und jetzt hat er Asthma und Neurodermitis. Glauben die etwa, Mama schüttet ihm Säure über den Arm oder was? Das wüsste ich aber!«

Sally schüttelte noch immer den Kopf. »Warum tun Mütter so was? Was haben sie davon?«

»Meine Mutter tut das nicht!«, rief Katarina, sich vorsorglich aufpumpend, um weiterzukreischen. »Die drehen es sich doch alle, wie es gerade passt.«

»Katarina«, sagte Richard und schaute dem Mädchen in die Augen. »Mir gefällt deine unbeherrschte Art nicht.« Er sagte es freundlich, sogar interessiert. »Ich würde dir lieber zuhören, wenn du in normalem Ton mit uns reden würdest. Wenn du das nicht willst, dann würde ich es vorziehen, mich ohne dich weiterzuunterhalten.«

Katarina duckte sich, versuchte zu lachen, merkte aber, dass der gestandene Mann im cognacfarbenen Anzug mit Weste und Krawatte sich trotz eines winzigen Säuglings im Arm nicht erweichen lassen würde, durch keinen noch so bettelnden Blick aus mädchenhaften Glitzeraugen und kein Unschuldsgekicher, und nickte plötzlich einsichtig und verständig. Von da an sprach sie normal, zumindest mit uns.

»Wenn ich das richtig verstehe«, exzerpierte ich aus dem weltweiten Netz, »treten solche Mütter wie perfekte Mütter auf, besorgt, aufopferungsvoll bis zur Erschöpfung, engelsgleich. Sie weichen ihren Kindern nicht von der Seite, suchen engen Kontakt zu Ärzten und Krankenschwestern. Sie genießen die Aufmerksamkeit von Ärzten und Pflegepersonal. Die Krankenschwester wird zu ihrer besten Freundin. Oft sind sie übrigens selbst Krankenschwester gewesen.«

»Das stimmt schon mal nicht. Meine Mutter geht überhaupt nicht gern zu Ärzten«, teilte uns Katarina mit. »Weil die sie

behandeln wie Abschaum. Wir sind halt nur Kassenpatienten.«
Dann brach sie völlig unerwartet in Tränen aus.

Sally stand auf und legte den Arm um sie.

Das Mädchen schluchzte eine Weile, versuchte sich die Tränen zu trocknen, ohne die Wimperntusche zu verwischen, lächelte, lachte und heulte. »Ich hab nur gerade gedacht, wo der Tobi jetzt ist? Er kann doch nicht einschlafen ohne seinen Puschel. Und er hat seine Handschuhe nicht, damit er sich nachts nicht kratzt. Er schämt sich doch immer so, wenn er sich im Gesicht was aufgekratzt hat. Und auf Möhren reagiert er total allergisch. Das wissen die doch alles nicht.«

Wir schauten uns an.

»Die müssen ihn wieder rausrücken«, beschwichtigte Sally. »Lisa ist bei der Zeitung und Richard ist Staatsanwalt.«

Ein warnendes Räuspern Richards unterbrach sie.

Ich lenkte ab. »Habt ihr inzwischen Mitteilung vom Jugendamt bekommen? Hat man euch angerufen?«

Das Mädchen schüttelte den Kopf. »Es hat niemand angerufen.«

Richard runzelte die Stirn.

»Ich habe ja gesehen, wie sie Tobi abgeholt haben«, erklärte Katarina. »Da meinen sie jetzt sicher, sie müssten nicht mehr bei uns anrufen.«

Richard schüttelte sachte den Kopf.

Ein Schatten fiel auf unsere Schuhschachtelgesellschaft. Das Unheimliche ließ sich bei uns nieder. Jeder, der einmal Kind gewesen war, kannte das Bohren von Einsamkeit und Angst. Bitte, lieber Gott, lass Mama und Papa nichts geschehen, bitte, bitte, und meinem Meerschweinchen auch nicht, und bitte, lieber Gott, mach, dass morgen alles wieder gut ist und dass Mama wieder gesund ist. Bitte lass Mama und Papa nicht sterben. Das waren meine Beschwörungsformeln gewesen. Wir hatten ja nur diese einen Eltern, nur dieses eine Leben, nur diese eine Welt, und bitte, lieber Gott, lass sie morgen noch so sein wie heute, sie muss gar nicht besser sein, aber bitte lass sie auch nicht schlimmer sein!

Plötzlich schien es mir sehr unwahrscheinlich, dass Depper einfach nur gestolpert war und sich selbst stranguliert hatte. Und wer zum Teufel hatte Tobias heute Mittag wirklich aus dem Kindergarten geholt? Und wo steckte er jetzt?

Ich googelte nach Kinderheimen, während das Gespräch noch eine Weile hin und her ging, die kleine Alena aufwachte und gähnte, was Katarina und Sally zu Entzückensschreien veranlasste, Richard seinen Zeigefinger wiederbekam, das Baby auf den rechten Arm wechselte und dabei auf die Uhr schaute. Es musste Stunden her sein, dass er die letzte Zigarette geraucht hatte.

»Ich glaube«, sagte er, »Alena hat ein Stinkerchen gemacht!«

7

Richard stand in Hemdsärmeln mit dem frisch gewickelten und mit Säuglingsnahrung abgefüllten Hosenscheißerle am dunklen Fenster, klopfte ihm sanft auf den Rücken und wartete aufs Bäuerchen. Er warf mir einen verwunderten, beinahe verwundeten Blick zu. »Soll ich gehen?«

Himmel, kaum bekindert und schon Grundsatzfragen! »Aber ich steh nicht auf heute Nacht!«

Er schmunzelte. Und klopfte. Das Butzele rülpste. »Feines Bäuerchen, so ist es recht!«

Wie selbstverständlich hatte Richard in meinem Badezimmer auf dem Tisch dem Wicht die Windeln gewechselt, dann Milch angerührt, im elektrischen Flaschenwärmer erhitzt, die Temperatur des Fläschchens an der Innenseite seines Handgelenks geprüft und es dann in Alenas Schnute gestopft. Er konnte das, und es war mir völlig schleierhaft, wieso. Alena schrie auch nicht. Sie schrie nur – und zwar wie am Spieß –, als er sie mir übergab, um die Hände frei zu haben für die Zubereitung des Fläschchens. Ich zeigte Alena Cipión, der mit glänzender Nase und unsicher, ob zur Eifersucht Anlass sei, das Gekreische musterte, ich wippte sie auf dem Arm, ich zeigte ihr den bunten Bildschirm meines Klappcomputers, klimperte mit meinem Schlüsselbund und was man alles so machte, um für ein paar Sekunden Neugier und Stille zu provozieren, aber Alena gab erst wieder Ruhe, als Richard sie übernahm.

»Ich kann ja auf dem Sofa schlafen«, schlug er vor.

Ich drehte mich zu ihm um. »Haben wir noch Sex oder haben wir jetzt ein Kind?«

Er lachte. »Eifersüchtig?«

»Nein, eher besorgt, Richard. Du wirst sie nicht behalten können!«

»Ich weiß.« Er strich ihr übers Köpfchen. Alena rülpste Milchschaum auf Richards Hemd. »Ja, und noch ein Bäuerchen!«, gurrte er beglückt. »Das machst du sehr gut!«

»Sie sollte gar nicht hier sein.«

»Wo sollte sie denn sein? In der Obhut des Jugendamts?«

»Richard! Für genau solche Fälle ist das Jugendamt da. Die haben Bereitschaftspflegefamilien. Außerdem gehört sie ja jemandem. Irgendwo ist jetzt eine Mutter verrückt vor Angst.«

»Aber bei der Polizei hat sie sich nicht gemeldet. Christoph sagt mir Bescheid, sobald die Vermisstenanzeige eingeht. Und gleich morgen gehe ich zum Jugendamt.«

»Zu dir ins Amt kannst du sie eh nicht mitnehmen!«, bemerkte ich.

»Wer sagt das?« Richards Augen glitzerten schräg, und der Schalk zuckte in den Mundwinkeln. Selten hatte ich ihn so vergnügt und entspannt gesehen, so gänzlich einig mit sich und der Welt.

»Zuzutrauen wäre es dir!« Ich musste lachen. »Die Damen des Geschäftszimmers werden entzückt sein. Dein Sekretariatsdrache Roswita Kallweit wohl eher weniger. Und ob der Vorsitzende Richter auch so entzückt ist …«

»Lisa, lass mir einfach den Spaß, ja?«

»Okay, okay! Aber warum in meiner Wohnung?«

»Weil …« Richard trat an mich heran, in einer Duftwolke aus Babywäscheweichspüler, säuerlicher Milch und einem Hauch seines ureigenen Pflegemitteldufts nach Zeder und Zibet, löste die Klopfhand von Alenas Rücken, griff nach mir, zog mich zu sich hin und küsste mich. »Weil ich es schön finde, wenn du dabei bist, Lisa.«

Nee, bitte! Mir wurden die Knie butterweich, ein Kloß verstopfte mir den Kehlkopf.

Hastig wandte ich mich der rosafarbenen Wolldecke zu, in die Alena eingewickelt gewesen war. Neben ihr auf meinem alten Kneipentisch lag auch der Strampler, den sie angehabt und den Richard durch einen neuen ausgetauscht hatte. Es waren vielfach gewaschene Sachen mit unauffälligen Massenwareetiketten. Nur auf der Wolldecke stand »Reine Schurwolle« und »Naturtextil« über dem Label des Ökoversands Waschbär.

»Findest du, das passt zu der türkischen Herkunft, die du dem Kind angedichtet hast?«

»Wenn die Mutter Deutsche ist … Abgesehen davon werden Erstausstattungen meist von Verwandten, Eltern und Freunden gekauft. Wenn bei uns im Amt eine ein Kind kriegt, wird gesammelt, als müsste ein ganzes Kinderdorf in Bolivien ausgestattet werden.«

»Richard! Du bist politisch unkorrekt!«

Er lachte. »Ist doch wahr!«

Ich schob mein Befremden über seinen hormonell bedingten Charakterwechsel beiseite. »Was haben die Ärzte im Krankenhaus eigentlich gesagt? Ernährungszustand, Entwicklung, Narben?«

»Lisa, ich war nicht beim Gerichtsmediziner, sondern bei einer Kinderärztin. Und als Vater … als vermeintlicher Vater konnte ich nicht fragen, wie der Allgemein- und Ernährungszustand von Alena ist. Die Ärztin hat alles routinemäßig durchgecheckt – Gehör, Augen, Lungen, Organe – und wirkte zufrieden. Ah, sie schläft.«

Richard ließ sich von mir die rosafarbene Kuscheldecke geben, breitete sie auf meinem alten grauen Sofa aus und legte Alena vorsichtig darauf ab. Dann langte er tief in die Innentasche seines Jacketts, das über der Stuhllehne hing, und zog eine Schachtel Zigaretten heraus. Doch kaum spürte sich das Kind in Rückenlage, schlug es die Augen auf, guckte ins Licht, verzog das Gesicht, machte das Mäulchen auf und begann zu krähen. Dann zu schreien. Dann zu kreischen.

Richard legte die Zigaretten auf den Tisch. »Was hast du denn, du Lumbadogg?«, gurrte er und nahm sie, mit zwei Fingern das Köpfchen stützend, wieder hoch an seine breite warme, wenn auch befleckte Hemdbrust. Sofort schloss sie das Mündchen, sprudelte ein bisschen Spucke hervor und war still.

»Na, das kann ja heiter werden!«

»Ist doch nur für eine Nacht, Lisa. Du wirst es überleben.« Vergnügt wippte er Alena ein wenig und setzte sich dann mit ihr aufs Sofa.

»Vermutlich ist es ein Schreibaby«, stichelte ich, »und die entnervte Mutter hat es in einem Anfall von Überforderung und Mordlust im Wald ausgesetzt und Depper hat es an sich genommen … Moment! Da fällt mir was ein. Ist uns nicht eine junge Frau mit Kinderwagen entgegengekommen? Gleich zu Anfang, kurz nachdem Cipión den Schnuller gefunden hatte. Hast du eigentlich ein Baby in dem Kinderwagen gesehen?«

Richard schaute mich konsterniert an.

»Ich nicht. Nur Decken und Kissen.«

»Hm.«

»Es würde erklären, warum der Kinderwagen fehlt. Und warum es bisher keine Vermisstenanzeige gibt.«

»Es erklärt aber nicht, warum Sonja Depper mich gegen

zwölf Uhr angerufen und erklärt hat, sie habe eine Dummheit gemacht«, wandte er ein. »Es ist nicht plausibel, dass die Mutter noch zwei bis drei Stunden nach Verlust oder Aussetzung ihres Säuglings mit leerem Kinderwagen durch den Wald läuft.«

Auf meiner sprungfederreichen alten Couch versuchte er eine stabile Position in der Ecke von Rückenlehne und Seitenstütze zu finden, ohne der schlafenden Alena dabei seinen Zeigefinger zu entreißen.

»Oder Sonjà Depper hat das Kind aus dem Kinderwagen geklaut!«, schlug ich vor.

»Und die junge Mutter hat es bis jetzt noch nicht gemerkt? Nein, Lisa! Außerdem, warum sollte Sonja Depper einen Säugling klauen!«

»Weil sie keine realistische Aussicht auf ein Adoptivkind hat.«

Richard schüttelte den Kopf. »Ziemlich extrem, findest du nicht? Ich meine, Frauen, die so was machen, sind …« Er blickte mich zweifelnd an.

»Äffinnen oder psychisch krank«, vollendete ich. »Durchaus möglich, findest du nicht? Immerhin sind der Frau zwei Kinder am plötzlichen Kindstod gestorben. Da probiert man es nicht ein drittes Mal. Den Stress hält keiner aus. Also geht nur noch Adoption. Und Depper war es irrsinnig wichtig, Kinder zu haben. Damit man sie für eine leistungswillige und -fähige Frau hält. Also ich finde, so ein Konzept liegt bereits im Grenzbereich zum Irrsinn. Ganz abgesehen davon, dass es Irrsinn ist, Kinder zu wollen! Da haben wir uns vor fünfzig Jahren emanzipiert von der teuflischen Verquickung von Sex und Fortpflanzung, und was machen diese Deppinnen? Sie begeben sich zurück in die Sklaverei der Eierstöcke!«

Richard lächelte gezwungen. »Und was, wenn der Toten das Kind tatsächlich nachträglich untergeschoben wurde, beispielsweise von der jungen Frau mit dem augenscheinlich leeren Kinderwagen, der wir begegnet sind?«

»Nein«, konnte ich mit Bestimmtheit sagen, »ich musste einen

Zipfel der Decke unter dem Leichnam hervorziehen. Und ich kann mir nicht vorstellen, dass eine jugendliche Mutter, die eine Tote findet und beschließt, ihr das Schreibaby unterzuschieben, so besonnen ist, einen Zipfel unter die Leiche zu stopfen, damit es so aussieht, als sei das Baby zusammen mit der Toten gefallen.«

Das konnte er sich auch nicht vorstellen. Vorsichtig wegen des schlafenden Balgs auf seiner Brust trat Richard die Schuhe von den Füßen und schwang ein Bein nach dem anderen auf das Sofa.

»Aber Depper könnte der jungen Mutter das Baby abgenommen haben«, überlegte ich. »Gar nicht mal in der Absicht, es zu entwenden, sondern im Gespräch. Womöglich hat die junge Frau über Last und Leid geklagt, von Tötungsabsichten gesprochen, was weiß ich. Depper könnte zu der Überzeugung gelangt sein, sie müsse das Kind unverzüglich in Obhut nehmen. Es kam zu einem Handgemenge, Depper stürzte …«

»Dann hätte sie mich nicht mehr anrufen können, vorgeblich, weil sie eine Dummheit begangen habe.«

»Was hättest du eigentlich gemacht«, fragte ich, »wenn Depper dir die Kleine präsentiert und dazu erklärt hätte: Die habe ich gerade geklaut. Ich weiß auch nicht, was über mich gekommen ist. Bitte helfen Sie mir!«

»Keine Ahnung.«

Ich lachte. »Das glaube ich dir nicht.«

»Das ist eine sehr hypothetische Frage, Lisa. Vermutlich hätte ich ihr nahegelegt, zur Polizei zu gehen und unverzüglich eine Fahndung nach der Mutter auszulösen.« Er unterdrückte ein Gähnen, denn er konnte sich nicht die Hand vor den Mund halten, weil die süße Krott in seinem einen Arm lag und den Finger der anderen Hand umklammert hielt. Rührend!

»Mehr wäre dir nicht eingefallen, um deinem Schützling zu helfen?«

»Sie war nicht mein Schützling!« Ein neuerliches Gähnen, das er zu unterdrücken versuchte, sprengte Richard fast den Kiefer.

»Aber warum ruft sie dich an? Warum kutschierst du sie herum, zum Beispiel nach Hause? Wo wohnte sie eigentlich?«

Keine Antwort.

»Richard?«

Er hatte die Augen geschlossen. Er schlief.

Ja, es war ein aufregender Tag gewesen! Ich holte eine meiner mottenlöchrigen Wolldecken von vor dem Krieg, breitete sie über ihm aus, löschte das Licht und zog mich mit dem Laptop in mein Schlafzimmer zurück. Ich wusste zu viel *nicht* über Jugendämter, Kinderheime und Bereitschaftspflegefamilien. Zwischen Mitternacht und Morgengrauen stieß ich auf den Fall Tilo und Lea Leidenfrost, der in der Öffentlichkeit der sinnlichen Medien – Zeitung, Radio, Fernsehen – so gut wie keine Rolle gespielt, dafür aber in Foren unter Titeln wie »Kinderklaubehörde« gischtige Wellen geschlagen hatte.

8

Die Sache hatte sich im Raitelsberg abgespielt, dem Arbeiterquartier, aus dem auch Nina Habergeiß mit ihren Kindern stammte. Nach dem siebten Kind hatte Lea Leidenfrost die Ehrenpatenschaft des Bundespräsidenten beantragt. Als die kleine Evelyn schon gut ein Jahr alt und Lea mit dem achten Kind schwanger war, wurde die Familie zum Festakt ins Rathaus geladen, wo ihr die Sozialbürgermeisterin im Zuge der Kampagne »Kinderstadt Stuttgart« die Urkunde und 500 Euro als Patengeschenk überreichte. Eine Woche später war ein Beamter des Jugendamts bei den Leidenfrosts erschienen. Zunächst zu Kaffee und Kuchen. Dabei hatte der sechsjährige Florian mit dem Vater herumgebubelt und Töten gespielt. Das hatte den Beamten irritiert. Bei einem zweiten Besuch bat er darum, ein bisschen alleine mit den drei anwesenden Kindern zu spielen, darunter Florian. Es sei ein seltsames Spiel gewesen, erzählten die Kinder hinterher. Der Mann habe sie gefragt, ob sie geschlagen würden. Der Beamte mahnte ein Einzelzimmer für Florian an. Der Junge leide an einem Aufmerksamkeitsdefizit. Die Eltern hatten freundlich gelächelt – woher ein Extrazimmer nehmen? – und es nicht so ernst genommen. Als Leas Niederkunft mit dem achten Kind unmittelbar bevorstand, rückte eine Erziehungshelferin an und verlangte Umbauten, die Anschaffung eines Wäschetrockners, obgleich die Familie einen besaß, den sie nicht nutzte, und ein Einzelzimmer für Florian. Lea und Tilo verging das Lachen. Lea bekam vorzeitige Wehen und musste liegen. Sie unterschrieben die Entbindung der Ärzte von der Schweigepflicht. Es kam ein freundlicher Herr zu Besuch, der sich eine halbe Stunde mit Lea über die Freuden der Schwangerschaft, Geburt und Säuglingspflege unterhielt. Das achte Kind kam auf die Welt, etwas zu früh, Tilo blieb eine Woche zu Hause, nach drei Tagen holte er Lea aus der Klinik. Das Kind sollte noch ein paar Tage im Brutkasten bleiben, Lea fuhr dreimal pro Tag hin zum Milchabpumpen. Am Montag, während die Kinder in der Schule waren, wollte sie es dann endlich heimholen. Tilo ging arbeiten. Aber er saß noch keine Stunde in der Verkaufsstelle des Autohauses in der Neckarstraße, da kam ein Alarmanruf seiner Frau: »Hilfe! Die vom Jugendamt sind im Krankenhaus. Sie wollen die Kleine mitnehmen.« Tilo setzte sich ins Auto, doch als er im Krankenhaus ankam, fand er nur noch seine Frau vor, in Tränen aufgelöst. Das Neugeborene war weg. Zu Hause erwarteten sie bereits zwei Frauen und ein Mann vom Jugendamt. Sie sackten ein Kind nach dem andern ein, sowie es aus der Schule kam. Die beiden, die noch in den Kindergarten gingen, waren bereits dort abgeholt worden. Drei Stunden später hatten Lea und Tilo all ihre Kinder verloren. Wo sie sich befanden, erfuhren sie nicht, weder an diesem Tag noch in den folgenden Wochen und Monaten. Erstmals aber bekamen sie ein Gutachten des freundlichen Herrn und des Beamten zu Gesicht, die sie besucht hatten. Darin war die Rede von Gewaltausbrüchen der gestressten Mutter und bedenklicher Aggressivität des Sohnes Florian. Die Eltern könnten den Kindern nicht die nötige Zuwendung geben, die Kinder müssten sich Dinge untereinander beibringen. Und dann das Todesurteil für die Mutter: Münchhausen-Stellvertreter-Syndrom.

Ja, zum Teufel!

Diese Mütter, las ich im Gruselkabinett der Psychiatrie, seien in ihrer Kindheit meist selbst misshandelt worden und richteten ihre Aggressionen nicht gegen sich selbst, sondern gegen ihre Kinder. Sie seien eher intelligent, sehnten sich nach Aufmerksamkeit, wüssten aber nicht, wie sie Beziehungen zu ihren Mitmenschen knüpfen sollten, fühlten sich isoliert und einsam. Mit einem kranken Kind ändere sich für sie alles. Plötzlich fänden sie Anerkennung, ihre Aufopferung werde bewundert, sie gälten als gute Mütter. Das beflügle die Erfindungsgabe, Kinder arztreif zu machen: Salzwasser, Säure, ein Schlag mit dem Hammer auf einen Knöchel, würgen, vergiften, mit Psychopharmaka füttern, ihnen einbläuen, was sie beim Arzt zu sagen hätten, sofortiger Arztwechsel, wenn Gefahr bestand, dass man ihr draufkam. Zehn Prozent der malträtierten Kinder blieben auf der Strecke, oder fünf Prozent oder dreißig. Die Zahlen divergierten.

Mich schauderte. Was für eine Idee! Und von derart bestrickender innerer Logik, geradezu bezwingend, notwendig und unausweichlich. Haben wir es nicht insgeheim immer gewusst? Etwas war falsch an der Aufopferung unserer Mütter. Die Hühnerbrühe, die sie uns am Krankenbett löffelweise einflößten, war vergiftet. Das Pflaster auf dem blutigen Knie löste erst die Blutvergiftung aus, das »heile, heile, Segen!« war eine feierliche Drohung. Werd du mir nur gesund! Ja, sorgende Mütter, die waren gestern, heute studierten sie die Apothekenrundschau und kontrollierten die Krankheiten ihrer Kinder.

Erfunden hatte das Syndrom in den siebziger Jahren ein britischer Kinderarzt namens Roy Meadow. Seine Gutachten brachten in England einige hundert Frauen ins Gefängnis, darunter eine Rechtsanwältin, deren beide Kinder hintereinander den plötzlichen Kindstod gestorben waren. Die Wahrscheinlichkeit, dass es eine Mutter zweimal traf, hatte Meadow mit 1 zu 73 Millionen angegeben. Die Rechtsanwältin wurde wegen Mordes zu lebenslanger Haft verurteilt. Dann beschwerten sich Mathematiker über einen Fehler in der Wahrscheinlichkeitsrechnung, und fast 300 Fälle, in denen Meadow gegutachtet hatte, mussten neu aufgerollt und etliche Frauen freigelassen werden. Ein Medizinskandal? Nein. Einige Jahre später wurde Meadow rehabilitiert und geadelt.

Bis heute galt das Münchhausen-Stellvertreter-Syndrom als selten. Gerade mal einige hundert Fälle waren seit den Siebzigern weltweit dokumentiert. Der Würzburger Gerichtspsychiater Krupinski schätzte, dass von einer Million Kindern zwei bis vier von ihren Müttern künstlich krank gemacht wurden. Ich rechnete: Das wären bei ungefähr 15 Millionen Kindern in Deutschland 30 bis 60 Kinder. Der Professor glaubte es jedoch selbst nicht – die innere Logik oder die tiefe Furcht vor der Müttermacht war zu gewaltig – und hatte eine Studie angestrengt, der zufolge in den letzten elf Jahren in rund 190 Kliniken 91 gesicherte Fälle von Müttern nachgewiesen werden konnten, die ihre Kinder absichtlich krank gemacht hatten. Außerdem habe es 99 ernsthafte Verdachtsfälle gegeben. Eine seltene Störung, aber nicht so selten wie gedacht, meinte der Gerichtspsychiater.

Und ich kannte schon eine Mutter mit dieser Diagnose persönlich und eine zweite lebte nur ein paar Kilometer von mir entfernt. Konnte das sein? Der Verdacht beschlich mich, dass Kinderärzte, Psychiater und Jugendbeamte der bezwingenden inneren Logik des Horrorbildes von der Müttermacht reihenweise erlagen. Vielleicht litten sie am Helfersyndrom: sich die Kinder schaffen, die man vor Müttern retten musste.

Schon nach ein paar Klicks purzelten mir aus dem Netz rund

ein Dutzend Diagnosen von Münchhausen-Stellvertreter-Syndrom entgegen, die als Begründung für eine vorsorgliche Inobhutnahme von Kindern gedient hatten. Ein Beweis hatte nie geführt werden können. In deutschen Krankenhäusern war die heimliche Kameraüberwachung von Müttern an den Krankenbetten ihrer Kinder verboten. Folglich behalf man sich mit Verdachtsmomenten und raschem Handeln.

In Niedersachsen hatte ein Arzt bei der Untersuchung eines Jungen Atemnot und rote Stellen am Hals festgestellt. Hatte die Mutter den Jungen gewürgt? Das Jugendamt nahm ihr das Kind weg. In Bamberg war eine Mutter mit ihrem Sohn wegen Borreliose mehrmals zum Arzt gegangen. Unklare, herumwabernde Infektionssymptome. Half die Mutter mit Gift nach? Auch sie war den Jungen jetzt los. Im Münsterland hatte eine Mutter gleich alle acht Kinder ans Jugendamt verloren. Zu viele Knochenbrüche, ein Atemstillstand nach Badeunfall. Hatte sie nachgeholfen? In Erfurt hatte es eine türkische Familie und ihre drei Kinder getroffen. Wegen epileptischer Anfälle war sie ständig mit dem Ältesten beim Arzt gewesen. Hatte sie die erfunden? In Mecklenburg hatte die Nahrungsmittelunverträglichkeit eines Kindes die Mutter in Erklärungsnot gebracht. Auch ihr Kind befand sich nun in Obhut einer Pflegefamilie. In Esslingen bei Stuttgart kämpfte eine Mutter seit drei Jahren um Herausgabe ihres Kindes. Auch bei ihr lautete die Diagnose Münchhausen-Stellvertreter-Syndrom, von drei unabhängigen Gutachtern entkräftet, doch der Prozess verzögerte sich. Hinzu kam der Fall Lea Leidenfrost vom Raitelsberg in Stuttgart mit ihren acht Kindern und der von Nina Habergeiß aus der Neckarstraße in Stuttgart.

Üppig. Und statistisch unmöglich. Denn diese 24 Kinder machten bereits mindestens ein Drittel der statistischen Opferzahl von 30 bis 60 Kindern aus. Und dabei handelte es sich ja nur um die, über die ich im Netz gestolpert war, weil ihre Eltern die Öffentlichkeit alarmiert hatten. Die Mehrheit der Familien, deren Mutter als Münchhausen-Stellvertreter-Mutter gebrandmarkt worden war, hatte vermutlich nicht den Weg ins Internet gefunden.

Ganz zu schweigen von den Fällen, wo es tatsächlich geschah und das Jugendamt nicht einschritt. Ich fand im Netz auch die Schilderung einer Frau, die als Kind von ihrer Mutter systematisch mit Psychopharmaka wahnsinnig gemacht worden war.

Schließlich stieß ich auf die *Bamberger Erklärung* des Internationalen Symposiums *Deutsche Jugendämter und Europäische Menschenrechtskonvention* unter Leitung von Annelise Oeschger, Präsidentin der Konferenz der Internationalen Nichtregierungsorganisationen des Europarats, die da lautete: »Im Rahmen des Kinder- und Jugendschutzes in Deutschland, namentlich vonseiten der Jugendämter, kommt es zu Verletzungen der Menschenrechte, insbesondere der von Art. 3 (Verbot der Folter), Art. 6 (Recht auf ein faires Verfahren vor unabhängigen Gerichten), Art. 8 (Recht auf Achtung des Privat- und Familienlebens), Art. 13 (Recht auf wirksame Beschwerde) und Art. 14 (Diskriminierungsverbot) der Europäischen Konvention zum Schutz der Menschenrechte.«

Offenbar gingen in Deutschland kinderreiche Eltern ein vergleichsweise hohes Risiko ein, für psychisch krank gehalten zu werden und ihre Kinder weggenommen zu bekommen.

Doch was in drei Gottes Namen trieb die Frauen auch, sieben-, acht- oder neunmal zu werfen? Die Frage musste erlaubt sein. Das war doch an sich schon krank! Alle anderthalb bis zwei Jahre Geburtswehen, überquellende Milchbrüste, durchwachte Nächte, Windelberge, Geschrei wegen Bauchweh und Zähnen, Wäsche waschen, Breichen rühren, füttern, windeln, waschen und so fort. Und kaum war der Kegel aus dem Gröbsten raus, kam der nächste, und alles wieder auf Anfang. Wie musste eine Frau ticken, damit sie sich solchen Kinderwahnsinn antat?

Ich schrieb meinem Computernotspezialisten und Hacker Wagner eine Mail mit der Bitte, mir Informationen zu beschaffen über Pflegefamilien, Jugendämter und Heime im Raum Stuttgart. Dann machte ich das Licht aus. Irgendwann nachts schrie das Kind. Ich hörte Richard in der Küche hantieren und überlegte, ob ich aufstehen und ihn und Alena in mein Bett einladen sollte, zögerte aber so lange, dass ich darüber einschlief. Das Gezeter des Säuglings weckte mich auch am Morgen. Alena schrie so ausdauernd und stetig, dass ich aufstand und ins Wohnzimmer tappte. Die Kleine lag alleine in ihren rosafarbenen Decken auf der Couch. Über einem Stuhl hingen, sorgfältig in Bügelfalten gelegt, Richards Sachen. Er duschte.

»Ich nehme mir heute frei«, verkündete er, als wir beim Kaffee saßen und Alena frisch gewickelt in seinem Arm Ruhe gab, weil sie am Schoppen nuckelte. Ich spulte derweil die Handyfotos der toten Familienrichterin Depper auf meinen Computer.

Im *Stuttgarter Anzeiger*, den Oma Scheible mir vor die Tür gelegt hatte, stand noch nichts, aber die Radionachrichten meldeten den mysteriösen Todesfall einer Amtsrichterin. Die Polizei ermittle in alle Richtungen und könne auch ein Gewaltverbrechen nicht ausschließen.

Ich starrte auf die Fotos von Deppers Leiche. Die Bilder waren zu pixelig, um Schleif- oder Kampfspuren im Laub auf dem Boden zu erkennen. Der Zettel, der im Gesicht des Babys gelegen hatte, fiel mir wieder ein. Den hatte ich völlig vergessen gehabt. Wo hatte ich ihn hingetan? Ach ja, in die Tasche meines Parkas. Später gucken!

»Warum habe ich Sonja Depper eigentlich kennengelernt, Richard? Wieso hast du sie vorgestern in den *Tauben Spitz* geschleppt?«

Er hob die Augen und blickte mich über den Berg von Pampersschachteln, Babynahrung und Babywäsche hinweg an, der meinen Klappcomputer und meinen Kaffeebecher in Bedrängnis brachte, und zuckte mit den Schultern. »Eine zufällige Koinzidenz der Ereignisse. So was kommt vor.«

»Ja, Richard. Es kann auch vorkommen, dass die Lottotrommel genau die Zahlen auswirft, die ich auf dem Schein angekreuzt habe, auch wenn die Wahrscheinlichkeit bei 1 zu 14 Millionen liegt. Aber dass ich die zuständige Familienrichterin an dem Abend des Tages persönlich kennenlerne, an dem bei mir im Haus das Jugendamt eine Kindsentführung versucht, das ist ein Zufall, bei dem die Wahrscheinlichkeit bei 1 zu unendlich liegt.«

»Also bei null«, klugscheißerte er und versank im nächsten Augenblick im Schwachsinn gurrender Laute. »Babela!«, säuselte er und schüttelte das leere Fläschchen vor Alenas Stauneaugen. »Alle, alle. So, und jetzt machen wir fein ein Bäuerchen.«

Er würde es mir nicht sagen. Er hatte mir auch nie die Rolle erklärt, die er in den staatlichen Ermittlungsbehörden tatsächlich spielte und hinter dem biederen Titel Oberstaatsanwalt für Wirtschaftsstrafsachen beim Landgericht Stuttgart verbarg. Ein Titel, der es ihm erlaubte, in fast ganz Baden-Württemberg seine Nase in Verfahren zu stecken, die mit Geld zu tun hatten. Bei der Polizei nannte man so was Dezernat für Interne Ermittlungen. Da ging es um Korruption und Gewaltexzesse, Drogendelikte oder Kinderpornokonsum innerhalb der Staatsmacht.

Ich stand auf, ging zur Tür und versenkte meine Hand in den Taschen meines Parkas, der neben der Tür hing. »Kennst du eigentlich Sonjas Mann?«

»Er ist Anwalt.«

»Das sagtest du schon. Hast du schon mal mit ihm zu tun gehabt?«

»Er war mal Strafverteidiger, soviel ich weiß, aber inzwischen ist er Fachanwalt für gewerbliches Recht und Handelsrecht.«

»Also einer von denen, die auch deine steuerhinterziehende Kundschaft beraten? Kennst du ihn persönlich?«

»Frau Depper hat ihn mir mal vorgestellt, als er sie abholte.«

»Und du hast nicht zufällig das dringende Bedürfnis, ihm einen Kondolenzbesuch abzustatten?«

Richard schaute mich an.

»Gewaltverbrechen werden meist innerhalb der Familie begangen«, ergänzte ich.

»Dann wird die Polizei das herausfinden, Lisa. Außerdem muss ich jetzt dem Jugendamt einen Besuch abstatten.«

So!, dachte ich, ist sie dir doch schon zu viel? Willst du die Kleine schon loswerden? Und der Zettel? Verflucht, wo war der nur?

»Nimmst du mich mit?«, fragte ich.

9

Wer die Hilfe des Jugendamts brauchte, kam wahrscheinlich nicht mit dem Auto. Denn Parkplätze gab es keine. Weil Alena schrie, sobald Richard sie ablegte, hatte ich seine Limousine fahren müssen dürfen und durfte jetzt durch die Straßen des Gerberviertels kurven, an den Konsumparkplätzen der Tübinger Straße entlang, wo die einzig freie Parknische vor dem Alnatura nicht zum Parken, sondern nur zum Halten fürs Be- und Entladen gedacht war – die Polizeihelferin patrouillierte schon –, zurück übers Kopfsteinpflaster der Nesenbachstraße, dann Christophstraße, wieder Tübinger Straße, schließlich dann halt doch ins Parkhaus unter der Paulinenbrücke.

Als wir bei der Glastür der gelbgerahmten Glasfassade gegenüber der Krimibuchhandlung Under-Cover und in Sichtweite der Polizeidienststelle hinterm Tagblattturm anlangten, waren die eng und streng begrenzten Sprechzeiten schon beinahe rum.

»Allgemeine Öffnungszeiten«, sagte ein Schild kleingedruckt und missmutig, »Montag bis Freitag 9–12 Uhr, Montag und Donnerstag 14–15:30 Uhr. Beistandsschaften, Pflegschaften, Vormundschaften, Montag bis Donnerstag 9–12 Uhr, Montag und Donnerstag 14–15:30 Uhr, Beratungszentrum: Montag bis

Mittwoch 9–16, Donnerstag 9–18, Freitag 9–12:30 Uhr, Unterhaltsvorschüsse Montag und Donnerstag, telefonische Erreichbarkeit: Montag bis Donnerstag 9–12 Uhr, Pflegekinderdienst, Termine nach Vereinbarung.«

»Und was haben wir heute?«

»Donnerstag«, antwortete Richard.

Eine Mutter mit zwei Zwergen strebte dem Ausgang zu. Die Treppe war luftig und führte nach oben. Eine junge Frau kam uns entgegen.

Richard lächelte sie an. »Wo finden wir denn Frau Hellewart?«

Die Frau stoppte. »Worum geht es denn?«

»Um ein Kind.« In seinem Kamelhaarmantel über Schlips und Kragen und zugleich mit Säugling im Arm passte Richard genauso wenig in irgendein Raster wie meine Scheußlichkeit in Parka, Springerstiefeln, Jeans und kurzem Karorock darüber. Vater mit Tochter und Enkel, dachte die junge Beamtin in weißer Bluse und schwarzen Hosen vielleicht. Eine Panne großbürgerlicher Erziehung mochte mich in die Punkszene abgetrieben haben und zurück in die helfenden Arme des reichen Papas, der mich vielleicht mit der Drohung, das Kind lande im Heim, zum Entzug überreden wollte oder so ähnlich.

»Kommen Sie bitte mit«, sagte sie und stieg die Treppe wieder hinauf. Helle und freundliche Farben, viel Gelb und Hellgrün, forderten Heiterkeit und Vertrauen in amtliche Gewalt. Grünpflanzen glänzten wie poliert. Die Ecke mit Holzklötzen, Pappbüchern und Holzenten war momentan unbespielt und aufgeräumt. Handläufe und Stühle waren aus jenem hellen Holz, das an christliche Gemeindehäuser erinnerte. Alles ganz nett, dachte man und holte unwillkürlich erleichtert Luft.

Die Frau steuerte auf eine Tür zu, sagte: »Warten Sie g'schwind«, klopfte und ging hinein. Nach wenigen Sekunden kam sie wieder heraus. »Wenn Sie fünf Minuten warten möchten, Frau Daus ist gleich für Sie da.«

»Danke«, erwiderte Richard höflich. »Aber wir wollten mit Annemarie Hellewart sprechen, der Leiterin des ASD.«

Genauso gut hätte er den Amtsleiter verlangen können.

»Frau Hellewart ist …«, stotterte unsere Amtsführerin, »hat … sie ist gerade … in einer Sitzung. Sie sind bei Frau Daus in besten Händen.«

»Dann kommen wir eben ein andermal wieder.« Richard griff sich mit der freien Hand ins Jackett und zog eine Visitenkarte heraus. »Wenn Sie bitte Frau Hellewart schöne Grüße ausrichten würden«, sagte er ohne den kleinsten Unterton der fordernden Arroganz eines von Macht verwöhnten Mannes, die er ausstrahlte und mit seiner bösen Karte unterstrich. »Dr. Richard Weber, Oberstaatsanwalt, Staatsanwaltschaft Stuttgart.«

»Ah!« Die Frau überlegte nicht lange. »Ich … ich schaue mal … ob … wenn Sie g'schwind dort Platz nehmen wollen. Ich bin gleich wieder da.«

Sie eilte in die Gangtiefen des Amts und bog um eine Ecke.

Wir warteten nicht, wir folgten ihr. Als wir uns der Ecke näherten, hörten wir unsere Amtsführerin sagen: »… und mit einem Säugling. Komische Sache. Übrigens … ich könnte noch einen nehmen.«

»Du hast doch schon drei, Brigitte«, antwortete eine andere Stimme, ebenfalls weiblich.

Als wir um die Ecke bogen, fuhren zwei Damen auseinander. Die andere fing sich schneller. Frau Hellewart trug heute ein pflaumenblaues Kostüm zur grauen Kurzhaarfrisur an einem auf Jugend gehungerten Figürchen, Schaftstiefel, wie sie jetzt alle hatten, und eine Steingutperlenkette, von Mutterhand in Entwicklungsland aufgefädelt.

»Sie haben Glück, Herr Dr. Weber«, meldete unsere Führerin. »Ich habe Frau Hellewart gerade getroffen.«

»Ach!«, entfuhr es der ASD-Leiterin, als sie mich erkannte. Ihre Miene faltete Misstrauen und Autorität ineinander.

»Frau Hellewart«, grüßte Richard. »Schön, dass Sie außer der Reihe Zeit für uns haben.«

»Eigentlich … aber gut, kommen Sie rein.« Sie öffnete die nächstgelegene Tür zu einem hellen Büro mit Schreibtisch, Flachbildschirm und einem runden Tisch mit Stühlen. Mit kindgerechter Miene wandte sie sich dem Baby auf Richards Arm zu. »Na, du bist ja mal eine ganz Süße. Ich komme lieber nicht näher, ich habe eine leichte Erkältung, und wir wollen sie ja nicht anstecken. Wie heißt sie denn?« Lächelnd blickte sie dem Mann ins Gesicht.

»Ich habe sie Alena genannt«, antwortete Richard. »Darf ich vorstellen? Meine Lebensgefährtin, Lisa Nerz.«

»Ah!«

»Tja, man sieht sich immer zweimal im Leben«, sagte ich.

Hellewart behielt Miene. »Bitte nehmen Sie doch Platz.«

Wir setzten uns an den runden Tisch, Richard und ich wie ein altes Ehepaar nebeneinander, sie gegenüber und in gebührender Entfernung.

»Und was führt Sie zu mir?«

»Sie haben von Sonja Deppers Tod gehört?«, erkundigte sich Richard.

Die Leiterin des Allgemeinen Sozialen Dienstes zog einen Schatten über ihre Mimik. »Ich habe es in den Nachrichten gehört. Und ich bin noch immer … fassungslos.«

»Im Radio war nur die Rede von einer Amtsrichterin«, unterbrach ich. »Namen sind nicht gefallen.«

Annemarie Hellewart ignorierte meinen Einwurf. Aber die Visitenkarte des Oberstaatsanwalts entfaltete durchaus Wirkung.

»Als ich hörte, eine Amtsrichterin sei tot aufgefunden worden«, erläuterte sie Richard, »habe ich natürlich sofort telefoniert. Ich kann es noch gar nicht begreifen. Sonja und ich, wir kennen uns … wir kannten uns auch privat ganz gut. Die Polizei ermittelt in alle Richtungen, habe ich gehört?«

»Ich bin nicht mit dem Fall befasst, Frau Hellewart«, erwiderte Richard. »Ich leite das Dezernat für Wirtschaftskriminalität.«

»Verstehe.« Hellewart bemühte sich, Amtlichkeit zurückzugewinnen. »Und Sie wollten mit mir über … über Alena sprechen?«

Ich zog mit sparsamer Bewegung mein Handy aus der Parkatasche, stellte es auf Tonaufnahme und hielt es so unterhalb der Tischhöhe, dass hoffentlich halbwegs Aussagekräftiges draufkam.

»Alena wurde unmittelbar beim Leichnam von Sonja Depper gefunden«, erklärte Richard. »Man muss davon ausgehen, dass Frau Depper sie bei sich gehabt hat, als sie zu Tode kam, ob durch eigene Schuld oder Fremdeinwirkung, wird noch zu klären sein.«

Hellewart war blass geworden. »Ein Baby? Sonja? Das kann ich mir jetzt aber gar nicht erklären.«

»Niemand hat Ihnen Vorhaltungen gemacht oder Sie zu Erklärungen aufgefordert, Frau Hellewart.«

»Nein, ich meine … Gott, ich bin immer noch ganz neben der Kapp. Es ist ein Schock für uns alle. Und dieses Baby …«

»Ich bin hier, weil ich hoffe, dass Sie mir etwas über das Kind sagen können, Frau Hellewart«, sagte Richard etwas gemütlich blöde.

»Wieso ich?«

»Sind wir nicht auf dem Jugendamt?«

Hellewarts Verwirrung löste sich in Entrüstung auf. »Wie stellen Sie sich das vor, Herr Doktor? Wir können doch nicht alle Kinder dieser Stadt kennen!«

»Also ist es keines von Ihren?«

»Falls Sie damit die Kinder meinen, die von der Jugendhilfe betreut werden, Herr Dr. Weber, so muss ich Sie enttäuschen. Wir betreuen über zweitausend Kinder und ihre Familien. Da kann ich beim besten Willen nicht jedes Kind kennen.«

»Was?«, rief Richard immer noch dummgemütlich. »Sie haben über zweitausend Kinder in Obhut? So viele!«

»Nein, in Obhut haben wir nur 251. Aber da kenne ich natürlich auch nur die besonderen Fälle.«

»Zum Beispiel Tobias Vlora«, platzte ich dazwischen. »Was macht den denn so besonders?«

Die Beamtin schaute mich immer noch nicht an. »Wenn Sie unter einem Vorwand gekommen sind, um mit mir eigentlich über Tobias Vlora zu sprechen, dann muss ich Ihnen sagen, dass ich aus Datenschutzgründen keinerlei Auskunft über unsere Kinder geben kann. Und mit Verlaub, Herr Dr. Weber, ich finde es Ihrer Stellung als Staatsanwalt unwürdig, dass Sie sich für so etwas hergeben.«

Plumpe Angriffe auf seine Berufsehre vertrug Richard gar nicht. »Das war keineswegs mein Anliegen, Frau Hellewart«, antwortete er in höflichem Ton mit eisigem Abgang. »Aber wenn Sie das Thema schon anschneiden … Den Juristen verwundert es doch sehr, wie Ihr Amt in diesem Fall vorgegangen ist.«

»Wir sind gesetzlich verpflichtet …«

»Aber morgens um sechs? Und dann ein Kind aus dem Kindergarten holen! Ohne dass es Abschied nehmen kann.«

Hellewart blickte den eleganten Staatsanwalt verdutzt an. »Wie gesagt, ich kann Ihnen aus Datenschutzgründen …«

»Dieser Datenschutz, hinter dem Sie sich verstecken, Frau Hellewart, könnte den Jungen das Leben kosten. Er ist krank. Er hat Neurodermitis, diverse schwere Allergien, er braucht Asthmamittel, eine bestimmte Creme, Handschuhe, er darf keine Karotten essen.«

»Wir haben erfahrene Betreuerinnen, Herr Dr. Weber. Und ob der Bub wirklich so krank ist, wie die Mutter behauptet …«

Richard lächelte. »Das hätten Sie mir jetzt aber nicht sagen dürfen, Frau Hellewart. Ich bin nicht der Anwalt der Familie, und Frau Habergeiß hat Sie nicht der Schweigepflicht entbunden. Und ich frage mich ernstlich, ob Ihr Vorgehen einer juristischen Prüfung standhalten würde. Die Familie haben Sie jedenfalls bisher noch nicht benachrichtigt. Und dazu sind Sie gesetzlich verpflichtet.«

»Wenn wir das Kind haben, wird die Familie unverzüglich unterrichtet. Das ist Routine.«

»Dann, Frau Hellewart, kann ich nur den Schluss ziehen, dass Sie gar nicht wissen, dass Sie Tobias Vlora in Obhut haben.«

»Natürlich wissen wir das!«

»Wo ist er denn?«

»Wie gesagt, das kann ich Ihnen aus Datenschutzgründen nicht mitteilen.«

»Frau Hellewart«, sagte Richard eisig. »In Anbetracht der Tatsache, dass Sie den Aufenthaltsort von Tobias Vlora nicht angeben können und eine Benachrichtigung der Mutter fehlt, muss man unter Umständen eine Kindsentführung annehmen.«

»Wir entführen keine Kinder!« Hellewart warf mir einen wütenden Blick zu. Den ersten, den sie mir gönnte. »Das wird zwar in bestimmten Polemiken immer wieder behauptet und die Presse steigt leider allzu schnell darauf ein, aber wir machen hier nur unsere Arbeit … eine schwierige Arbeit.«

Richard beugte sich leicht vor und blickte die Beamtin plötzlich freundlich an. »Sind Sie eigentlich ganz sicher«, fragte er, Brücken bauend, »dass es Ihre Mitarbeiter waren, die Tobias Vlora gestern aus dem Kindergarten geholt und in Obhut genommen haben? Sie selbst waren ja offensichtlich nicht dabei.«

Hellewart starrte den Staatsanwalt an. Dann stand sie auf, sagte: »Wenn Sie mich einen Moment entschuldigen würden«, und eilte hinaus.

Richard zwinkerte mir zu, ich grinste zurück, wir blickten uns im Zimmer um, schauten an die Decke, warteten. Zwei Minuten, fünf Minuten. Nach sieben Minuten kam sie wieder.

»Ja, Herr Dr. Weber.« Ihrer Stimme war die Verwirrung anzuhören. »In der Akte Habergeiß ist tatsächlich nichts vermerkt von einer Inobhutnahme. Es liegt auch kein richterlicher

Beschluss vor. Aber die zuständige Sachbearbeiterin ist heute leider erkrankt.«

»Das heißt, der kleine Tobias schwirrt irgendwo in Ihrem System von Heimen und Pflegefamilien herum, und Sie wissen nicht, wo?« Richard klang staatstragend entsetzt.

»Das wird sich schnell aufklären«, antwortete Hellewart. »Wir versuchen gerade, die erkrankte Kollegin telefonisch zu erreichen. Und nun zu der Kleinen ...« Sie trat hinter ihren Schreibtisch, tippte eine Kurzwahl ins Telefon und sagte knapp: »Brigitte, kommst du mal.«

Die Frau, die uns vorhin durchs Amt geführt hatte, erschien. Hellewart stellte sie uns als Frau Belial vor. Die lächelte muttersüß und streckte die Hände nach Alena aus. »Na, dann geben Sie sie mal her, die süße Krott.«

»Wieso?«

»Sie wollen den Säugling doch nicht behalten?«, sagte Hellewart.

Richards Miene wurde eigensinnig. »Warum nicht?«

Die ASD-Leiterin, die Richard gerade eben zerlegt hatte, lächelte wieder. »Stellen Sie sich das nicht so leicht vor, Herr Dr. Weber. Mit Verlaub, Sie machen auf mich nicht den Eindruck, als seien Sie auf die Pflege eines Säuglings ernsthaft vorbereitet.«

»Wieso ernsthaft? Wieso nicht vergnüglich?«

Hellewart musterte den Herrn im braunen Dreiteiler aus gutem Tuch, italienischen Schuhwerk und mit gepflegter Selbstsicherheit im Gesicht mitleidig. »Schauen Sie, Herr Dr. Weber, wenn Mütter hier mit Neugeborenen erscheinen, dann haben sie Windeln zum Wechseln dabei, ein Teefläschchen und mindestens eine Trageschale.«

»Alena schreit, sobald ich sie ablege«, erklärte Richard.

»Neugeborene müssen sich erst an den Tag-Nacht-Rhythmus gewöhnen. So was darf man nicht auf die leichte Schulter nehmen. Sonst hat man schnell ein Schreibaby.«

»Halten Sie es nicht auch für möglich«, fragte Richard, »dass Alena traumatisiert ist? Wie es aussieht, ist sie mit Frau Depper einige Meter gestürzt, sie hat den Todeskampf miterlebt, genau über ihr ist ein Mensch gestorben, und dann lag sie einige Stunden unter einer Leiche.« Richard schüttelte sich unwillkürlich. »So was kriegt doch auch ein Neugeborenes mit.«

»Womöglich ist sie verletzt?«, sagte Brigitte Belial.

»Ich war gestern mit ihr im Krankenhaus. Sie ist völlig gesund, zumindest körperlich.«

»Das ist gut, Herr Dr. Weber«, sagte Hellewart in einem Engelszungenton. »Und damit das so bleibt, sollten Sie uns die weitere sachgerechte Pflege der Kleinen überlassen.«

»Warum sind Sie so erpicht darauf, Alena in Ihre Obhut zu nehmen, Frau Hellewart?«

»Wir sind nicht erpicht darauf. Aber wir sind von Amts wegen Alenas Vormund. Es ist unsere Aufgabe, uns um hilfebedürftige Kinder zu kümmern. Wir haben die Fachkräfte dafür.«

Richard blickte Brigitte Belial scharf an. »Sie wollen Alena zu sich nehmen, nicht wahr, Frau Belial?«

»Das entscheiden wir zu gegebener Zeit«, erwiderte Hellewart.

»Frau Belial hat, wie ich vorhin gehört habe, doch bereits ihren Bedarf angemeldet. Und wie ich weiter gehört habe, hat sie schon drei Babys in ihrer Obhut.«

Belial stand wie eine ertappte Schülerin. Hinter Hellewarts Stirn unter dem Grauhaar rasten die Gedanken.

»Ich muss gestehen«, bemerkte Richard, »dass es mich verblüfft, dass Mitarbeiterinnen des Jugendamts selbst Kinder in Pflege nehmen.«

»Das ist durchaus üblich!«, erklärte Hellewart.

»Frau Belial bekommt Pflegegeld?«

»Sie hat ja auch Auslagen!«

»Auf wie viel beläuft sich denn das Pflegegeld, wenn ich fragen darf?«

»Das ist kein Geheimnis«, antwortete Hellewart. »Bis zur Vollendung des sechsten Lebensjahrs beträgt der Pauschalbetrag 677 Euro pro Monat, darin enthalten der Grundbedarfssatz von 408 Euro, Erziehungsgeld und Alterssicherung, wie Sie leicht in der entsprechenden Verordnung nachlesen können. Reich wird man damit jedenfalls nicht.«

»Na«, rechnete Richard, »bei drei Pflegekindern kommen Sie da schon auf 2031 Euro. Alles ordnungsgemäß versteuert, nehme ich an, da Sie ja nebenher die Beamtenstelle hier im Jugendamt bekleiden, Frau Belial.«

»Nur Teilzeit! Fünfundzwanzig Prozent.«

»Na, dann haben wir ja Glück, dass wir Sie gerade heute hier antreffen, nicht?« Der Staatsanwalt lächelte zum Fürchten. »Und wer passt solange auf die drei Schreihälse auf?«

»Mein Mann.«

»Sie teilen sich die Pflegetätigkeit? Dann ist Ihr Mann nicht noch anderweitig erwerbstätig?«

»Doch, er …« Belial warf ihrer Chefin einen hilfesuchenden Blick zu. »Er ist Reinigungskraft. Er arbeitet abends.«

»Das tut doch hier nichts zur Sache«, griff Hellewart nun doch ein. »Und jetzt übergeben Sie uns bitte das Kind!«

»Ich sagte doch schon …«

»Sie weigern sich also?«

Richard lachte humorlos. »Sie vergreifen sich im Ton, Frau Hellewart.«

»Nach Paragraph 42, SGB VIII ist das Jugendamt berechtigt und verpflichtet, ein Kind in seine Obhut zu nehmen, wenn eine dringende Gefahr für das Wohl des Kindes die Inobhutnahme erfordert und eine familiengerichtliche Entscheidung nicht rechtzeitig eingeholt werden kann. Die Inobhutnahme umfasst die Befugnis, ein Kind bei einer geeigneten Person vorläufig unterzubringen und auch ein Kind von einer anderen Person wegzunehmen.«

»Ich sehe keine dringende Gefahr für das Wohl von Alena«,

bemerkte Richard. »Sie könnten mich auch als geeignete Person ansehen.«

»Wie gesagt, Herr Staatsanwalt. Die Vormundschaft obliegt hier automatisch dem Jugendamt, auch ohne ausdrückliche Anordnung des Gerichts.«

Richards asymmetrische Augen funkelten kampflustig. »Aber nur dann, wenn die Eltern das Sorgerecht aufgrund gesetzlicher Vorschriften nicht ausüben. Also beispielsweise, weil sie minderjährig sind oder ihr Kind zur Adoption freigegeben haben. Wenn die Eltern nicht zu ermitteln sind, dann ordnet das Gericht die Vormundschaft an. Und erlauben Sie mir die Frage: Was heißt eigentlich sorgeberechtigt? Das klingt, als stritten wir uns hier erbittert um das Recht auf die Sorge für ein Kind, nicht um eine verdammte Pflicht. Sorgepflichtig wäre eigentlich das angemessene Wort, finden Sie nicht? So würde in die ganze Diskussion ein neuer Zungenschlag hereinkommen: Pflichten übernimmt man, auf Rechten besteht man.«

»Ich habe die Gesetze nicht gemacht! Und wenn Sie nicht kooperieren, muss ich leider die Polizei rufen. Nach Paragraph 235 StGB macht sich strafbar, wer eine Person unter 18 Jahren unter Anwendung von List, Drohung oder Gewalt den Eltern, einem Elternteil, dem Vormund oder dem«, Hellewart hob den Zeigefinger, »Pfleger entzieht oder«, und noch mal der Lehrerinnenzeigefinger, »vorenthält!«

»Sehr richtig, Frau Hellewart, aber als Tatmittel müssen List, Drohung oder Gewalt eingesetzt werden. Und das trifft auf Ihr Verhalten eher zu als auf meines.«

Hellewart schoss hinter ihrem Schreibtisch hervor. Betriebsblind. So sehr war sie es gewohnt, die Gute zu sein, die Helfende, dass sie nicht mehr unrecht haben konnte. Niemals. Keine Ahnung, was sie eigentlich vorgehabt hatte, vielleicht rettete nur ich sie vor einem tätlichen Angriff auf einen frechen Staatsanwalt.

»He!«, schrie sie. »Was tun Sie da. Sie machen doch hier nicht etwa heimlich Aufnahmen!«

Wie einst mein Religionslehrer, der an unserer Disziplinlosigkeit verzweifelte, stieß sie wie ein Reiher mit der Hand auf mein Handy. Ich aalte mich über die Seitenlehne fort. Sie fasste ins Leere, knallte mit dem Schienbein gegen den Stuhl und musste sich am Tisch festhalten. Brigitte Belial eilte ihrer Chefin zu Hilfe.

Ich zog mich an die Tür zurück und ließ das Telefon in die Jackentasche gleiten.

Der Einzige, der absolut ruhig sitzen blieb, war Richard mit dem Butzele im linken Arm, das inzwischen die Augen offen hatte. Vielleicht weil Richards Herzschlag sich unterm Mantel, Jackett und Hemd doch spürbar beschleunigt hatte, vielleicht auch, weil der Lärm auch ein Neugeborenes beunruhigte, es verformte allmählich das Gesicht und fing an zu weinen, leise und zirpend.

Hellewart ordnete sich die pflaumenblauen Kleider, kehrte hinter ihren Schreibtisch zurück und langte nach dem Telefon. Brigitte Belial sah aus, als wünschte sie, heute wären ihre freien Tage gewesen. Wahrscheinlich fragte sie sich besorgt, ob ihr Mann bei der Steuererklärung auch wirklich brav das Pflegschaftsgeld auf ihr Beamtinnengehalt draufgeschlagen hatte und ob man das wirklich musste.

»Scht! Alinchen, mein Zwuckele«, gurrte Richard. »Ist ja gut! Niemand tut dir etwas Böses.« Er zupfte der Kleinen das Mützchen aus dem Auge. Er tat es mit knappen Bewegungen, so als hätte er sein ganzes Leben lang Umgang mit Säuglingen gehabt. Ich fragte mich, wer hier wem mehr vertraute, die kleine Alena dem Mann mit dem kräftigen Herzschlag und seinem Duft nach Zeder und Zibet oder Richard der Kleinen, dass sie ihn jetzt nicht bloßstellte, weil sie gar nicht mehr zu beruhigen wäre? Vielleicht brauchte es beides. Stille kehrte ein. Das Scheißerchen dampfte Frieden aus, unsere Nerven entspannten sich.

In diesem Moment knallte mir die Tür in den Rücken. »Verzeihung!«, hörte man von draußen eine Männerstimme dröhnen. Ich trat beiseite, und herein kam ein Mann an die sechzig im Anzug mit Fliege und wuchtigem und zu Antennen gezwirbeltem Schnauzer. »Was ist hier los?«

»Ah, Herr Manteufel!«, grüßte Richard. »Guten Morgen.«

Ei, der Amtsleiter persönlich!

»So, guten Morgen, Herr Dr. Weber.« Die beiden leitenden Beamten drückten sich rüde die Hände.

»Was verschafft uns denn die Ehre?«, redete Manteufel drauflos. »Ach Gott, was 'ne süße Krott, die Sie da haben.« Er strich Alena übers Bäckchen, dabei streifte mich sein Blick. »Darf man zur Großvaterschaft gratulieren? Ich habe gar nicht gewusst, dass Sie eine Tochter haben.« Im selben Atemzug nickte er seinen Mitarbeiterinnen zu. »Frau Hellewart, Frau … äh … Belial.«

Hellewart machte das Gesicht, das Untergebene machen, wenn der Chef eingreift. Und der Chef war auch im Jugendamt, in dem überdurchschnittlich viele Frauen arbeiteten, männlich.

»Wie ich höre, gibt es hier ein kleines Problem«, sagte Manteufel.

Gab es etwa einen Alarmknopf unterm Tisch der ASD-Leiterin?, fragte ich mich. Oder lauschten die Damen in den Nachbarbüros an den Wänden, wenn es Geschrei gab? Aber das meinte der Amtsleiter gar nicht.

»Sie haben nach einem Kind gefragt?«, fuhr er fort. Die Antennen seines mächtigen Schnauzers kippten wie Stierhörner nach vorn, als er den Mund zu einem Lächeln zwang. »Natürlich dürfen wir Ihnen keine Auskunft erteilen. Sie selbst würden sonst gegen uns ermitteln.« Er lachte. »Datenschutz, das wissen Sie ja. Ich würde in Teufels Küche kommen. Doch ich kann Ihnen versichern, meine Damen arbeiten äußerst gewissenhaft. Bei uns geht kein Kind verloren.«

»Sicher«, antwortete Richard gespielt gleichgültig. »Ich bin ja auch gar nicht zuständig. Der Kollege Santulli vom Dezernat Kapitaldelikte und öffentlicher Dienst wird sich der Sache annehmen.«

Nasse graue Augen blitzten unter Manteufels buschigen Brauen. »Warum gleich so amtlich, Herr Dr. Weber? Geben Sie uns doch noch ein Stündchen Zeit. Wer viel arbeitet, macht viel Fehler. Womit ich nicht gesagt haben will, dass meine Mitarbeiterinnen viele Fehler machen. Aber es menschelt halt auch mal.«

»Wie gesagt …« Richard erhob sich. »Das ist nicht meine Angelegenheit. Mein Anliegen war ein ganz anderes … Und ich muss schon sagen, Herr Manteufel, der Ton, den die Damen anschlagen, ist nicht immer hilfreich.«

»Die Damen erledigen einen schwierigen Job«, erwiderte Manteufel mit angelegten Antennen. »Einen äußerst schwierigen. Sollte sich die eine oder andere im Eifer des Gefechts …« Er merkte selbst, dass »Gefecht« hier nicht das richtige Wort war.

Richard deutete ein Lächeln an. »Geschenkt. Ich habe sowieso demnächst einen Termin im Rathaus bei unserer Sozialbürgermeisterin. Mir scheint es geboten, im Jugendhilfeausschuss zeitnah zu thematisieren, ob es sinnvoll ist, an Mitarbeiterinnen des Jugendamts Pflegekinder zu vergeben. Es wäre verheerend für das Ansehen der Behörde, wenn in der Öffentlichkeit der Eindruck entstünde, die Inobhutnahme von Kindern richte sich nach der Zahl der bei Ihren Mitarbeiterinnen offenen Pflegeplätze.«

Manteufel strich sich über den Bart und warf Belial einen finsteren Blick zu. Hellewart war hinter dem Tisch so grau geworden wie ihr Haar.

»Dann darf ich Ihnen noch einen schönen Tag wünschen«, sagte Richard.

Ich hielt ihm die Tür auf. Dabei musste ich mir das Lachen verbeißen. Ein Scheißtag fürs Jugendamt!

10

»Aber mal im Ernst«, sagte ich, als wir im Auto saßen und ich die Limousine durch den Einkaufsverkehr der Tübinger Straße lenkte, »die zuständige Familienrichterin tot und ein fünfjähriger Junge verschwunden …«

Ehe Richard mucksen konnte, klingelte sein Handy. Er versenkte die Hand in die Innentasche seines Jacketts, warf einen Blick aufs Display und zog die Brauen zusammen. Während ich in die Eberhardstraße einbog und auf der Torstraße zwischen Hegel-Haus und Tagblattturm zum Wilhelmsplatz rollte, hörte ich von ihm nicht mehr als hin und wieder ein knappes »Ja« und »Verstehe«. Ich setzte den Blinker, um auf die Stadtautobahn abzubiegen, aber er deutete mit der Hand, die er eigentlich nicht frei hatte, weil er Alena halten musste, geradeaus. Ich schickte den Mercedes die Wilhelmstraße hinauf. Am Kreisverkehr winkelte Richards Babyhaltehand nach rechts in die Olgastraße. Ich folgte brav.

Wenn er zu sich nach Hause wollte, war das ein möglicher Weg. Bevor ich selbst eine Entscheidung treffen musste, hatte er das Telefonat beendet und sagte: »Liststraße.«

»Was ist da?«

»Die Kanzlei von Detlef Depper. Du wolltest ihm doch einen Kondolenzbesuch abstatten. Übrigens …« Er steckte das Telefon weg, strich Alena kurz übers Köpfchen und fuhr fort: »Das war Meisner. Sie haben Deppers Handtasche gefunden. In einem Papierkorb an der Bushaltestelle am Pfaffenwaldring, unweit der Stelle, wo wir in den Wald gegangen sind. Geld, Karten, Hausschlüssel und Handy fehlen. Die Tasche wurde abgewischt, aber der Täter hat offenbar eine Stelle übersehen. Nach einem Abgleich mit dem AFIS« – das war das Automatisierte Fingerabdruck-Identifizierungs-System beim BKA – »konnte ein einschlägig vorbestrafter Serientäter identifiziert werden. Handtaschenraub, Gelegenheitsdiebstähle in Kleingartenanlagen im

Bereich der Beschaffungskriminalität. Die Freiburger suchen ihn per Haftbefehl. Über das Handy wird man ihn bald haben.«

»Scheiße!«

»Tja«, sagte Richard beinahe mitfühlend. »Auch eine Familienrichterin kann einem Kleinkriminellen zum Opfer fallen. Allerdings gehören Tötungsdelikte bisher nicht zum Strafregister des Gesuchten. Aber es muss ja auch keine Tötungsabsicht dahintergesteckt haben. Depper verteidigt ihre Handtasche und fällt so unglücklich den Hang hinunter, erhängt sich in ihrem eigenen Schal ...«

Die Ampel an der Immenhofer Straße stoppte mich. Die Mietshäuser hatten sich zum Gründerzeitviertel zusammengeschlossen.

»Und was sagen die Spuren?«, erkundigte ich mich.

»Man hat jede Menge DNS-Träger gefunden.«

»Meinst du DNA?«

Richard blickte mich spöttisch an. »Was dasselbe ist, Lisa. Desoxyribonukleinsäure, kurz DNS. *Desoxy* bedeutet *ohne Sauerstoff*. Es handelt sich hier um eine Kette der Kernstoffe unserer Erbinformationen aus Einfachzucker und Phosphorsäureester ohne Sauerstoff. DNA ist die Abkürzung von Englisch *deoxyribonucleic acid*. Doch solange die deutsche Sprache ein eigenes Wort für etwas hat, ziehe ich es vor, das zu benutzen.«

»Jawoll, du Klugscheißer. Oder ist das, was hier so stinkt, etwa unsere süße Alena?«

Richard lachte zufrieden, wobei mir nicht ganz klar wurde, was ihn mehr freute, der Verdauungsapparat auf seinem Arm oder die Stoffwechselprodukte seines Gehirns.

Wir rollten am Markusfriedhof und der dazugehörenden Jugendstilkirche entlang. »Dann gehen wir also von einem Tötungsdelikt aus? Gibt es dafür einen konkreten Hinweis?«

Er hüllte sich ins Dienstgeheimnis. »Das kann ich dir nicht sagen, Lisa.«

Musste ich eigentlich hier schon abbiegen oder erst die

nächste? Eine rote Ampel enthob mich vorerst der Entscheidung. »Und was hat Meisner noch so erzählt? Abgesehen vom Täterwissen?«

»Welches sie mir auch nicht verraten hat. Aber sie hat erzählt, dass Depper in der Nacht vor ihrem Tod Geschlechtsverkehr hatte, der Blutgruppe zufolge mit ihrem Ehemann.«

»Ist doch schön!« Jetzt, wo sie tot war, gönnte ich es ihr sogar, die letzte kleine Freude.

»Und sie stand kurz vor dem Eisprung. Außerdem hat sie sich sterilisieren lassen, die Eileiter sind durchtrennt. Keine Ahnung, warum Meisner mir so was erzählt.« Er fuhr sich verlegen übers dichte braune Haar. »Also weißt du, Lisa, ich möchte bitte nicht ermordet werden. Schlimm genug, dass ein Rechtsmediziner meine Geschlechtsorgane besichtigt. Aber wenn dann auch noch die lieben Kollegen den Zustand meiner Raucherlunge und meiner Venen diskutieren … Tragisch, der gewaltsame Tod unseres geschätzten Herrn Weber, ein unersetzlicher Verlust, aber er wäre sowieso bald einem Herzinfarkt erlegen, und dann hätten wir eh einen Nachfolger suchen müssen.«

»Keine Sorge, Richard, du stirbst an deiner Eitelkeit«, prognostizierte ich.

In der Liststraße gab es auch keine Parkplätze. Die Autos standen schon in zweiter Reihe, und es waren nicht nur die der Kurzparker, die in den beiden Eckbäckern, der Eckapotheke, dem Eckfleischer und dem Ecktabakladen etwas einzukaufen hatten. Für ein Gerät, wie Richard es fuhr und heute ich für ihn, würde sich keine Lücke auftun. Wer in einem der alten vier- bis fünfstöckigen Sandsteinwohnblocks wohnte, verfluchte sein Glück jeden Abend, wenn er vom Geschäft heimkam, oder er fuhr Fahrrad. Für Mütter mit Kinderwagen war die Straße ebenfalls eine Strafe, denn auch die Ecken waren zugeparkt, Stoßstange an Stoßstange. Ich seufzte.

»Du kannst da reinfahren«, sagte Richard und deutete auf die Lücke zwischen zwei Häusern. »Im Hof sind Parkplätze.«

An der Hausecke hing ein Schild mit der Aufschrift »Anwaltskanzlei Depper, Notariat«.

»Da soll ich reinfahren?«

Es hätte den Mercedes fast die Rückspiegel gekostet. Doch Richard zuckte nicht mal. Seit er ein Kind auf dem Arm trug, hatten sich seine Prioritäten verschoben.

Im Hof hinter den beiden Wohnblocks stand unvermutet ein weiteres vollgültiges Haus mit zwei auf den Asphalt gemalten Parkplatzvierecken davor. Ich ließ Richard mit Alena aussteigen und schubbelte den Mercedes an die Wand.

Eine Latte von Briefkästen und Klingeln neben der Glas- und Stahltür verriet, dass hier außer der Kanzlei ein Investmentberater, eine Lederschmiede und ein Psychotherapeut untergebracht waren. Ein paar Wohnungen befanden sich ganz oben, fast über den Dächern der umliegenden Gründerzeithäuser. Zweimal stand der Name Depper an der Klingellatte, einmal ganz oben, einmal im ersten Stock mit dem Zusatz »Kanzlei«.

»Hier hat sie also gewohnt?«

Richard drückte die Kanzleiklingel. Der Türsummer ertönte ohne Gegenfrage. Wir betraten das Treppenhaus. Es roch nach Schusterleim und heißem Gummi. In der Kanzlei empfingen uns grauer Teppich, ein üppiger Gummibaum, eine hölzerne Theke mit dem Namensschild »Fr. Nemkova« und die dazugehörige Sekretärin hinter einem Computerbildschirm, die den Kopfhörer des Diktiergeräts von den Ohren zog und angesichts des Schnurzels in Richards Arm in seliges Lächeln ausbrach.

»Guten Tag, ist Herr Depper wohl zu sprechen?«, sagte Richard.

»Hatten Sie einen Termin?«, fragte Frau Nemkova, ohne die feuchten Augen von Alena lösen zu können. Sie war eine um die Leibesmitte etwas füllige Person, wenn auch von nahezu kindlicher Jugend. Ein Herzgesichtchen mit blonden Haaren und viel zu roten Lippen. »Herr Depper hat alle Termine abgesagt«, sagte sie mit Akzent, vermutlich einem slawischen. »Ein Todesfall. Wie alt ist die Kleine denn?« Sie musterte mich prüfend und strahlte dann Richard an. »So eine süße Krabbe! Wie heißt sie denn?«

»Alena«, erwiderte Richard.

Und dann war alles suspendiert, denn die Sekretärin musste mit »Ei, ty, ty, ty, ty« ihr Näschen in Alenas Gesichtchen senken und »Ach, ist die süß!« rufen, was Richard mit stolzgeschwellter Vaterbrust zuließ. »Darf ich sie mal nehmen, bitte?«, bettelte sie und griff auch schon zu.

Zu meiner Verblüffung ließ Richard sich das Bündel abnehmen.

»Sie ist soooo süß!«, flüsterte Nemkova. »Ja, gähn du nur!« Die junge Sekretärin riss ebenfalls den Mund auf. »Uh! Soooo müüüüde!« Wippenden Schritts und sich wiegend stand sie in der Kanzlei und zeigte Alena, fortwährend in hohen Tönen plappernd, das glänzende Grün der Gummibaumblätter, das Fenster, ein Bild. Alena starrte und staunte.

Richard streckte währenddessen seinen überlasteten Arm, dass es knackte, und holte tief Luft.

»Gehen Sie ruhig rein!«, sagte Nemkova und warf das Kinn in Richtung einer grauen Tür. »Ich komme schon klar mit der Kleinen. Nicht war, meine Kleine? Wir verstehen uns schon.«

Ich öffnete die Lippen, um sie darauf hinzuweisen, dass Alena gleich schreien werde, aber Richard lächelte derartig erleichtert und erpicht darauf, sich für fünf Minuten wie ein Mann zu benehmen, dass ich den Mund wieder zumachte. Frau Nemkova würde es schließlich selber merken.

Im Büro hinter Glastisch mit Macbildschirm saß ein junger Mann in grauem Anzug. Er stand müde auf und kam hinter dem Tisch hervor. Hätte seine Hand sich nicht mit der Richards treffen müssen, so hätte er den Weg ins Zimmer wohl kaum bewältigt.

»Herr Dr. Weber, das ist aber eine Freude, dass Sie mich mal …« Er unterbrach sich bestürzt.

»Mein aufrichtiges Beileid«, sagte Richard und drückte Detlef Depper die Hand.

»Sie … Sie haben sie gefunden, hat man mir erklärt«, sagte der Anwalt mit lauer Stimme.

»Frau Nerz hat sie gefunden«, sagte Richard, mich präsentierend.

»Angenehm«, sagte der Anwalt und drückte mir die Hand, viel zu fest. Die Kommunikation glückte ihm heute nicht.

Detlef Depper gehörte zu den Männern, denen man selbst im grauen Anzug noch den halbstarken Raufbold ansah, den Sieger aller Prügeleien, den Initiator übler Streiche, den jugendlichen Raser. Die einzige, allerdings erwünschte Niederlage, die dieses Gesicht hatte einstecken müssen, war die auf dem Paukboden gewesen. Er trug einen Schmiss am Kinn.

»Ja«, sagte er, »ich hab's oben in der Wohnung einfach nicht ausgehalten. Da sitze ich jetzt hier und mache den Schreibkram. Ich fürchte, ich habe es noch gar nicht realisiert.« Er blickte auf die Uhr. »Ich denke die ganze Zeit, jetzt muss sie doch anrufen, damit ich sie vom Gericht abhole. Wir sind dann meist was essen gegangen.« Er musterte uns ratlos. »Erdrosselt! Erhängt im eigenen Schal! Wie oft habe ich ihr … meiner Frau … gesagt, sie soll sich den Schal nicht dreimal um den Hals wickeln. Als ich vierzehn war, habe ich einen Klassenkameraden sterben sehen. Sein Schal hatte sich um die Nabe des Mofas gewickelt. Genickbruch.«

»Herr Depper«, nahm Richard ohne Hast das Wort. »Wir – genauer Frau Nerz – haben bei den sterblichen Überresten Ihrer Frau ein etwa vier Wochen altes Mädchen gefunden.«

»Das habe ich gehört«, sagte Depper. »Ich kann mir das gar nicht erklären.«

»Ich habe das Baby mitgebracht. Frau Nemkova hat es mir allerdings förmlich aus den Händen gerissen.«

Depper lächelte angestrengt unter zusammengezogenen Brauen. »Tatsächlich? Nun ja, Frauen und Babys …«

»Wollen Sie sich die Kleine vielleicht einmal anschauen?«

»Wenn Sie meinen. Auch wenn ich nicht wüsste, wieso.«

Der Anwalt bewegte sich zur Tür, mit Tonnen von Tod in den Gliedern. Wir folgten ihm ins Foyer, wo die Sekretärin Alena auf dem Arm wiegte und vor sich hin sang. Ihr Blick war verklärt. »Schauen Sie, Herr Depper! Ist sie nicht süß?«

»Hm.«

Richard blickte ihn scharf an. »Kennen Sie das Kind?«

»Nie gesehen. Warum sollte ich es kennen?«

»Also ich erkenne kleine Kinder nicht gleich wieder«, sagte ich. »Die sehen für mich alle wie Chinesen aus.«

Depper warf mir einen befremdeten Blick zu.

»Alle gleich, meine ich.«

Wir kehrten ins Büro zurück. Außer dem Schreibtisch stand da noch ein Konferenztisch mit sechs Stühlen. Depper blieb stehen. Unschlüssig. »Darf ich Ihnen was anbieten?«

»Nein danke«, antwortete Richard. »Aber wenn Sie erlauben, würde ich Sie gern etwas fragen.«

»Deshalb sind Sie hier, nehme ich an.« Detlef Depper versuchte nicht mehr zu lächeln. »Meine Frau hat große Stücke auf Sie gehalten. Sie würden überall den Haken finden, hat sie gemeint. Bitte …«

Wir nahmen am Konferenztisch Platz. Depper auf der einen, ich auf der anderen Seite und Richard am Kopfende.

»Was möchten Sie von mir wissen?«

»Herr Depper, haben Sie und Ihre Frau eine Adoption beantragt? Ihre Frau hat so etwas erwähnt.«

»Nein. Wir haben wohl darüber gesprochen, aber …« Er schüttelte den Kopf. »Wissen Sie, wir haben zwei Kinder verloren. Plötzlicher Kindstod. Man sagt uns Männern ja nach, wir würden so etwas leichter verkraften, aber ich kann Ihnen sagen, das ist nicht der Fall, jedenfalls bei mir nicht. Es ist jetzt vier Jahre her, aber immer noch fahre ich nachts aus dem Schlaf, weil ich meine, Sonja wieder schreien zu hören: ›Sie ist tot, sie ist tot!‹ Und dann taumle ich ins Kinderzimmer und starre in das Kinderbettchen, und das Purzel, das ich abends quicklebendig hineingelegt habe, atmet nicht mehr. Meine Frau rennt wie eine Gestörte umher, mit dem toten Kind auf dem Arm, und will es nicht wahrhaben … Und das zwei Mal.« Sein müder Blick wurde wild entschlossen. »Nein, Herr Weber. Ich habe meine Prinzessinnen geliebt. So etwas möchte ich nie wieder erleben. Nie wieder! Es ist mir einfach zu viel Stress, verstehen Sie, auch bei einem adoptierten Kind. Da hat man doch noch mal ganz andere Verantwortung. Bei uns hat es einfach nicht sollen sein. Das muss man akzeptieren. Verstehen Sie?«

»Hat Ihre Frau das auch so gesehen?«, erkundigte ich mich.

»Ich denke schon. Sie war ja auch beruflich sehr eingespannt.«

»Was meinten Sie damit«, fragte Richard, der wieder einmal mehr gehört hatte als ich, »bei einem adoptierten Kind habe man noch mal eine ganz andere Verantwortung?«

Detlef Depper seufzte. »Wie soll ich das erklären? Die Natur hat es so eingerichtet, dass wir Kinder kriegen können, solange die Biologie mitmacht. Man muss sogar ziemlich viel tun, um das zu unterbinden. Theoretisch – aber bitte, wirklich rein theoretisch – können wir, wenn ein Kind stirbt, einfach ein neues kriegen, nicht wahr? Ich kenne Frauen, die das sagen. Eigentlich wollen sie nur zwei Kinder, nach dem zweiten könnten sie sich sterilisieren lassen, aber sie scheuen davor zurück. Eines könnte ja sterben, und dann könnten sie kein weiteres mehr bekommen. Verstehen Sie? Aber bei einer Adoption … Da ist das anders. Säuglinge sind schwer zu kriegen, ein Dutzend Paare stehen bereit, und dann werden wir ausgesucht, uns legt man das Wurm in die Hände, und dann … Nicht auszudenken!«

Richard nickte verständnisvoll. Dann erhob er sich und streckte die Hand aus. »Dann wollen wir Sie nicht weiter belästigen, Herr Depper. Vielen Dank für Ihre Offenheit.«

»Bitte, gern geschehen«, antwortete der Anwalt verdutzt. »Das war es schon?«

»Gibt es noch etwas, was Sie gerne sagen würden?«

Er schüttelte den Kopf. »Aber … darf ich fragen, warum Sie …«

»Warum ich Ihnen solche Fragen stelle?« Richard lächelte entwaffnend. »Ihre Frau hat mich als Mentor betrachtet. Es hat mich interessiert, rein menschlich. Und es ist doch eine ziemlich rätselhafte Geschichte, das mit dem Säugling. Ich fühle mich fast verpflichtet, alles zu tun, was ich zur Aufklärung beitragen kann. Viel ist es ohnehin nicht.«

Depper nickte. Auch wenn er nicht aussah, als erschlösse sich ihm der Sinn von Richards Ausführungen. Mir erschloss er sich auch nicht. Richard interessierte sich nicht für Rätsel im zwischenmenschlichen Bereich. Er interessierte sich für Zahlen.

Der Anwalt brachte uns in seinen Empfang hinaus.

Frau Nemkova drehte sich auf dem Schreibtischstuhl zu uns um. Ihre Gesichtszüge waren verwischt vor Entzücken. Sie sah aus wie die größere Schwester der Kleinen, die sie, ein fremdsprachiges Kinderlied vor sich hin singend, in ihren Armen wiegte. »Sie schläft, die kleine Irina! Meine kleine Irina!«

»Alena!«, korrigierte ich.

Frau Nemkova schaute mich entrückt an. »Alena, ja.« Sie stand auf und kam hinter dem Tresen hervor. Bedauernd, eigentlich widerstrebend, legte sie den schlafenden Säugling in Richards Arm zurück. »Wenn Sie mal eine Babysitterin brauchen …«

Wohl kaum, dachte ich.

Dass Richard es nicht sagte, korrekt wie er war und stets unwillig, falsche Hoffnungen zu wecken, stimmte mich bedenklich. Womöglich wiegte er sich selbst inzwischen in völlig falschen Hoffnungen. Schweigend griff er sich ins Jackett und legte seine Visitenkarte auf die Theke. »Rufen Sie mich an«, sagte er, jedoch plötzlich nicht mehr an die arme Sekretärin gewandt, sondern an Detlef Depper, »falls Sie mit mir sprechen wollen, auch privat, jederzeit.«

»Man müsste herausfinden, ob die beiden toten Babys von Sonja Depper damals obduziert worden sind«, bemerkte ich, als wir das Treppenhaus hinunterstiegen.

»Davon ist auszugehen«, antwortete Richard.

Schuhleim stach uns in die Nase. Alena nieste und rotzte sich das Gesicht und Richard den Kamelhaarmantelärmel ein. Er lachte, säuberte das Kind und den Ärmel mit der bloßen Hand und wischte den Ärmel mit einem Zipfel des Tuchs in der rosafarbenen Wolldecke trocken.

Normalerweise benutze Richard Taschentücher.

»Die Obduktionsberichte würde ich gerne sehen«, sagte ich, als wir in den von Häuserwänden umstellten Innenhof traten. »Womöglich sind dem Gerichtsmediziner damals schon leise Zweifel gekommen, ob die Kinder nicht vielleicht schlicht erstickt worden sein könnten.«

»Lisa! Bitte! Sag das nicht so laut. Tote können sich nicht mehr wehren. Und ist so ein Verdacht erst einmal in die Welt gesetzt …«

»Warum hast du dir von diesem Ehemann, der so gar keinen Ausdruck für seine Trauer hat und dabei zu Tode erschöpft wirkt, diese Geschichte erzählen lassen?«, erkundigte ich mich und ließ mit dem Schlüssel die Schließanlage von Richards Limousine pfitschen.

»Er hat sie aus eigenem Antrieb erzählt. Gefragt habe ich danach nicht, Lisa.«

»Wonach hast du ihn denn gefragt?«

»Ich wollte wissen, ob er Alena schon mal gesehen hat. Hätte ja sein können, dass … dass es ein Kind aus der Nachbarschaft ist.«

»Und was glaubst du?«

Richard zuckte mit den Achseln. »Ich glaube, er lügt. Oder er hat Angst vor kleinen Kindern, oder er ist einfach nur völlig durch den Wind. Übrigens, du musst von der Hauswand wegfahren, sonst kann ich nicht einsteigen.«

Ich löste die Limousine, nahm Richard und den Zwuckel auf, schrappte durch die Gebäudeschlucht auf die Liststraße hinaus und gewann die Immenhofer Straße, die uns schnurgerade und steil zum Österreichischen Platz hinunter und auf die Stadtautobahn bringen würde.

»Ich habe heute Nacht übrigens jede Menge über das Münchhausen-Stellvertreter-Syndrom gelesen«, erzählte ich. »Diverse Psychiater und Kinderärzte glauben, dass beim plötzlichen Kindstod die Mutter öfter ihre gewalttätigen Hände im Spiel hat, als wir denken. Dabei will sie nicht töten, sie will nur eine dramatische Situation herbeiführen: alle in Panik, Notarzt, Klinik. Die Kollegen im Geschäft alle voller Mitgefühl. Ich meine, zwei Fälle von plötzlichem Kindstod! Das ist extrem unwahrscheinlich! Ein britischer Arzt hat ausgerechnet, dass die Wahrscheinlichkeit dafür ...«, ich versuchte mich an die Zahl zu erinnern, die ich gelesen hatte, »... bei 1 zu 73 Millionen liegt.«

Richard schaute mich ungläubig von der Seite an. »Na!«

»Er soll allerdings irgendwie einen Rechenfehler gemacht haben«, räumte ich ein.

»Das glaube ich auch, Lisa. Vermutlich hat er die Wahrscheinlichkeit dafür, dass ein Kind in einer Familie am plötzlichen Kindstod stirbt, einfach quadriert, so wie man das bei zwei Würfeln macht.«

»Bei Würfeln?«

»Na, wenn du wissen willst, wie hoch die Wahrscheinlichkeit ist, dass man mit zwei Würfeln gleichzeitig eine Sechs würfelt. Bei einem Würfel beträgt die Wahrscheinlichkeit 1 zu 6. Und innerhalb dieses Sechstels beträgt die Wahrscheinlichkeit, dass die zweite Sechs fällt, wieder 1 zu 6. Folglich muss man ein Sechstel mit einem Sechstel malnehmen, das ergibt 1 zu 36.«

»So?«

»Ja, Lisa. Beim Würfel kann man das machen, weil der Wurf des ersten Würfels auf den des zweiten keinen Einfluss hat. Beim plötzlichen Kindstod dagegen gibt es Einflüsse, genetische Faktoren, ob die Eltern rauchen, ob sie beim zweiten Kind überängstlich sind und so weiter. Hier handelt es sich um eine sogenannte bedingte Wahrscheinlichkeit. Quadriert man da die Einzelwahrscheinlichkeiten, kommt eine astronomische Unwahrscheinlichkeit heraus.«

»Aber es ist doch tatsächlich sehr unwahrscheinlich, dass einer Mutter zwei Kinder hintereinander urplötzlich versterben.«

»Du hast es immer noch nicht kapiert, Lisa. Aber tröste dich, da geht es vielen Richtern und Staatsanwälten nicht anders. Man nennt so was auch den Trugschluss des Staatsanwalts. Das menschliche Gehirn hat einfach keinen Sinn für Wahrscheinlichkeiten. Was würdest du sagen? Wenn du bestimmt eine Sechs würfeln willst, wie oft musst du dann mindestens würfeln?«

»Sechsmal.« Ich musste lachen. »Nein, Quatsch. Ich kann ja auch siebenmal oder achtmal würfeln, ohne dass die Sechs fällt.«

»Oder sie fällt gleich. Auch eine Wahrscheinlichkeit von 1 zu 73 Millionen sagt nichts darüber aus, wann das Ereignis eintritt. Morgen, übermorgen oder nie. Und nur weil die Wahrscheinlichkeit extrem niedrig ist, heißt das eben nicht, dass eine Mutter, die zwei Kinder durch den Krippentod verliert, des Mordes schuldig ist.«

Ich jagte Richards Limousine mit den erlaubten Dreißig durch die Neckarstraße am Sparback und meiner Wohnung vorbei zur Ampel an der Hackstraße vor.

»Und wie hoch ist die Wahrscheinlichkeit, dass ein Kind plötzlich stirbt?«, erkundigte ich mich. »Da müsste man jetzt doch nur die Wurzel aus diesen so falsch zur Wahrscheinlichkeit quadrierten 73 Millionen ziehen, nicht?«

Richard überschlug es im Kopf. »Demnach sterben rund 8500 Kinder jedes Jahr den Krippentod. Das kommt ungefähr hin.«

Der Mercedes hoppelte über die Stadtbahnschienen, vorbei am Internetcafé Sp@ce. Ich bog in die Rieckestraße ab, oben wieder rechts, dann wieder rechts in die Hackstraße und schleuderte über die Kreuzung auf die Gegenfahrbahn der Neckarstraße. »Ist das viel oder wenig?«

»Das ist viel!«, antwortete er. »Es sind durchschnittlich 23 Kinder pro Tag. Es ist mehr, als in Deutschland Menschen bei Verkehrsunfällen sterben.«

Ich bog in den Gebäudetunnel zum Parkplatz der Staatsanwaltschaft. Die Polizistin im Glasgehäuse an der hinteren Pforte pumpte sich auf. Richard musste sich über mich beugen und mit dem rosafarbenen Ausweis der Staatsanwälte wedeln, damit sie die Schranke öffnete. Dabei strömten mittags hier Kreti und Pleti zum Kinderhort. Und zu Fuß kamen sie vom Roten Kreuz nebenan in die Kantine. Außerdem standen die Hintertüren offen, weil Pulks davor rauchten.

11

Richard wickelte in meinem Badezimmer Alena, ich stürmte meinen Computer. Wagner hatte mir geantwortet. Er hatte mir eine Mail mit einer Serveradresse und der Mahnung »Ändere mal dein Passwort! ☺« geschickt.

Wenn ich mit dem Hacker zu tun hatte, wurde mir stets bewusst, wie offen mein Rechner war. Wagner hatte mir eingeschärft, meine Zugänge nicht zu speichern, aber mein Passwort hatte auf meinem Rechner wohl längst Spuren hinterlassen, oder er hatte eine Software bei mir installiert, die alle Passwörter dokumentierte, die ich tippte. Jedenfalls kannte er es, was auch ein Vorteil war. Ich klickte mich auf den angegebenen Server, schrieb mein Passwort in die Abfrage und gelangte zu den Dateien, die er für mich abgelegt hatte. Die erste Liste enthielt die Adressen der Jugendamtspflegefamilien in Stuttgart, 21 an der Zahl, darunter Brigitte Belial mit ihren drei Schreihälsen.

Sie beherbergten insgesamt 48 Kinder, aber ein Tobias Vlora war nicht darunter.

Richard ging mit Alena auf dem Arm vom Badezimmer in die Küche. Ich hörte ihn das Fläschchen zubereiten.

Die zweite Liste führte Namen und Adressen von 138 Familien im Großraum Stuttgart, denen eine unübersehbare Menge von Kindern zugeordnet waren. Dieselbe Liste gab es noch einmal, nach den Nachnamen der Pflegekinder sortiert, 443 an der Zahl. Hinter schätzungsweise hundert Namen stand keine Familienadresse, sondern das Wort Sonnennest. In einer dritten Datei hatte Wagner seinen Rechercheweg dokumentiert, den ich nur überflog. Demzufolge hatte er die Liste der 443 Kinder über eine Mail-Weiterleitung an den Rechner einer Stiftung Xenodochium direkt vom Computer des Kinderheims Sonnennest geholt.

»Xenodochium«, rief ich. »Was heißt das?«

»Moment!«, antwortete Richard aus der Küche.

»Es ist eine Stiftung, die was mit Kindern zu tun hat«, rief ich.

Richard erschien in der Küchentür, das Kind auf seinem linken Arm, in der anderen Hand das Fläschchen. »Xenodochium stammt aus dem Griechischen. Es setzt sich zusammen aus *xenos*, Fremder, und *dechomai*, jemanden als Gast aufnehmen. So nannte man früher klösterliche Fremdenherbergen und später Einrichtungen für Arme und Findelkinder.«

»Nie gehört! Du?«

Alena krähte in seinem Arm und ruderte mit den Ärmchen. »Ja, ja, gleich gibt's Happihappi.« Richard hielt sich das Fläschchen gegen die Schläfe, dann stopfte er den Schreimund mit dem Nuckel und gurrte: »So ist es fein. Ja, Xenodochium ... nicht so gierig, Schneckle, es ist genug da! ... Xenodochium ist eine Stiftung mit Sitz im Mahdental im Kreis Leonberg. Es ist eine alte Villa mitten im Wald, die zum Kinderheim umgebaut wurde.«

»Sonnennest?«

»Ja, das Sonnennest. Es wird von einem gewissen Ambrosius Baphomet, der auch im Vorstand der Stiftung sitzt, und seiner Frau Rosalinde geführt, ist aber ein wirtschaftlich eigenständiger Betrieb. Die Stiftung Xenodochium verfügt über einige Millionen aus dem Vermögen des schwäbischen Klodeckelherstellers Gutmann, dem die heutige Villa Sonnennest einst gehört hat. Mit den Stiftungsgeldern werden Pflegefamilien unterstützt. Vorstandsvorsitzende ist die Witwe Gutmann, seine zweite Frau. Die Stiftung Xenodochium finanziert zudem ein Ausbildungszentrum mit Seminarangeboten für Pflegeeltern in ganz Baden-Württemberg, stellt Gutachter fürs Jugendamt, entwickelt gerichtsverwertbare Entscheidungskriterien für Inobhutnahmen und unterhält eine sogenannte Clearingstelle für Konfliktfälle.«

Eigentlich wunderte ich mich nicht, dass er bereits alles wusste.

»Das heißt«, erkundigte ich mich, »die Leute aus dem Sonnennest führen die Beurteilungen durch, aufgrund deren Jugendamt und Gericht entscheiden, dass die Kinder in Obhut genommen werden und ins Sonnennest oder in eine Pflegefamilie kommen. Sie beschaffen sich also ihre eigene Klientel, an der sie verdienen?«

»Das ist in jedem Krankenhaus und bei jeder Kfz-Werkstatt so«, bemerkte Richard.

»Kinder sind keine Autos!«

»Irgendwer muss feststellen, was mit einem Kind los ist und wie mit ihm am besten verfahren wird.«

»Ich dachte, das macht das Jugendamt.«

»Wenn es nur die Beamten des Jugendamts machen würden, wäre es dir auch nicht recht, Lisa.«

»Und sind diese … wie heißen die?«

»Die Baphomets?«

»Sind die irgendwie qualifiziert dafür?«

»Sie sind Sozialpädagogen.«

»Und wieso weißt du das alles?«

Richard lächelte milde auf Alena hinab. »Das Sonnennest ist ein umsatzsteuerpflichtiger Betrieb, das Xenodochium dagegen eine Stiftung mit gemeinnützigen Zwecken.«

Wie er es sagte, klang es ungemein deliktanfällig.

»Vor einigen Monaten ist Sonja Depper zu mir gekommen und hat mich aufgefordert, Baphomets Geschäftsgebaren unter die Lupe zu nehmen. Sie habe den Eindruck, dass Stiftungsvermögen zweckentfremdet werde. Das wäre etwa der Fall gewesen, wenn Baphomet Stiftungsgelder in die Renovierung der Schlafräume des Sonnennests gesteckt hätte, denn der Stiftungszweck erlaubt nur eine Verwendung für Pflegefamilien und deren Betreuung.«

»Und? Hat er?«

»Das weiß ich nicht, Lisa. Eine entsprechende Anzeige müsste vom Regierungspräsidium kommen. Das hat die Stiftungsaufsicht.«

»Ging es darum auch bei Sonja Deppers Besuch bei dir am Dienstag?«

Richard zögerte. »Nicht direkt. Frau Depper kam mit einem neuen Vorwurf. Sie meinte, es bestehe der Verdacht des sexuellen Missbrauchs von Schutzbefohlenen durch eine Pflegefamilie des Sonnennests. Sie habe die Herausnahme der Kinder aus dieser Familie und die Rückführung zu den Eltern angeordnet, aber das Jugendamt habe ihre Anordnung nicht umgesetzt. Die Baphomets hätten ein Gutachten beigebracht, wonach die Vorwürfe gegen die Pflegefamilie unbegründet sind und von den leiblichen Eltern der Kinder nur erhoben wurden, damit sie ihre Kinder zurückbekommen.«

»Da gehört doch mit einer Handgranate aufgeräumt!«

»Lisa! Von außen können wir nicht beurteilen, wer hier recht hat!«

»Und warum, verdammt, können wir das nicht beurteilen?

Wer beurteilt es denn, Richard? Wo ist die Schiedsstelle, wenn die Interessen von Eltern, Pflegeeltern, Jugendamt und – nicht zu vergessen – den Kindern selbst aufeinanderprallen?«

»Das Jugendamt ist die Schiedsstelle.«

»Und so schließt sich der Kreis.«

Alena spuckte den Nuckel aus. »Schon satt?«, gurrte Richard. »Komm, ebbes geht noch.«

Die Kleine drehte den Kopf weg und begann zu greinen.

»Halten wir fest«, sagte ich. »Depper wollte diesem Baphomet was am Zeug flicken. Und sie war mit ASD-Leiterin Annemarie Hellewart wohl doch nicht so ein Herz und eine Seele, wie sie behauptet hat.«

»Mir gegenüber hat sich Frau Depper dahingehend geäußert, dass Annemarie Hellewart sich darüber beklagt habe, der Pflegekindermarkt werde zunehmend von den Baphomets dominiert, was dazu führe, dass die vom Jugendamt bestellten und betreuten Pflegeeltern immer weniger zum Zuge kommen.« Entschlossen warf sich Richard eines meiner Küchenhandtücher über die Schulter, legte Alena bäuchlings und fing an, die nötigen Bäuerchen aus dem Zwerg zu klopfen.

»Also reiner Protektionismus!«, resümierte ich. »Und Richterin Depper aufseiten des Jugendamts.«

Richard zuckte mit den Schultern. Oder war es nur eine von jenen wippenden und rhythmischen Bewegungen zur Beruhigung seiner momentanen Pflegetochter?

Das Kind rülpste.

»So ist fein!«, gurrte der Staatsanwalt. Es folgten schwäbische Urworte wie »Butzele« und »Krott«, was sich von Kröte herleitete. Da war es schwer, den roten Faden zu behalten.

»Dann sollte man sich das Sonnennest wohl mal genauer anschauen«, sagte ich.

»So ist brav, du Butzewaggele! Und noch ein Bäuerchen! Und dann tun wir schön schlafen, gell?«

Meine Nerven begannen zu kribbeln. Ich kehrte zu Wagners

Kinderliste zurück und scrollte Namen, auf der Suche nach Tobias Vlora.

»Wo hast du das her, Lisa?« Richard schaute mir über die Schulter und schärfte seinen Blick auf meinen Bildschirm.

»Informantenschutz!«

»Das stammt doch von Wagner? Wie oft muss ich dir erklären, dass ich mit illegal erworbenen Informationen nichts anfangen kann!«

»Du musst ja nichts damit anfangen. Das ist für mich, Richard.«

»Und was willst du damit? Nein, ich will es lieber nicht wissen.« Er wandte sich ab, ging zum Sofa, setzte sich, lud das Butzele auf den rechten Arm um und streckte die verkrampften Muskeln seines linken.

»Anstrengend, eh?«

»Weißt du, warum man Kinder meistens auf den linken Arm nimmt?«

»Damit es den Herzschlag spürt«, öffnete ich artig Richards Lexikon.

»Das auch. Aber entscheidend ist, dass die linke Körperhälfte an die rechte Hirnseite gekoppelt ist, wo unsere Emotionen sitzen. Wenn man Babys links hochnimmt, löst das unmittelbar intensive Gefühle aus. Deshalb.«

»Aha!«

Ich rief das Such-Menü auf und tippte »Tobias« ins Fenster. Das Suchprogramm hielt bei einem Tobias Abele an, bei einem Tobias Meier, Sonnennest, und schließlich bei einem Tobias Müller. Kein Habergeiß oder Vlora.

Bei den Kindern mit dem Nachnamen Leidenfrost war ich erfolgreicher. Mir klopfte das Herz bis zum Hals. Meine Emotionen waren eindeutig an etwas anderes gekoppelt, beispielsweise an Jagderfolg, wo auch immer der sich im Hirn verorten ließ.

Die Kinder von Lea und Tilo Leidenfrost vom Raitelsberg

waren auf acht Familien verteilt worden, die unter anderem in Böblingen, Leonberg, Magstadt und Feuerbach lebten. Und ich hatte die Adressen, schwarz auf weiß.

»Schläft!«, seufzte Richard zufrieden. Langsam nahm er den Zwuckel aus seinem Arm und legte ihn aufs Sofa. Vorsichtig wie beim Mikadospiel hob er die Hände. Alena blieb still, sie schlief. Jetzt musste er nur noch selbst aus den Federkernpolstern kommen, ohne dass es Alena aus dem Schlaf wuppte. Sein jahrelanges Krafttraining in Fitnessstudios erwies sich bei dem zeitlupenhaften Unterfangen als nützlich. Es gelang. Alena hatte sich von der Welt der Verlustängste verabschiedet und schlief eifrig vor sich hin.

Mit raschem Schritt war Richard bei seinem Jackett, das über einem Stuhl hing, und zog das gelbe Päckchen seiner Zigarettenmarke aus der Innentasche. »Die erste heute!« Frohgemut eilte er in die Küche.

Ich kopierte die Adressen der Leidenfrostkinder in ein Extradokument, zog Wagners Dokumente auf meinen Rechner und schickte sie weiter in den externen Speicher eines Mediencenters. Wenn ich jetzt die Leidenfrostadressen ausdruckte, würde Alena dann aufwachen? Ich zögerte. Außerdem erschien Richard in der Küchentür, die Hand mit dem qualmenden Stängel rückwärts in die Küche gestreckt. »Ich müsste mal ins Amt. Höchstens eine oder zwei Stunden.«

Ein schrecklicher Verdacht kam mir. »Du willst jetzt aber nicht insinuieren … oder auf Deutsch, mir nahelegen, dass ich solange auf Alena aufpassen soll?«

»Sie schläft sicher mindestens zwei Stunden. Und wenn sie aufwacht und dir auf die Nerven geht, dann rufst du einfach an. In drei Minuten bin ich hier.«

»So haben wir aber nicht gewettet, Richard. Außerdem muss ich … äh … mit Cipión raus. Und tragen tue ich Alena nicht!«

»Einen Kinderwagen könntest du dir bei Frau Habergeiß leihen. Katarina hat ihn uns gestern angeboten.«

Hätte ich das nur getan! Aber ich krawallte. »Du glaubst doch nicht, dass ich ein Schreibaby durch die Gassen schiebe! Außerdem habe ich noch was anderes vor.«

Zum Sonnennest fahren, die Leidenfrosts aufsuchen, nach Tobias forschen, Ruth Laukin anrufen und ihr die Geschichte noch mal erklären. Hilfe, Stress! Und dann auch noch ein Kind hüten? Seit jeher hasste ich es, wenn Pflichten den schlammigen Fluss meiner Faulheit kräuselten.

Richard verschwand hinter der Tür. Als er sich wieder zeigte, war sein Gesicht das mir vertraute mit Lebensskepsis und Paragraphenschärfe im Blick. »Wenn das so ist.« In seiner Stimme flackerte etwas Ungutes, vermutlich Gefühle.

Zorn sprudelt mir den Hals hoch. »Verstehe. Es ist halt immer noch die ureigene Aufgabe der Frauen, die Kinder zu hüten, wenn die Männer in den Krieg müssen!«

»Scht!«, machte Richard. »Bitte, du weckst sie auf!«

»Na und?« Ich gab Druckbefehl. Mein Drucker schnaubte und stieß dann asthmatisch pfeifend das Blatt aus. »Das ist meine Wohnung. Da schreie ich rum, wie es mir passt!«

Richard verschwand in der Küche, killte die Zigarette und eilte zum Sofa, um nach dem Zwuckel zu schauen. Alena schlief. Vermutlich gehörten Eheschreiereien zu den vertrauten und beruhigenden Elementen ihres kurzen Lebens. Wortlos sammelte Richard den Kinderkram ein, Pampersschachteln, Strampler, Fläschchen, Decken, Babynahrungspackungen, Mützchen und Schühchen, und stopfte ihn in Tüten, stöpselte den elektrischen Flaschenwärmer aus und packte ihn ein, stellte alles an die Tür, was Cipión beunruhigt beschnüffelte, durchquerte den Salon, nahm Alena vom Sofa, legte sie sich in den Arm – den linken, der unmittelbar Muttergefühle auslöste –, nahm mit der rechten Hand die Tüten, stellte sie vor die Tür, schob Cipión zurück und zog meine Wohnungstür von außen zu.

Blödmann!

12

Ich faltete den Ausdruck zusammen, steckte ihn in meine Parkatasche, nahm die Leine und begab mich hinunter. Oma Scheible wartete schon im Hochparterre, wo die Steintreppen begannen, die zur Eingangstür hinunterführten. »Ich will ja net neugierig sei, aber des Kindle, wo der Herr Weber bracht hot …« Die alten Äuglein kreiselten. »So ebbes muss ma sich gut überlege …«

»Haben Sie überlegt, ob Sie Kinder kriegen, Frau Scheible?«

»Des waret die eigene! Da gab's nix zum überlegen. Aber wemma so an Kindle adoptiert, na weiß man nie, was ma kriegt. Ich mein, man hört doch heutzutag so viel von dene Gene. Nachher wird's an Massenmörder.«

»Es ist ein Mädchen, Frau Schäuble.«

»Aber ebbes Ausländischs ischs doch scho? Da isch erscht kürzlich in der Zeitung gschtande, dass so ein Mädle, wo sie in Indien adoptiert hen, dene Adoptiveltere den Prozess g'macht hat, weil die sie den wahre Eltere wegg'nomme hättet.«

»Keine Sorge«, sagte ich. »Wir behalten sie nicht. Die Polizei sucht nach den Eltern.«

»So? Na behaltet Sie's net? Schad! I hätts au g'nomme, wenn's amal eng g'worde wär.«

Als ich mit Senta und Cipión im Hof des SWR einlief, war Sallys blonde Mähne unter den fröstelnden Rauchern nirgendwo sichtbar. Ich war zu spät. Umso besser. Ich zog mit den Hunden durch den Park der Villa Berg direkt zum Raitelsberg und betrat eine Retro-Welt. An den Stirnfassaden von Reihenhäusern klebten in Stein gehauene Heilige im Stil sozialistischer Arbeiterkunst, die direkt von der Kirchengotik abzustammen schien. Es roch nach Kohleöfen, Arbeiterstolz und Kindern. Wie am Fließband reproduzierten sich Türen und Fenster in nahtlosen Wänden von Häuserzügen. Der Herbstwind trieb das Nichts durch menschenleere Straßen. Eine grüne Weinflasche stand verlassen an einer Ecke. Ich trug sie zum Emektar Markt am Hochhaus der Siedlung, band die Hunde am Gitter eines Müllcontainers an und begab mich in den Laden, um die Flasche gegen Pfand, ein Päckchen Zigaretten und Informationen zu tauschen.

»Ich suche die Familie Leidenfrost«, sagte ich zu dem Türken an der Kasse.

Er lächelte.

»Die mit den acht Kindern«, erklärte ich.

»Die Kinder sind weg. Das Jugendamt.«

»Aber die Eltern wohnen doch noch hier?«

Der Türke lächelte wieder.

»Was wollen Sie denn von denen?«, fragte mich ein älterer Mann in heller Kunstlederjacke mit Webpelzkragen. Er hatte ein hakennasiges Gesicht mit schlohweißem Haar, einen Ring im Ohrläppchen, zwei Schachteln Billigzigaretten in der Hand und zählte in der anderen die Münzen.

»Mit ihnen reden«, antwortete ich.

»Wollen sie denn auch mit Ihnen reden?«

»Ich denke schon.«

»Sie reden aber nicht gern mit Leuten, wo sie nicht kennen.«

»Das kann ich mir denken.«

»Du denkst viel, hm?«

Ich lachte, zahlte und ging hinaus. Als ich meine Hunde losgebunden hatte, war auch er rausgekommen. »Deine?«

»Der Dackel ja, die Schäferhündin nein.«

»Sind ziemlich aus der Mode gekommen, die Dackel.«

»Stimmt.« Ich steckte mir eine Zigarette in den Mund.

»Als ich Bub war, hat man Dackel gehabt. Sie haben sich mit den Schäferhunden gebissen. Eine Erzfeindschaft.«

»Die Zeiten ändern sich.«

Der Alte hielt mir Feuer hin und zündete sich dann selbst eine an. »Ich bin hier geboren, habe immer hier gelebt. Vierundachtzig Jahre lang.«

»Hätte ich nicht gedacht!« Ich streckte ihm meine Hand hin. »Lisa.«

»Ralf«, antwortete er. »Du willst zu den Leidenfrosts? Versteh mich nicht falsch. Aber ich kümmer mich halt um die Leut hier. Helf ihnen bei Amtsgängen, sind ja viele Ausländer hier. Nach der Sache mit dem Jugendamt …«

»Ich bin nicht vom Jugendamt.«

»Was bist du dann?«

»Ich bin ich. Nina Habergeiß wohnt bei mir im Haus.«

Ralf ließ den Rauch an seinem linken Nasenloch vorbeipfeifen und kniff das linke Auge zu. »Neckarstraße. Die Wohnung habe ich Nina besorgt.«

»Gestern hat das Jugendamt ihren Tobias geholt.«

»So'n Hureseich!« Er zog an der Kippe und musterte mich mit zusammengekniffenen Augen.

Ich steckte mir die Zigarette zwischen die Lippen, zog sie mit Daumen und Zeigefinger wieder heraus, die Glut in die Handfläche gekehrt, inhalierte und blies, schlitzte die Augen und blickte in den grauen Himmel. Morgen schneit es, dachte ich.

»Also gut«, sagte Ralf, »ich bring dich hin.« Er deutete die Heidlesäcker hinab in Richtung Röntgenstraße. »Der Tilo hat den Job verloren. Nicht wegen der Finanzkrise. Der ist fertig. Anwaltsschulden hat er, und jetzt, wo er die Hompetsch hat dichtmachen müssen, kommen keine Spenden mehr rein.«

Wir kamen an den Ostrand des Raitelsbergs und wandten uns Richtung Hackstraße. Über den entlaubten Bäumen der Grünanlagen erhob sich unheimlich nah der Gaskessel, der sich überall im Osten in die Perspektiven der Straßenfluchten drängte. Am Ende des Häuserzugs blieb Ralf stehen und deutete auf eine Tür.

»Gehst du nicht mit rein?«, fragte ich.

»Das hat keinen Wert.« Ralf steckte sich eine neue Zigarette ins Gesicht. »Die Leut sind zu mir gekommen und haben sich beschwert. Sieben Kinder in der Wohnung, auch wenn es eine

Doppelwohnung ist, und das achte unterwegs. Die Waschmaschine läuft zweimal am Tag, und die Wasserkosten werden ja normal auf alle Parteien im Haus umgeschlagen. Und hier hat keiner ebbes zum verschenken. Und dann der Lärm! Die drei Buben sind oft den ganzen Nachmittag auf der Gass herumgehängt und haben Unsinn gemacht. Und jetzt denken Lea und Tilo, ich hätte sie beim Jugendamt angezeigt.« Ralf hustete. »Hier hat's mal einen Fall gegeben, wo ein kleines Kind verhungert ist. Damals ist das Jugendamt zu spät gekommen. Ich weiß nicht, wer die Leidenfrosts angezeigt hat. Aber sie haben es sich selber zuzuschreiben. Sie haben unbedingt fürs siebte Kind die Patenschaft vom Bundespräsidenten haben wollen. 500 Euro sind halt auch Geld. Beim Festakt im Rathaus ist der Florian so herumgesaut, dass ebbes zu Bruch gegangen ist. So sind sie aufmerksam geworden. Es hat geheißen, der Flori hat Defizite in seiner Entwicklung. Aber die Lea ist gleich störrisch geworden und hat sich nachher von der Familienhelferin auch nix sagen lassen wollen.«

Der Alte ließ den Blick schweifen. Hinter den Bäumen rauschte der Verkehr die nahe Hackstraße hinunter zum Gaskessel am Neckar.

»Es gibt welche, die sagen, es wär höchste Zeit gewesen. Acht Kinder! Da kann man sich als Eltern doch gar nicht kümmern. Die Kinder müssen sich gegenseitig helfen bei den Schulaufgaben und so. So ein Hureseich! Ich hab fünf Geschwister gehabt, wo alles noch Dreizimmerwohnungen waren. Zu dritt haben wir in den Betten geschlafen. Und Schläge hat's gegeben, wenn wir was angestellt hatten. Die Mutter hat uns auch nicht vorgelesen, und wenn's mit der Schule nicht geklappt hat, hat die Schwester helfen müssen. Im Haushalt hat sie sowieso mitgeschafft, und ich habe beim Schuster ausgeholfen, wo ich vierzehn war. Das war damals so. Ich sag nicht, dass es heut so sein muss. Die Zeiten ändern sich. Aber die Kinder von der Lea haben jeden Tag eine warme Mahlzeit gekriegt, sie haben warm anzuziehen gehabt und jedes sein eigenes Bett. Und in die Schule sind sie auch gegangen. Die Celine sogar aufs Gymnasium.«

Er erzählte noch eine Weile vom Krieg, dann trat er die Zigarette aus. »Wenn du da jetzt raufgehst, sei so gut und mach ihnen keine Hoffnungen. Der Tilo ist so schon ganz spinnet.«

»Okay.«

Der Alte äugte mir scharf ins Gesicht. Dann drehte er sich um und ging die Straße hinauf.

Ich klingelte. In der Gegensprechanlage meldete sich eine Frauenstimme. »Ja?«

»Ich weiß, wo Ihre Kinder sind«, sagte ich.

Die Schließanlage klickte. Eine Treppe höher stand eine ziemlich schwangere Frau. Ihr Blick weitete sich, als sie die Hunde sah. »Die können Sie nicht reinbringen«, sagte sie. »Meine Kinder sind allergisch.«

Im Treppenhaus stand zwar ein Kinderwagen, aber hätte ich die Hunde daran angebunden, hätte niemand mehr zur Haustür hinein- oder hinausgekonnt. Also raus vor die Tür. Da mickerte ein geeignetes Gebüsch.

Die Wohnung war spärlich möbliert, die Kinderzimmer mit Bettchen und Spielsachen wie tot. Auf den Linoleumböden lagen keine Teppiche, wegen der kindlichen Allergien, obgleich es derzeit außerhalb von Leas Bauch keine Kinder gab. Sie führte mich durch den Gang in ein Wohnzimmer, in dem ein Esstisch den ganzen Platz wegnahm. In der Ecke klemmte ein Arbeitstisch mit Aktenordnern und Computer. Ein hagerer Mann stand auf.

»Die kann uns sagen, wo unsere Kinder sind«, sagte Lea.

»Mein Name ist Lisa Nerz. Ich bin Journalistin.«

»Vom Fernsehen?«, fragte Lea angstvoll. Aber Gier glitzerte in ihren blauen Augen.

»Nein, Zeitung.«

Enttäuschung sackte ihr in die Mimik. »Wir wollen nämlich nicht mehr, dass über uns berichtet wird. Sonst sehen wir unsere Kinder nie wieder. Das hat uns der Jugendamtsleiter klipp und klar gesagt, wortwörtlich: ›Sie sehen Ihre Kinder nie wieder, wenn Sie weiter so ein öffentliches Bohei machen!‹ Mein Mann hat sogar die Homepage geschlossen, weil wir befürchten, dass unsere Kinder dafür büßen müssen. Sie wollen sie in neue Familien stecken, weil die Familien, wo sie jetzt sind, angeblich Angst haben, dass sie durch die öffentliche Aufmerksamkeit aufgespürt werden.«

Sie bekam Schluckauf. Tilo legte seiner Frau die Hand auf die Schulter, langte mit der anderen Hand einen handgeschriebenen Brief vom Computertisch und reichte ihn mir. »Das hat uns unsere Tochter Celine kürzlich geschrieben. Jemand hat ihn rausgeschmuggelt. Lesen Sie ruhig!«

Celine schrieb, dass es ihr gut gehe, und in derselben Zeile, dass sie total unglücklich sei, dass sie Sehnsucht habe nach ihren Geschwistern und nach Mama und Papa, dass niemand ihr sage, wann sie wieder nach Hause dürfe, dass man ihr ein eigenes Zimmer gegeben und einen Schreibtisch für sie angeschafft habe und sie nun Angst habe, dass sie niemals mehr von dort wegkomme, dass sie gute Noten habe und dass Pflegemama zu ihr gesagt habe, dass sie, Celine, jetzt wohl einsehe, dass sie in der Pflegefamilie besser aufgehoben sei als zu Hause. Und da sei sie wütend geworden und habe gesagt, jetzt werde sie nur noch schlechte Noten schreiben. Daraufhin habe es ein Gespräch mit der Tante vom Sonnennest gegeben, und sie hätten ihr Zimmer durchsucht, ob sie Briefe bekommen habe, aber nichts gefunden, und dann hätten sie gesagt, dass sie in eine andere Familie ganz weit weg kommen würde, wenn ihre Eltern sie weiterhin gegen die Pflegeeltern aufhetzen würden. »Ich habe euch lieb«, endete der Brief. »Ich bete jeden Abend eine Stunde, dass wir bald wieder alle zusammen sein dürfen. Ich habe euch ganz doll lieb, C.«

»Vorgestern ist sie zwölf geworden«, sagte Lea. Sie lächelte dabei. »Und wir konnten sie nicht einmal anrufen. Unsere

Briefe bekommt sie nicht. Und sie weiß nicht, ob wir ihre Briefe bekommen.«

»Warum läuft sie nicht einfach weg?«, fragte ich.

Tilo und Lea blickten sich an. Lea antwortete unter Schluckauf: »Sie wird überwacht. Man bringt sie zur Schule, holt sie ab. Und sie bräuchte Geld für den Bus oder die Bahn. Außerdem hat man ihr erklärt, dass sie ins Heim kommt oder ganz weit weg, wenn sie versucht wegzulaufen.«

»Wie sind Sie an diesen Brief gekommen?«, erkundigte ich mich.

Tilo griff noch einmal auf seinen Schreibtisch. »Er kam vor zwei Wochen in diesem Umschlag.«

Ein Absender fehlte. Aber der Brief war in Stuttgart abgestempelt worden. Die Adresse stammte aus einem Computerdrucker und stand auf einem Aufkleber. Die Hausnummer stimmte nicht.

»Wir vermuten«, sagte Lea, »dass jemand, der die Familie besucht hat, den Brief adressiert und eingeworfen hat.«

Ich hätte mir noch andere Methoden denken können, einen Briefwechsel aufzubauen. Mit zwölf war ich nicht sonderlich schlau gewesen, aber wie man geheime Botschaften hinter dem Rücken von Aufsichtspersonen verschickte, das hätte ich gewusst.

»Ganz am Anfang«, erzählte Lea, als hätte sie meine Gedanken gelesen, »hat Celine uns Briefe über eine Klassenkameradin geschickt. Aber das ist herausgekommen. Vermutlich haben die Eltern der Schulfreundin was gesagt. Wir wissen es nicht. Das Schlimme war: Das Jugendamt hat auch unsere Briefe an sie in die Hand bekommen und natürlich voll gegen uns ausgelegt. Man hat uns den Umgang mit unseren Kindern für zwei Jahre untersagt. Zwei Jahre! Wir zögen sie in unseren Konflikt mit dem Jugendamt hinein, hieß es. Das sei ihrer Eingewöhnung und Entwicklung abträglich.« Leas Nase war rot angelaufen.

Ich zog den Adressausdruck aus meiner Jackentasche und

suchte nach dem Namen. »Celine ist bei einer Familie in Böblingen.«

Lea schnappte mit solchem Affenzahn nach dem Blatt, dass es eine Ecke lassen musste, als ich es wegzog.

»Moment!«

Tilo und Lea schauten sich an. Er hatte etwas Verletztes und Amokläuferisches im Blick, schien mir, das feuchte Glitzern des Ohnmächtigen saß ihm an der Lidunterkante.

»Was wollen Sie? Geld?«, fragte Lea müde.

Ich holte Luft, ohne recht zu wissen, was mir dazu einfallen sollte, wurde aber von Tilo unterbrochen. »Sie sind Journalistin, sagen Sie. Woher wissen wir, dass Sie nicht vom Jugendamt sind und uns testen?«

Ich zog meinen Journalistenausweis.

Tilo studierte die Vorder- und Rückseite und gab ihn mir zurück. »Kann man vermutlich auch fälschen. Aber ich will Ihnen mal glauben.«

»Sie müssen uns verstehen«, erklärte Lea. »Heimlich und ohne unser Wissen sind wir psychiatrisch begutachtet worden. Man hat mich zur Verrückten gestempelt, ohne dass ich jemals Gelegenheit bekommen habe, mich zu verteidigen.«

»Das Münchhausen-Stellvertreter-Syndrom.«

»Als ob ich meinen Kindern jemals etwas antun könnte!« Der Schluckauf zerriss sie fast. »Ich habe nicht gewusst, dass es ein Psychiater ist, der mit mir redet. Er hat mir suggestive Fragen gestellt: Mögen Sie Babys lieber als ältere Kinder? Babys sind so süß und knuddelig. Mögen Sie das, wenn ein Wesen völlig von Ihnen abhängig ist? So die Art. Natürlich sind Babys süß und knuddelig. Würden Sie da was anderes sagen?«

Ich behielt für mich, was ich sagen würde. »Was war das denn für ein Gutachter? Kam er vom Sonnennest?«

»Das weiß ich nicht.« Lea zuckte mit den Schultern. »Die stecken doch alle unter einer Decke, die vom Heim, die Pflegefamilien, die Gutachter, das Jugendamt. Man ist total ohnmächtig. Erst bei der Gerichtsverhandlung habe ich erfahren, was in dem Gutachten steht. Ich sei krank, steht da, ich könne Beziehungen zu meinen Kindern nur aufbauen, solange sie hilflos und abhängig sind. Deshalb würde ich ihre geistige und körperliche Entwicklung behindern. Ich würde sie zu lange im Kinderwagen herumfahren, zu spät auf den Topf setzen. Sobald sie selbständiger werden, würde ich das Interesse verlieren. Und die Richterin glaubt den Unsinn auch noch. Ich habe sie gefragt, ob sie Kinder hat. Aber das war auch falsch! Sie hat mich gehasst!«

Ich lächelte. »Sie sind wieder schwanger. Herzlichen Glückwunsch! Wann ist es denn so weit?«

Ihr Gesicht glänzte. »Im April! Das können sie mir nicht verbieten! Kein Richter der Welt kann mir befehlen, kein Kind mehr zu bekommen. Die Zeiten sind vorbei.«

»Aber er kann es Ihnen wegnehmen lassen.«

»Dann würde ich wieder eines bekommen. Und wenn man mir das auch wegnimmt … Aber wir wandern sowieso aus. Wir gehen nach Mallorca, ich kriege dort das Kind. Da hat das Jugendamt keine Macht.«

Ich blickte Tilo an. »Und Ihre anderen Kinder?«

Sein Gesicht war erloschen. »Ich gehe bis vor den Europäischen Gerichtshof für Menschenrechte.«

»Sobald wir unsere Kinder zurückbekommen haben«, sagte Lea, »werden wir auf Mallorca leben. In Spanien hält man Familien mit vielen Kindern nicht für asozial.«

Mich fröstelte. »Wie heißt der für Sie zuständige Familienrichter?«

Tilo zog einen dicken Ordner hinter dem Computer hervor und legte ihn auf den Esstisch. Ämter pflegten ihre über Leben und Tod entscheidenden Beschlüsse und Bescheide auf Recyclingklopapier auszudrucken, mit Briefköpfen wie vom vierten Durchschlag kopiert.

»Abschrift, Amtsgericht Stuttgart, Familiengericht«, las ich.

Datum und Aktenzeichen. Darunter stand, knapp und amtlich: »Depper, Richterin«.

»Erlauben Sie?«

»Darf ich Ihnen was anbieten?«, erinnerte sich Lea der Umgangsformen in Friedenszeiten. »Ein Bier? Einen Kaffee?«

»Wasser«, antwortete ich. Sie ging. Tilo blieb und schaute mir zu, wie ich den Ordner durchblätterte.

Am 17. September vorigen Jahres hatte das Jugendamt beim Amtsgericht den Antrag gestellt, den Leidenfrosts das Sorgerecht für ihre Kinder mittels einstweiliger Anordnung zu entziehen. Das Amtsgericht gab dem Begehren statt, ohne die Eltern oder Kinder gehört oder sie von der Maßnahme verständigt zu haben. Unterzeichnet Depper, Richterin. Am folgenden Tag erging ein weiterer Beschluss, der den Eltern vorerst jeglichen Umgang mit den Kindern untersagte. Zur Begründung verwies das Gericht auf ein psychiatrisches Sachverständigengutachten und äußerte die Überzeugung, dass die Eltern die Trennung von ihren Kindern nicht einfach hinnehmen, sondern versuchen würden, Druck auf sie auszuüben. Unterzeichnet Depper, Richterin. Am selben Tag wurden die Kinder abgeholt, von der Schule, aus dem Kindergarten und der Säugling aus dem Krankenhaus. Es lag ein Brief des Oberarztes bei, der sein Entsetzen ausdrückte und protestierte. Die Kinder wurden auf verschiedene Pflegefamilien verteilt.

»Wer beim Jugendamt ist für Sie zuständig?«, erkundigte ich mich.

Tilo zeigte mir einen fruchtlosen Briefwechsel mit dem Oberbürgermeister, der Sozialbürgermeisterin und dem Jugendamt, dessen Briefe zunächst von Annemarie Hellewart, dann aber von Amtsleiter Alfons Manteufel unterzeichnet waren. »Da haben wir uns dann den Anwalt genommen«, erklärte Tilo.

Der Anwalt hatte Rechtsmittel eingelegt. Das Oberlandesgericht entschied im Frühjahr und verwies den Fall ans Amtsgericht zurück, mit der Begründung, es seien weder Eltern noch

Kinder gehört worden, das Amtsgericht habe sich vielmehr nur auf die Berichte des Jugendamts und des psychiatrischen Sachverständigen gestützt, Alternativmaßnahmen seien nicht geprüft worden. In einem Beschluss vom 16. Juni dieses Jahres kam das Amtsgericht, das sich an seinen früheren Beschluss vom 18. September gebunden fühlte, zu dem Ergebnis, dass das Sorgerecht für die Kinder für zwei Jahre zu entziehen sei. Zur Begründung hieß es, die Situation innerhalb der Familie sei schwierig und stelle für die Kinder eine Bedrohung dar. Insbesondere Lea Leidenfrost verhalte sich unflexibel, sie sei unfähig und nicht gewillt, die Bedürfnisse ihrer heranwachsenden Kinder zu begreifen und geeignete Erziehungsmaßnahmen mitzutragen. Unterzeichnet Depper, Richterin.

»Übrigens«, sagte ich, »diese Richterin ist gestern unter unklaren Umständen verstorben.«

Tilos hageres Gesicht blieb steinern.

»Die Polizei schließt ein Gewaltverbrechen nicht aus.«

Die Amokläuferaugen des Vaters rutschten weg. Sein Blick ging an mir vorbei. In der Tür stand Lea mit Babybauch, Schluckauf, großen Augen und einem Glas Wasser in der Hand. »Es gibt also doch noch Gerechtigkeit auf dieser Welt! Des Teufels Richterin ist tot!«

»Lea, bitte!«, sagte der Mann leise.

»Ich werde für sie beten«, sagte sie schluckend. »Sie kann es brauchen.«

»Gehören Sie eigentlich irgendeiner extremen christlichen Richtung an?«, erkundigte ich mich.

»Spielt das irgendeine Rolle?«, fragte Tilo zurück.

»Nun ja …« Ich dachte an Eltern, die ihren Kindern aus religiösen Gründen medizinische Behandlungen verwehrten. »Das kommt drauf an.«

»Müssen wir eigentlich allen Menschen, die uns besuchen, unsere Ansichten, Überzeugungen, Essgewohnheiten und Finanzen darlegen? Frage ich Sie, wie lange Sie Fernsehen gucken?

Frage ich Sie, wie viele Fertiggerichte Sie verwenden und ob Sie einen Kartoffelbrei herstellen können? Sie sagen, Sie wüssten, wo unsere Kinder sind. Wie ich sehe, haben Sie eine Adressliste. Warum geben Sie sie uns nicht einfach und gehen wieder?«

Was sollte ich darauf sagen?

»Oder werden Sie uns die Liste verweigern, wenn wir nicht unterwürfig genug sind, wenn Ihnen unsere Weltanschauung missfällt? Wollen Sie vorher noch in unsere Schlafzimmer und Mülleimer gucken? Gefallen Ihnen unsere Gesichter nicht? Und wehe, wir sind nicht christlich genug, dann entfremden wir die Kinder unserer abendländischen Kultur, oder wir sind zu christlich, dann gehören wir womöglich einer Sekte an. Wehe, wir sind zu dick oder zu dünn, denn dann ist die Gesundheit der Kinder gefährdet, dann droht ihnen Unterernährung oder Diabetes. Und wehe, wir ernähren uns zu bewusst, dann werden unsere Kinder zu Außenseitern erzogen!« Der verwaiste Familienvater schaute mich mit wundem Blick an.

Ich reichte ihm meine Adressliste. »Aber bitte, kein Wort zu niemandem, woher Sie sie haben. Am besten, Sie schreiben die Adressen ab und verbrennen dieses Blatt.«

Tilo nickte.

»Und eines muss Ihnen klar sein: Sobald Sie mit einem Kind Kontakt aufnehmen oder versuchen, es herauszuholen, sind alle anderen verloren.«

Er nickte wieder.

Was sollte er mit der Liste wirklich anfangen?, fragte ich mich. »Ich will Ihnen keine falschen Hoffnungen machen. Und Sie wollen ja auch nicht, dass ich über Sie schreibe. Aber ich bin entschlossen, das Jugendamt und die Leute vom Sonnennest aufzumischen.«

»Was haben Sie vor?«, fragte Lea.

»Keine Ahnung. Aber es wird schon schiefgehen! Übrigens, wo waren Sie gestern Nachmittag?«

13

Nur wegen meiner Bestechung oder Erpressung mit der sinnlosen Adressenliste antwortete mir das Ehepaar Leidenfrost auf diese Frage. Er hatte den Nachmittag in der Wohnung am Computer verbracht, sie war ein oder zwei Stunden in der Gegend spazieren gegangen und hatte dann den Haushalt gemacht. Beschäftigungen der Beschäftigungslosen. Was hätte es Tilo und Lea auch genützt, die Richterin umzubringen, die nur Entscheidungen des Jugendamts bestätigt hatte? Eine tote Richterin war alle Sorgen los, ihr Mörder dagegen hatte eine Sorge mehr, nämlich die, den Rest seines Lebens im Gefängnis zu verbringen. Doch womöglich tickte ein seiner Vaterschaft beraubter Mann nicht mehr rational. Für ausgeschlossen hielt ich es dagegen, dass eine Schwangere Rache übte. Lea hatte ihre Zukunftshoffnungen im Bauch. Allerdings lag sie im ständigen Widerspruch mit sich selbst. Die Angst vor den Hunden, obgleich keinerlei Kinder in der Wohnung waren und auch in absehbarer Zeit nicht sein würden, die allergisch hätten reagieren können. Ihre Gier aufs Fernsehen bei gleichzeitiger kategorischer Ablehnung der Öffentlichkeit. Ihr zufriedenes Lächeln, als sie eigentlich hätte traurig sein müssen, weil sie den zwölften Geburtstag nicht mit ihrer Tochter Celine hatte feiern dürfen, die hasserfüllte Freude über Deppers Tod, gefolgt von Gebets- und Vergebungsdemut.

War sie immer schon so gewesen oder erst so geworden? Meine Mutter – o Gott, morgen musste ich da hin! – hatte an mir den Grundwiderspruch ihres Lebens ausgelassen. Mental ausgestattet, ein großes Unternehmen mütterlich autoritär zu leiten, hatte sie sich im Glauben an die dienende Rolle der Frau aufs Familienmanagement beschränkt. Was hätten die Nachbarn gesagt, wenn sie arbeiten gegangen wäre? Ich sollte es mal besser haben als sie, aber nicht zu gut. Beruf ja, aber nur Sekretärin. Einen Mann ja, aber einen, bei dem keine Liebe im Spiel war, sondern Furcht, Ekel und Vermehrung.

Die Stadtbahn mit ihren wuchtigen Hochbahnsteigen sprengte die Hackstraße fast. Sie war lang, Senta langsam, Cipión unwillig. Ich passierte das Karl-Olga-Krankenhaus und rief Christoph an.

»In einer halben Stunde gibt's eine Pressemitteilung«, knurrte er. »In der steht, dass es eine Festnahme gegeben hat.«

»Doch nicht dieser Kleinkriminelle?«

»Er war so blöd, das entwendete Handy zu benutzen. Die Kollegen haben ihn am Bahnhof festgenommen.«

»Hat er die Tat gestanden?«

»Nein.«

»Was sagt er denn?«

»Ich darf mit dir darüber nicht reden, das weißt du doch.«

»Aber er war es nicht. Wenn er die Richterin beim Handtaschenraub getötet hätte, hätte er die Stadt verlassen. So blöd kann er doch nicht sein, dass er dann auch noch das Handy benutzt.«

»Wir haben schon viel Blöderes erlebt.«

»Und von Alenas Eltern immer noch keine Spur?«

»Von wem?«

»Richard hat sie Alena getauft. Die Kleine, die bei Deppers Leiche lag.«

»Nein. Es hat sich niemand gemeldet.«

»Das ist doch komisch, nicht?«

»Vielleicht sind die Eltern in Urlaub gefahren und glauben ihre Tochter wohlbehütet bei Oma und Opa, während die denken, die Eltern hätten sie mitgenommen.«

»Wer fährt denn in Urlaub, wenn das eigene Kind gerade einen Monat alt ist?«

»Alles schon vorgekommen!«

»Übrigens ist mir noch etwas eingefallen, Christoph.« Ich erzählte ihm von der Frau mit dem Kinderwagen, die uns zu Beginn unseres Spaziergangs entgegengekommen war. »Und ich bin mir nicht sicher, ob sie wirklich ein Kind im Kinderwagen hatte.« Ein Lastwagen donnerte an mir vorbei. »Hast du was gesagt?«

»Nein.«

»Die Tat muss irgendetwas mit den Fällen zu tun haben, die Depper bearbeitet hat. Wir suchen nach einer jungen Frau, die vor etwa einem Monat niedergekommen ist. Dem Jugendamt muss ein Beschluss über eine Inobhutnahme vorliegen. Das Mädchen wollte sich der Maßnahme entziehen, Depper hat sich aus irgendeinem Grund, der noch zu klären ist, mit ihr getroffen. Es kommt zum Streit, zum Handgemenge, sie stürzt mit dem Kind.«

»Und die Mutter hätte ihr Kind hernach bei der Leiche liegen lassen?«

»Sie hat einen jesusmäßigen Schreck bekommen ... Und sie hätte die Tote umdrehen müssen.«

Christoph lachte nur.

»Na gut! Einen Versuch war es wert.«

»Ich sag's den Kollegen. Komm bei Gelegenheit mal wegen eines Phantombilds vorbei.«

Etwas mehr Enthusiasmus hätte es sein dürfen, fand ich. Aber vermutlich wollte Christoph nur wieder demonstrieren, wie wenig er zu melden hatte. Oder sein Familienleben machte ihm gerade wenig Spaß, mit einem Schreihals daheim und einer Frau, die nicht einsah, dass sie alleine zuständig war. Bethe war so ein Typ.

Ich beendete das Gespräch und rief Sally in der Redaktion an.

»'s geht gerade nicht, Konferenz!«, raunte sie dicht am Hörer.

»Ich wollte nur sagen, dass ich mit Senta draußen war, das heißt, noch bin.«

»Okay.«

»Was ist los, Sally?«

Sie schnaufte und flüsterte: »Wenn du Richard mit dem Baby allein lässt, dann brauchst du dich bei mir gar nicht wieder zu melden!«

»Oh!« Ich musste lachen. »Hat er sich bei dir beklagt?«

»Wenn du glaubst, dass Richard sich beklagen würde, dann kennst du ihn aber schlecht, Lisa!«

»Aber du kennst ihn, ja?«

»Ich kenn vor allem dich! Du denkst nur an dich selbst. Überall mischst du dich ein, aber wenn man dich braucht, bist du nicht da. Überspann den Bogen nicht, Lisa!«

Ärger fegte mir den Verstand aus dem Hirn. »Was für eine gequirlte Scheiße! Du klingst wie meine Mutter!«

»Vielleicht hat sie ja recht, Lisa! Überleg dir das mal!«

»Sally, ich verdanke dir mein Leben … ach nein, das war einmal! Und selbst wenn es so wäre, das gibt dir noch lange nicht das Recht, dich wie meine Mutter aufzuführen. Ich habe nämlich schon so eine, die daheim auf mich lauert!«

Sally legte auf.

Verdammt, ich hatte »daheim« gesagt.

14

Was genau warf Sally mir vor? Nun schon seit Monaten. Wenn ich Richard hinterherrannte und sie dafür stehen ließ, war sie tödlich beleidigt, wenn ich nicht alles stehen und liegen ließ, um ihm hinterherzulaufen, hielt sie mich für ein Beziehungsschwein. Was für ein Problem hatte sie eigentlich? Wie verdammt noch mal ticken Frauen? War Sally etwa in Richard verknallt oder was? Ich musste lachen. Darauf hätte ich schon eher kommen können. Er war ihr Typ, gepflegt, elegant, gut riechend, wohlhabend, mächtig. Und wenn er mit einem ungebildeten Biest wie mir um die Häuser zog, warum dann nicht auch mit ihr, Sally. Sie war langhaarig und blond und besaß deutlich mehr weibliche Grundmuster im Verhalten als ich. Sie hätte ihn pfleglicher behandelt, mit der Bewunderung, die sich ein intelligenter

Bullterrier wie er wünschte. Was hatte ich, was sie nicht hatte, fragte sie sich seit Jahren. Mich hatte er an sich herangelassen, sie nicht. Und ich hatte es ihm gelohnt mit Undankbarkeit, Respektlosigkeit und Grausamkeit. Ja, das war's, was nur ich konnte. Vermutlich würde Richard erst von mir lassen, wenn ich seine zweifellos billigen Erwartungen einmal nicht enttäuschte, wenn sein Ringen um meine Anerkennung für ihn, den Gerechten, einmal Erfolg hatte. Dann konnte er sich zurücklehnen und sagen: »Geschafft! Jetzt hat sie es endlich eingesehen.« Und ich war ihn los.

Ich überquerte die Hackstraße an der Tankstelle, passierte die Bankfiliale für Wenigabheber und den Bäcker für Vesperbrötchen und bog in die Neckarstraße ein. Bei Flimse gab es heute Wäscheleinen im Wühlkorb.

Staatsmacht auf der einen und öffentlicher Nahverkehr in der Mitte, das drängte die roten und gelben Ziegelfassadenhäuser mit den Schaufenstern von Döner, türkischem Discounter, Self-Service-Bäcker, Handydealer und Bioladen im Hinterhof ins Kreuzbergerische ab. Unter den Scheibenwischern der Autos in den Seitenbuchten beulten sich die Strafzettel. Denn anders, als man dachte, war die Hälfte der frisch asphaltierten Abstellplätze nur für dreiminütiges Halten zum Be- und Entladen da. Eine Goldgrube für Politessen.

Warum eigentlich, fragte sich meine Denkmaschine nebenbei, hatte Celine sich nicht bei einer Schulkameradin ein Handy geliehen und ihre Eltern mal angerufen?

Senta sah nicht aus, als würde sie den langen Weg die Urbanstraße hinauf noch schaffen. Deshalb nahm ich sie zu mir herauf. Auf halber Treppe streikte sie. Ich musste sie tragen, dreißig Kilo stinkenden Schäferhund. Auf meinen Dielen fiel sie ins Koma.

Ich setzte mich an den Rechner. Im Netz fand ich ein Familienfoto der Leidenfrosts. Sie hatten ihre Homepage zwar geschlossen, aber etliche Bilder waren bereits auf andere Seiten diffundiert, die sich in wüsten Skandalrufen ergingen und die

Ablösung oder Steinigung von Jugendamtschef Manteufel forderten. Die Situation war ohne Zweifel verfahren.

Ich druckte mir die Adresslisten mit den Pflegekindern des Sonnennests aus, programmierte meinen Navi, erweckte Senta von den Toten, nahm Cipión an die Leine, ging Brontë in der Rieckestraße aus ihrem Garagenschlaf wecken, fuhr Senta in die Urbanstraße und trug sie die achtzig Stufen zu Sallys Wohnung hinauf.

Brontë sprotzte mürrisch. Der hochzeitsweiße Porsche mit nuttenroten Ledersitzen aus der Wirtschaftswunderzeit mochte die Stadt nicht: zu viele Ampeln, zu viele Fußgängerüberwege und Tempo-30-Zonen. Wäre sie nicht vierzig Jahre alt gewesen und hätten die Oldtimer-Freaks von Stuttgart nicht rechtzeitig Rabatz gemacht, dann hätte ich sie aus dem Verkehr nehmen müssen, weil sie die Feinstaubplakette nicht tragen wollte. Erst auf der B14 zum Schattenring hinauf schnurrte sie zufrieden. Auf kreuzungsfreier Straße passierten wir das Unigelände, streiften Vaihingen und rasten nach Böblingen. Der Navi brachte mich in die Schwabstraße. Hier, in einem etwas zurückgesetzten Haus mit Garten, war laut Wagners Liste Celine Leidenfrost seit einem Dreivierteljahr unfreiwillig zu Hause. Im Garten hinter einer dichten Hecke erspähte ich einen Sandkasten mit vorwinterlicher Abdeckung, eine Schaukel und ein Klettergerüst. Ich machte Cipión von der Leine los und zeigte ihm die Lücke in der Hecke. Kein Dackel konnte einem Loch widerstehen. Er verschwand.

Ich lief zum Tor und rief: »Cipión!«

Dackel gehorchten auch nur selten. Ich sah Cipión mit fliegenden Schlappohren um die Hausecke biegen. Und weg war er. Was sollte ich tun?

Ich klingelte.

Nach einer Weile knackte die Gegensprechanlage und eine Frauenstimme fragte: »Ja!«

»Entschuldigen Sie, mein Hund ist in Ihren Garten gelaufen.

Er ist harmlos! Ein Dackel. Aber er hört nicht. Vielleicht könnten Sie …«

»Moment.« Eine Frau in Jeans und Norwegerpullover trat aus der Haustür. Zwei kleine Kinder drängelten nach.

»Er ist hinters Haus gelaufen!«, rief ich. »Tut mir echt leid. So was hat er noch nie gemacht. Haben Sie eine Katze? Sobald er eine Katze sieht, saut er hinterher. Cipión!«, brüllte ich noch mal.

Auf Puschen trat die Pflegemutter auf den Plattenweg zum Tor. Sie fixierte mich, als müsste sie mich mit einem Dutzend Verbrecherfotos abgleichen und sich meine Personenbeschreibung merken. »Sie müssen Ihren Hund an der Leine führen.«

Ich hob die Leine hoch. »Habe ich. Aber plötzlich war er weg, der Schlawiner. Es ist mir wirklich arg, dass ich Ihnen Unannehmlichkeiten mache.«

»Schon recht.« Die Frau drückte auf einen Knopf an der Garage außerhalb meiner Reichweite und öffnete das Tor. »Dann holen Sie ihn halt schnell.«

»Danke!« Ich stürmte den Plattenweg, winkte den Kindern im Hauseingang zu und bog rufend hinters Haus. Cipión hatte zuverlässig das gefunden, was er nicht hätte finden sollen. Hastig schlappte er aus einer großen Schüssel Vanillepudding, der auf der Terrasse auskühlen sollte. Das kommt davon, wenn man sich den Kühlschrank spart, dachte ich. Aber gut, bei einem halben Dutzend Kindern im Haus mochte eine Riesenschüssel Pudding im Kühlschrank zu viel Platz wegnehmen.

»Cipión, pfui!«, schrie ich und zog ihn am Halsband aus der Schüssel. Er röchelte und strebte zurück ins Schlaraffenland. Ich leinte ihn an.

»Der schöne Pudding!«, rief die Frau. »Zwei Liter Milch!«

»Ich bezahle Ihnen natürlich den Schaden«, erklärte ich, zog mein Portemonnaie und nahm einen Zehner raus.

»Wo soll ich so schnell zwei Liter Milch herkriegen?«, überlegte sie und nahm ohne weitere Umstände meinen Zehn-

Euro-Schein. »In zwei Stunden gibt es Abendessen, ich muss kochen.«

»Der Rest ist für den Ärger«, sagte ich. »Aber wenn Sie wollen, gehe ich und hole Milch. Oder Fertigpudding. Sie müssen mir nur sagen, wie viel.«

»Danke, aber wir kaufen nur im Biomarkt.«

»Dann fahre ich zum Biomarkt.«

Zum ersten Mal blickte mir die Frau in die Augen wie ein Mensch einem anderen Menschen. »Das würden Sie tun?« Sie lächelte sogar.

»Kein Problem. Und auf meine Kosten natürlich!«

Ich sah der Frau an, wie sie überlegte, ob sie mir jetzt den Zehner zurückgeben musste, dann aber mitten im Gedanken abgelenkt wurde oder sich ablenken ließ von den beiden kleinen Kindern, die um die Hausecke geschlichen gekommen waren und sich weniger für die angeschlabberte Schüssel Pudding als vielmehr für den Dackel interessierten.

»Beißt er?«, fragte der Junge.

»Nein.«

»Dürfen wir ihn mal streicheln?«, fragte das Mädchen.

»Klar!«

Cipión wedelte mit der Schwanzspitze. Stets zeigte er höfliche Freunde, wenn ihm Kinder in die Augen starrten und nach ihm griffen. Ich hatte den Verdacht, dass es ihm sogar gefiel, von feuchten Kinderhänden an den Ohren gezogen zu werden. Vermutlich kam er sich geschätzt und wichtig vor und es war das, was er am Leben mit mir vermisste.

Ein drittes Kind erschien. Offenbar hatte es sich im Haus herumgesprochen, dass die Musik draußen spielte. Außerdem kam ein etwa zwölfjähriges Mädchen mit einem Baby im Arm und auf der Hüfte. Das Baby konnte, anders als Alena, schon gezielt gucken, mit den Händen deuten und beim Ruf »Da-da« den Schnuller ausspucken.

»Da, Wauwau!«, sagte die Zwölfjährige, in der ich mit Fotoerinnerung Celine Leidenfrost erkannte, und streckte ihre Hand aus. Der Zwerg warf sich in ihrem Arm nach vorn. Celine ging in die Hocke und stellte ihn ab. Stracks tappte er auf Cipión zu, stoppte dann aber angesichts der Nähe von Hundeschnauze und Dackelaugen.

»Vorsichtig ei machen«, sagte das kleine Mädchen. »Schau, so.«

Celine trug neue Jeans, röhrig, knalleng und mit dem nötigen Faltengekröse an den Fußfesseln, ein rotes Shirt über einem hellblauen Ringelpulli und große Kreolen in den Ohren. Die blauen Augen hatte sie auf Kinder, Zwerg und Dackel gerichtet. Mich schien sie gar nicht wahrzunehmen. Vielleicht pubertäre Schüchternheit, vielleicht die Vorsicht der Geisel.

Wie konnte ich ihr jetzt eine Nachricht zukommen lassen, mich wenigstens als Bekannte ihrer Eltern ausweisen? Ich hätte mich besser vorbereiten müssen.

»Ich überlege gerade«, nahm die Pflegemutter ihren roten Faden wieder auf, »für Pudding wird es mir zu spät. Vielleicht gehen Sie doch besser einfach zum Bäcker und besorgen Nussstriezel. Zweie müssten es allerdings schon sein. Von den Vollkornstriezeln.«

»Mache ich. Hätten Sie wohl eine Tasche?«

Die Pflegemutter wandte sich den Kindern zu, vermutlich um Celine zu schicken. Doch die führte gerade die Hand des Zwergs über Cipións raues Fell. Also ging sie selbst.

Da endlich schaute Celine zu mir auf.

»Gruß von deinen Eltern«, raunte ich über die Köpfe der streichelnden Kinder hinweg.

Ihr Blick flutschte zum Haus, ihr Atem ging schnell. »Ich darf nicht mit Ihnen sprechen.«

»Können wir uns irgendwo treffen?«

Celine schüttelte den Kopf. »Ich darf nicht.«

Da kam auch schon die Mutter mit einem Einkaufsbeutel wieder. Sie gab mir den Zehner zurück, den ich ihr vorhin gegeben hatte. »Und vielen Dank schon mal.«

Nur ungern ließen die Kleinkinder Cipión ziehen. Ich fragte auf der Straße die nächstbeste Frau mit Einkaufstasche nach dem Bäcker, kaufte zwei Vollkornnussstriezel und eine Kilotüte Biogummibärchen ohne Gelatine und künstliche Farbstoffe und kehrte zu dem Haus zurück. Das Gartentor war wie vorhin fest verschlossen. Ich musste klingeln. Es war Celine, die beinahe augenblicklich zur Haustür heraustrat und dann mit dem Baby auf dem Arm den Plattenweg entlangeilte.

Ich hob den vollen Beutel übers Tor. Sie nahm ihn ab und steckte mir gleichzeitig einen Zettel zwischen die Finger. Im nächsten Moment hatte sie sich umgedreht und ging langbeinig zum Haus zurück.

Auch ich drehte mich um und ging meiner Wege.

Den Zettel schaute ich mir erst im Auto an. »Ich darf ihr Vertrauen nicht enttäuschen«, hatte Celine mit hastigem Bleistift auf die Ecke einer Heftseite mit Karopapier geschrieben. »Bitte, kommen Sie nicht wieder.«

Mein Gedärm krampfte. Was würde ich tun an Celines Stelle? Weglaufen natürlich! Und wenn sie mich wieder einfingen, dann würde ich wieder weglaufen und immer wieder. Sie hätten mich schon einsperren, sie hätten mich fesseln müssen! Oder? Es dachte sich leicht, so etwas. Ich mit zwölf Jahren, hätte ich wirklich alles darangesetzt, zu meiner Mutter zurückzukommen? Ins Fegefeuer hinter Riffelglas, wo sich das Leben unterm Balkensepp duckte, sonntags Messe und Apfelkuchen, unter der Woche Zöpfe und Sparsamkeit, ansonsten verbotene Spiele unter der Bettdecke und Angst, aus der Vorhölle in die Hölle zu kommen.

Ein Heim wäre mir am Ende schon nach wenigen Tagen wie Befreiung vorgekommen, umso mehr eine neue Familie, in der man mir mit Neugierde begegnet wäre. Man hätte Begabungen entdeckt, die mir bis heute unbekannt waren. Ich wäre aufs Gymnasium gegangen und hätte studiert. Kurz: Ich hätte Wertschätzung erfahren. Pflegefamilien waren die einzigen Familien, die mit Führerschein erzogen, die geprüft wurden, bevor sie Kinder bekamen.

Doch Celines Zeilen klangen gar nicht froh. Sie klangen nach Angst und Bedrohung, nach der würdelosen Hoffnung der Geisel, sie werde überleben, wenn sie nicht den Zorn derjenigen erregte, die Macht über sie haben: Pflegeeltern, Jugendamt, Luzifer.

15

Bevor ich den Motor startete, rief ich Karin Becker an. Sie leitete das Archiv des *Stuttgarter Anzeigers* und hasste Fettfinger und allgemeine Aufträge wie »Alles über das Jugendamt Stuttgart«. Ob ich morgen mal kommen könne, fragte ich sie.

»Worum geht es denn?«, fragte sie mit ihrer am Telefon überraschend dunklen Stimme.

»Ums Jugendamt Stuttgart, ums Sonnennest und all das.«

»Verstehe«, sagte sie. »Ich schaue mal, was ich habe, und stelle Ihnen eine Mappe zusammen.«

»Sie sind ein Schatz, Frau Becker!«

Sie lachte verlegen.

Der Navi führte mich durch Sindelfingen, Maichingen, Magstadt und über Waldstrecken ins Mahdental. Das Sonnennest lag zwei Kilometer tief in einem wegelosen Zauberwald. Im Augenwinkel sah ich zwischen den Bäumen Gnome hopsen und Irrlichter locken. Die Zufahrt endete an einem Parkplatz für vier oder fünf Autos, der von einem mannshohen Sichtschutz aus Holz eingefasst war. Es gab eine Garage, groß genug für einen Bus, ein hohes Tor mit Videokamera und eine Schauvitrine mit allerlei Schriftlichem. Vom Haus selbst war wegen des Zauns nichts zu sehen.

Ein Kinderhaus musste sich wie ein Frauenhaus schützen vor

auf Besitz und Misshandlungsrechte pochenden Vätern, vor zu allem entschlossenen Löwinnen, vor Päderasten und Journalisten, das leuchtete ein, aber der Kloß, den ich im Hals hatte, quoll auf. Was dachten Kinder von einer Welt, vor der man sie so versteckte? Wer an Flucht dachte, würde eine kilometerdicke Schicht von Kinderangst vor Wald und Wolf überwinden müssen. Vor allem nachts. Doch es mochte ein Irrtum sein, wenn ich glaubte, Flucht sei der Gedanke, der die Kinder da drin beherrschte. Wohl eher lagen die Kinder auch heute Abend wieder in ihren Betten und wünschten sich, was sie niemals bekommen würden. Bitte, lieber Gott, lass Mama und Papa mich liebhaben! Mach, dass Papa nicht mehr trinkt. Mach, dass Mama mich nicht schlägt und ich wieder nach Hause kann.

Ich tat so, als hätte ich mich verfahren, wendete, fuhr aus dem Sichtbereich der Kamera heraus und stellte Brontë an einem Holzstapel ab. Ein Trampelpfad führte um das Gelände herum. Tief im Dickicht war der Zaun weniger blickdicht. Soeben verloschen im Abend die Farben von Spielgeräten, Kletteranlagen und von Kinderhand bemalten Bolzwänden. Die alte Villa des Klodeckelfabrikanten stand hinter alten Tannen. Es handelte sich um ein Fachwerkschlösschen mit Erkern und Türmen. Im sandsteinernen Sockelstockwerk waren Fenster erleuchtet. Ich erkannte ein paar Kinderköpfe, die hin und her gingen.

Sollte ich über den mannshohen Maschendrahtzaun steigen? Schaffen würde ich es. Doch was würde es letztlich bringen außer dem Risiko, erwischt zu werden, und dem Ende aller Chancen, später als Vertreterin der Presse Einlass verlangen zu können. So arriviert war ich nun doch schon, dass ich auf mich hörte. Außerdem hatte ich Hunger. Morgen war auch noch ein Tag.

An den Bärenseen entlang, die man auch bei Tag hinter den Bäumen nicht gesehen hätte, über den Schattenring und durch den Viereichenhau- und Heslacher Tunnel rollten wir zurück in den Stuttgarter Kessel. Man musste ganz runter, um von dort über Liststraße und Alte Weinsteige wieder hinauffahren zu können. Auf den Höhen von Degerloch hatte Richard in der Kauzenhecke seine Wohnung, gleich an der Zahnradbahnhaltestelle Haigst. Als Schwabe stieß er sich nicht an der widersinnigen Logik, dass die Zacke wegen des Lärms zwar am Abend vor neun den Betrieb einstellte, aber frühmorgens ab 5:15 Uhr schon wieder rumpelte. Ich hätte Sprengsätze gelegt. Ein Bum und dann Ruhe.

Im Treppenhaus des gepflegten Jugendstilgebäudes, in dem außer dem Staatsanwalt noch ein Chirurg und ein Professor für Geschichte wohnten, stand ein Kinderwagen. Noch nie hatte da ein Kinderwagen gestanden. Ich stieg die Treppen hinauf. Tiffanygläser funkelten in den Wohnungstüren, das Geländer schnörkelte. Helle und leichte Klavierläufe klangen aus Richards Wohnung, als ich aufschloss. Er saß an seinem Bechsteinflügel, Alena lag in einem der beiden Ledersessel, hatte die Augen offen und genoss die akustischen Sensationen. Richard nahm eine Hand von den Tasten, um Cipión zu begrüßen. Das Spiel unterbrach er nicht. Offenbar genoss er wiederum den Luxus, ein paar Minuten in sich selbst und seine Gewohnheiten zurückzukehren und den Wutz dabei ruhig zu halten.

Ich ging in die Küche. Richards kulinarische Einrichtung galt dem Italienischen. Wer die Grundprinzipien von Pasta, Olivenöl, Tomaten und Kalbfleisch beherrschte, konnte nichts falsch machen in seinen Kreisen. Ich fand Spaghetti und im Kühlschrank eine Trüffelknolle. Hmmm! Das würde sogar ich hinkriegen. Ich setzte Wasser auf.

Cipión hätte auch gern etwas gehabt, aber mehr aus Prinzip, denn eigentlich hatte er den Bauch voller Vanillepudding. Ich stellte ihm Wasser hin und gab ihm ein paar Hundecracker. Er zog sich dann auf den flauschigen Teppich ins Wohnzimmer zurück.

Das Klavierspiel versiegte.

»Was hast du Sally eigentlich erzählt?«, fragte ich, als Richard mit Alena auf dem Arm in die Küche kam.

»Warum?«

»Sie hat mich alles geheißen, was beste Freundinnen einander an den Kopf knallen, bevor sie sich für immer verfeinden.«

»So?« Er wirkte besorgt. Richard pflegte zwar seine Feindschaften, aber er hatte nicht das geringste Verständnis für das, was er, wenn ich nicht dabei war, Stutenbissigkeit nannte. »Gar nichts habe ich gesagt, Lisa. Sie hat mich angerufen, weil sie über irgendeine Freundin einen Kinderwagen organisiert hatte. Sie wollte, dass du ihn abholst.«

»Und da hast du angedeutet, dass man gerade nicht auf mich zählen könne.«

Richard studierte angelegentlich die Gebrauchsanleitung eines Kindertees. »Was ist eigentlich los zwischen euch beiden?«

Ich zuckte dramatisch mit den Achseln und fächerte einen Satz Hartweizenmikados ins kochende Wasser.

Er schaute routinemäßig auf die Uhr. »Das musst du in Ordnung bringen, Lisa.«

»Da ist nichts mehr in Ordnung zu bringen. Ich habe einen einzigen schweren Fehler begangen. Damals, nach meiner Mondfahrt, als ich sie ohne Erklärung stehen ließ, um dich zu suchen.«

Ich nahm einen Kochlöffel, um die Spaghetti unter Wasser zu drücken.

»Weißt du, Richard, so was ist unter Frauen absolut unverzeihlich. Insgeheim sind wir davon überzeugt, dass die wahre Freundschaft unter Frauen über allem steht.« Ich machte eine weltumspannende Geste mit dem Kochlöffel. »Ein Mann darf schon mal enttäuscht werden, eine Frau nicht ein Mal. Niemals, Richard.«

»He!« Er hielt schützend seine Hand über das Kind. »Du musst Alena trotzdem nicht gleich mit dem Kochlöffel erstechen.«

»Deine Trüffelreibe …« Ich zog die Schubladen auf. »Wo hast du die?«

»Da, wo sie immer ist.«

»Du hast die Uhr im Blick?«

Er nickte. »Noch fünfeinhalb Minuten.«

»Sag mal …«

Er lachte.

»Was gibt es da zu lachen?«

»Du bist doch nur gekommen, weil du wissen willst, was ich heute im Amt gemacht oder vielmehr herausgefunden habe.«

»Und?«

»Viel Zeit hatte ich ja nicht, um mir einen Überblick über die Finanzen des Jugendamts, der Stiftung Xenodochium und des Heimbetriebs zu verschaffen. Die Jahresberichte des Jugendamts sind öffentlich. Und das Regierungspräsidium hat mir den Jahresbericht an die Stiftungsaufsicht mit Ertragsrechnung des Fondsvermögens des Xenodochiums gemailt. Spaßeshalber habe ich schnell mal den Benford drübergejagt …«

»Wen?«

»Das habe ich dir schon mal erklärt, Lisa. Die Benford'sche Verteilung, auch das Benford'sche Gesetz genannt.«

Er schaute auf die Uhr. Mal sehen, ob ihm drei Minuten reichten, um es mir noch einmal zu erklären.

»Es besagt, dass kleine Ziffern, also 1 oder 2, sehr viel häufiger vorkommen als größere wie beispielsweise die 9, und zwar egal, ob für sich genommen oder in mehrstelligen Zahlen. Das gilt überall auf der Welt, etwa für Datensätze von Einwohnerzahlen, Hausnummern, Naturkonstanten oder für die Buchhaltung. Demnach ist die Ziffer 1 in allen Zahlenwerken mit 30 Prozent am häufigsten vertreten, danach kommt die 2 mit 17 Prozent, die 3 mit 12 Prozent und so weiter. Auf die 9 entfallen nur noch knapp 5 Prozent.«

»Ich erinnere mich.«

»Das gilt auch für jede ordentlich geführte Betriebsbilanz, sowohl auf der Seite der Aktiva als auch der Passiva. Zählt man die Ziffern aus – wir haben ein Computerprogramm dafür –, muss die Benford'sche Verteilung herauskommen. Kommt sie nicht heraus, sind beispielsweise die 9 oder die 8 überproportional vertreten, dann ist die Bilanz gefälscht.«

Alena gähnte genüsslich.

»Heißt das …«

Richard deutete gebieterisch auf seine Uhr.

Ich sprang und nahm das Sieb vom Haken. »Heißt das …« Ich fasste den Topf und ging zur Spüle.

»Ja, Lisa!« Eine Andeutung von Triumph schwang in seiner Stimme. »Auf der Einnahmeseite stimmt die Benford-Verteilung nicht. Das Fondsvermögen ist mit fiktiven Aktiengewinnen schöngerechnet. Infolgedessen konnten die realen Ausgaben höher ausfallen. Mit anderen Worten, die Stiftung Xenodochium gibt mehr aus, als sie darf.«

Feierlich dampfend knäulten sich die Spaghetti im Sieb.

16

»Ich nehme an, du bleibst nicht?«, sagte er beim Spülmaschineeinräumen.

Momentan schlief Alena still wie ein Blindgänger in Decken im Schlafzimmer auf Richards klösterlich schmalem Bett. Aber sie würde in der Nacht mindestens dreimal explodieren.

»Wie soll das gehen, Richard?«

Sein Bett war schon für zweie reichlich schmal. Richard hatte sich bislang nicht entschließen können, ein breiteres anzuschaffen, weshalb er gewöhnlich zum Beischlaf zu mir kam. Denn wer hereinkam, konnte auch wieder hinausgehen. So hatte ich es mir erklärt. Als Mann brauchte er die Illusion von einsamer Wolf und Rückzug in die mönchisch lustlose Strenge seines Junggesellenschlafzimmers. So blieb seine Lebensperspektive in der Flucht. Doch offenbar reichte ein Baby, damit aus einem hartgesottenen Hagestolz übergangslos ein kuschliger Pantoffelhelden wurde, der Kind und Kegel, Frau und Dackel ständig um sich haben wollte und auf meine Unabhängigkeitssignale verletzt reagierte.

»Und morgen früh«, sagte ich, »gehen wir dann gleich zu Ikea, um Kinder- und Ehebett zu kaufen?«

Mit seinem »Schade« im Ohr fuhr ich wieder in den Kessel hinunter. Es hatte geklungen, als hätte er es sich von Sally vorsprechen lassen: »Schade, Lisa, dass du es nicht mit mir genießen kannst, das kleine Wunder des Lebens, das uns zugefallen ist. Schade, dass du es nicht fertigbringst, deine eigenen Bedürfnisse zurückzustellen, nicht einmal für ein Kind.«

Auf meinem Sofa lag lang ausgestreckt Katarina und schlief, als ich kurz vor neun meine Wohnung betrat. Der Fernseher lief. Es war buntes Unterschichtprogramm, in dem sich Paare anschrien und abgehalfterte Schauspieler Würmer aßen.

Ich rüttelte Katarina wach. Sie schreckte hoch und setzte sich benommen auf.

»Ist bei euch die Heizung kaputt?«, fragte ich.

»Die Alte von unten hat mich reingelassen«, begann sie unverzüglich eine Erklärungstirade. »Sie hat gemeint …«

»Oma Scheible?«

»Ja, sie hat gemeint, das ginge nicht, dass ich auf den Treppen sitze. Das wäre asozial.«

»Und warum hast du auf der Treppe gesessen?«

»Ich habe gewartet, dass Mama heimkommt.«

»Hast du keinen Schlüssel?«

»Ich hab ihn verloren, schon vor einer Weile. Mama hat gesagt, einen neuen musste ich mir selber machen lassen, von meinem Geld. Damit ich lerne, auf mein Sach aufzupassen.« Sie grinste görenhaft. »Die Alte … also die Oma Scheible hat ja die Schlüssel von allen hier im Haus, nur von uns noch nicht. Sie hat gemeint, sie könnte mich bei Ihnen in die Wohnung lassen. Sie hätten nichts dagegen. Stimmt doch, oder?«

»Wenn du nichts anfasst!«

»Hab ich nicht, ich schwör!« Mit den Fingern fuhr sie sich durch die halblangen dunklen Haare und stand auf. Ihr Blick fiel auf die Zigarettenschachtel auf meinem Tisch. »Krieg ich eine?«

Sie hatte sich bereits einmal bedient, wie ich an der anders gekrümmten Kippe im Aschenbecher erkannte.

»Meinst du nicht, dass deine Mutter inzwischen zu Hause sein müsste? Fragt sie sich nicht, wo du steckst?«

Katarina verzog das Gesicht und verzichtete auf die Zigarette. »Na gut. Dann geh ich halt.«

Ich ließ sie hinaus und stellte die Kiste auf Bildungsfernsehen. Drei Minuten später stand Katarina wieder in meiner Wohnung. »Mama macht nicht auf.«

»Wie?«

»Ich habe geklingelt und so. Aber sie macht nicht auf.« Katarina musterte süchtig die Zigarettenschachtel. »Wenn Mama eine Tablette genommen hat, dann schläft sie so tot … da könnt was explodieren. Könnte ich nicht heute Nacht hier …« Der Gedanke schien ihr sehr zu gefallen, zumal wegen der Nähe zu meinen Zigaretten.

»Moment!«

Ich fischte mein Pickset aus der Parkatasche, befahl Cipión dazubleiben, und schob Katarina zur Tür hinaus. Ein Stockwerk höher klingelte ich noch mal, klopfte und lauschte. In der Wohnung rührte sich nichts.

»Ich sag doch … Wenn meine Mutter schläft, dann …«

Ich zog Spanner und Picknadel aus dem Lederetui.

»Cool! Sind das Dietriche?«

Ich hakte den Spanner in den Winkel des Schlossmundes.

»Und damit kriegst du jetzt die Tür auf?«

»Wenn ich Glück habe.«

Ich steckte den Pick ins Schloss und tastete mit der Hakenspitze die fünf Stifte ab, die es auf ihren Federn einen nach dem anderen so hinunterzudrücken galt, dass sie an der Stelle einrasteten, wo sie unterbrochen waren. Hatte ich für alle fünf die richtige Position gefunden, dann würde sich das Schloss mit Hilfe des Spanners drehen lassen. Trainierte Sportsfreunde der Sperrtechnik schafften so was in Sekunden, ich würde dazu, wenn es blöd lief, eine halbe Stunde brauchen oder es morgen noch mal versuchen müssen.

»Übrigens, damit das klar ist, Katarina: Ich öffne keine Tür, sondern nur das Schloss, klar?«

Sie lachte.

»Kommt das öfter vor, dass deine Mutter nicht aufmacht?«, erkundigte ich mich.

Das Treppenhauslicht verlosch. Katarina machte es wieder an. »Vielleicht ist sie ja auch gar nicht da.«

»Wo ist sie normalerweise, wenn sie nicht da ist?«

Das Mädchen zuckte mit den Schultern. »Keine Ahnung.«

Der zweite Stift von hinten verhakte sich zwischen Schlosskern und Gehäuse und blieb unten. Jedes Schloss hatte seine kleinen Fehler woanders. Doch nur wegen dieser kleinen Ungenauigkeiten bei der Fertigung konnte man überhaupt Schlösser ohne Schlüssel öffnen.

»Was hat deine Mutter denn heute früh gesagt?«

Katarina kratzte sich am Kopf. »Nichts. Ich bin in die Schule und mittags dann zu Jovana, das ist eine Freundin, zum Lernen.«

Gelogen!, dachte ich.

»Dann bin ich heim, aber sie hat nicht aufgemacht. Also bin ich noch mal los.«

»Könnte es sein, dass sie in einer Kneipe sitzt?« Der dritte Stift – es war der vorderste – gab nach und rastete ein.

»Keine Ahnung.«

»Hast du eigentlich irgendeine Ahnung von deiner Mutter?« Hätte man mich das vor zehn Jahren gefragt, ich hätte zurückgepampt: »Muss ich denn? Habe ich darum gebeten, geboren zu werden?«

Katarina war planloser. »Sie hat es voll schwer gehabt im Leben.«

»Inwiefern?«

Der vierte Stift ergab sich, und Katarina machte zum dritten Mal die Treppenhausbeleuchtung wieder an. Ich hätte kein Licht gebraucht, aber sie brauchte es.

»Keine Ahnung«, sagte sie. »Pech mit den Männern. Keine Arbeit. Als Hebamme kann sie ja nicht, wegen Schichtdienst und so. Und sie hat … sie hat halt die Lücke in der Biographie.«

Ich dachte: Psychiatrie. »Und wo wart ihr Kinder solange?«

»Tobi war noch nicht auf der Welt und mein Vater war noch bei uns.«

»Und wie kam es, dass deine Mutter mit diesem Ossi aus Anklam ein Kind gemacht hat?«

»Keine Ahnung.«

»Keine Ahnung, keine Ahnung«, äffte ich. »Da warst du doch immerhin acht Jahre alt.«

Jetzt nur keinen Fehler machen und auf keinen Fall den Druck auf den Spanner vergessen, sonst schnappten sie mir alle wieder hoch.

»Vielleicht war gar nichts mit dem aus Anklam«, antwortete Katarina überraschend. »Mama hat mal erzählt, der Papa hätte damit gedroht, das Kind, wenn es ein Junge wird, mit nach Albanien zu nehmen, damit er muslimisch erzogen wird. Sie hätten sich voll viel gestritten, er hätte sie geschlagen und so. Als Tobi auf der Welt war, hat Mama dann einfach gesagt, er sei von einem anderen, von einem, den sie im Krankenhaus kennengelernt hätte.«

Vielleicht hatte Luftar Vlora die Fehlinformation inzwischen auch durchschaut und nunmehr seinen Sohn entführt. Einem albanischen Vater hätte das Jugendamt niemals das alleinige Sorgerecht zugesprochen.

»Und dich wollte er nicht in Albanien erziehen?«

»Ich bin nur ein Mädchen. Die sind da nicht so wichtig. Zum Glück!«

»Ah! Offen!« Schlösser gaben immer plötzlich nach. Mit dem Spanner konnte ich den Kern im Gehäuse drehen und die Falle öffnen. »Du bist dran«, sagte ich, trat zurück und steckte Spanner und Pick ins Etui zurück.

Katarina stieß die Tür auf. Der Flur war stockfinster. Sie griff nach dem Lichtschalter innen neben der Tür und stutzte. »Das Licht geht nicht.«

Ich zog sie am Arm wieder aus der Wohnung. Es gab so Momente, da spürte man, dass etwas nicht stimmte. Nicht nur, weil das Licht nicht mehr tat. Vielleicht war es die völlige Abwesenheit menschlicher Geräusche, vielleicht eine eigenartige Kälte, vielleicht ein Geruch, den ich bewusst noch nicht wahrnahm.

»Warte du hier!«

Ich ließ ein an den Nägeln knabberndes Mädchen auf der Türschwelle zurück und betrat in dem Augenblick, wo das Treppenhauslicht wieder verlosch, den Korridor. Katarina beeilte sich, das Licht wieder anzumachen, so dass ich die Kommode mit Telefon rechtzeitig sah, bevor ich dagegenrannte. Ein zum Brief gefaltetes Blatt Papier segelte auf den Fußboden. Ich hob es auf und legte es zurück.

Die Sicherheitsstrahler von der Staatsanwaltschaft gegenüber erhellten die Fenster der Küche. Das Kinderzimmer lag im Dunkeln, das einzige Fenster des Wohnzimmers wies ebenfalls zur Neckarstraße hinaus. Esstisch, Couch, Stuhl und Fernseher standen im Dämmerlicht der Stadtnacht.

Ich tippte die Badezimmertür an. Jetzt roch ich es bewusst: Urin.

Schemenhaft erkannte ich die unförmige Gestalt von Nina Habergeiß. Sie hing in der Duschkabine. Das Straßenlicht, das durch die Strukturscheibe fiel, reichte, dass ich das Seil erkannte, das sich von ihrem Hals zur Duschkopfhalterung spannte. Ich zog mein Handy und aktivierte die Taschenlampenfunktion.

Ninas Gesicht war aufgequollen, die Augen standen halb offen. Die Haut fühlte sich kalt an, am Kiefer hatte die Leichenstarre bereits eingesetzt, unter der Nase hatte sich auf dem hellblauen Kunstfaserpullover, den sie trug, ein dunkler Rotzfleck gebildet, der schon einzutrocknen begann. Eine dreisträngig verzwirnte Wäscheleine schnitt der Frau tief ins Halsfett. Sie war gelb. Der Geruch nach verschwitztem Eisen ließ mich die Leuchte nach unten richten. Blut sah immer aus wie Hochglanzlack mit mikroglatter Oberfläche. Es war aus einem Ritz im Handgelenk gegen die Plastikduschwand gespritzt, die Hand hinuntergeronnen, auf das im Duschbecken verklemmte Bein getropft und hatte sich im Becken gesammelt, weil Nina mit ihrem Hintern den Abfluss verschloss. Eine Rasierklinge klebte im Blut auf dem Jeansstoff des Oberschenkels.

Puh!

Zwischen Duschwanne und Toilettenschüssel standen ordentlich gepaart die Schuhe, Ninas Brille lag auf der Waschbeckenablage. Einziges Zeichen von Unordnung war die aufgerissene Banderole der Wäscheleine, die 1,19 gekostet hatte, im Waschbecken. Außerdem entdeckte ich im Abfluss eine aufgebogene Büroklammer aus Kupfer. Die Doppellöcher einer Steckdose neben dem Spiegel fielen mir ins Auge. So mochte sich der Kurzschluss erklären. Nina hatte zuerst versucht, sich mit elektrischem Strom umzubringen. Dann hatte sie das Rasiermesser genommen, und weil auch das nicht gleich zum Tod führte, hatte sie es mit dem Strick vollendet. Ich machte zwei Handyfotos und kehrte zu Katarina zurück.

Angst stand ihr im Gesicht. »Was ist? Was ist mit Mama? Ist sie … Ist sie tot?«

Ich hielt sie fest. »Da kannst du jetzt nicht rein.«

»Aber ich …« Sie versuchte sich loszureißen. Dann schrie sie: »Mama!«, gellend und verzweifelt. Und plötzlich hatte sie keine Kraft mehr und rutschte mit dem Rücken an der Wand zu Boden.

Zum zweiten Mal innerhalb von zwei Tagen tippte ich den Polizeinotruf und meldete einem diensthabenden Beamten den Fund einer leblosen Person, erhängt, augenscheinlich Suizid.

»Fassen Sie nichts an, verlassen Sie bitte die Wohnung, aber bleiben Sie vor Ort.«

Ich versprach's, ging dann aber noch einmal hinein, um mir mit Hilfe der Displayleuchte meines Telefons den Brief anzuschauen, den ich vorhin von der Kommode geweht hatte. Wahrscheinlich hatte mein Tastsinn in der Dunkelheit das charakteristische Kopierpapier erkannt. Es handelte sich um den Beschluss mit zu Brei kopiertem Briefkopf des Amtsgerichts Stuttgart in der Hauffstraße vom Mittwoch über die Inobhutnahme und vorläufige Unterbringung von Tobias Vlora in einem Heim bei gleichzeitiger Kontaktsperre so lange, bis sich gezeigt habe, wie sich die Erkrankungen von Tobias Vlora entwickelten. Unterzeichnet Depper, Richterin.

Ich fühlte mich plötzlich sehr schwach. Ich knipste draußen die Treppenhausbeleuchtung wieder an, zog Katarina auf die Füße und brachte sie ein Stockwerk tiefer.

»Ich will meine Mama sehen!«, protestierte sie.

»Das willst du nicht. Solche Bilder kriegt man nie wieder aus dem Kopf gelöscht. Glaub mir. Und jetzt komm.«

Ich zerrte sie noch zwei Treppen hinunter und klingelte Oma Scheible vom Fernseher weg.

Die Alte begriff nur langsam. »Was? Wer hat sich ombracht? Warum denn?«

In den Glasscheiben der Haustür flackerte Blaulicht. Ich stopfte Katarina zu Oma Scheible in die Wohnung, sprang die Treppe hinunter und öffnete. Es waren die vom Roten Kreuz, das geschickterweise schräg gegenüber gleich neben der Staatsanwaltschaft untergebracht war. Ich brachte die Sanis in die Wohnung Habergeiß hinauf. Die stellten gleich fest, dass eine Reanimation nicht mehr möglich war, und forderten einen

Arzt an, denn nur der konnte offiziell den Tod feststellen. Zwei Beamte der Dienststelle Ostendstraße erschienen. Dann kam der Arzt. Mit Hilfe der Sanis schnitt er Nina von der Leine, legte sie auf den Boden, zog sie aus, untersuchte sie und füllte den Totenschein aus. Man verzichtete darauf, den Bereitschaftsstaatsanwalt zu rufen, so eindeutig war der Selbstmord. Nicht einmal ich konnte Mord wittern. Die Brille ordentlich beiseitegelegt, zwei vorangegangene fruchtlose Versuche, sich das Leben zu nehmen. Das sah nicht nach der Inszenierung eines Mörders aus. Es sei denn, er wäre Polizist oder Rechtsmediziner gewesen.

Der Arzt gab Katarina noch ein Beruhigungsmittel und ging. Der Leichenwagen fuhr vor. Die Sargtrage musste vier Stockwerke hoch. Polizisten des Kriminaldauerdiensts nahmen Personalien auf. Beinahe sämtliche Hausbewohner hatten die Nasen vor die Türen gesteckt. Nur die Türken, die unter mir wohnten, nicht. Ich fand in dem ganzen Rauf und Runter immerhin fünf Minuten, um Ruth Laukin vom *Stuttgarter Anzeiger* daheim anzurufen. Sie vermittelte mich an den diensthabenden Redakteur, dem ich fünf Zeilen diktierte, für die gerade noch Raum war in der Stuttgartausgabe, die später in den Druck ging als die landesweiten.

Gegen zehn erschien einer vom Notfalldienst des Jugendamts, ein gewisser Herr Teixel, der sich durchs Haus von unten nach oben fragte, von der Polizei an mich verwiesen und von mir runter zu Oma Scheible gebracht wurde.

Katarina rastete total aus. Ihn sehen, das Wort Jugendamt hören und sich mit Fäusten auf den Mann stürzen war eins. »Sie sind schuld! Wegen Ihnen hat meine Mama sich umgebracht! Weil Sie ihr Tobi weggenommen haben.«

Herr Teixel war zu müde, um die Arme rechtzeitig hochzureißen und sich zu schützen. Vielleicht war er auch daheim damit beschäftigt gewesen, sich mit Hilfe einer Flasche Wein die nötige Bettschwere für eine mühselige Nacht zu verschaffen.

Er taumelte gegen Oma Scheibles Telefontisch, der krachend umstürzte.

»Muss des sei?«, fragte Oma Scheible.

Ich zog Katarina vom Jugendbeamten weg und hielt sie fest.

»Mörder!«, kreischte sie. »Ihr seid Mörder und Kidnapper! Das seid ihr!«

»Mit Schuldzuweisungen kommen wir auch nicht weiter«, sagte Herr Teixel.

»Ich gehe nicht ins Heim!«, schrie Katarina.

»Gibt es Verwandte?«, fragte Teixel mich. »Großeltern, Tanten?«

»Ich will zu Tobi!«, heulte Katarina.

»Sie könnte auch erst einmal bei mir wohnen«, hörte ich mich sagen. War ich eigentlich noch zu retten?

»Das geht nicht. Oder sind Sie verwandt?«

Erleichterung nagte an meinem Gewissen.

»Außerdem muss hier wohl eine längerfristige Lösung gefunden werden.«

»Jetz seiet Sie doch net so bös!«, meinte Oma Scheible. »Sie sehet doch, das Mädle ka nemme.«

»Vielleicht, wenn man ihr sagen würde, wo ihr Bruder Tobias ist, und wenn sie zu ihm dürfte …«, schlug ich vor. »Das Jugendamt hat ihn vor zwei Tagen abgeholt.«

»Dazu kann ich nichts sagen.«

»Die arme Kender!«, rief Oma Scheible. »Kennet Sie denn gar koi Gnad?«

»Wenn Sie mich auch mitnehmen, dann bring ich mich um!«, brüllte Katarina.

»Dann bleibt mir nichts anderes übrig, als dich ins Bürgerhospital einweisen zu lassen«, sagte Herr Teixel und holte sein Telefon aus der Tasche. »Da kommen alle hin, die sich umbringen wollen.«

Katarina klappte schlagartig den Mund zu.

»So geht des aber fei net!«, erboste sich dafür Oma Scheible. »Des Kindle hat grad die Mutter verlore! Und der Bruder isch au weg! Und Sie wellet se in die Klapse schtecke, zu dene Schizophrene?«

Katarina brach in Tränen aus. Oma Scheible legte den Arm um sie. »Mir zwei ganget jetzt mal in die Küch und schauet, ob mir was zum esse findet. Und na schauet mer, wo du heut auf d'Nacht schlafe kasch. Und wenn der Herr Teixel aufm Türvorleger übernachte will, na soll er halt. Aber kriege tut der dich heut net. Des wär Hausfriedensbruch!«

Teixel muckte auf, hätte aber zulangen müssen, um die Alte aufzuhalten. Die beiden verschwanden hinter einer Tür. Teixel drückte sich die Finger in die Augen. Vermutlich war er eigentlich ein ganz knitzer Typ, so einer, den sechzehnjährige Jungs mochten, nicht weil er auf Kumpel machte, sondern weil wer Regeln aufstellte und beim Kicken unschlagbar war.

Im Treppenhaus trampelten Leute die Holztreppe herab. Der Transportsarg wurde um die Ecken gewuchtet. Eine Polizistin blieb an unserer Tür stehen. »Alles in Ordnung?«

Ich nickte. »Danke.«

»Wir haben ja Ihre Angaben?«

»Haben Sie.«

»Gute Nacht dann.« Sie verschwand.

Inzwischen hatte sich Herr Teixel wieder gefasst. »Ich kann das eigentlich nicht mehr«, sagte er leise. »Meine Frau ist krank. Krebs. Wir werden sie nicht mehr lange haben. Da sieht man die Dinge anders. Das Leben lässt sich nicht planen, nicht regeln. Wir können nicht jedes Leid abwenden. In Afrika verhungern die Kinder, sie werden missbraucht, zu Soldaten ausgebildet. In China und Indien müssen sie arbeiten. Zehnjährige leimen Plastikarmbänder zusammen, die meine Töchter für ein paar Cent kaufen und zwei Tage tragen. Die Kinder haben vom Sitzen und Arbeiten verkrüppelte Beine. Und wir hier sehen das Kindeswohl schon gefährdet, wenn Eltern mit Bildungsdefiziten den Abend in der Kneipe verbringen und die Kinder daheim sich selbst überlassen.«

»Lassen Sie das Ihre Chefin Hellewart aber besser nicht hören!«, sagte ich.

Er versuchte ein Lächeln. »Verstehen Sie mich nicht falsch. Was diese Eltern mit ihren Kindern machen, ist ein Verbrechen! Aber was tun wir alle miteinander eigentlich anderes, als uns gegenseitig herumzuschubsen. Der Stärkere schubst den Schwächeren. Und die Schwächsten sind immer die Kinder. Sie sind unserer Willkür ausgeliefert. Der elterlichen Gewalt, wie man so sagt. Selbst wenn die Eltern noch so sehr das Beste wollen, es ist doch immer Gewalt, irgendwo. Verstehen Sie?«

Auf einmal war es ganz still im Haus. Der Jugendbeamte vom Notfalldienst wischte sich mit dem Taschentuch über die Stirn, schnäuzte sich und blickte mich mit gereinigter Miene an. »Wegen mir könnte Katarina die Nacht hierbleiben. Aber die Chefin steigt mir aufs Dach.«

Ich grinste ihn an. »Nehmen Sie Katarina mit! Das würde mir gut in den Kram passen. Ich bin Journalistin, Schwabenreporterin Lisa Nerz. Vielleicht haben Sie ja mal was von mir gelesen. Und das kommt gut in der Zeitung: Jugendamt nimmt Mutter kleinen Jungen weg, Mutter bringt sich daraufhin um, Jugendamt will trauernde Tochter ins Bürgerhospital einweisen.«

»So ist das doch nun wirklich nicht!« Teixel seufzte. »Wir haben speziell geschulte Kräfte. Sie können Katarina bei der Bewältigung ihres Kummers helfen, ihr Lebensperspektiven aufzeigen. Für so was sind wir da. Das können wir gut!«

»Mag sein. Aber solange es unmöglich scheint herauszufinden, wo Tobias steckt …«

Teixel runzelte die Stirn.

»Frau Hellewart konnte darauf heute Vormittag keine Antwort geben. Und anscheinend ist die Suche bis heute Abend erfolglos geblieben.«

»Sie haben sich ja mächtig reingehängt«, bemerkte Teixel.

In mir gab es einen Knacks. »Zu wenig. Sonst wäre Nina Habergeiß vielleicht jetzt nicht tot.«

Teixel schwieg anteilnehmend.

»Auf ihrer Kommode lag ein Brief vom Gericht, ein Beschluss zur Inobhutnahme von Tobias. Hätte ich heute bei ihr geklingelt … hätte ich mit ihr geredet … Aber was hätte ich ihr sagen können? Wenn das Jugendamt ein Kind einmal hat, kriegt man es nicht so leicht wieder.«

»Manchmal ist es für Eltern eine Erleichterung, wenn man sie vorübergehend von der Erziehungsverpflichtung freistellt. Auch wenn sie nach außen hin um ihre Kinder kämpfen, weil sie sonst schlecht vor sich selbst und den Nachbarn dastehen. Und für Suizid gibt es immer mehrere Gründe. Frau Habergeiß war vermutlich labil. Deshalb hat man ihr wohl auch vorübergehend das Aufenthaltsbestimmungsrecht für Tobias entzogen. Aber ich kenne den Fall nicht und möchte hier nichts …«

»Aber warum taucht Tobias Vlora auf keiner Liste auf?«

Teixel guckte mich an. »Was für einer Liste?«

»Dienstgeheimnis«, sagte ich. »Tatsache ist, er ist keiner Pflegefamilie und keinem Heim zugeordnet. Und wissen Sie, als Journalistin denke ich da sofort an Kinderhandel. Die Mutter ist tot, die Schwester noch nicht volljährig. Und bis sie volljährig ist, ist Tobias wegadoptiert und anonymisiert, und kein Hahn kräht mehr nach ihm. Außer vielleicht Katarina, aber die hat mit ihrem Leben so viel zu tun, dass sie nicht laut genug kräht.«

»Das ist völlig ausgeschlossen! Das würde ja bedeuten …«

»Ja, es bedeutet, dass jemand im Jugendamt daran beteiligt ist, jemand an einer Schaltstelle mit Aktenhoheit.«

»Frau Hellewart?« Teixel überlegte. »Nein. Das kann ich mir eigentlich nicht vorstellen.«

Wenn einer schon »eigentlich« sagte, zweifelte er bereits.

»Aber komisch ist es schon.« Er schlitzte die Augen und blickte in die alten Rechnungen, die er mit was weiß ich wem in seiner Behörde offen hatte. »Kann ich Sie morgen anrufen? Haben Sie eine Karte?«

Das hatte ich nicht. Ich diktierte ihm meine Nummer in sein Handy.

Er steckte es in seinen Mantel, blickte sich kurz um – es war alles dunkel und still – und senkte die Stimme. »Und wissen Sie was? Ich habe jetzt heute Abend diese Katarina auch gar nicht hier angetroffen.«

17

Die Leiche war weg, die Spuren dokumentiert, die Wohnung wieder frei. Ein Polizist hatte mir den Wohnungsschlüssel in die Hand gedrückt. Nun musste Katarina hinein, um sich ein paar Sachen für die Nacht zu holen. Zusammen mit mir warf sie einen Blick ins Badezimmer. Die Reste der Wäscheleine, die sich an der Duschhalterung kringelte, das verschmierte Blut in der Duschwanne und auf dem Kachelboden waren Schock genug. Katarina heulte ausgiebig.

Ich schaute mir derweil meinen zerebralen Notizzettel an und fragte mich, warum Nina nach ihrem Kurzschluss mit der Büroklammer die Sicherung nicht wieder eingeschaltet hatte, um ein Rasiermesser zu suchen und bevor sie das Seil zum Erhängen an die Dusche knüpfte. Die Antwort kam mir sofort: weil es heller Tag gewesen war. Damit war das auch geklärt.

In meiner Wohnung paffte Katarina zwei Zigaretten hintereinander und machte sich Vorwürfe. »Wir haben gestritten heute Morgen. Sie hat wieder vergessen, mich zu wecken. Sie war immer voll breit von den Medikamenten. Ich habe sie angeschrien, dass sie sich zusammenreißen soll. Ich hab nie Geduld gehabt mit ihr.«

»Deshalb hat sie es nicht getan«, sagte ich und verfluchte den Egoismus dieser Mutter, die sich von niemandem hatte helfen lassen, auch von mir nicht. Sie hatte sterben wollen. Das war ihr eigentliches Ziel gewesen. Solche Menschen gab es. Womöglich musste man von Glück sagen, dass die Kinder heute nicht zu Hause gewesen waren, vor allem der kleine Tobias nicht. Sonst hätte sie zuvor ihn getötet. Auch so was kam vor. Katarina hätte wohl die Kraft gehabt, sich zu wehren. Aber Tobias nicht.

Und wenn ich heute noch mal hochgegangen wäre, beispielsweise, um für meinen Spaziergang mit Cipión und Alena den Kinderwagen zu leihen, wenn ich dann mit ihr ins Gespräch gekommen wäre … schnell verscheuchte ich die Wenns. Sie waren die Rache der Selbstmörder an uns, die wir übrig blieben, dazu verurteilt, uns Vorwürfe zu machen, weil wir uns zu wenig gekümmert hatten, zu wenig interessiert, zu wenig geliebt.

Während Katarina rauchte und rastlos in meiner Wohnung umherging, rief ich Sally im *Tauben Spitz* an. Der Wirt nahm ab. Er schätzte es nicht, wenn man Sally anrief, aber ich flirtete ihn an und entschuldigte mich und Sally mit einem absoluten Notfall. Als sie dran war, klang sie so eingeschnappt, dass ich meinen ursprünglichen Plan änderte und sie nur fragte, wann sie heute Schluss habe, denn ich wolle sie mit dem Auto abholen.

»Das weißt du doch!«, antwortete sie und legte auf.

Ich erklärte Katarina, dass sie bei einer Freundin von mir schlafen werde, weil sie bei mir Gefahr laufe, morgen in aller Frühe vom Jugendamt abgeholt zu werden, packte ihre paar Sachen in eine Tasche und fuhr mit ihr ins Bohnenviertel. Sie redete ununterbrochen, erzählte chronologisch undurchschaubare Familiengeschichten vom Vater, von Tobi, von ihrer Mutter. »Ich bin schuld, dass sie sich haben scheiden lassen. Wenn ich nicht immer so frech zu Papa gewesen wäre …«

»Unsinn«, sagte ich. »Eltern lassen sich scheiden, weil sie nicht mehr miteinander können, nicht weil die Kinder nicht brav sind.«

Katarina guckte ziemlich, als wir von Brontës Parkplatz durchs Stuttgarter Reeperbähnle zum *Tauben Spitz* gingen. Eine Dreizehnjährige hatte genau genommen kurz vor Mitternacht auch nichts in einer Weinstube verloren. Sally demonstrierte kalte Schulter, als wir eintraten. Aber darauf konnte ich keine Rücksicht nehmen. Ich erklärte ihr, wer Katarina war und warum wir hier waren, und Sally wäre nicht die gute mitfühlende Sally gewesen, die jeder – allerdings meist vierbeinigen – Kreatur Herberge gab, wenn sie in diesem Moment ihre Wut auf mich nicht hintangestellt hätte. Sie war sofort bereit, Katarina für diese Nacht zu sich zu nehmen. Und zwar ohne sich, mir oder Katarina die mahnende Frage zu stellen, wie wir uns das eigentlich auf lange Sicht gedacht hatten. Wir dachten gar nichts in dieser Nacht.

Um eins lag ich allein in meinem großen Bett und konnte nicht schlafen. Sobald ich wegdämmerte, sah ich den bolligen Schatten der Erhängten im Badezimmer. Normale Menschen sahen nie eine Leiche in ihrem Leben, ich hatte schon viel zu viele gesehen, und die von Nina Habergeiß war die eine Leiche zu viel. Die es vermutlich nicht gegeben hätte, wenn ich aufmerksamer gewesen wäre, wenn ich am Vormittag noch einmal zu Nina hinaufgegangen wäre, um taktvoll und einfühlsam mit ihr zu reden. Wenn ich mich gekümmert hätte!

Sally hatte recht. Ich dachte nur an mich und mein Vergnügen. Ich machte es mir zu leicht. Das hatte auch meine Mutter immer gesagt.

Morgens gegen sechs wachte ich auf und lauschte. Gleich mussten die Damen vom Jugendamt klingeln. Wie soll es weitergehen?, fragte ich mich. Und wenn ich das Sorgerecht beantragte? Aber wollte ich jeden Morgen aufstehen, Frühstück machen, Katarina in die Schule treiben, den Hausaufgabenstreit durchfechten, den Kampf gegen ungute Einflüsse von Peergroups und das Komasaufen aufnehmen und verlieren? Ich fragte es mich ernsthaft, obgleich es gar nicht zur Debatte stand. Kein Familiengericht der Welt würde mir das Sorgerecht für Katarina zusprechen. Und keineswegs erwartete Katarina die Hölle, vor der Sally und ich sie schützen zu müssen gemeint hatten. Im Gegenteil. Eine gut organisierte Betreuung war ihre einzige Chance.

Unter der Dusche haute es mir dann die Füße weg. Buchstäblich. Zitternd hockte ich unter der heißen Brause, wischte mir das Wasser aus den Augen, das immer wieder nachlief, und fragte mich, wie andere das machten, dass sie ›ich‹ sagten und dabei wussten, wen sie meinten. Wenn ich war, was ich tat, dann musste ich an diesem Freitag dem Schrecklichen tröstende Mutter für Katarina sein, helfendes Eheweib zur Entlastung von Richards Vaterfreuden, dienende Freundin für Sally, detailversessene Detektivin in Sachen Sonja Depper, schnelle Eingreiftruppe in Sachen Entführungsfall Tobias Vlora, investigative Journalistin im Kampf gegen den Machtmissbrauch des Jugendamts, Sozialdienst und Anwältin für die verzweifelten Leidenfrosts und schließlich liebende Tochter meiner Mutter, die mich am Spätnachmittag mit Apfelkuchen erwartete.

Wie schafften es andere Leute – Richard zum Beispiel oder Sally –, privat anders zu sein als beruflich, einem Chef, einer Kollegin, einer Freundin, einer Verkäuferin oder einem Säugling gegenüber den angemessenen Ton zu treffen, ohne darüber in Verwirrung zu geraten, ob sie noch dieselbe Person waren? Mein Kleiderschrank half mir diesmal auch nicht weiter. Weder mein Sortiment von Herrenanzügen, Krawatten und Hemden noch meine Accessoires aggressiver Weiblichkeit wie Lackstiefel, Netzstrümpfe oder Minirock würden heute irgendetwas beitragen können zur Definition von Lisa Nerz. Aber ohne Definition konnte ich nicht auf die Straße. Die Angst saß tief und verweigerte mir ihren Namen.

Wahrscheinlich fühlten sich Waisenkinder so oder Adoptierte, die ihre Eltern nicht kannten und sich in ihren Lebensabschnittseltern nicht wiederfanden, weder mit ihrem Zorn noch mit ihrer Angst noch mit ihrer musikalischen Begabung oder gewalttätigen Neigung. Wenn eine Kompassnadel auf West stand, zeigte die andere Spitze nach Ost. Doch wer die eine Seite nicht anpeilen konnte, seine Herkunft, der sah auch nie die andere, seine Zukunft. Das war Leben im Blindflug.

Keine Panik, Lisa! Blindflug ist dein Leben! Trink erst einmal einen Kaffee. Nach der ersten Zigarette rief ich Sally an. Sie nahm nicht ab, weder zu Hause noch auf ihrem Handy oder im Sender. Wahrscheinlich hatte sie sich jetzt mit Katarina gegen mich und das Jugendamt verbündet und als Erstes eine Kontaktsperre eingerichtet. Ich rettete mich in eine To-do-Liste. Den Zettel, den ich bei Deppers Leiche aus Alenas Gesicht genommen hatte, musste ich auch dringend finden! Und Ordnung in meine Recherchen bringen! Einen Plan machen.

18

Planvolles Handeln war nicht mein Ding. Deshalb fluchte ich nicht, als es an meiner Tür klingelte, zögerlich und leise. Es war die Türkin von unten. »Darf ich mit Ihnen reden?«, fragte sie.

»Aber immer.«

Missbilligend ließ sie den Blick über die Unaufgeräumtheit des Zimmers gleiten, entschloss sich dann aber offenbar, die befremdlichen Züge meines Wesens zu ignorieren, und stellte sich mir als Nadifa Abshir vor. »Ich habe heute früh Ihren Artikel in der Zeitung über Frau Habergeiß gelesen. Das Jugendamt hat ihr den Sohn weggenommen. Das ist doch Ihr Kürzel unter dem Artikel? Sie schreiben ja für die Zeitung?«

Ich bot Kaffee an, räumte einen Stuhl frei und nötigte sie, sich zu setzen. »Worum geht es?«

»Mein Mann kommt aus Somalia.«

Also kein Türke.

»Und ich bin in Eritrea geboren …«

Und sie auch nicht.

»Mein Vater musste fliehen. Ich lebe seit zwanzig Jahren in Deutschland.«

»Sie sprechen sehr gut Deutsch«, bemerkte ich.

Nadifa Abshir lächelte gequält. »Ich habe studiert. Meinen Mann habe ich in Äthiopien kennengelernt. Ich war dort mit einer Hilfsorganisation nach dem Abitur. Mein Mann ist Ingenieur. Er arbeitet bei Bosch. Wir sind Deutsche, wir haben deutsche Pässe.«

Warum zum Teufel musste sie dann ein Kopftuch tragen?

»Wir haben eine Tochter… Almaz.«

Ich nickte.

»Sie ist zehn Jahre alt. Sie hätte jetzt zu Weihnachten ihre Großeltern in Mogadischu besuchen sollen. Meine Schwiegermutter ist krank. Es könnte sein, dass es die letzte Gelegenheit ist, dass Almaz ihre Großmutter kennenlernt. Aber nun hat uns das Jugendamt die Reise verboten.«

»Warum?«

»Sie glauben, dass Almaz dort beschnitten werden soll. Sie wissen, was das ist, eine Beschneidung bei Mädchen. Man entfernt die Schamlippen und die Klitoris …«

Ich nickte. Hinlänglich bekannt, keine Details bitte!

»Almaz hat nach den Sommerferien in der Schule erzählt, dass sie zu Weihnachten ihre Großeltern in Somalia besuchen werde. Die Lehrerin hat dann im Lehrerzimmer behauptet, Almaz solle dort beschnitten werden. Sie war sogar bei uns und hat versucht, uns davon abzubringen. Als ob wir das jemals vorgehabt hätten. Dann haben wir einen Brief bekommen von einem Verein gegen Genitalverstümmelung. Wir haben nicht geantwortet. Wir sind Deutsche, wir müssen uns nicht rechtfertigen. Dann kam ein Brief vom Jugendamt, und wir mussten vor Gericht. Natürlich sind wir gegen die Beschneidung. Auch meine Schwiegereltern sind dagegen. Sie sind gebildete Leute. Mein Schwiegervater ist pensionierter Arzt, meine Schwiegermutter Lehrerin. Sie sind zur deutschen Botschaft gegangen und haben Unterlagen vorgelegt, dass sie gegen die Beschneidung von Mädchen sind und dass ihre sieben Töchter nicht beschnitten sind. Die Richterin hat uns zuerst auch geglaubt. Aber dieser Verein hat keine Ruhe gegeben. Eine von denen hat sogar am Arbeitsplatz von meinem Mann angerufen und einer Sekretärin gegenüber behauptet, wir wollten unsere Tochter zur Beschneidung nach Somalia schicken. Fremde Leute haben uns Briefe und meinem Mann E-Mails in den Betrieb geschickt. Sie haben uns beschimpft. Das Jugendamt hat verlangt, dass wir uns verpflichten, unsere Tochter einmal im Jahr einem Arzt vorzuführen. Wir haben uns geweigert. Daraufhin gab es wieder eine Gerichtsverhandlung. Ich glaube, der Verein hat beim Chef vom Jugendamt Druck gemacht. Wir haben versucht, Beweise beizubringen, Unterlagen, Briefe. Aber die Richterin hat gesagt: ›Was glauben Sie denn! Das nehme ich gar nicht zur Entscheidung an, wir sind doch keine Poststelle.‹ Sie hat in Wikipedia nachgeschaut. Da steht: ›In Somalia sprechen sich islamische Geistliche heute auch gegen die weit verbreitete Beschneidung von Mädchen aus.‹ Das heißt, Beschneidung sei weit verbreitet. Und Almaz sei in dem Alter, wo Mädchen beschnitten werden. Nun darf sie Deutschland nicht verlassen. Was können wir tun? Almaz wacht jede Nacht auf und weint. Sie hat Angst, dass das Jugendamt kommt und sie abholt. Sie will auch nicht mehr in die Schule gehen. Sie übergibt sich morgens. Sie sagt, die Buben nennen sie Eunuch!«

»Wie heißt die Richterin?«, fragte ich.

»Frau Depper. Es ist dieselbe Richterin wie bei Frau Habergeiß, nicht wahr? Katarina hat mir das erzählt.«

»Katarina?«

»Sie ist seit dem Sommer oft bei uns unten gewesen. Sie und Tobias. Katarina ist ein gutes Mädchen. Reif für ihr Alter. Ich konnte ihr Almaz immer bedenkenlos anvertrauen. Sie sind zusammen zum Abenteuerspielplatz am Raitelsberg gegangen. Das arme Mädchen. Was wird nun aus ihr?«

»Ist Ihnen bekannt, dass diese Richterin Depper tot ist?«, fragte ich.

»Tot?« Einen Schimmer von Hoffnung und Befriedigung konnte Nadifa Abshir doch nicht verbergen. »Aber das ändert nichts, nicht wahr?«

»Richterin Depper wird zumindest keinen Beschluss mehr unterzeichnen, der Ihnen das Sorgerecht für Ihre Tochter entzieht und eine Inobhutnahme anordnet.«

Die Frau zippelte das Kopftuch zurecht und überlegte.

»Und was wollen Sie, dass ich tue?«, erkundigte ich mich und verwarf all meine guten Vorsätze, planvoll zu handeln.

»Mein Mann ist dagegen, dass ich mich an die Presse wende«, sagte die Frau. »Aber allein sind wir ohnmächtig, sage ich. Und nur, weil ich Kopftuch trage, sind wir noch nicht ...«

»Warum tragen Sie denn Kopftuch?«

Die Frau starrte mich an. »Muss ich mich dafür rechtfertigen?«

»Ja!«, antwortete ich. »Wenn Sie wollen, dass ich Ihnen helfe. Einen Punk mit dem Anarchie-A auf der Jacke halte ich für einen, der sich mit der Polizei kloppt, einen Glatzkopf mit Schnürstiefeln für einen Neonazi und eine Muslimin mit Kopftuch für eine Traditionalistin, die mit der Unfreiheit der Frauen einverstanden ist. Symbole sind Symbole. Und erklären Sie mir nicht, sie trügen diese Kopftücher, weil Sie die Muster so toll finden!«

19

Was ist das eigentlich für ein Verein?, fragte ich mich, nachdem Nadifa Abshir mir die komplexen Gründe erläutert hatte, in der deutschen Gesellschaft Kopftuch zu tragen und so ihre muslimische Identität zu bewahren, und gegangen war. Ich tippte »Verein« und »Genitalverstümmelung« in meine Googlesuche.

Es erschien eine aufgeregte Seite mit dem Titel: Kampf der Genitalverstümmelung, kurz VKG. Dazu Fotos lachender schwarzer Mädchen und ernste Texte, in denen verlangt wurde, dass alle in Deutschland lebenden Mädchen aus Risikogruppen bis zu ihrem 18. Lebensjahr mit einem Ausreiseverbot belegt wurden. Das Impressum wies eine Postfachadresse mit Telefonnummer in Magstadt aus. Vertretungsberechtigt: Rosalinde Baphomet.

Da schau her. Die Frau von Ambrosius Baphomet, Leiter des Sonnennests, wollte das Gute und schuf Angst und Unglück. Und irgendwo auf dem Weg durch Stuttgart, den die Freude der kleinen Almaz Abshir über die Reise zu ihren Großeltern von der Lehrerin bis ins Jugendamt genommen hatte, hatte Rosalinde Baphomet aus dem Sonnennest gestanden.

Ich stocherte Richards Kurzwahl aus meinem Handy.

»Wo bist du gerade?«

»Auf dem Königssträßle, mit Alena spazieren.« Da ging es steil durch den Wald zum Fernsehturm hinauf.

»Hast du Zeitung gelesen?«

Er gab ein Geräusch von sich, das ich als »Wann denn?« interpretierte.

»Nina Habergeiß hat sich umgebracht. Gestern, irgendwann im Lauf des Tages. Katarina und ich haben sie gestern Abend gefunden. Auf der Kommode bei ihr zu Hause lag ein Beschluss über die Inobhutnahme von Tobias. Unterzeichnet von Sonja Depper, am Morgen ihres Todes. Das war wohl der Auslöser.«

»Heilandsack! Das hat grad noch g'fehlt!« Richard konnte sakrisch wütend werden. Dann war er weder sachlich noch gerecht. »Was mischt diese Satansbrut sich auch ein und rettet auf Teufel komm raus! Kinder in Gefahr! Und kein Beweis des Gegenteils fruchtet. Und hernach sind Familien zerrissen, traumatisiert, einsam und voller Hass. Wahrlich, in den bösen Taten zeigt sich der Teufel, in den guten versteckt er sich.«

Ich hörte ihn keuchen, den Berg hinauf mit Kinderwagen und pietistischen Ahnen auf dem Buckel, und schwieg taktvoll.

Dann fragte er: »Wann wolltest du heute zu deiner Mutter fahren?«

»Von wollen kann keine Rede sein.«

»Ich überlege, ob ich mitkomme.«

Ich verschluckte mich fast. Noch nie hatte Richard Anstalten gemacht, familiär zu werden.

»Wir könnten uns in aller Ruhe die Unterlagen anschauen und uns eine Strategie überlegen.«

Als ob es noch eines Arguments bedurft hätte. »Ja, gern. Wenn du dir das antun willst.«

Er lachte leise.

Ich versuchte noch einmal Sally anzurufen. Vergeblich. Musste ich mich ernsthaft anstrengen, Katarina aufzutreiben? Wozu? Heutige Jugendliche waren sicher nicht bereit, auch nur eine Stunde Trennung von Genussmitteln und Freundeskreis ohne schrilles Protestgeschrei hinzunehmen. Geschweige denn ein Wochenende am Albtrauf zwischen Obstbaumwiesen und Mobilfunkloch. Betten hatte meine Mutter auch nicht genug.

Karin Becker wartete mit einer dicken Pressemappe im Archiv des *Stuttgarter Anzeigers.* »Diese Baphomets«, sagte sie, »sind ziemlich geschäftstüchtige Berufshelfer. Er hat in Berlin schon ein Heim geführt, bis das Finanzamt kam. Sie leitete einen Verein für den Kampf gegen die Beschneidung von Mädchen.«

»Das tut sie immer noch.«

»Aber ohne Vereinsstatus. Sie hat ihn nämlich dichtmachen müssen, nachdem eine Deutschsomalierin ihr in einem Zeitungsinterview vorgehalten hat, dass der Verein in den Ländern, wo er zu helfen vorgibt, gänzlich unbekannt ist. Die Somalierin ist selbst beschnitten und hält Vorträge vor Männern in diesen Ländern. Doch Frau Baphomet hat sich scheint's nicht entblödet, ausgerechnet ihr einen bitterbösen Brief zu schreiben, sie solle doch, wenn sie schon gegen die Genitalverstümmelung kämpfe, gefälligst auch den richtigen Begriff verwenden.«

»Wie?«

»Genitalverstümmelung, nicht Beschneidung.«

»Aber das ist es doch auch.«

»Nur, dass die Deutschsomalierin sich nicht als Verstümmelte sieht. Das findet sie diskriminierend. Wir Europäer, beschwert sie sich, wollten Frauen, die gebrochen sind, hilflose Opfer, denen wir dann helfen könnten. Aber die Afrikaner müssten ihre Themen so behandeln, wie sie das für richtig halten.«

»Auch wieder wahr.«

»Jedenfalls stellte sich heraus, dass Frau Baphomet das gesammelte Geld nicht für Informationsprojekte und Mädchenschutzhäuser in Sudan, Somalia oder Äthiopien, sondern für den Kauf eines Hauses ausgegeben hat, in dem ihr Mann das Kinderheim und eine Ausbildungsstätte für Pflegeeltern groß aufgezogen hat. Und außerdem gab es da eine Sache … Eine muslimische Mutter fühlte sich von den Baphomets verfolgt und drangsaliert.«

»Und hier macht sie gerade so weiter. Das Jugendamt hat einer Familie, die bei mir im Haus wohnt, auf Betreiben Baphomets verboten, die Tochter zum Besuch nach Somalia zu schicken, weil sie dort beschnitten werden könnte.«

»Und jetzt betreiben die Baphomets seit vier Jahren im Mahdental ein Kinderheim«, sagte Karin Becker und strich sich ihre renitente Strähne hinters Ohr.

»Das Sonnennest.«

»Offizieller Geschäftsführer ist übrigens nicht Baphomet, denn der darf nicht mehr, sondern der Anwalt Detlef Depper …«

Ich fuhr hoch. »Wer?«

»Detlef Depper, der Mann dieser toten Familienrichterin.« Becker lächelte fein. Sie hatte es trotz ihres fortgeschrittenen Alters und ihrer blauen Röcke und hellen Blusen geschafft, sich unentbehrlich zu halten, auch im Computerzeitalter. »In der Zeitung ist zwar nur gestanden, eine Familienrichterin, aber ich hatte schon vermutet, dass es sich um Sonja Depper handelt. Sie ist ermordet worden, nicht wahr?« Beckers Bäckchen waren leicht gerötet. »Ich meine, wenn Sie sich dafür interessieren.«

Ich grinste verschwörerisch. Plötzlich ging mir auf, warum die Archivarin mir klaglos Mappen zusammenstellte, ja warum sie überhaupt im bomben- und feuerfesten Keller des Pressehauses ihre Tage verbrachte. Es war ihr Paradies von Tratsch und Klatsch. Und wenn sie Gelegenheit hatte, vor den Journalisten in den Stockwerken über ihr, deren Artikel sie später verschlagwortete, Kenntnis von Mord und Totschlag zu erlangen, dann erzeugte das mehr Glückshormone als das Schnurren ihrer Katze.

»Und grüßen Sie mir Herrn Dr. Weber«, sagte sie, als ich die Mappe raffte und davonstürzte.

Über die ehemaligen Kuhdörfer Plieningen und Möhringen fuhr ich nach Vaihingen und ins Mahdental. Ich brauchte den Navi, um den Abzweig zum Sonnennest wiederzufinden.

Diesmal stellte ich Brontë auf dem Parkplatz ab. Die Tür neben dem blickdichten Tor stand offen. Beklemmung befiel mich, als ich meinen Fuß auf das Grundstück des Kinderheims setzte. Jedes Kind, das hier herumsprang, hatte eine dramatische Geschichte. Und dennoch sahen sie aus wie ganz normale Kinder in einem x-beliebigen Kindergarten. In Jacken und Stiefel gemummelte Zwerge rannten herum. Ein schwarzer Neufundländer rannte mit. Vor einem Stallgebäude dösten zwei zottelige Ponys. Das Fachwerkschlösschen mit den bunten Spielanlagen glänzte glücklich im fahlen Dezembersonnenschein.

»Ich bin vom *Stuttgarter Anzeiger*«, erklärte ich der jungen Frau, die auf die Kinder aufpasste. »Ich möchte eine Reportage schreiben.«

Sie verwies mich ins Büro im ersten Stock. Der Geruch nach Heimweh steckte im Haus, ein Geruch nach Gulasch mit Klößen, Toilettenreinigungsmitteln und Pfefferminztee. Die Tür neben dem Schild »Büro« stand halb offen. Die Sonne schien herein auf ein humanitär bewegtes Chaos von Büchern, Broschüren, unausgepackten Postpaketen, afrikanischen Figuren, Aktenordnern und Computertisch. Eine zierliche Frau in Pluderhose, Batikbluse, naturgegerbten Flachschuhen und Seidenhalstuch von violett-orangefarbener Mischung saß hinter dem Flachbildschirm.

»Frau Baphomet?«, erkundigte ich mich.

Sie stand auf, ohne nennenswert größer zu werden. Ihr Lächeln war freudig, wenn auch in tiefe Falten eingelegt.

»Ich bin Lisa Nerz vom *Stuttgarter Anzeiger*. Es geht um die Reportage für die Sonntagsbeilage, die ich schreiben will. Man hat Sie Anfang der Woche angerufen deswegen.«

»Wann soll das gewesen sein?«

»Das kann ich Ihnen nicht genau sagen. Ich habe Anfang der Woche einen Anruf von der Redaktion bekommen, dass ich heute hier sein soll. Der Fotograf ist leider krank geworden. Er kommt nächste Woche.«

»Mit wem haben Sie das denn ausgemacht?«, erkundigte sich Rosalinde Baphomet.

»Nicht ich, die Redaktion. Und mit wem die gesprochen haben, weiß ich nicht.«

»Ich weiß zwar nichts davon, aber meinetwegen.« Rosalinde Baphomet wirkte nicht wie jemand, der die Presse scheut. »Ich muss allerdings vorausschicken, dass uns sehr daran gelegen ist, die Identität der Kinder nicht preiszugeben. Sie dürfen keines der Kinder nach seinem vollen Namen fragen, und unter gar keinen Umständen dürfen Sie in Ihrem Bericht einen Namen nennen. Ihr Fotograf wird auch keine Kinder fotografieren dürfen, oder die Gesichter müssen unkenntlich gemacht werden.«

»Alles klar.«

»Wissen Sie, manche Kinder müssen vor ihren Eltern geschützt werden. Wenn die Eltern ihre Kinder in einem Zeitungsbericht sehen, besteht die Gefahr, dass sie hier auftauchen und uns Probleme machen. Ich zeige Ihnen erst einmal das Haus. Bitte haben Sie Verständnis, dass ich Ihnen nicht alles zeige. Die Kinder haben ihre Privatsphäre, und die respektieren wir. Respekt und Achtung sind die Grundpfeiler der kindlichen Entwicklung.«

»Verstehe.«

Rosalinde Baphomet führte mich durchs Sonnennest. Das Haus war alt, aber leidlich gepflegt, die Gänge waren lang, die Aufenthaltsräume mit Hellholz ausgestattet. An den Wänden hingen Gemälde von Kinderhand mit zwei großen und einer kleinen Figur oder grünen Landschaften mit Mond und Sternen. Das Sonnennest, erfuhr ich auf dem Weg durch Gebäude und Anlage, beherbergte derzeit 98 Kinder, hatte aber Platz für 110. Die großen Kinder wurden morgens vom hauseigenen Bus auf Schulen verteilt. Die elf Kinder im Vorschulalter wurden im hauseigenen Kindergarten von zwei Erzieherinnen betreut. Es gab eine kleine Sporthalle, einen Kickplatz, ein Sandstück mit Volleyballnetz, die beiden Ponys und einen Stall mit fünf Kaninchen und einer Schar Meerschweinchen.

»Die Sehnsucht unserer Kinder nach stetigen Beziehungen ist groß«, erklärte Rosalinde Baphomet. »Und Tiere urteilen nicht, sie strafen nicht, sie missbrauchen nicht, sie sind immer da und immer freundlich. Natürlich können sie Vater und Mutter nicht ersetzen. Die Sehnsucht unserer Kinder nach Vater und Mutter ist unstillbar und schmerzhaft. Wenn wir es zuließen, würden sie ihren Eltern alles verzeihen, nur um zu ihnen zurückzukönnen. Sehen Sie den kleinen Jungen da drüben?«

Sie deutete auf einen Zwerg in grüner Kapuzenjacke, der einem Fußball hinterherlief.

»Sein Vater hat ihn mehrfach missbraucht. Die Mutter hat weggeschaut. Dennoch ist es der größte Wunsch des Jungen, wieder zu Hause bei seinen Eltern zu leben, natürlich ohne dass er das Opfer bringen müsste, sich misshandeln zu lassen, damit er sich geliebt fühlen darf. Früher hat man solche Kinder gänzlich von ihren Eltern getrennt. Heute weiß man, dass das verkehrt ist. Aus Opfern werden später Täter, wenn sie ihr Trauma nicht aufarbeiten. Deshalb müssen sie aus ihrer Opferrolle herausfinden, sie müssen sich als stark erfahren, auch ihren Eltern gegenüber. Und dafür ist der Kontakt mit dem Vater unumgänglich. Einmal im Monat darf der Junge seinen Vater für eine Stunde sehen. Inzwischen auch schon, ohne dass jemand von uns dabei ist.«

Mir graute.

»Er muss Vertrauen zu seinem Vater fassen, Vertrauen zu sich selbst, dass er nein sagen kann, ohne Angst zu haben, dass sein Vater böse wird und er ihn verliert. Es ist ein äußerst komplizierter Prozess. Wir arbeiten natürlich auch mit dem Vater.«

Ich gab einen unverständigen Laut von mir.

»Rund 800 Kinder werden jedes Jahr allein im Großraum Stuttgart Opfer von Misshandlungen durch ihre Eltern. Eine erschreckende Zahl, nicht wahr? Und kaum ein Kind findet selbst den Weg zum Jugendamt. Sie wollen ihre Eltern nicht verraten, sie wollen sie nicht verlieren. Kinder nehmen irrsinnig viel in Kauf, nur um in einer äußerlich normalen Familie zu leben. Wenn wir schließlich eingreifen müssen, dann ziehen wir uns oftmals den Zorn der Öffentlichkeit zu. Weil die Familie doch so intakt wirkt. Und weil die Kinder nicht wegwollen. Amtlicher Kindsraub heißt es dann schnell. Ah, da ist mein Mann.«

Ein vegetarisch ausgemergelter Mittdreißiger in Jeans und Wetterjacke kam mit großen Schritten über die Wiese, er rannte fast. Ambrosius Baphomet hatte ein knochiges, noch sommerlich braungebranntes Gesicht mit hellen Augen, kurzes Haar, das wie Metall glänzte vor Gesundheit, und einen breiten Mund, der, wie es schien, allezeit bereit war zu lachen. Sein Händedruck war fest und warm.

»Das ist …«, versuchte Rosalinde mich vorzustellen, »ich habe vorhin Ihren Namen nicht richtig verstanden …«

»Schwabenreporterin Lisa Nerz«, sagte ich.

»Hast du mit der Zeitung telefoniert, Ambrosius? Die Dame« – so schwer war mein Name doch nun wirklich nicht zu verstehen! – »sagt, die Redaktion hätte hier angerufen. Sie wollen eine Reportage machen für …« Auch das hatte sie nicht behalten.

»Für die Sonntagsbeilage des *Stuttgarter Anzeigers*.«

Ambrosius Baphomet konservierte sein Lächeln in Essig. »Was ist der Anlass, wenn ich fragen darf?«

»Das Europäische Jahr zur Förderung von Kreativität, Kultur und Bildung.«

»Was es nicht alles gibt! Wenn wir nur auch etwas davon spüren würden. Aber die öffentlichen Gelder sind knapp wie eh und je. Und in Zeiten der Wirtschaftskrise fließen auch die Spenden aus der Wirtschaft nur noch spärlich.«

Ein Fußball rollte mir gegen den Knöchel. Der kleine grüne Zwerg, der von seinem Vater so schwer misshandelt worden war und sich trotzdem nach ihm sehnte, kam herbeigerannt, stoppte aber in einigen Metern Entfernung und blickte uns an. Eigentlich mich.

Ich brauchte länger, bis ich ihn erkannte. Mein Gesichtergedächtnis für fünfjährige Buben war ziemlich grob gerastert. Und ich hatte nicht damit gerechnet, Tobias Vlora hier zu begegnen.

Ambrosius lächelte kindgemäß und kickte den Ball zu dem kleinen Jungen zurück. Doch der ließ ihn an sich vorbeirollen und kam langsam auf mich zu. O Gott! Wenn er mich jetzt entlarvte! Und wenn schon, dachte ich plötzlich grimmig. Was für einen Schafscheiß hatte mir diese Rosalinde da eben erzählt? Von bösen Vätern, misshandelten Jungs und weisen Waisenhausmüttern.

»Holst du mich jetzt ab?«, fragte Tobias.

Auf Rosalindes Gesicht tat sich nichts außer muttersüßer Gefühligkeit, doch Ambrosius wurde schattig. »Kennen Sie den Jungen?«

»Ich bin doch der Tobias!«, rief der Junge.

»Das ist Tobias«, sagte ich und lächelte Ambrosius erwachsenenschlau an.

Er runzelte die Stirn.

Ich ging in die Hocke und schaute dem ernsten Jungen ins Gesicht. »Ich kann dich jetzt nicht mitnehmen, Tobias«, sagte ich. »Du kannst hier mit dem Fußball spielen. Das ist doch sehr schön.«

Auf dem Bubengesicht formte sich Ratlosigkeit, dann Enttäuschung.

Ich richtete mich schnell wieder auf und strahlte das Ehepaar Baphomet an wie jemand, der an einem Kinderverarschungsspiel teilnahm, bei dem am Ende ein Kind weinend zurückblieb.

Rosalinde hatte inzwischen eine Erzieherin herangewinkt. Sie fasste Tobias bei der Hand, erklärte, dass die anderen auf ihn warteten, er müsse doch noch ein Tor schießen wie Beckham, und zog ihn fort.

»Fragt er das jeden, der hier zu Besuch kommt?«, erkundigte ich mich.

Rosalinde schüttelte den Kopf. »Er ist sonst sehr zurückhaltend. Er vertraut niemandem. Er zerkratzt sich die Hände. Deshalb haben wir ihn noch nicht in einer Pflegefamilie.«

»Kommen Sie doch bitte mal mit, Frau Nerz«, unterbrach Ambrosius seine Frau mit lauter Stimme. Sie lächelte dünnfaltig und etwas orientierungslos. Erst auf der Treppe zum Büro richtete Ambrosius wieder das Wort an mich. »Ich frage Sie noch mal, Frau Nerz: Kennen Sie den Jungen?«

»Es klingt, als wäre es ein Verbrechen.«

Er blieb auf der Treppe stehen, zwei Stufen über mir. »Sie müssen das verstehen. Es gibt immer wieder Leute – Eltern, Verwandte, Anwälte –, die sich unter Vorspiegelung eines allgemeinen Interesses an unserer Arbeit Zutritt verschaffen, um ein einzelnes Kind ausfindig zu machen.«

Ich rückte die zwei Stufen zu ihm auf. »Sich um den Verbleib eines Kindes zu kümmern ist an sich ja noch kein Verbrechen. Im Gegenteil.«

Der Mann lachte hart. »Sie haben keine Vorstellung, Frau Nerz, worum es hier geht. Solche Eltern bewegen viele Gründe, aber echte Sorge um ihre Kinder ist selten darunter. Geschweige denn, dass ihnen das Wohl ihres Kindes wirklich am Herzen läge. Die Eltern, mit deren Kindern wir es zu tun haben, handeln einzig und allein aus der Überzeugung heraus, dass ihr Kind ihnen gehört und dass es niemanden was angeht, was sie mit ihm machen. Sie handeln aus einem falschen Besitzdenken heraus, aus gekränktem Stolz.«

»Ist schon mal einer mit einer Waffe aufgetaucht?«, fragte ich, ganz sensationslüsterne Journalistin.

Ambrosius entspannte sich etwas und setzte seinen Weg hinauf fort. »Zum Glück noch nicht.«

»In Berlin, wo wir herkommen«, sagte Rosalinde leise, »da haben wir Morddrohungen bekommen, es hat Anschläge auf unser Haus gegeben, Steinwürfe. Eine richtige Treibjagd war das.«

»Warum das denn?«, fragte ich.

»Man hätte die drei Kinder aus der Familie nehmen müssen. Die Mutter war hoffnungslos überfordert, aber der Vater hat das nicht akzeptieren wollen. Muslime haben ein anderes Verständnis von Familie als wir Deutsche. Auf einmal ging das Geschrei, wir seien ausländerfeindlich. Man müsse den anderen Kulturkreis respektieren. Aber ich sage, Menschenrechte sind unteilbar, und dazu gehört auch das Recht der Kinder auf …«

»Rosalinde«, sagte Ambrosius mahnend.

»Leider sind wir oft ohnmächtig und hilflos!« Ihr Blick wütete direkt in meine Augen hinein. »Sie haben bestimmt von dem Fall gehört. Das Fernsehen hat groß darüber berichtet.«

Ich erinnerte mich schlagartig an die Bilder, die solche Fälle begleiteten, der Garten, die Schaukel, das Haus mit den geschlossenen Fensterläden, die Nachbarn, die von den Kameras zu Experten erhoben wurden und kopfschüttelnd bezeugten, die Mutter habe ganz normal gewirkt, die Kinder seien fröhlich und höflich gewesen und immer warm genug angezogen. Sie könnten sich gar nicht erklären, was die Frau zu so einer Bluttat getrieben habe.

»Ein paranoider Schub«, raunte Rosalinde, und dennoch hallte es wider in dem Gemäuer des Treppenhauses. »Sie habe geglaubt, sie müsse die Kinder vor dem Schaitan schützen. Nachher hat es geheißen, wir hätten die Mutter zu der Tat getrieben. Vor uns hätte sie ihre Kinder schützen wollen.«

»Es ist eine Gnade«, mahnte Ambrosius, »wenn wir helfen können, Rosalinde, aber einen Anspruch haben wir darauf nicht.«

Ich schaute der Frau in die Augen. Sie waren erloschen, tot.

»Da ist wirklich alles falsch gelaufen«, sagte Ambrosius. »Wir haben versucht, die Kinder beizeiten aus dieser Familie zu nehmen, und zwar mit der Begründung, von der psychischen Erkrankung der Frau gehe eine erhebliche Gefahr für die Kinder aus. Doch auf einmal hieß es, wir würden auf bloßen Verdacht hin eine unbescholtene, noch dazu muslimische Familie zerstören. Eine Tragödie.«

»Sie sagen immer ›wir‹«, bemerkte ich. »Entscheiden Sie denn, welche Kinder aus welchen Familien geholt werden?«

Wir hatten mittlerweile das Büro erreicht, in dem ich vorhin Rosalinde hinter dem Computer aufgestöbert hatte. »Das entscheidet das Jugendamt«, antwortete Ambrosius. Er schubste mich förmlich ins Büro. Vielleicht hatte er gehofft, seine Frau werde draußen bleiben, aber sie rückte nach.

»Kinder erziehen ist ein 24-Stunden-Job.« Ihr Blick saugte sich in meinem Gesicht fest. »Das machen sich viele Mütter vorher nicht klar. Wir hier setzen unsere Kinder nicht vor dem Fernseher ab, wenn wir unsere Ruhe haben wollen. Wir schimpfen sie nicht aus, wenn sie Warum fragen. Wie mein Mann gesagt hat, es ist eine Gnade, dass wir helfen können. Wir tun es gern. Aber es ist anstrengend, traurig, es macht manchmal wütend. All das Leid, all das Hässliche, was Menschen einander antun … und so oft sind uns die Hände gebunden.«

Ich bekam allmählich die Krätze. In Sachen Tobi hatte Rosalinde eindeutig das Blaue vom Himmel heruntergelogen.

»Ich hätte da noch ein paar Fragen zur wirtschaftlichen Seite«, wandte ich mich an den Hausherrn. »Im Anschlagkasten am Tor habe ich gesehen, dass Sie auch Elternberatung, eine Klärungsstelle und Familientherapien anbieten. Gehört das zu den Aufgaben eines Waisenhauses?«

»Wir nennen uns nicht Waisenhaus«, antwortete Ambrosius. »Das stigmatisiert die Kinder. Kennen Sie Charles Dickens, *Oliver Twist*? Daran denken wir doch alle – zumindest meine Generation –, wenn wir Waisenhaus hören. Und viele Kinder hier haben ja ihre Eltern noch. Unser Haus ist eine Drehscheibe, ein Stellwerk, oder nennen Sie es Sprungschanze. Unsere Kinder kommen von wo her, sind eine Weile hier, hängen eine Weile in der Luft, drehen sich um sich selbst, orientieren sich. Und dann sind sie wieder fort, auf dem Weg in ein freies und selbstbestimmtes Leben.«

Rosalinde nickte.

»Ist es nicht Zeit für die Vorlesestunde, Rosalinde?«

»Ah! Sie entschuldigen mich, Frau …«

»Nerz.« Ich drückte die glasigen Knochen ihrer Hand. Sie ging mit über den mageren Po streichender Zopfquaste zur Tür hinaus.

»Reden wir Klartext, Herr Baphomet«, sagte ich. »Übrigens ein sonderbarer Name.«

»Südfranzösisch. Es ist der Name des Götzen, den die Tempelritter verehrt haben sollen. Er gilt aber auch als einer der vielen Namen, die man dem Teufel gibt.«

»Na, das passt ja! Herr Baphomet, Sie haben Macht über mehr als vierhundert Kinder …«

»So würde ich das nicht ausdrücken.«

»Ich recherchiere in Sachen Jugendamt und Inobhutnahme von Kindern. Und ich kann Ihnen jetzt schon sagen, da kommen Sie und Ihr Sonnennest nicht gut weg. Ihre Frau agitiert gegen die Beschneidung von Mädchen. Bei dem Fall in Berlin ging es nicht darum, dass die Mutter überfordert war oder psychisch krank, sondern darum zu verhindern, dass ein Mädchen aus der Familie in Nordafrika beschnitten wird, nicht wahr?«

»Über konkrete Fälle kann und werde ich Ihnen aus Gründen des Persönlichkeitsschutzes keine Auskunft geben. Und ich glaube, es ist besser, wenn Sie jetzt gehen.«

Ich seufzte. »Herr Baphomet, was Ihre Frau erzählt, ist schlicht gelogen. Entweder sie weiß das, oder sie leidet an einer Realitätsverschiebung. Sie hat mir erzählt, dieser Tobias sei von seinem Vater schwer misshandelt worden. Was sie mir aus Gründen des von Ihnen beschworenen Persönlichkeitsschutzes übrigens gar nicht hätte erzählen dürfen.«

Ambrosius Baphomet schaltete sofort. Und zwar auf konziliante Verhandlungsbereitschaft. »Ich hatte doch vorhin schon den Eindruck, dass Sie das Kind kennen.«

»Reiner Zufall. Aber Sie täuschen sich, falls Sie mich zu den Bösen zählen, zu den Anwälten, Familienfreunden oder Journalisten, die Kinder aus Ihren Klauen retten wollen. Das bundesverdienstkreuzverdächtige Kinderretten überlasse ich Ihnen. Ich interessiere mich für Geschichten. Und die von Tobias ist so eine, für die sich Journalisten interessieren, jedenfalls solche wie ich. Da ist Gruseln drin, verstehen Sie: eine schwachsinnige Heimleiterin und ihr Ehemann, ein Geschäftemacher im Pullover des Gutmenschen. Ich werde Ihnen, Herr Baphomet, in meinem Artikel vorwerfen, dass Sie mit gefälschten Gutachten Kinder für Ihr Sonnennest rekrutieren, um damit Geld zu verdienen.«

»Sie haben mich missverstanden, Frau Nerz«, antwortete

Baphomet freundlich geduldig. »Ich frage deshalb, ob Sie das Kind kennen, weil ich es nicht kenne.«

Jetzt hatte er mich. »Was?«

»Ganz einfach. Es befindet sich seit Mittwoch auf dem Gelände. Seine Identität ist uns unbekannt. Wir haben von ihm nur erfahren, dass er Tobias heißt. Wir vermuten, dass seine Mutter ihn an der Tür ausgesetzt hat.«

Gelogen oder nicht? Ich konnte es beim besten Willen nicht entscheiden.

»Und wenn Sie ihn kennen, dann müssen Sie uns sagen, wo er hingehört, Frau Nerz.«

»Er heißt …« Konnten ihm daraus Nachteile erwachsen?, fragte ich mich. »Er heißt Tobias Vlora. Seine Mutter hat sich gestern umgebracht, weil das Jugendamt ihr den Jungen weggenommen hat. Und hören Sie auf, mir was vom Pferd zu erzählen, Herr Baphomet.«

Er musterte mich mit festgezurrtem Lächeln von oben bis unten, vom Haarkamm über den Brilli in meinem Ohr, den Parka, den Rock über den Jeans bis zu den Springerstiefeln.

»Ich glaube, Sie haben recht«, sagte ich. »Ich gehe jetzt besser.«

Im Treppenhaus hallten unsere Tritte auf steinernen Stufen. Von draußen klang das Geschrei spielender Kinder herein. Es klang nach Volksschule in der großen Pause zu Zeiten, als der Schönschreiblehrer noch Kopfnüsse hatte verteilen dürfen. Es roch nach Einsamkeit unter vielen, nach dem einen Kind, das sich auf dem Klo versteckte und am liebsten in der Schüssel verschwunden wäre, weil es am Morgen vergessen hatte, die Unterhose anzuziehen, und nachher in der Umkleide vorm Turnunterricht von gellendem Gelächter gegeißelt werden würde. Kein Kinderschmerz war größer als der, ausgelacht zu werden.

»Haben Sie schon unseren Karzer gesehen?« fragte Ambrosius unvermittelt, als wir vor das Gebäude traten.

»Was?«

»Wissen Sie, was ein Karzer ist?«

Ich war so verblüfft, dass ich wie ein Schulbub antwortete: »Ein Kerker, eine Arrestzelle!«

»Genau.«

»Sie wollen mir doch nicht erzählen, dass Sie hier einen Karzer haben? Für die Kinder?«

Ambrosius genoss meine Entgeisterung. »Wollen Sie ihn sehen? Unsere Kinder gruseln sich ganz fürchterlich davor.« Er lachte laut. »Aber Kinder müssen ja auch lernen, mit ihrer Angst umzugehen, sie auszuhalten und sie zu überwinden.«

20

Er lenkte mich ums Haus zum einstigen Lieferanteneingang. Die Schütte für Kohlen aus früheren Jahren befand sich neben einer grünen Tür. Eine steile Treppe führte hinab. Ambrosius ging voran. Wir kamen an Gefriertruhen und Kühlschränken vorbei in einen Gewölbekeller. In Regalen lagerten Flaschen mit Most. Es roch nach Sekt und Äpfeln.

Ambrosius öffnete im hintersten Eck eine schwere Eisentür mit Riegel und sagte: »Und das ist unser Karzer.« Er trat beiseite, damit ich einen Blick in die Zelle werfen konnte. Auf dem Estrich stand ein runder Schemel aus Plastik, sonst nichts. Der vergilbte Putz war, wie es sich gehörte, voll von Kratzern und Kritzeleien.

»Sie benutzen ihn tatsächlich?«

Der Heimleiter lachte. »Natürlich. Unsere Kinder sind keine Engel. Sie haben Schwierigkeiten, sich an Regeln zu halten. Das stört sie selbst. Wir haben mit ihnen beraten, was sie sich als Strafmaßnahme bei Regelverstößen vorstellen könnten. Sie haben uns einen Karzer vorgeschlagen. Kinder sehnen sich nach Regeln und danach, dass jemand dafür sorgt, dass sie eingehalten werden.«

»Sperren Sie auch die Kleinen hier ein?«

Mit eigenartiger Abschätzigkeit glitzerten seine Augen mich an. »Ich kann mir schon vorstellen, was Sie schreiben werden. Im Sonnennest werden Kinder in den Keller gesperrt.«

»So ungefähr würde ich es ausdrücken.«

»Da geht es Ihnen wie den meisten Menschen, leider auch den meisten Eltern. Sie haben keine Ahnung, wie Kinderköpfe ticken. Kinder brauchen Liebe. Und wissen Sie, warum? Weil Liebe ihnen Sicherheit gibt. Wissen Sie, was ein Kind als Erstes bewusst tut? Es nimmt Dinge in die Hand und lässt sie fallen. Immer wieder. So erforschen Kinder das Gesetz der Kausalität. Wenn ich das mache, passiert immer das. Das Wenn-dann schafft Sicherheit. Das vergessen viele Eltern über ihren Ideen von Liebe und Toleranz. Und schon tanzen die Kinder ihnen auf der Nase herum. Kinder gehen immer so weit, wie man sie lässt. Sie testen uns aus. Doch sie sind nicht glücklich damit. Eigentlich wollen sie nur wissen, wann Schluss ist. Deshalb stellen wir hier Regeln auf. Wer sie übertritt, weiß genau, was ihm blüht. Und ein oder zwei Stunden Karzer schaden nicht. Im Gegenteil, das Kind kommt zur Ruhe und kann nachdenken. Gehen Sie doch mal rein.«

»Und Sie schließen mich ein?«

Er lachte. »Fürchten Sie das?«

Verdammt! Ich machte einen Schritt in die Zelle, ließ aber die Hand am Türrahmen. Er hätte sie zertrümmern müssen, wenn er die Eisentür zuschlug. Ein Fensterchen lag in dicker Wand unter der Decke, zu hoch für die Flucht eines Kindes, zu klein für einen Halbwüchsigen oder Erwachsenen.

Und in der Tat: Ambrosius konnte der Versuchung nicht widerstehen. Ich hatte es geahnt, und trotzdem war er schneller. Ich spürte einen Stoß. Meine Hand riss vom Türrahmen ab, ich knallte gegen die Wand. Meine Schulter jammerte. Die Eisentür fiel mit erzenen Klängen zu. Ich hörte den Riegel einrasten.

»He!«

Gleich darauf öffnete sich in der Tür ein Viereck, darin Ambrosius Baphomets grinsendes Gesicht. »So«, sagte er, »und jetzt geben Sie mir Ihr Handy.«

»Warum sollte ich?«

»Weil Sie nicht wissen, was passiert, wenn Sie es nicht tun.«

Ich versuchte zu lachen. »Ich bin kein Kind mehr. Ungewissheit macht mir keine Angst.«

»Doch!«, erwiderte er. »Sie wollen es nur nicht wahrhaben.«

»Sie haben ja wirklich einen an der Klatsch! Was soll das denn werden, wenn es fertig ist?«

»Sehen Sie?« Die Augen im Gucktürchen glänzten beschwipst von Macht. »Sie möchten doch wissen, wie es ausgeht.«

»Nein, Sie Granatenseckel! Ich frage Sie, ob Ihnen die Konsequenzen Ihres Handelns klar sind.«

»Da ist es schon: das Bedürfnis, eine Situation zu kontrollieren. Sie reden mit mir, als wäre ich ein kleines Kind, um die Handlungsmacht zurückzugewinnen. Auch Sie wissen, was wir alle wissen, tief drinnen in unseren kindlichen Herzen: Nur Erwachsene haben Macht.«

Himmel noch mal! »Ich werde Sie anzeigen wegen Freiheitsberaubung. Dann spüren Sie die Macht des Gesetzes. Und Ihren Laden können Sie dann dichtmachen. Wäre ja nicht der erste.«

Er lächelte amüsiert.

Ja, zum Teufel! Er hatte doch nicht vor … »Hören Sie, wenn ich Ihnen einen kleinen Rat geben darf. Als Fachfrau gewissermaßen und langjährige Polizeireporterin.«

Ich gab ihm eine Sekunde. Sein Pädagogenpanzer bekam einen winzigen Riss.

»Stellen Sie es sich nicht zu leicht vor. Es ist heutzutage verdammt schwierig, eine Leiche zu beseitigen. Selbst wenn Sie mich zerstückeln und in Mülltüten über halb Deutschland verteilen und ich restlos in der Müllverbrennung in Flammen aufgehe, wird man Ihnen draufkommen. Und falls Sie die geniale Idee haben sollten, meine Leiche in meinem Wagen zu verbrennen – den müssen Sie ja auch noch beseitigen –, muss ich Sie enttäuschen. Die Rechtsmedizin wird feststellen, dass ich schon tot war. Und weil ein Auto nicht einfach so brennt, werden Sie Brandbeschleuniger benutzen müssen. Und auch das sehen die Experten. Alle Spuren werden sie zu Ihnen führen. Meine Redaktion weiß, dass ich heute hier war. Es gibt Zeugen, die mich gesehen haben. Und wenn Ihre Angestellten nicht reden, die Kinder werden es tun.«

Ich dachte an Tobi und mir wurde schwarz in der Seele. Den würde Ambrosius unbedingt verschwinden lassen müssen.

»Und selbst wenn Sie noch so glaubwürdig beteuern, ich hätte den Ort auch wieder verlassen, irgendwann wird die Polizei mit der gesamten Kriminaltechnik einrücken. Ich habe überall Fingerabdrücke hinterlassen, ich habe meine Haare verstreut, ich werde in dieser Zelle Blut zurücklassen. So gut können Sie gar nicht putzen, dass man keine DNS von mir findet.«

Ambrosius gluckste sicher hinter dem Türblatt aus Eisen. »Und Sie behaupten, Sie hätten keine Angst!«

»Sie Arschgesicht! Machen Sie das eigentlich mit Ihren Kindern auch so?«

»Was?«

»So ein perfides System von Angst und Unsicherheit aufbauen unterm Deckmantel klarer Regeln.«

Er lachte. »Sie geben also zu, dass Sie Angst haben?«

»Und Sie? Geben Sie zu, dass Sie das mit Ihren Kindern auch so machen? Gnade erst, wenn die Dergel eine Schwäche zugeben?«

»Ist Angst eine Schwäche?«

Ich hatte es schon immer geahnt. Jetzt wusste ich es: Alle Pädagogik war Sadismus in Christuswolle! Eine durchaus befreiende Erkenntnis.

»Denken Sie darüber nach«, hörte ich Ambrosius noch sagen. Dann schloss sich die Klappe.

21

Mein Handy hätte er nicht verlangen müssen. Es hatte kein Netz. Es taugte nur zum Fotosmachen. Ich fotografierte die Wände und versuchte, mit meiner maßlosen Verblüffung fertig zu werden. Wie hatte mir das passieren können? Mir! Richard würde mich auslachen. Und Sally erst. Ich hätte ihm oder wenigstens Sally sagen müssen, dass ich dem Sonnennest einen Besuch abstatten wollte. Aber ich hatte es niemandem gesagt.

Ich setzte mich auf den Plastikschemel. Er war dreibeinig und tückisch. Er kippte, wenn ich mich mit dem Rücken gegen die Wand lehnte. Also musste ich aufrecht sitzen. Wo nahm Ambrosius die Unverschämtheit her, über meine Haltung zu bestimmen? »Denken Sie darüber nach!« Das war Folter! Vermutlich hatte er mein Telefon haben wollen, damit nichts mich vom Nachdenken ablenkte. Wie kam dieses Pädagogenarschloch dazu, darüber zu bestimmen, wann ich nachdachte! Woher nahm er das Recht, mich zum Opfer pädagogischer Wohltaten zu machen? Warte du nur!

Zunächst wartete *ich*. Es war schwierig zu warten, ohne nachzudenken. Ich versuchte vom Schemel aus die Fensterluke zu erreichen, aber ehe ich das Fenster aufbekam, brach der Schemel unter mir zusammen. Er war für Kindergewichte gebaut. Eigentlich hatte ich mein Handy mit SMSen an alle Welt bestücken und zum Fenster hinauswerfen wollen, in der Hoffnung, dass es dort Netz fand und sendete.

Jetzt bekam ich die Beine des Schemels nicht wieder gerade gebogen. Also blieb mir nur der Boden, wenn ich sitzen wollte. Er war arschkalt. Ich hockte mich mit der kalten Wand im Rücken auf meine Fersen, bis die Knie glühten. Als ich aufstand, war mein linkes Bein eingeschlafen. Bei allem Zorn kam eines nicht auf: Angst. Und irgendwann befand ich mich tief in Gedanken, so tief, dass ich aufhörte, das Handy immer wieder zu wecken, um auf die Uhr zu schauen.

Ich starrte auf die ocker gestrichene Eisentür und fragte mich, was der Schlüssel zu alledem war. Es gibt keinen Zufall, alles ist Gottes Wille, hätte meine Mutter das genannt. Nie vorher hatte ich irgendetwas mit dem Jugendamt zu tun gehabt. Und auf einmal machte es mein Haus zum Zentrum gewaltsamer Aktionen, brach über mir ein und drangsalierte die Familie unter mir. Zugleich starb die Richterin, die in diesen Fällen ihr Unwesen getrieben hatte, und Richard bekam ein Kind. Der Schlüssel war ohne Zweifel Richterin Depper, nur dass ich das Schloss noch nicht gefunden hatte, das sie aufschloss. Ich sah nur die Tür: mehrmals gestrichen, zerkratzt, stellenweise war die Farbe abgeblättert und zeigte eine andere, dunklere darunter. Aber ich konnte sie nicht aufbekommen, obgleich ich ein Pickset im Parka hatte. Denn es gab kein Schlüsselloch, nur einen Riegel draußen. So tief versank ich in meinem Denken, dass ich nicht mehr mit Worten hätte erklären können, was ich erkannte. Aber ich hätte in diesem Fall den Moment verpasst, wo ich von meiner falschen Spur abbiegen musste, wenn Ambrosius Baphomet mich nicht im Karzer eingesperrt und zum gedankenleeren Nachdenken gezwungen hätte. Meditation nannte sich das, glaube ich.

Nach zwei Stunden öffnete ein schlaksiger Junge mit Pickeln die Karzertür. Auf meine Frage nach dem Heimleiter zuckte er mit den Schultern. Stumm geleitete er mich die Treppen hoch und zum Tor hinaus. Nicht unfreundlich, nicht interessiert.

Mit verwaschener Weltsicht setzte ich mich hinters Steuer. Die Schulter, mit der ich gegen die Wand gekracht war, sperrte sich. Beim Ausparken rutschte mir der Lenkreifen aus der Hand. Fast hätte ich das Schild am Tor umgefahren. Brontë stöhnte.

Ambrosius Baphomet hatte nicht vorgehabt, mich umzubringen. Nur, was dann? Er konnte doch nicht annehmen, dass es für ihn folgenlos blieb, wenn er eine Vertreterin der freien Presse einsperrte. Oder ging er davon aus, dass ich so beschämt und geläutert war, dass ich schwieg? Geringe Frustrationstoleranz, mangelnde Affektkontrolle, keine Folgenabschätzung. Wahrscheinlich waren Pädagogen so gefährlich, weil sie im Herzen Kinder geblieben waren, statt erwachsen zu werden. Kinder quälten Frösche und andere Kinder.

Der Geistesblitz kam mir, als ich einhändig um den Schattenring schleuderte. Ambrosius war abgefeimter und kaltblütiger, als ich nach der Aktion vermuten musste. Wenn ich mit großem journalistischem Pathos seinen Angriff auf die freie Presse geißelte und das Schicksal von Tobias in den Fokus allgemeinen Interesses rückte, würde eine andere, viel schwerer wiegende Tat an den Rand des öffentlichen Vergessens gedrängt werden: sein Angriff mit oder ohne Tötungsabsicht, aber mit Todesfolge auf Richterin Depper.

Denn Alena stammte aus dem Sonnennest. Deshalb hatte sich bislang auch keine Mutter gemeldet. Es war derselbe Wald. Auf dem Weg vom Mahdental an die Bärenseen konnte man sich durchaus verirren, vor allem, wenn man sich fragte, wohin mit einem Baby, das einem nicht gehörte. Sonja Depper war am Mittwochmittag bei den Baphomets draußen gewesen. Es hatte Streit gegeben. Sie hatte dem Ehepaar etwas vorgehalten oder angedroht. Sie hatte irgendetwas entdeckt, das Ambrosius und Rosalinde, mindestens aber ihm, das Genick brach.

So bedrohlich musste die Reaktion der Heimleitung für die Richterin gewesen sein, dass sie nicht zur Straße geflüchtet war, wo sie an der Landstraßen-Bushaltestelle lange ohne Deckung hätte warten müssen, sondern in den labyrinthischen Wald, der das Heim umgab. Und zwar mit einem Säugling auf dem Arm, den sie womöglich vor irgendeinem unerträglichen Schicksal hatte bewahren wollen. Ehrenwert. Nur dass eine Richterin das Gesetz eben auch nicht in die eigene Hand nehmen durfte und nun ein Problem hatte. Deshalb hatte sie Richard angerufen, damit er das Problem für sie löste.

Doch wie ließ sich das beweisen?

22

Am Tunnelausgang zum Marienplatz hatte ich unter Protest meiner Schulter das Handy aus der Parkatasche gefischt. Das Display teilte mir mit, dass Sally viermal angerufen hatte. Ich bog in die Filderstraße ab, hielt an der nächsten Bushaltestelle, stellte den Motor aus und rief Sally an.

»Was denkst du dir eigentlich?«, schrie sie.

»Tut mir leid, Sally, aber ein Waisenhausleiter hat mich zwei Stunden in den Karzer gesperrt.«

»Die Ausrede ist noch besser als die, dass du auf dem Mond warst und mir nicht hast sagen können, wo du steckst.«

Bis heute glaubte Sally mir nicht, dass man mich für ein paar Tage auf den Mond entführt hatte[3]. Ich selbst glaubte es auch schon fast nicht mehr. Keine Zeile hatte ich darüber schreiben dürfen. Die Herren waren sehr freundlich gewesen, keine Drohung war gefallen. Ich hatte es sozusagen selbst eingesehen. Folgerichtig hatte es meiner Existenz als Schwabenreporterin Lisa Nerz nicht zu dem von mir insgeheim erhofften Ruhm verholfen. Und Sally neigte wie viele Menschen dazu, mir nur das zu glauben, was durch einen gewissen öffentlichen Wirbel und Pressestimmen bestätigt wurde.

»Ich habe heute früh zweimal versucht, dich auf verschiedenen Telefonen anzurufen«, sagte ich. »Aber du bist nicht rangegangen. Da habe ich gedacht, du hast dich mit Katarina zum Boykott gegen mich verbündet.«

»Was faselst du denn da?«

»Ich dachte nur … aber egal …«

»Nein, das möchte ich jetzt wissen, Lisa.«

»Ich bin gerade total neben der Spur, Sally. Erst habe ich gedacht, es ist alles ganz klar. Da geschieht Unrecht, und ich muss mich einmischen. Aber alle mischen sich ein und retten

3 Siehe Lehmann: *Nachtkrater*. Ariadne 2008

Kinder, und es kommt nur furchtbares Elend dabei heraus. Warum ist das so? Kannst du mir das sagen?«

»Ich sag dir was, Lisa. Du legst dich jetzt schön in die Badewanne, vergisst die Blagen und Richards Papaglück, und heute Abend komme ich zu dir und wir gucken *Kocharena*.«

»Brrr!« Mir schwindelte vor Glück. Sally war wieder gut mit mir.

»Übrigens, Katarina ...«

Wegen der hatte ich eigentlich angerufen. »Ja?«

»Sie ist heute früh in die Schule und wollte danach zu einer Freundin. Ich habe die Adresse. Hast du was zu schreiben?«

Ich fand einen ausgedienten Parkschein im Parka und einen Kuli.

»Jovana Nemkova, Ostendstraße 74 b. Hast du das?«

»Hab ich.«

»Dann bis heute Abend.«

»Ja ... au Scheiße!«, fiel mir ein. »Ich muss doch zu meiner Mutter!«

»Na dann ein andermal. Und grübel nicht so viel über andere Leute, denk auch mal an dich.«

Wenn sie es sagte! Mein rechtes Schultergelenk fühlte sich zwar an, als wüchse darin ein Tennisball, aber wozu brauchte man zwei Arme? Der Zündschlüssel saß beim Porsche ja bekanntlich links. Und Brontë schnurrte vergnügt.

Jovana Nemkova, irgendwo hatte ich den Namen doch schon mal gehört. Aber nicht grübeln! Im Autoradio meldeten sie, dass die Polizei im Todesfall der Stuttgarter Amtsrichterin einen sogenannten »mutmaßlichen Mörder« festgenommen habe. Er habe ein Teilgeständnis abgelegt. Wieder einmal fragte ich mich, ob die Journalisten eigentlich wussten, was das war.

Ich stellte Brontë in Sichtweite der Polizeidienststelle ab. Die Ostendstraße war eine Welt für sich. Räder und Autos fand man schon mal ohne Reifen und mit eingedrücktem Seitenfenster wieder. Und Brontë war alt, klein und bucklig und konnte sich nicht wehren.

Mein erster Versuch auszusteigen scheiterte am Tennisball in meiner Schuler. Ich wartete, bis der Schmerz nachließ, und rief Christoph an. Er bestätigte mir, dass der gestern festgenommene Wohnsitzlose den Handtaschenraub gestanden habe. Er habe sie einer Frau weggenommen, die auf einer Bank am See gesessen habe und mit einem Säugling beschäftigt gewesen sei. Die Handtasche habe unbeachtet auf der Bank gestanden. Die Beschreibung der Frau mit dem Säugling treffe auf Richterin Depper zu. »Wir haben vor zwei Stunden eine Pressemitteilung herausgegeben«, fügte Christoph an. Nur deshalb erzählte er mir das. »Da gegen den Mann ein Haftbefehl aus Freiburg vorliegt, haben wir ihn dabehalten.«

»Dann hat das also nichts mit dem Fall Depper zu tun.«

»Nein. Und frag mich jetzt nicht, was es Neues gibt.«

»Habt ihr den Selbstmord von Nina Habergeiß auf dem Schirm?«

Es gab ein Loch in Christophs Kommunikation. »Nein«, sagte er schließlich. »Was ist das für eine Sache?«

Ich erklärte es ihm. »Sie war eine von Deppers Fällen.«

»Aber Fremdverschulden ist auszuschließen?«

»Fremdschuld nicht, aber euer polizeideutsches Fremdverschulden wahrscheinlich. Was eure Spurensicherung festgestellt hat, weiß ich nicht. Und das Ergebnis der Obduktion kenne ich auch nicht.«

»Ich werde mal nachfragen«, sagte Christoph.

»Habt ihr schon mit Ambrosius Baphomet gesprochen?«

»Mit wem?«

»Mit dem Leiter des Waisenhauses Sonnennest im Mahdental. Alle Kinder, zumindest ein großer Teil von denen, die das Jugendamt in Obhut nimmt, wandern zu ihm und dann in Pflegefamilien.« Mir schwebte auf der Zunge, dass Alena vermutlich aus dem Sonnennest stammte, aber aus einem mir momentan nicht verständlichen Grund wollte es mir nicht von den Lippen. »Ich komme gerade von dort. Er hat mich zwei Stunden lang in den Karzer gesperrt. Und zwar mit Gewalt. Bei dem läuft etwas sehr unrund.«

Christophs Schweigen war verräterisch.

»Oder habt ihr eine andere Spur, eine heiße Spur womöglich?«

»Darüber kann ich mit dir nicht sprechen, Lisa. Das weißt du doch. Aber, na ja, rein statistisch gesehen werden die meisten Tötungsdelikte im familiären Umfeld begangen.«

»Ihr habt den Ehemann im Verdacht?«

»Dazu kann ich wirklich nichts sagen.«

Es reichte mir schon. »Darf ich kurz spekulieren? Ihr habt keine Fremd-DNS am Fundort gesichert.«

»Du weißt doch, das ist in der freien Wildbahn immer schwierig. Und Depper hatte einen Job mit Publikumsverkehr. Mantel und Schal hingen in Garderoben. Wir haben jede Menge Fremd-DNA an ihren Kleidern gefunden, aber … Man muss halt auch ein Pendant dazu haben.«

»Und sonstige Spuren?«, fragte ich. »Erde, Steine, Kiesel, Pflanzen, Insekten? Habt ihr klar, wo Sonja Depper in den Stunden vor ihrem Tod war?«

»Im Wald, Lisa. Aber wo genau … tja. Am See, auf Kieswegen. In Pferdemist ist sie auch getappt.«

»Na siehste! Dann war sie im Sonnennest, Christoph!« Ich schrie es fast. »Die haben Ponys dort. Dass die Stuttgarter Forstverwaltung den Wald um die Bärenseen für Pferde freigegeben hat, halte ich für ausgeschlossen. Aber das könnt ihr ja abklären. Und wenn ihr noch Sand vom Sandkasten auf dem Heimgelände an Deppers Schuhen finden würdet, wär alles geschwätzt.«

Christoph lachte. »Als ob wir das zum ersten Mal machen würden.«

»Habt ihr gefragt, ob dem Sonnennest ein Kind fehlt?«

»Die Kollegen haben alle Waisenhäuser und Kindereinrichtungen gecheckt.«

»Woraus schließt ihr eigentlich, dass Sonja Depper Opfer eines Gewaltverbrechens geworden ist?«

»Darüber kann ich mit dir nicht sprechen, Lisa. Das ist Täterwissen.«

Ich nahm mir vor, meine Fotos vom Fundort noch mal genau anzuschauen und das Gespräch zu beenden. »Grüß mir Bethe. Dem Kleinen geht es gut?« Wie hieß er doch gleich? »Eurem Jan-Marcel.«

»Lisa, du wirst doch nicht auf deine alten Tage anfangen, dich für Kinder zu interessieren! Oder färbt das ab?« Er lachte. »Dein Weber war vorhin hier zum DNA-Abgleich. Eine süße Krott, wirklich. An deinem Weber«, sein Gelächter wurde männlich, »ist echt eine Mutter … Verzeihung, ein Vater verloren gegangen. Tragisch, dass er die Krott wieder hergeben muss und selber nicht kann.«

Es klang nicht, als bedauerte Christoph das auch nur im Geringsten.

Auf den zweiten Anlauf entließ mich Brontë aus ihrem Käfig von Sitz und hölzernem Lenkreifen. Welche Hausnummer war das noch mal gewesen, wo Katarinas Freundin wohnte? Und wo verflucht hatte ich den Zettel hingetan? Ich versenkte die linke Hand in den verschiedenen, auch rechtsseitigen Taschen meines Parkas. Da war er ja. »Nemkova Ostend 74 b«. Allerdings war es nicht meine Schrift. Ich drehte den Zettel um. Da stand es noch mal so ähnlich: »Jovana Nemkova, Ostendstraße 74 b.«

Wie jetzt?

Ehe ich einen intelligenten Gedanken fassen konnte, fuhr mir eine Frau den Kinderwagen in die Haxen. Platz da, ich bin Mutter! »Andere wollen auch vorbei!«

»Sie sind ja echt gestraft«, bemerkte ich.

Die junge Mutter stoppte. »Wie meinen Sie das?«

»Sie haben mal gedacht, die Gesellschaft werde Sie auf Händen tragen, weil Sie helfen, die Rente zu sichern. Aber nix is, babela! Sie stören nur!«

»Das ist nicht witzig!« Sie echauffierte sich. »Für ein altes Auto bekommt man 2500 Euro Abwrackprämie! Und was kriege ich aus dem Konjunkturpaket?«

»Kriegen Sie denn was?«

»Ganze 100 Euro kriege ich. Einmalzahlung! Finden Sie das richtig?«

»Nee. Natürlich nicht.«

Die junge Frau holte schon Luft, um versöhnlich weiterzuschimpfen.

»Ich finde«, sagte ich, »in Bolivien oder Afrika wären die 100 Euro besser angelegt! Damit retten Sie das Leben von vier Kindern. Hier dagegen reicht es gerade mal für …«

»… sieben Monate Pampers!«, pampte die Frau mich an. »Und ich finde, dass alle, die keine Kinder großziehen, mehr Steuern zahlen müssten.«

»Tun wir. Und Sie, zahlen Sie überhaupt Steuern?«

»Wissen Sie, was ein Kind kostet?« Sie wartete meine Antwort nicht ab. »5600 Euro im Jahr, wenn Sie nicht von allem das Billigste kaufen. Das hat mal jemand ausgerechnet. Und da ist die Kinderbetreuung noch gar nicht mit drin!«

»Sie kriegen doch Kindergeld.«

»Lächerliche 1900 Euro aufs Jahr.«

»Und einen Steuerfreibetrag gibt es sicher auch. Falls Sie überhaupt Steuern zahlen.«

Sie lachte bitter. »Mehr als 3000 Euro sind das nicht, wo mein Mann absetzen kann. Die, wo viel verdienen, können auch …«

»Gibt es nicht auch noch das Elterngeld für die ersten 14 Monate?«, fragte ich weiter. »Immerhin 65 Prozent Ihres vorherigen Einkommens.«

»Bei mir ist es nur der Mindestsatz, 300 monatlich.«

»Das wären immerhin 3600 Euro im Jahr. Und Eltern mit

geringem Einkommen, kriegen die nicht auch einen Kinderzuschlag?«

»Lächerlich! Höchstens 1600 im Jahr.«

Die Not machte mein Gehirn zahlengeschmeidig. »Also, da komme ich jetzt überschlägig auf rund 10000 Euro, die wir – ich und andere Steuerzahler – Ihnen zukommen lassen. Das ist knapp das Doppelte von dem, was Ihr Schneckle Sie in seinen ersten Lebensjahren so kostet. Da machen Sie einen guten Schnitt, finde ich.«

Plötzlich verstand ich, warum die Leidenfrosts locker sieben oder acht Kinder werfen und sich eine Wohnung leisten konnten, ohne sich rettungslos zu verschulden.

»Aber für jeden Euro, den ich kriege«, trumpfte die junge Mutter noch einmal auf, »muss ich aufs Amt und betteln gehen. Alles muss ich offenlegen. Anträge ausfüllen. Das ist demütigend.«

»Sie tun mir ja so leid«, sagte ich. »Da Ihnen offenbar Ihr Kind auch keine Freude macht.«

Die Frau schnaubte und nahm den nächsten Passanten aufs Korn. Der Kinderwagen hatte eine extra Stoßstange dafür, einen Achillesfersencutter. So einen musste Richard sich für Alena anschaffen, dachte ich. Und dann beim öffentlichen Fußballgucken auf dem Schlossplatz die Viertelmillion durchpflügen.

Die junge Frau am Uniparkplatz wanderte mir im Hinterkopf durch die Erinnerung. Auch sie hatte nicht glücklich ausgesehen. Vielleicht machte Kinderwagenschieben das aus Menschen. Erst die durchwachten Nächte, dann stundenlange Wanderungen, weil die Blagen nur im Wagen Ruhe gaben. Das schuf Hass auf die Kinderlosen, die es besser hatten, weil sie klüger gewesen waren. Der Schnuller fiel mir ein, den Cipión zerkaut hatte. Ich sah den Zettel wieder vorm inneren Auge, der unter Deppers Leiche auf Alenas Gesichtchen gelegen und den ich eingesteckt und bisher nicht wiedergefunden hatte.

Und jetzt hielt ich ihn unvermutet in meiner Hand. Auf seiner Rückseite hatte ich die Adresse von Katarinas Freundin notiert, dieselbe Adresse. Und plötzlich fiel mir auch ein, wo ich den Namen Nemkova schon mal gesehen hatte: auf dem Schild auf der Theke in Detlef Deppers Kanzlei. Seine Sekretärin hieß so.

23

Eine freundliche Alte in Röcken und Stützstrümpfen empfing mich. Sie lächelte viel und verstand fast nichts.

»Jovana?«, fragte ich.

Die Alte tippte auf die Uhr. »Schule.«

»Und Katarina?«

Die Alte lächelte.

»Haben Sie noch eine Tochter?«, fragte ich.

Die Alte lachte.

»Eine Tochter, sie arbeitet beim Anwalt Depper?« Ich ertappte mich, dass ich schrie, als müsse die Alte schwerhörig sein. »Depper!«

Die Alte nickte erfreut. »Eliska. Meine Tochter. Arbeit.«

»Eliska und Jovana?«

Die Alte nickte.

»Katarina?«, fragte ich mit neuer Hoffnung. »Freundin von Jovana. Amiga …« Falsch. »Friend!« Endlich der Beweis, dass meine einstige Ausbildung zur Fremdsprachensekretärin – Französisch, Englisch, Spanisch – nicht mehr weiterhalf, wenn der Ostblock offen war. Meine Mutter hatte sich geirrt! Jetzt hatte ich sie ertappt. Ich wusste nicht einmal, was für eine Sprache ich hätte ansteuern müssen. Nemkova? Tschechisch, Russisch, Litauisch?

»Katarina Schule?«, fragte ich hoffnungsvoll.

Die Alte nickte. »Sie von Jugendamt?«

Ich schüttelte den Kopf und suchte nach einem Universalwort. »Journalistin.«

Die Alte freute sich. »Žurnaliska!« Sie tippte wieder auf ihre Uhr, redete auf mich ein und schob mich in ein Zimmer. Eine so kleine Wohnung hatte ich überhaupt noch nicht gesehen. Im Flur hatten gerade zwei Personen Platz, wenn sie Körperkontakt nicht scheuten, im Wohnzimmer konnte man sich zwischen Stühlen, Tisch und Sofa nicht einmal mehr drehen. Wie man hineingegangen war, musste man wieder hinausgehen. Ich entschied mich für den linksseitigen Krebsgang und ließ mich ins Sofa fallen.

»Wieso Jugendamt?«, fragte ich. Wenn die Alte von all den deutschen Wörtern, die sie nicht konnte, ausgerechnet das Wort Jugendamt beherrschte, musste es Bedeutung haben.

»Jugendamt!« Die Alte nickte. »Nix Jugendamt.«

Sie nickte freundlich und stellte mir ein Schnapsglas hin. Ich lehnte ab. Gestisch! Aber auch das verstand sie nicht. Unerbittlich goss sie sich und mir aus einer Wodkaflasche ein. Randvoll. »Jugendamt, Deiwel! Jugendamt dítě…« Sie machte mit der rechten Hand die Diebstahlsgeste und nahm das Glas. »Na zdraví!«

Das klang fast wie »nastrowje«, aber eben nur fast.

Eine Dreiviertelstunde später hatte der Wodka den Tennisball in meiner Schulter zu einem pulsierenden Basketball aufgetrieben, aber es war mir egal. Denn dafür hatte ich erfahren, dass die Alte und ihre beiden Töchter Eliska und Jovana aus Tschechien kamen und viel Schicksal hinter sich hatten. Welches, blieb in der Sprachbarriere stecken. Dann hörte ich Schlüssel in der Wohnungstür, und nacheinander traten ein und reihten sich auf Sofa und Stühlen zu beiden Seiten des Tischs auf: Katarina, ihre Freundin Jovana und Eliska aus Deppers Kanzlei. Die Alte trug ein Mittagessen auf, dem zu entkommen ich keine Chance hatte, denn ich hatte ans Ende des Sofas rücken müssen.

Katarina beteuerte, dass sie erst einmal hierbleiben konnte, was Jovana vehement unterstützte, auch wenn ich mir kaum vorstellen konnte, wo in dieser Wohnung ein aufgeschossener Backfisch wie Katarina Platz finden würde, um sich zum Schlafen auszustrecken.

»Das geht schon«, bestätigte Eliska Nemkova, die am Tisch ihrer Mutter trotz ihres Kanzleikostüms kaum älter als die Schwester wirkte. »Ich schlafe solange bei einer Freundin.«

»Aber auf Dauer ist das keine Lösung«, bemerkte ich. Eine Bemerkung von völlig unsinniger Vernunft. Es musste am Wodka liegen. Denn was wäre die dauerhafte Lösung? Staatsfürsorge, Triumph des Jugendamts. Dem hätte ich nüchtern nie das Wort geredet.

»Und wie«, fragte Eliska über Teller und Tisch hinweg, »geht es der kleinen Irina?«

»Alena?«

Es war, als hielten Gabeln und Münder am Tisch plötzlich inne.

Eliska lachte. »Alena, Irina, klingt ähnlich, nicht wahr? Sie ist so süß. Ich habe mich richtig in sie verliebt. Hat er sie adoptiert?«

»Wer? Richard Weber? Nein.«

Am Tisch herrschte atemlose Anspannung. Sie hatte sogar auf Katarina übergegriffen. Sie hingen an meinen Lippen. Und in meinem Kopf schwappte der Wodka.

»Nein«, wiederholte ich. »Wir suchen die Eltern.«

Stille machte sich auf dem Tischtuch breit. Teller, Besteck und Arme klebten daran fest. Ich war schon lange nicht mehr so betrunken gewesen. Und in ein paar Stunden musste ich zu meiner Mutter fahren. Sag ab, dachte ich. Sag doch einfach ab. Aber meiner Mutter sagte man nicht einfach ab, weil man einen Tennisball in der Schulter hatte, der pochte, oder müde und besoffen war. Meine Mutter betrachtete sich als Prüfung der Tochterliebe, jener Liebe, die Beweise brauchte, also Opfer. Eine

Liebe, die nur in Familien vorkam und unter Eheleuten, wenn sie so lange zusammen waren, dass aus Fremden Verwandte geworden waren, die man sich niemals hatte aussuchen können. Die einzige Gelegenheit, eine Liebe zu finden, die keine Opfer verlangte, hatte man im knappen Zeitfenster zwischen Jugend und Kinderkriegen. Und wie viele verbaselten es? Opferten sich und ihre Träume einem Miesepeter, der Liebesbeweise verlangte, kleine oder größere: Ehe, Treue, Mahlzeiten, Besuche bei den Schwiegereltern, Kinder und das Vierzehntageglück auf Mallorca. So versammelten wir Lieben um uns, denen wir nicht entrinnen konnten. Kein Wunder, dass nirgendwo so viel gemordet wurde wie in Familien.

»Was ist los?«, fragte ich aus meinem Wodkakarussell heraus.

Die Schwestern blicken sich an. Katarina holte Luft und sagte beherzt: »Irina … ich meine Alena … ist Eliskas Tochter. Das glauben wir. Nicht wahr, Eliska? Das glaubst du doch.«

Ups! »Ist das Glaubenssache? Die Vaterschaft ja, aber Mutterschaft?«, nuschelte ich.

Eliska legte das Besteck auf ihren Teller. »Ich habe meine Tochter nach der Geburt nicht gesehen. Ich … ich habe sie zur Adoption freigegeben. Sie ist … von der E 55.« Sie schluckte an einem Kloß herum. »Nachdem der Papa gestorben war … Wir hätten nach Tschechien zurückgemusst. Und Jovana ging doch hier zur Schule. Wir hatten kein Geld. Mama hat einen kaputten Rücken, kaputte Hüften.«

Schicksal türmte sich auf dem Tisch.

»Ich bin nach Tschechien gegangen. Ich habe Geld verdient. Ich bin schwanger geworden, ich habe das Kind verloren. Dann bin ich noch mal schwanger geworden und habe abgetrieben. Es gibt so viele deutsche Männer, die stehen auf schwangere Mädchen. Und so wurde ich wieder schwanger. Herr Depper hat mich dann nach Deutschland geholt.«

So, trieb der sich also auf dem tschechischen Straßenstrich herum!

»Ich war im fünften Monat. Er hat mir die Stelle in seiner Kanzlei gegeben. Aber ein Kind in der kleinen Wohnung hier? Und Jovana geht zur Schule und Mama kann nicht richtig laufen und heben kann sie nicht. Und ich muss arbeiten. Die Frau vom Sonnennest …«

»Sonnennest?«

»Sie hat gesagt, ich könnte das Kind zur Adoption freigeben. Verstehen Sie? Ich kenne den Vater nicht. Ich war voller Hass und Ekel. Woanders hat sie es besser.« Eliska schluckte, aber der Kloß steckte fest. »Und Frau Depper, die konnte ja keine Kinder bekommen.«

Ich musste schlucken. Eliskas Schluckerei war ansteckend. »Sie wollte das Kind adoptieren?«

»Es gibt eine offene Adoption, hat sie gesagt. Da hätte ich mein Kind immer sehen können. Aber ich wollte nicht … erst nicht. Immer wieder mein Kind sehen … Aber Frau Depper hat mit mir geredet … Sie ist gekommen …«

»Hierher?«

Eliska nickte. Ihre Mutter hielt die Augen auf ihre Tochter geheftet. Sie verstand kein Wort, aber sie wusste, wovon wir redeten. Vorhin hatte sie das Jugendamt gestisch des Diebstahls bezichtigt. Sie war überhaupt gegen die Adoption gewesen.

»Und wann ist sie zur Welt gekommen?«, fragte ich.

»Mittwoch vor vier Wochen. Da habe ich meine Tochter geboren.«

»Dann stecken Sie ja noch mitten im Wochenfluss!« Keine Ahnung, woher mir der Ausdruck zuflog. Ich war nicht fähig, meine Äußerungen intellektuell zu steuern.

»Sie haben sie mir gleich nach der Geburt weggenommen. Es sei besser so, wenn ich sie nicht sehe.«

Ja, bevor das Oxytocin Mutterliebe schuf.

Bisher hatte sich Eliska tapfer gehalten, aber jetzt rollten die Tränen in hellen Tropfen über ihre Backen.

»Und Sonja Depper?«

Eliska schluckte, schüttelte den Kopf und zuckte mit den Schultern. »Es ging nicht. Sie konnte meine Tochter nicht adoptieren. Ich weiß nicht.«

»Verstehe.« Ich verstand natürlich gar nichts. »Und die vom Sonnennest haben sie Ihnen abgeschwatzt für irgendwelche Kinderwunscheltern ohne Fertilität. Wer war es? Frau Baphomet persönlich?«

Eliska schluckte und schluchzte.

24

Oma Scheible, zwei Polizisten und Annemarie Hellewart standen in meiner halboffenen Wohnungstür, als ich mit Karin Beckers Pressemappe unterm Arm die Treppe hinaufwankte. Cipión beschnüffelte Füße.

»I hen dene grad uffg'schlosse«, informierte mich Oma Scheible. »Die hen so amtlich do!«

»Wo ist Katarina Vlora!«, fuhr mich die ASD-Leiterin an.

»Grüß Gottle!«, rief ich großzügig. Ich hatte Brontë trotz meines Zustands wohlbehalten in die Garage bekommen. Das war die Hauptsache. »Kommen Sie nur herein, schauen Sie sich um, fühlen Sie sich ganz wie zu Hause, Frau Hellewart. Leider habe ich nichts für Sie. Das tut mir leid. Kein Kind, das Sie mir zur Strafe wegnehmen könnten.«

»Sie sind ja betrunken!«

»Auch dafür können Sie mich nicht abstrafen.«

Ich grüßte die beiden von der Trachtengruppe. Zum Glück lagen keinerlei Listen neben meinem Klappcomputer offen auf dem Tisch herum. Da klebte nur meine Kaffeetasse von heute früh zwischen Aschenbecher, Zigarettenschachtel und Zeitungen.

»Frau Nerz«, sagte Hellewart. »Ich muss Sie dringend bitten, mir mitzuteilen, wo sich Katarina Vlora aufhält.«

»Gut sehen Sie aus, Frau Hellewart«, schmierte ich. Sie trug heute nicht Möhrenrot oder Pflaumenblau, sondern Spinatgrün. »So grün! Vermutlich schützt Grün vor Schuldgefühlen. Die Grünen sind immer die Guten. Sie retten Wale, Nerze aus Pelzfarmen und manchmal auch Kinder!«

»Wir müssen uns kümmern, Frau Nerz. Ein Verzicht auf Inobhutnahme ist rechtswidrig. Ob eine Minderjährige einwilligt oder nicht, ist irrelevant. Katarina braucht einen Vormund, es muss geklärt werden, wie es weitergeht. Und ist doch wirklich nicht Katarinas Schaden, wenn sie in einer Familie unterkommt, die sich kümmert, wo sie Förderung erfährt, an Freizeitaktivitäten teilnehmen kann, mit der sie in Urlaub fährt und die sie unterstützt, einen Schulabschluss zu machen.«

»Ja«, erwiderte ich. »Ursprünglich war es mal eine gute Sache, Wale, Nerze und Kinder zu retten. Damals, als die Gesellschaft in Öldollars und Kernkraftwerken dachte und den Klimawandel für eine Spinnerei gehalten hat.« Ich schlingerte in ihre Richtung, stolperte und fiel ihr um den Hals. Das Spinatgrün roch nach Wildseide, ihr Hals nach Sanddorncreme. »Hm!« Doch ihr Körper war hart. Mit ungeahnter Panik stieß sie mich zurück, wild, hastig und zutiefst angewidert. Ich sauste rückwärts in die Stühle und ging zu Boden.

Cipión knurrte. Hellewart wich zurück und keuchte, Tod versprechende Warnung im Blick.

»Hallo!«, sagte der Polizist und half mir wieder hoch. Es gestaltete sich schwierig, auch wegen meiner gelähmten Schulter.

»Ach ja, ich vergaß!«, trötete ich, kaum senkrecht. »Sie sind ein bisschen erkältet, Frau Hellewart. Sie wollen niemandem zu nahe kommen und niemand darf Ihnen zu nahe kommen. Sie dürfen keine Babys streicheln. Sonst wechseln schlimme Krankheiten hinüber und herüber.«

»Sie sind ja wirklich betrunken.«

»Das sagten Sie schon, meine Süße! Ja, der Wodka. Kann ich Ihnen nur empfehlen. Er enthemmt.« Ich zwinkerte ihr zu. »Und man riecht ihn nicht, gell?«

»Unterstellen Sie mir etwa, ich würde …« Sie brach ab. »Da lasse ich mich doch gar nicht drauf ein!«

Ich lachte. »Das ist besser so. Lassen Sie sich auf nichts ein. Machen Sie Ihr Ding. Dann werden Sie auch Amtsleiterin. Sie haben alles im Griff. Und Richterin Depper ist tot. Sie kann nichts mehr sagen. Wo waren Sie eigentlich am Mittwoch nach zwölf?«

Annemarie Hellewart wandte sich auf dem Absatz um und ging. Die beiden Polizisten folgten ihr mit einem »Nichts für ungut!« auf den Gesichtern.

»Sie solltet sich a bissle nalege!«, sagte Oma Scheible.

25

Ich schreckte aus dem Schlaf. Zwei Gesichter beugten sich über mich, eines mit dem unverwandten Blick, den Babys mit Hunden oder Katzen gemein hatten, weil ihnen nichts Menschliches peinlich war, und ein kantiges mit willensstarkem Kinn und asymmetrischem Blick zwischen Hinschauen-Müssen und Nicht-sehen-Wollen.

»Wir müssen los!«

Dielen knarrten. Viel zu viele Dielen. »Ich kann nicht«, klagte ich. »Es ist mir zu laut. Und in meiner Schulter steckt ein Tennisball.«

Kind und Mann starrten auf mich herab. Doppelter Tadel. Alenas Augen glänzten, Richards Nüstern flatterten. Nicht das kleinste Ethanolmolekül entging dem trockenen Alkoholiker. Von wegen, Wodka sei nicht zu riechen.

»Außerdem sehe ich doppelt!«

»Lisa, deine Mutter wartet. Wenn wir zum Kaffee bei ihr sein wollen, müssen wir los.« Er zog mich aus dem Sofa auf die Füße. Anders hätte ich es nicht geschafft. Ohne manövrierfähige Schulter war die gesamte Koordination im Arsch.

»Ambrosius Baphomet hat mich in den Karzer gestoßen!«, versuchte ich zu erklären.

Wieder knarrten Dielen. Es musste daran liegen, dass Richard in mein Schlafzimmer ging. Ich knarzte hinterher. Er hatte meine Reisetasche aufs Bett gestellt und öffnete die Schranktür. Alles mit dem rechten Arm, denn auf dem linken trug er Alena oder Irina.

»Sind wir eigentlich auf der Flucht, Richard?«

»Ich stehe im Parkverbot. Und du hast deiner Mutter versprochen, sie zu besuchen.«

Auch in Versprechen konnte man sich flüchten. Vielleicht war es das Geheimnis der Stabilität von Leuten wie Richard, dass sie sich mit zahllosen Pflichten und Verboten umgaben.

Er nahm einhändig ein paar relativ neue Jeans aus meinem Schrank, den hellbraunen Hoodie und das braune Wolljackett. Er kannte sich gut aus. »Zieh das an, ja? Das sieht ordentlich aus. Muss ich dir helfen? Oder kriegst du das alleine hin?« Niemals zuvor hatte Richard so in meine Selbstgestaltungsfreiheit eingegriffen. Nicht einmal eine Bemerkung hatte er sich je erlaubt über meine Herrenanzüge oder Netzstrümpfe zu Miniröcken. Es musste an dem Wutz auf seinem Arm liegen. Die Fürsorgepflicht färbte ab, griff um sich. Er wurde bestimmend und besitzergreifend. Oder nannte man das fürsorglich?

Mein Handy rief mich fort. Es klingelte im Salon. Ich fand es auf dem Tisch. Unbekannter Anrufer.

»Teixel«, meldete er sich. »Sie erinnern sich?«

»Ja!« Der in Zweifel geratene Notfallbeamte des Jugendamts von gestern Nacht.

»Ich wollte Ihnen nur sagen, ich habe Tobias Vlora gefunden.«

»Ich auch. Er steckt im Sonnennest.«

Teixel atmete. »Ich darf es Ihnen eigentlich nicht sagen, aber … in seiner Akte findet sich kein richterlicher Beschluss über eine Inobhutnahme.«

»Aber ich habe ihn gesehen!« Hatte ich wirklich?

»Wie dem auch sei, mit dem Tod der Mutter steht Tobias automatisch unter Vormundschaft des Jugendamts.«

Über mir knarrten Dielen. Jetzt hörte ich es genau. In der Wohnung Habergeiß war jemand. »Danke, Herr Teixel«, sagte ich hastig. »Ich muss jetzt leider Schluss machen. Rufen Sie mich an, wenn Sie noch was erfahren, ja?«

Richard hatte inzwischen meine Reisetasche gefüllt.

»Da ist jemand, oben bei Habergeiß«, meldete ich.

Er hob den Kopf und lauschte.

Mein Herz klopfte unsinnig. Mörder, Brandstifter, ein Geist? Blödsinn. Es war weder dunkel noch sechs Uhr früh, keine Alarmzeit für Einbrecherängste und starke Männer. »Ich geh mal schnell! Komm, Cipión.«

»Nein, Lisa! Bitte! Wer weiß …«

Wir stiegen gemeinsam, Dackel, Staatsanwalt und ich, die Treppe hinauf. Ich klingelte. Es war dann nur Katarina, die öffnete. Wer auch sonst.

»Ich wollte nur ein paar Sachen holen und so.«

Mein Auge suchte den Brief auf der Kommode. »Wo ist der Brief?«

»Welcher Brief?«

»Der Beschluss des Familiengerichts, der hier lag?«

Katarina zuckte mit den Achseln. »Vielleicht schlafe ich auch heute Nacht hier«, sagte sie. »Bei Jovana ist es voll eng.«

»Das geht nicht, Katarina. Ich muss übers Wochenende zu meiner Mutter.«

»Ich brauche keinen Babysitter, ich bin alt genug.«

»Du bist dreizehn. Nicht mal strafmündig!«

»Keine Diskussionen«, kürzte Richard ab. »Am besten, wir liefern dich gleich bei der Polizei ab. Die wird dich unverzüglich dem Jugendamt übergeben.«

»Bitte!« Katarina legte den Kopf schief. »Nur das eine Wochenende noch. Ich versprech auch, dass ich …«

Das Mädchen und der Staatsanwalt funkelten sich an. Der Staatsanwalt musste verlieren, rettete aber seine Autorität durch eine neue Anordnung: »Dann kommst du eben mit.«

Katarina machte ein mauliges Gesicht, fügte sich aber.

»Du wirst dir einen Van kaufen müssen«, bemerkte ich, als wir unsere Reisetaschen in den Kofferraum seiner Limousine stellen wollten, der mit Kinderwagen, Pampersschachteln, Babytasche und seinem Dreitageköfferchen schon ziemlich voll wirkte.

Dazu sagte er nichts. Mit dem Autoschlüssel in der Hand und Alena auf dem Arm stand er grübelnd auf dem Fußweg, obwohl es da nichts zu überlegen gab. Katarina stieg hinten ein, ich öffnete für Cipión die Beifahrertür. Er sprang in den Fußraum und hechelte erwartungsvoll. Aber Richard zögerte. Ich verstand, er wollte fahren, er musste.

»Schau mich nicht so an, Lisa, sie beißt nicht.«

»Aber sie schreit!«

»Wenn du da so rangehst … Sie spürt deine Angst. Du bist total verkrampft. Wie soll sie da Vertrauen fassen. Entspann dich!«

»Wie denn?«

»Probier es wenigstens. Steig ein. Ich geb sie dir.«

Er deaktivierte den Airbag auf meiner Seite, legte mir das warme Bündel in den Arm und ging ums Heck herum. Ich schaute derweil der langsamen Verfertigung des Protests in Alenas Gesichtchen zu. Als Richard den Schlüssel in den Zünder steckte, riss sie das Mündchen auf und schrie.

»Soll das die ganze Fahrt so gehen?«

Richard sah müde aus, ratlos. Das Kind forderte erste schmerzliche Opfer. Er musste nicht nur den Zündschlüssel und das Aufenthaltsbestimmungsrecht des Mannes am Steuer fahren lassen.

Er musste auch in seinem Kopf eine radikale Operation vornehmen, ignorieren, was ihm seine Witterung über meinen Zustand verraten hatte, und die These installieren, mein unsicherer Gang sei der rechtswidrigen Gewalttat eines Heimleiters geschuldet. »Meinst du, du kannst fahren? Der Wagen hat ja Automatik.«

Zwar war mein Fuß nicht kaputt, aber ich spielte mit. Kurz nach drei raste ich mit meiner kleinen Familie im Mercedes über die Schnellstraße auf den blauen Riegel der Schwäbischen Alb zu. Katarina saß mit Ohrstöpseln und mp3-Player im Fond. Alena schlief an Richards vertrauenerweckender Brust, Cipión saß zwischen seinen Füßen und stellte immer wieder eifersüchtig die Ohren, sobald das Baby einen Mucks von sich gab, und ich referierte leise die Ereignisse des Tages.

Der Himmel hing tief über den Gipfeln der Alb und schob sich grau über die Filder. Einzelne nasse Schneeflocken fielen auf die abgeernteten Felder. Obstbäume reckten ihre kahlen Zweige.

»Übrigens, ich soll dir Grüße ausrichten von Karin Becker. Und sag jetzt nicht, du hättest nicht gewusst, dass Detlef Depper offizieller Geschäftsführer des Sonnennests ist.«

»Ist er nicht. Das Sonnennest wird offiziell von Rosalinde Baphomet geführt. Ambrosius Baphomet ist der pädagogische Leiter. Und Depper ist im Aufsichtsrat der Stiftung Xenodochium.«

»Und das hast du mir nicht schon eher sagen können?«

Er warf mir einen raschen Blick zu. »Hätte es dir irgendwie weitergeholfen?«

»Du Affendackel! Übrigens, eines ist wohl sicher: Alena stammt aus dem Sonnennest. Richterin Depper hat sie dort mitgenommen. Und wenn Ambrosius Baphomet Alena nicht vermisst gemeldet hat, dann weil er selbst etwas mit Deppers Tod zu tun hat.«

Richard fuhr sich mit der Hand übers Gesicht. Ein tiefer Atemzug hob seine Brust. Ihm fehlte nicht nur der Nachtschlaf, sondern auch die Zigaretten, dessen war ich sicher.

Neckartailfingen, Neckartenzlingen, Bempfingen. Wir passierten Metzingen mit seinen Outlets und Schildern Richtung Bad Urach. Vor dem Albtrauf, der sich mit dem Hohen Neuffen, dem Roßberg, der Hohen Warte und dem Grasberg querstellte, fuhr ich rechts ab ins Land. Vingen, 5 km. Nie fuhr ich das Sträßchen entlang, ohne die Obstbäume zu zählen. »Dort ist es passiert«, erklärte ich Richard. An dem Birnbaum war vor vielen Jahren mein erster und einziger Ehemann im Porsche verendet. Aber wer wollte das heute noch so genau wissen. Linker Hand blockte der bewaldete Hang vor dem Roßberg mit seinen Jurakalkfelsen am oberen Grat. Die Tankstelle am Ortseingang war eingegangen, der holzverarbeitende Betrieb lag brach. Auch die alte Fabrik Gallion Obstsäfte hatte Löcher in den blinden Fenstern. Nur die festungsartige protestantische Kirche trotzte allen Zeitenwenden. Straßen mit Vogelnamen und neuen Villen fraßen sich in den Wald unter der Hohen Warte. Wie üblich fuhr ich am Reihenhaus meiner Mutter vorbei, musste wenden und nach der Hausnummer Ausschau halten. Sie stand vor der Tür, hielt das Figürchen gerade wie ein Prügel und die Nase kompassgenau Richtung Dreifaltigkeit. Ich umarmte sie, auch wenn es sich anfühlte wie ein Baumstrunk bei minus zwanzig Grad.

»Mama, das ist Katarina. Das ist Alena, das ist Richard. Cipión kennst du ja.«

Die Augen meiner Mutter blieben auf Alena hängen. »Ja, hast du … ich verstehe nicht … Wieso hast du mir nichts gesagt, Kind?«

»Das ist nicht meins, Mama.«

Erleichterung. »Ah so?«

»Freut mich sehr, Frau Nerz«, sagte Richard und reichte ihr seine kräftige, immer warme Hand. »Bitte verzeihen Sie unseren Überfall. Ich hoffe, wir bringen jetzt nicht alles durcheinander.«

Meine Mutter versuchte zu lächeln. Tatsächlich! Es gelang ihr sogar. Sie strahlte geradezu. »Das ist aber nett, dass Sie mich auch mal besuchen kommen, Herr Dr. Weber.«

Aus dem Augenwinkel musterte sie Katarinas geschminktes Gesicht und ihre viel zu dünne Kleidung, hütete aber vorerst ihre Fragen. Katarina stolperte auf der Schwelle und rümpfte die Nase. Es roch nach alten Strümpfen, kalter Rinderbrühe und Kloseife wie an dem Tag, an dem mein Vater, der in Reutlingen einen Autohandel betrieben hatte, sich auf die ockerfarbene Couch legte und entschlief. Nur die Couch war nicht mehr dieselbe. Ich hatte meiner Mutter eine neue Sitzgarnitur gekauft.

Auf dem gekachelten Eichencouchtisch wartete Apfelkuchen.

»Bitte nehmen Sie Platz, Herr Dr. Weber. Sie trinken doch Kaffee? Kuchen ist genug da. Aber ob das Abendbrot für alle reicht …«

»Ich würde Sie gern heute Abend zum Essen einladen«, sagte Richard.

»Und was machen wir so lange mit der Kleinen? Eine Wirtschaft ist nichts für einen Säugling!«

Richard lächelte verdutzt.

Ich verbiss mir ein Grinsen. Die erste Runde in Sachen Mutter Nerz gegen Staatsanwalt Weber hatte der Staat verloren.

»Und die junge Dame?«, wandte sich meine Mutter mehr an mich als an Katarina. »Was möchte die trinken?«

Ich musste Katarina antippen, bevor sie reagierte, so beschäftigt war sie damit, die Sammlung christlicher Symbolik an den Wänden zu beäugen: den geschundenen Leib des Herrn am Kreuz über dem Fernseher, den von Pfeilen durchbohrten heiligen Sebastian, das pausbäckige Schutzengelchen, das einem Menschen das Glück hinterhertrug.

»Red Bull«, antwortete Katarina.

»Bitte?«

Das Mädchen lächelte arrogant. »Cola?«

»Habe ich nicht im Haus«, antwortete meine Mutter. »Milch?«

Katarina rümpfte die Nase.

»Na, wer nicht will, der hat schon.« Meine Mutter brachte das gute Geschirr, verteilte den Apfelkuchen, berichtete vom Dauerkrieg mit dem bösen Nachbarn, der diesmal die Feuerwehr gerufen hatte, weil sie Holz an der Garagenwand gestapelt hatte, das brennen könne, und fraß sich in mein Leben vor. »Wie geht es Sally? Und Frau Scheible? Tja, wir werden alle nicht jünger.« Unauffällig bezog sie Richard mit ein. »Das ist ja ganz reizend, dass Sie sich Zeit nehmen konnten. Aber Freitagnachmittag, da machen Behörden ja früher Schluss. Und als junger Vater …«

Ich musste Cipión streicheln, um nicht allzu laut zu grinsen.

Richard blieb ernst. »Das ist nicht meine Tochter, Frau Nerz.«

»Wie?« Meine Mutter blickte mich an.

»Es ist ein Findelkind«, erklärte ich.

»Ah so, dann wollt ihr … es adoptieren?«

»Nein«, antwortete Richard. »Da gibt es andere, jüngere Paare, die schon lange warten.«

Bedauern mischte sich mit der Gier der Großmutter. »Täten Sie sie mir mal geben?«

»Aber gern.«

Meine Mutter nahm das Butzele auf ihren linken Arm, wiegte es. »Ei, was ein hübsches Marjellchen du bist, tui, tui, tui …. Ei, Puppke, ja tui, tui, tui.« Es waren mir völlig unbekannte ostpreußische Mutterlaute. »Tui, tui, tui …«

Alena atmete aufgeregt. Richard streckte befreit seinen linken Arm, ergriff die Gabel, stieß sie in den Apfelkuchen und spachtelte hungrig.

»Wie alt ist sie denn?«

»Wir schätzen, einen Monat«, antwortete ich, denn Richard hatte den Mund voll.

»Das glaube ich nicht. Sie muss älter sein.« Mir glaubte sie ja grundsätzlich nichts. »Schau dir die Augen an. Sie werden schon braun.«

Ich beschloss, nicht zu widersprechen.

»Schau, das ist der liebe Herr Jesus Christus. Der passt auf dich auf!«

Alena blieb still am mageren Busen meiner Mutter. Ich staunte. Katarina auch. Nur Richard fand daran nichts Verwunderliches. Vielleicht liebten Neulinge auf der Welt Menschen mit dem kräftigen Herzschlag moralischer Grundsätze. Egal welcher. Hauptsache, der Mensch, der sie trug, war genordet und wich nie von seinen Glaubenssätzen ab.

Der Apfelkuchen war matschig und sauer. Er fräste sich die Speiseröhre hinab in meinen Magen. Katarina stocherte, als hätte sie noch nie einen Apfelkuchen gesehen. Aber nicht nur das war ein abendländisches Kulturgut, auf das wir uns nicht verständigen konnten. »Wer ist das denn?«, fragte sie mich flüsternd und deutete auf den heiligen Sebastian. Was ein Märtyrer war, wusste sie nicht. Und als meine Mutter ihr vorschlug, ihr Fahrrad zu nehmen und zum Gestüt Gallion zu radeln, in dem ich meine Jugend verbracht hatte, schüttelte sie entgeistert den Kopf. Ob es im Ort ein Internetcafé gebe. Das wusste wiederum meine Mutter nicht.

»Es gibt eines!«, fiel mir ein. »Am Marktplatz neben dem Kriegsgefallenendenkmal. Kannst ja mal gucken gehen.«

»Ich hab eh kein Geld.« Mit demonstrativer Resignation ließ Katarina sich wieder in den Sessel sinken, jedoch nicht ohne Richard einen raschen Blick zuzuwerfen. Leider reagierte er nicht. Jugendliche waren wirklich arm dran. Ich zog meinen Geldbeutel und gab ihr drei Euro.

»Aber um 18 Uhr bist du wieder hier!«, sagte Richard.

»Warum denn?«

»Keine Diskussionen!«

Katarina zappelte. »Aber ich habe keine Uhr.«

Richard hob seinen milchkaffeebraunen Blick mit leisem Spott. »Dann gibt es wohl nur zwei Möglichkeiten. Entweder du bleibst hier sitzen und behältst die ganze Zeit die Wanduhr im Auge. Oder du gehst nur durch Straßen, wo du die Kirchturmuhr sehen kannst. Oder siehst du noch eine dritte Möglichkeit?«

»Im Internetcafé hängt sicher auch eine Uhr«, schlug Katarina hastig vor. »Und am Computer ist auch eine.«

»Dann kann ja nichts schiefgehen«, sagte Richard.

Seine Tochter hätte ich nicht sein mögen! Mein postpubertärer Kampf gegen die argumentative Übermacht des Juristen wäre mörderisch ausgefallen.

»Ihre Mutter hat sich gestern Abend das Leben genommen«, erklärte ich meiner Mutter, nachdem Katarina gegangen war, obgleich es nichts erklärte. Im Gegenteil. Andererseits, was erwartete ich von Katarina? Dass sie die ganze Zeit heulte? »Und ihren Bruder hat das Jugendamt tags zuvor verschleppt«, setzte ich hinzu.

»Das ist ja schrecklich«, antwortete meine Mutter. »Wer kümmert sich jetzt um das Kind? Du kannst das doch nicht.«

»Warum sollte ich das nicht können!«

Meine Mutter überhörte es und wandte sich an Richard. »Und der Vater? Auf und davon? Manche Menschen sollten wirklich keine Kinder bekommen. Man müsste …«

»Seid fruchtbar und mehret euch!«, unterbrach ich sie, bevor sie faschistisch wurde. »Entweder du und dein Papst wollt Gebärmütter oder ihr seid für Kondome, Mama.«

Richard erhob sich. »Alena braucht ihr Fläschchen. Könnte ich wohl Ihre Küche …«

»Natürlich! Kommen Sie, Herr Dr. Weber.«

Während die beiden in der Küche leise, aber hörbar um die Vormacht über Milchpulver, Wasser, Fläschchen und Flaschenwärmer rangen und sich, wie ich vermutete, gegenseitig die Kleine aus den Armen rissen, ging ich aufs Klo, stolperte im Gang über Reisetaschen, Koffer und zusammengeklappten Kinderwagen, rief Cipión und trat vors Haus, damit der Dackel das Bein heben und ich eine Zigarette rauchen konnte.

Wenn sich an der Zahl der Gepäckstücke Familienstand und Reifegrad bemaßen, dann war ich der Wechseljahresdepression nahe. Danach kam nur noch senile Bettflucht und Inkontinenz.

Petra fiel mir ein, das Mädchen aus dem Gallion'schen Reitstall mit dem salzigen Unterschichtstrotz auf den Lippen, den matronenhaften Hüften und schweren Brüsten[4]. Pfundweise Lebendigkeit hatte sie mir geschenkt mit ihren sechzehn Jahren. In Klamotten und Reitstiefeln waren wir vom Stuhl gefallen, ich hatte die Verantwortung nicht mehr übernehmen wollen für das, was sie tat, was anstand, was sich ergab, was sie wissen wollte, nie unsicher. Sie war eine dieser seltenen, verschwenderisch gepolsterten männlichen Seelen gewesen, voll erotischer Sicherheit und der entwaffnenden Begabung, aus mir eine Kinderschänderin zu machen. Inzwischen musste sie das Abitur haben, wahrscheinlich hatte sie Vingen verlassen, lebte in Berlin. Eigensinnig, lesbisch, vielfältig. Bei mir hatte sie sich nie wieder gemeldet. Vermutlich würde sie es erst tun, wenn ich vertrocknet und für sie ihre erste Erfahrung nicht mehr peinlich, sondern nostalgisch war. Ich hatte schließlich auch Hede nie mehr aufgesucht, die Domina, die mich für einige Hunderter über die Schamgrenze geführt hatte, wo Worte nicht mehr hinkamen. Nur mein Körper erinnerte sich noch an nie wieder erreichte Lüste. Nie wieder hatte ich mich so fallen lassen dürfen. Nur ein paar Sekunden war ich vom Tod entfernt gewesen und hatte doch keine Sekunde Angst gehabt. Solchen Lüsten konnte man sich nur hingeben, wenn die Beziehung eine geschäftliche war, wenn der ganze Gefühlsscheiß fehlte, mit dem wir Weiber uns traktierten, vorher und nachher, all die Erwartungen und Enttäuschungen, die regelmäßig in kleine Racheakte mündeten und im Moment der Macht einerseits und völligen Ohnmacht andererseits womöglich einen Tick zu viel strafende Gewalt hervorriefen, tödlich dann.

Es hatte auch noch andere gegeben, Verführungen gegen meinen oder ihren Widerstand, Beziehungen in gegenseitigem Einvernehmen und voller Illusionen für ein paar Monate.

4 Siehe Lehmann: *Pferdekuss*. Ariadne 2008

Nur in diesem Fall steckte nichts für mich. Außer Annemarie Hellewart vielleicht, die Unnahbare, die sich nie zu Kindern hinabbeugte, keine Babys knuddelte, die ihren Körper mit naturfarbenen Kostümen vor Hautkontakt schützte. Eine Jugendhilfebeamtin mit einer Kinderphobie, die sie täglich verheimlichen musste. Was für Tragödien, die sich da still und leise abspielten! Überall. Eliska, die ihre Tochter suchte und in jedem Baby wiedererkannte, Sonja Depper und ihr Scheitern am Kinderreichtum. Der Jugendbeamte Teixel, der an Kindersoldaten dachte, wenn er deutsche Kinder aus prekären Verhältnissen holte …

Die Haustür klapperte hinter mir. Richard trat heraus, die Zigarette schon zwischen den Lippen. Sein Zippo klackte, die Flamme sprang. Tief sog er den Rauch in die Lungen.

»Na?«

»Deine Mutter wollte unbedingt die Kleine füttern.« Er blies den Rauch gegen die Wolken. Dunkelheit kroch hinter Eibenhecken und Koniferen hervor. Cipión schnüffelte irgendwo.

»Zwei zu null für meine Mutter«, bemerkte ich.

Er lächelte leicht. »Eigentlich doch ganz schön, so eine Oma.«

»Richard, du wirst Alena nicht behalten können.«

»Ich weiß.« Er zog, dass die Glut knisterte. »Meinst du, Eliska Nemkova ist wirklich die Mutter?«

Ich konnte mich nicht erinnern, dass Richards Stimme je geschwankt hätte. Sie tat es auch jetzt nicht, aber sie klang anders, brüchig, zaghaft.

»Und wenn?«, fragte ich.

»Sie hat insgesamt acht Wochen Zeit, ihr Kind zurückzufordern. Erst dann kann es wirklich adoptiert werden.«

»Das reicht für einen Gentest. Und du kannst derweil schon mal eine anständige Wohnung für die Nemkovas suchen. Dann bezahlst du, was nötig ist, und darfst dein Prinzesschen so oft besuchen, wie du willst. Ein netter Opa ist Eliska sicherlich willkommen.«

Richard schwieg.

Was war das nur? Er hatte seit zwei Nächten nicht geschlafen, sein linker Arm war ausgeleiert, das Revers seines Sakkos vollgespuckt und fleckig, er kam nicht zum Rauchen, musste jede Stunde, die er im Amt zubrachte, minutiös organisieren, träumte bereits von einer helfenden Oma, und dennoch … Noch ein Wochenende, das letzte, hatte er sich erobert. Ja, wir waren auf der Flucht.

»Seit wann«, fragte ich, »hast du den Verdacht, dass Alena das Kind von Deppers Sekretärin ist?«

Er schwieg und schaute zu Boden.

»Sag bloß, du hast es von Anfang an gewusst.«

Er hob den Blick, sehr asymmetrisch war er. »Nein. Und ich weiß es immer noch nicht. Ich weiß nur … ich wusste, dass Detlef Depper eine Prostituierte aus Tschechien mitgebracht hatte, und dass sie schwanger war. Frau Depper hat es mir mal erzählt, en passant. Sie suchten eine Wohnung für die junge Frau und deren Familie – Mutter und Schwester –, sie hat mich gefragt, ob ich zufällig eine wüsste. Das ist mir wieder eingefallen, als ich gestern Eliska Nemkova in Detlef Deppers Kanzlei sah. Aber wieso sollte ich annehmen, dass Alena ihr Kind ist?«

»Sie hat Alena bei ihrem Namen genannt: Irina.«

»Eliska Nemkova hat ihrem Baby niemals einen Namen gegeben. Sie hat sie doch praktisch gar nicht gesehen.«

»Natürlich hat sie ihr einen Namen gegeben, Richard! Dafür braucht's eine Sekunde. Wie soll Eliska denn sonst an sie denken? Und Irina …«

»Alena!«

»Die Kleine hat bei ihr auf dem Arm auch nicht geschrien. Vielleicht haben Mutter und Tochter gespürt, dass sie zueinandergehören. Unser Geruchssinn erkennt unbewusst immer, was passt und was nicht passt.«

»Und dann ist deine Mutter Alenas leibliche Großmutter, was? Weshalb sie bei ihr auch nicht schreit?«

»Schon gut! Es wird dir nichts helfen, Richard.«

»Darum geht es nicht!«

»Stimmt. Es geht um Mord. Wegen dieses Kindes hat jemand getötet.«

»Eliska Nemkova hätte Alena nicht unter der Leiche liegen lassen. Sie hätte sie mitgenommen.«

»Jetzt denk doch mal nach, Richard! Detlef Depper bringt eine schwangere Nutte aus Tschechien mit und sorgt für sie. Was muss Sonja Depper da denn denken?«

Richard zog die Brauen zusammen, den Mund hatte er hinter der Hand mit der Kippe versteckt. Ich warf meine, die längst abgeraucht war, ins Vorgartengebüsch meiner Mutter. Ein Wunschtraum meiner Kindheit.

»Ich sag dir, was passiert ist. Detlef Depper lernt an der E 55 eine Nutte kennen. Sie ist ihm zu Diensten, sie spricht Deutsch, sie kommt aus Stuttgart, sie muss eine Familie ernähren, sie weint, sie hat Angst vor ihrem Zuhälter. Die ganze Tragödie. Depper verspricht ihr zu helfen. Er muss immer wieder Reisen nach Tschechien unternommen haben – das lässt sich sicherlich nachprüfen – und womöglich haben sie ihn nie weiter geführt als an die E 55 und wie die Straßen alle heißen, wo die Nutten stehen, Minderjährige, Schwangere, die ihre Kinder nicht brauchen, nicht behalten dürfen.«

Richard schüttelte sich. Vielleicht war es auch nur die bissige Dezemberkälte.

»Und Sonja Depper konnte doch nichts anderes denken, als dass das Kind im Bauch von Eliska Detlefs Kind ist. Ganz gleich, was er ihr erzählt oder geschworen haben mag. Mit ihr wollte Detlef keine weiteren Kinder, aber mit einer Nutte hat er eines. Das schmerzt.«

»Sie hat nie dergleichen auch nur angedeutet.«

»Ja glaubst du denn, sie hätte dir, ihrem Mentor, erzählt, dass ihr Mann zum Bumsen nach Tschechien fährt und die Nutte samt Balg nach Hause mitbringt? Zu viel Schmach für sie, die

Familienrichterin, die über das Schicksal von Kindern entscheidet und Karriere machen will. Da passt privates Scheitern nicht. Ihre beiden toten Kinder sind Makel genug. Aber die kann man wenigstens noch als Schicksal und Tragödie umdeuten. Doch ein Mann, der sich seine Kinder von Nutten anschaffen lässt, das bedeutet Versagen als Ehefrau und Frau. Das muss verheimlicht werden. Und so wird aus Sonja Deppers Wut etwas anderes, sagen wir: heiliger Zorn, Gier, Hoffnung. Ich weiß es nicht, mir ist das Verlangen nach eigenen Kindern fremd. Sonja bläst die in Gedanken durchgespielte, vielleicht sogar geforderte Scheidung ab und setzt ihren Mann unter Druck. Eliska wird das Kind zur Adoption freigeben und sie – Sonja und Detlef Depper – werden es adoptieren.«

Richard trat die Kippe auf den moosigen Platten vor dem Haus aus. »Und womit sollte sie ihn unter Druck gesetzt haben?«

»Da reicht vermutlich weiblicher Terror aus, Richard. Sie hat ihm Szenen gemacht, geheult, geschrien, ihm die toten Kinder vorgeworfen. Hättest du damals nur … wärst du damals nicht … Was weiß ich? Bei den Streitereien möchte ich jedenfalls nicht dabei gewesen sein.«

»Und dann?«

»Dann … ja dann hat Detlef Depper über Ambrosius Baphomet das Jugendamt aktiviert, jemand vom Sonnennest hat Eliska auf die Möglichkeit einer Adoption hingewiesen. Sonja Depper ist zu ihr gefahren, hat die kleine Wohnung kritisiert und erklärt, bei ihr habe es das Kind viel besser: Klavierunterricht, Gymnasium, Studium, Zukunft. Detlef Depper war an dem ganzen Manöver vermutlich nicht einmal beteiligt. Das haben alles die Weiber besorgt, die Familienberaterin vom Sonnennest, das Jugendamt, die Familienrichterin. Da war ordentlich Druck dahinter. Schließlich glaubt auch Eliska, dass es das Beste ist. Sie kennt den Vater nicht. Sie weiß nicht, ob sie das Hurenkind lieben könnte. Sie sagt ja zur offenen Adoption. Doch dann ist etwas schiefgegangen.«

Richards Stimme hatte kaum Ton. »Was?«

»Detlef Depper hatte nie vor, Eliskas Kind zu adoptieren. Er hat uns ja erklärt, warum nicht. Ihm sitzt das Drama mit seinen beiden leiblichen Töchtern tief in den Knochen. Er traut seiner Frau nicht! Und Irina ist auch gar nicht sein Kind. Jedenfalls gehören zu einem adoptionswilligen Ehepaar immer zwei. Weißt du noch, wann genau Sonja Depper zu dir kam und von dir verlangte, dass du das Sonnennest mal unter die Lupe nimmst?«

Er nickte nur.

»Doch es ist nicht viel dabei rumgekommen. Vielleicht war es auch nur eine dieser Aktionen, die keinen Erfolg haben sollen, die man unternimmt, damit man vor sich selber sagen kann, man habe alles unternommen. Jedenfalls hat Sonja Depper, da alles andere nicht half, beschlossen, sich das Kind selbst zu holen. Sie ist ins Sonnennest gefahren und hat …«

»Quatsch, Lisa! Sie musste wissen, dass es so nicht geht. Sie ist … sie war Richterin!«

»Ja, aber …« Ich stoppte. Was ich dachte, lag unter der Gürtellinie in den Eierstöcken.

»Was, Lisa?«

Ich schaute ihn an, er hielt stand, keine Wimper zuckte. Zum ersten Mal wollte er es wissen, jedes Detail des Allzumenschlichen. Vielleicht waren es die Spuckflecke auf seinem sonst so makellosen Anzug, vielleicht die Falten, welche die Müdigkeit in sein sonst so glattes Gesicht gegraben hatte. Alena hatte ihn verändert

»Ja, Kinder machen etwas mit einem«, sagte ich. »Sie machen, dass ein Hase den Fuchs angreift. Es sind die Hormone, Richard. Das Oxytocin. Es hilft nicht nur bei der Geburt und macht, dass eine Mutter, ob sie will oder nicht, ihr Kind liebt, es wird auch ausgeschüttet beim Orgasmus, zumindest bei Frauen. Sie lieben dann ihre Männer, auch wenn sie schnarchen oder sie mit Nutten auf dem tschechischen Straßenstrich betrügen. Sonja

Depper hatte am Morgen ihres Todes Sex mit ihrem Mann. Das hat Meisner dir mitgeteilt, erinnerst du dich? Du hast daraufhin festgestellt, dass du lieber nicht ermordet werden möchtest. Sonja Deppers Organismus stand zudem kurz vor dem Eisprung. Da steigt der Östrogenspiegel, das Ei reift, die Gebärmutter ist gut durchblutet, der Muttermund öffnet sich. Sonja Depper war gierig auf Empfängnis und Mutterschaft an diesem Morgen. Und sie war über dreißig. Da steigt der Kinderhunger ins Unerträgliche. Sie war total verspult, verstehst du. Und am Vorabend unterhalten wir uns mit ihr im *Tauben Spitz* übers Kinderhaben. Falls sie sich je damit abgefunden hatte, dass sie niemals mehr ein Kind knuddeln wird, so haben wir an diesem Abend alles wieder aufgewühlt. Oder ich war es mit meinem Angebot, ihr ein Kind im Internet zu beschaffen. Einen Pakt mit dem Teufel hat sie es genannt. Erinnerst du dich? Der Dämon der Hormone hatte sie im Griff, und sie hat es zugelassen, weil sie glaubte, eine Frau ohne Kinder sei nichts wert. Ein mit keinerlei Vernunft und Verstand zu bezwingender Kinderwunsch hat sie getrieben, zum Sonnennest hinauszufahren und sich das Kind zu holen, das ihr, wie sie fand, zustand. Sie hat gemacht, was Äffinnen tun, wenn eine Rangniedere ein Baby hat. Sie schnappen es ihr weg. Alena ist Eliska Nemkovas Baby, Richard.«

Er seufzte. »Mag sein. Und Depper ist dann im Wald zur Besinnung gekommen und hat mich angerufen, damit ich alles wieder in Ordnung bringe, bevor öffentlich wird, dass eine Familienrichterin ein Kind entführt.«

»Doch jemand ist dir – uns – zuvorgekommen.«

Richard zog noch eine Zigarette aus der gelben Schachtel. Er lauschte ins Haus – es war alles still – und zündete sie sich an. »Aber wer?«

26

Nach dem Abendessen schlugen wir unser Büro in der Küche auf. An der einen Seite vom Küchentisch saß Richard mit der gefütterten, gebadeten, frisch gewindelten und schlafenden Alena auf dem Arm und blätterte Karin Beckers Pressemappe und Akten durch. Auf der anderen Seite saß ich am Klappcomputer und scrollte meine Handyfotos von Sonja Deppers Leiche.

Meine Mutter saß in der Stube vorm dröhnenden Fernseher und häkelte. Katarina hatte sich aufs Sofa gelegt und schlief trotz der Dröhnung. Sie hatte tatsächlich pünktlich um sechs geklingelt. »Wie spät ist es?«, hatte sie Richard atemlos gefragt. Die Kirchenglocke hatte sechs Uhr geschlagen, und Katarina hatte gerufen: »Ich bin pünktlich, sehen Sie?« Richard hatte gelächelt und ihr kurz die Hand auf die Schulter gelegt, mehr nicht. Aber Katarina war einen Zentimeter gewachsen. Für ein paar Minuten war ihr Leben leicht. Man musste nur pünktlich sein, damit andere lächelten. Beim Abendessen war sie dann in Tränen ausgebrochen. Richard hatte, ehe ich reagieren konnte, den Arm um sie gelegt und sie an sich gezogen.

»Warum haben meine Eltern mich nicht geliebt?«, hatte sie an seiner Brust geschluchzt. »Ich weiß nicht mal, wo mein Vater ist. Vielleicht ist er auch längst tot. Und Mama war immer nur depressiv. Dabei hatte sie doch uns. Und was hätte ich denn tun müssen, damit Mama uns lieb gehabt hätte? Warum kriegen Eltern Kinder, wenn sie sie dann nicht lieben können?«

Wir hatten es stumm ausgehalten, dass es darauf keine Antworten gab. Nicht einmal meine Mutter hatte es gewagt, katholische Höllenweisheiten anzubringen. Stumm hatte sie Alena auf ihrem Schoß gehalten. Ihr allfälliges »Wen Gott liebt, den züchtigt er« hätte Katarina kaum zu metaphysischen Einsichten verholfen. Sie gehörte einer Generation an, die sich darauf verließ, dass Erziehungsohrfeigen verboten waren. Schicksal war für sie keine Prüfung, sondern unnütz.

Später, als sie meiner Mutter beim Abwasch half, hatte ich Katarina kurz vor dem Eintreten fragen hören: »Wenn man betet, muss man da bestimmte Formeln sagen, so was wie Allahu akbar oder so? Und muss man dafür in die Kirche gehen?«

»Nicht unbedingt«, hatte meine Mutter geantwortet. »Ich zeig's dir nachher.« Und nun schlief Katarina den Schlaf der Erschöpften, während meine Mutter häkelte und Richard und ich am Küchentisch Schlüssel und Schlüsselloch für den Fall suchten.

Vier Fotos hatte ich vom Leichenfundort geschossen, alle aus einer Perspektive. Die Polizei hatte auch keine anderen Bilder von der Auffindesituation. Als sie eintraf, hatte ich ja bereits die Leiche auf den Rücken gekippt, in der irrigen Annahme, eine Wiederbelebung sei noch möglich. Auf keinem der Fotos war das Gesicht der Richterin zu erkennen. Straff führte der violette Schalstrang hinter dem Haarwust in die Astgabel, wo er sich an einem nicht sichtbaren Knorren verfangen hatte.

Kann man überhaupt so sterben?, fragte ich mich. Sobald eine Schlinge die Halsschlagadern zudrückte, verlor man das Bewusstsein. Eine Rettung aus eigener Kraft war nicht möglich. Das sterbende Gehirn feuerte im Todeskampf aus allen Neuronen, man strampelte und zappelte, schlug sich Hände an, grub das Gesicht in die Erde. Die Blase entleerte sich. Aber hätte der Schal nicht aus dem Astknorren reißen müssen? Hätte sich die Schlinge um den Hals nicht gelöst?

Auf den Fotos war nicht erkennbar, wie oft sich Depper den Schal um den Hals geschlungen hatte. Das zweite, lose Ende war auch nicht zu sehen. Es musste hinter der Leiche liegen. Ich versuchte mich zu erinnern. Ich war die Einzige, die gesehen haben konnte, wie das lose Ende des Schals gelegen hatte: lang ausgestreckt, zusammengekrümpelt, als Knäuel? Wie verhielt sich ein flatterndes Schalende, wenn seine Trägerin mit den Füßen voran und behindert durch ein Baby auf dem Arm einen Hang hinunterschlitterte, plötzlich gestoppt wurde und im Todeskampf Gesicht und Hände in den Erdboden wühlte?

Aber war sie überhaupt da unten gestorben? Die Polizei wusste es vermutlich längst. Die Kriminaltechnik musste Urin im Erdboden gefunden haben, der Rechtsmediziner passende Schürfwunden im Gesicht und an den Händen. Wenn Depper aber nicht dort, sondern oben auf dem Weg erdrosselt, hinuntergestoßen und pro forma mit dem Schal im Astknorren verankert worden war, dann hatte der Rechtsmediziner zwei Strangulationsmarken an ihrem Hals gefunden, mehr oder weniger genau übereinanderliegend.

Auf meinen Fotos stauchte sich Deppers Hand unnatürlich in den Erdboden. War das Zeichen genug für einen Todeskampf dort unten? War das Gemisch aus Laub und Erde zerrauft genug für Kampfspuren? Was zum Teufel machte die Polizei glauben, dass Depper sich nicht beim Sturz selbst erdrosselt hatte?

»Richard«, sagte ich. »Du musst Meisner anrufen!«

Er schreckte hoch. »Jetzt?« Er versuchte, auf seine Armbanduhr zu blicken, aber der Arm war von Alena in Beschlag genommen, die durch die Bewegung erwachte.

»Christoph sagt mir doch nichts«, erklärte ich. »Aber sie gehen von Fremdbeteiligung aus. Dir wird Meisner was sagen. Als Staatsanwältin bekommt sie den Bericht des Rechtsmediziners zuerst. Und wie ich sie kenne, liest sie ihn gründlich durch.«

Alena greinte. »Scht!« Richards Töne wurden gurrend. »Schlaf, Kindlein, schlaf, deine Mutter ist ein Schaf. Dein Vater ist ganz unbekannt, schlaf, Kindlein, schlaf.«

Ich musste lachen. Alena fand es gar nicht lustig. Sie riss das Mündchen auf und brüllte.

»Wahrscheinlich Blähungen«, sagte Richard und stand auf. »Armes Butzele! Tut dir das Ränzle weh?«

Meine Mutter geisterte herbei, hundert Jahre Mutterschaft im Blick, und schlug Fencheltee vor, den Richard in seinen Vorräten mit sich führte. Katarina wankte ebenfalls in die Küche, warf dem Schreihals einen gequälten Blick zu und fragte, wo sie schlafen könne.

»Ich dachte«, sagte meine Mutter, während sie den Wasserkocher füllte, »Dr. Weber und die Kleine bekommen das Schlafzimmer, ich schlafe auf dem Sofa und du und Lisa, ihr schlaft in Lisas Zimmer.«

»Falsch!«, protestierte ich. »Mein altes Bett ist zu schmal für zwei. Ich schlafe mit Richard in deinem Ehebett, Mama, du schläfst in meinem Bett und Katarina schläft dort, wo sie bisher auch geschlafen hat, auf der Couch!«

»Da will ich nicht schlafen. Ich habe schon einen ganz steifen Hals! Wieso darf ich nicht in einem richtigen Bett schlafen wie alle anderen auch?«

»Weil du jung bist und noch keine kaputte Schulter hast«, sagte ich.

»Lass mal, Lisa«, winkte meine Mutter, immer opferbereit, ab. »Ich kann auch sehr gut auf dem Sofa schlafen.«

»Katarina!«, donnerte ich. »Du wirst meine Mutter nicht auf dem Sofa schlafen lassen!«

»Aber sie will doch! Das hat sie doch eben gesagt. Und wenn Sie nicht wollen, dass Ihre Mutter auf dem Sofa schläft, dann schlafen Sie doch selber dort.«

Ich holte ganz tief Luft. Richard machte eine beschwichtigende Geste und wandte sich mit ganzer Breite der Göre zu.

Katarina lächelte schon betreten, bevor er auch nur ein Wort gesagt hatte. »Okay, okay. Ich schlafe auf dem Sofa. Mit mir könnt ihr es ja machen!«

»Sie!«, sagte Richard.

»Was jetzt?«

»Ich möchte, dass du mich siezt, Katarina.«

Spinnt der jetzt total?, fragte ich mich.

Katarina verstand auch nichts mehr. »Was? Was habe ich denn gesagt?«

»Du hast gesagt: Mit mir könnt ihr es ja machen. Ihr ... zweite Person Plural. Außerdem stimmt es nicht, dass wir ...«

»Stimmt sehr wohl!«, kreischte Katarina. »Ich wollte nicht hierher. Sie haben mich gezwungen. Ich bin nicht freiwillig hier. Sie haben mich entführt! Ich könnte zur Polizei gehen. Und außerdem ...« Ihre Augen glitzerten schlau. »Außerdem haben Sie mich angefasst. Das ist sexuelle Belästigung. Ich brauche Sie nur anzuzeigen. Dann stecken Sie in der Scheiße! So ist das!«

Richard schluckte. Sogar Alena auf seinem Arm hielt für einen Moment den Atem an. Für zwei Sekunden war es ganz still.

»Ja, ich gehe zur Polizei«, kreischte Katarina, außer sich. »Jetzt gleich. Daran können Sie mich nicht hindern. Ich zeige Sie an wegen Entführung. Das kann ich machen. Wie wollen Sie das verhindern? Oder wollen Sie mich hier mit Gewalt festhalten?«

»Nein, Katarina«, antwortete Richard leise. »Gott bewahre! Und du hast recht. Du kannst mich in Schwierigkeiten bringen, wenn du zur Polizei gehst und behauptest, wir hätten dich entführt und ich hätte dich in unlauterer Absicht angefasst. Es stimmt, für einen Erziehungsauftrag dir gegenüber fehlt mir die Unterschrift deiner Eltern beziehungsweise des Jugendamts.«

»Sag ich doch. Sie können mir überhaupt nichts befehlen! Sie haben überhaupt kein Recht!«

Richard nickte. »Und ich bin dir auch nicht gewachsen, Katarina. Offensichtlich brauchst du Fachleute, die dir beibringen, nach welchen Regeln wir miteinander leben.«

Katarina blinzelte. »Wie ... wie meinen Sie das jetzt?« Sie begann nervös auf einem Fingernagel herumzukauen. »Ich muss ins Heim. Das wollen Sie sagen. Sie schieben mich ab, weil ...«

»Weil du mir drohst, Lügen über mich zu verbreiten, sobald dir etwas nicht passt, was wir von dir verlangen. Das Risiko ist mir zu hoch, Katarina.«

Sie knabberte. »Und was heißt das jetzt?«

»Ich liefere dich unverzüglich bei den Behörden ab.«

»Jetzt gleich?«

»Wenn du das möchtest.«

Sie ließ die Hand fallen und schüttelte den Kopf. »Das möchte ich nicht. Ich … ich möchte lieber hierbleiben. Ich schlafe auch auf dem Sofa. Ich könnte die Kissen auf den Boden legen. Dann muss ich mir nicht so den Hals verrenken.«

Richard schlitzte die Augen. Ich fragte mich, ob Katarina klar war, dass sie von ihm keineswegs eine zweite Chance bekommen hatte, sondern nur Aufschub.

»Warte, ich hol dir Wäsche«, sagte meine Mutter. Sie gingen hinaus.

Richard nahm das Teefläschchen, das meine Mutter eben gefüllt hatte, hielt es sich gegen die Wange und drehte den Kaltwasserhahn auf, um es darunter zu halten.

»Haben wir jetzt die ganze Schlacht gewonnen oder nur ein Gefecht?«, fragte ich.

»Frag mich was Leichteres, Lisa.« Alena furzte leise auf seinem Arm. »So ist gut. Scheiß es raus. Dann geht es dir gleich besser.«

»Das waren die Bohnen, die Mama ihr gegeben hat.«

Geduldig wippte Richard das greinende Scheißerchen auf dem Arm und schüttelte nicht ganz so geduldig das Fläschchen unterm Wasserhahn. »Ich hoffe, dass Katarina morgen früh bei der Frage, wer das Mohnbrötchen bekommt, nicht wieder aufs Ganze geht. Ich verstehe das nicht, Lisa. Als ob bösartige Lügen über einen anderen ein legitimes Mittel wären, um sich durchzusetzen. Wo lernen die Gören das?«

»Was willst du? Du hast es doch fein hingekriegt. Deine Tochter hätte ich nicht sein mögen, weißt du das?«

»Wieso?« Er klang betroffen.

»Von wegen, du seist Katarina nicht gewachsen. Zerlegt hast du sie. Himmel! Meine Mutter hat auch schon mal gedroht: Dann kommst du eben ins Heim. Aber das klang nie so, als müsste man es ernst nehmen.«

»Ich wollte Katarina nicht drohen.«

Ich musste lachen. »Ich weiß, Richard. Katarinas einzige und unabwendbare Zukunft ist das Heim. Oder eine Pflegefamilie, wenn sie Glück hat.«

Er nickte zerstreut, hielt sich das Fläschchen gegen die Schläfe, befand es noch zu warm und fuhr fort, es unterm Wasserstrahl zu schütteln. Alena hatte inzwischen hörbar die Windel vollgeschissen und war ruhiger geworden.

»So«, sagte meine Mutter, als sie in die Küche zurückkam, »jetzt geben Sie mir die Kleine mal. Jetzt wird sie gewindelt, kriegt ihr Teechen und dann legen wir sie endlich mal in den Kinderwagen. Das ist ja keine Art, dass Sie sie ständig herumtragen. Sie verwöhnen sie nur.«

Richards Gegenwehr war marginal. Beinahe willenlos ließ er sich den unzufriedenen Säugling von meiner Mutter aus dem Arm nehmen, und das Teefläschchen auch.

»Aber sie schreit, sobald man sie ablegt, Mama«, erklärte ich.

Meine Mutter blickte mich an. »Sie hört auch wieder auf.«

»Na dann viel Glück!«

»Das ist keine Glückssache, mein Kind. Das ist eine Frage konsequenter Erziehung.«

Ja, darin war meine Mutter Meisterin. Konsequent bis zur Verwüstung, beim Löwenzahnausstechen im Garten – wenn einer blüht, wachsen sie überall – genauso wie bei meiner Erziehung. Lass dem Kind einmal was durchgehen, und es tanzt dir auf der Nase herum. Du wirst Fremdsprachensekretärin. Punktum.

Immerhin stellte sie einen Aschenbecher hin. »In der Küche können Sie rauchen, Herr Dr. Weber. Aber machen Sie nachher das Fenster auf.«

Darauf marschierte sie mit Alena zur Hinrichtung hinaus.

Richard bedeckte das Gesicht und lachte. Es klang ratlos, haltlos und grundlos. Er fuhr sich über die Augen, ließ die Hände sinken, überlegte einen Moment, lockerte die Krawatte, fischte die Zigarettenschachtel aus der Jacke, zog das Jackett aus und hängte es über die Stuhllehne. »Deine Mutter ist ...« Er warf mir einen vorsichtigen Blick zu. »Sie ist ein ... ein Schatz!«

So hatte ich das noch nicht gesehen.

Er zündete sich die Zigarette an und ließ den Blick über die Papiere auf dem Küchentisch gleiten. Nichts belebte ihn so zuverlässig wie eng beschriebene Papiere und Zahlenkolonnen. Vergnügt setzte er sich wieder und begann zu lesen, Blätter umzuwenden, Listen zu studieren und zu überlegen.

Noch lange hörten wir Alena immer wieder losbrüllen. Jedes Mal lupfte es Richard vom Stuhl, und ich sagte: »Bleib sitzen! Meine Mutter ist eine erfahrene Prinzipiensadistin. Nie lässt sie sich durch unnützes Mitleid erweichen. Wenn jemand Alena ruhig kriegt, dann sie.«

Nach einer oder anderthalb Stunden pixelgenauen Studiums der Leichenfundortfotos fiel mir auf, dass Ruhe herrschte im Haus. Es war zehn Uhr durch. Ich wollte gerade aufstehen und unter dem Vorwand, aufs Klo zu gehen, nachschauen, ob Alena noch lebte oder ob meine Mutter sie im Erziehungsüberschwang mit dem Kissen erstickt hatte, da sagte Richard plötzlich: »Seltsam!«

»Was?«

»Im Rechenschaftsbericht des Jugendamts finde ich 251 Kinder, 48 bei den 21 Pflegefamilien, 43 bei der Diakonie, 39 bei der SKFM, dem Katholischen Verein für Soziale Dienste, und 121 beim Jugendamt selbst. 12 Kinder wurden zudem im vergangenen Jahr adoptiert. Aber auf Wagners Liste, die er aus dem Rechner im Sonnennest gehackt hat, sind 443 Kinder geführt. Bei den 138 Pflegefamilien des Sonnennests stehen durchschnittlich zwischen 2 und 3 Kinder. Außerdem zähle ich 98 Kinder mit dem Vermerk Sonnennest.«

»Ja, es befinden sich derzeit 98 Kinder im Heim, hat Frau Baphomet mir bestätigt.«

Richard hob die Augen. »Aber das stimmt doch nicht. Dem Jugendamt zufolge müssten es 121 Kinder sein. Das entspräche der Summe, die der Etat der Jugendhilfe unterm Dach des Allgemeinen Sozialen Dienstes ausweist. Andernfalls würde das Jugendamt dem Sonnennest die Unterbringung für 23 Kinder mehr bezahlen, als es hat.«

»Oh!« Ich setzte mich erwartungsvoll auf. »Das klingt gut.«

Richard unterdrückte ein Lächeln. »Für jedes Kind, das im Heim untergebracht ist, bekommt Baphomet je nach Alter zwischen 2500 und 3500 Euro pro Monat. Es würde sich für ihn also durchaus lohnen, ein paar Kinder mehr zu führen, als er tatsächlich hat.«

»Aber muss das Jugendamt das nicht merken?«

»Wer geht schon hin und zählt die Kinder durch? Wie viele Kinder hast du heute Vormittag gesehen?«

»Ungefähr fünfzehn. Die anderen waren in der Schule … hat man mir zumindest gesagt.«

»Hast du die Schlafräume gesehen?«

»Durfte ich nicht, aus Gründen des Persönlichkeitsschutzes.« Mir fiel plötzlich ein, dass ich am Abend davor, als ich im Dunkeln am Zaun stand, in den erleuchteten Fenstern, die ich für den Speisesaal gehalten hatte, nur ganz wenige Köpfe hin und her hatte huschen sehen. »Aber wo sind die Kinder dann alle?«

»In Pflegefamilien«, antwortete Richard. »Das kommt Baphomet nämlich viel billiger. Oder anders gesagt, es ist für ihn finanziell vorteilhafter. Pro Pflegekind bekommt er pro Monat 950 Euro als Aufwandsentschädigung für Betreuung der Pflegefamilien, Beratung, Seminarangebote, die Clearingstelle, Gutachter und so weiter. Und zwar nicht vom Jugendamt, sondern aus der Stiftung Xenodochium.«

»Das heißt, er kassiert für 23 Kinder den vollen Satz für die Kinderheimunterbringung und dazu noch mal die Pflegefamilienhilfe aus der Stiftung? Der Schlawiner!«

»Das macht eine knappe Million pro Jahr.«

»Aus den Stiftungsunterlagen und den Unterlagen des

Jugendamts ergibt sich noch ein weiterer Widerspruch. Das Jugendamt führt lediglich 251 Kinder, von denen sich 121 im Heim befinden und der Rest in Pflegefamilien, aber die Stiftung Xenodochium zahlt für insgesamt 345 Pflegekinder den Betreuungszuschuss ans Sonnennest. Zählt man die 98 hinzu, die Baphomet als Einwohner des Heims beziffert hat, dann ist man bei 443 Kindern. Das entspricht Wagners Liste.«

»Hurra! Betrug!«

Richard schmunzelte. »Es sieht in der Tat so aus, als kassiere Baphomet von der Stiftung Xenodochium Geld für Kinder, die nicht einmal existieren, und zwar für 313 Kinder zuzüglich den 130, die das Jugendamt tatsächlich in Pflegefamilien untergebracht hat.«

»Wobei das Jugendamt ja auch eigene Pflegefamilien hat, für die das Xenodochium nicht zuständig ist, oder?«

»Richtig.«

»Was für ein Durcheinander!«

»Durcheinander ist immer gut für Betrüger. Die Ausgaben der Stiftung tauchen nicht in den Bilanzen des Jugendamts auf. Theoretisch kann Baphomet so viele Kinder, wie er will, auf seinen Listen führen. Solange der Stiftungsrat keinen Verdacht schöpft.«

»Oder seine Zahlen mit denen des Jugendamts abgleicht.«

»Und solange der Vertreter der Stiftung bei den Sitzungen des Jugendhilfeausschusses nicht aufpasst. Aber ich schätze, solange Baphomet es nicht übertreibt, schöpft keiner Verdacht. Zudem machen Inobhutnahmen nur einen kleinen Teil der Arbeit des Jugendamts aus. Im Ausschuss geht es hauptsächlich um Kindergärten, Spielplätze, Bildungsangebote und Jugendhäuser, erlebnispädagogische Maßnahmen für Jugendliche …«

Richard zündete sich die dritte Zigarette an.

»Und Familienrichterin Depper hat es rausgekriegt«, sagte ich. »Und damit hat sie Baphomet unter Druck gesetzt, damit er ihr Eliskas Tochter überlässt. Und er ist ihr hinterher und hat sie umgebracht.«

»Reine Spekulation.« Richard beugte sich vor und schob mir Wagners Liste mit den Namen von Pflegefamilien und Kindern hin. »Schau dir das mal an. Was siehst du?«

»Jede Menge Namen. Moment …« Ich stellte meine Augen auf Suchlauf. »Eliska Nemkovas Tochter steht da nicht.«

»Nehmen wir an, sie wurde bereits anonymisiert. Dann hat sie einen anderen Namen. Einzig die entsprechende Stelle im Jugendamt kennt ihre wahre Identität.«

»Aber dann hätte Baphomet an Depper ja niemals das richtige Kind herausgeben können.«

»Eben!«

»Oder Annemarie Hellewart hat ihrer Freundin Sonja einen Tipp gegeben.« Ich frohlockte. »Das wäre dann eine Verletzung ihrer Dienstpflichten. Das bricht ihr das Genick!«

»Mag sein. Aber ich wollte dich auf etwas anderes aufmerksam machen, Lisa. Wie oft kommt auf Wagners Liste der Name Tobias vor?«

»Drei Mal.«

»Und zwar einmal als Tobias Müller, dann als Tobias Meier und hier als Tobias Abele. Fällt dir da was auf?«

»Frag nicht so pädagogisch.«

»Müller und Meier sind Allerweltsnamen, Abele steht im Telefonbuch ganz oben. Es sind Fantasienamen, Lisa. Ambrosius Baphomet lässt sich allein Tobias dreimal vergüten. Einmal im Sonnennest, zweimal in Pflegefamilien. Und damit er nicht durcheinanderkommt, behalten die Kinder jeweils ihre Vornamen.«

»Aber Celine Leidenfrost, die habe ich wirklich unter der angegebenen Adresse gefunden.«

»Sie gehört zu den 121 realen Kindern, die vom Jugendamt kommen.«

»Tobias Vlora ist auch real.«

Richard lehnte sich zurück und paffte. »Tja.«

»Und wenn die tatsächlich Kinder haben, die Tobias heißen? So selten ist der Name nun wirklich nicht.«

»Das wird man überprüfen müssen.«

Er rauchte eine Weile schweigend und dachte nach, während ich gedankenlos auf die Liste starrte. Aber auch das führte zu was.

»Schau mal, Richard: Glems. Das ist gleich hier um die Ecke. Da lebt die Familie, die Tobias Abele hat. Da könnten wir locker morgen mal hinfahren und nachschauen.«

Aber Richard hing noch an der vollständigen Tilgung von Tobias Vlora aus den Akten. »Was bringt das Baphomet? Was für einen Vorteil hat das?« Er schüttelte den Kopf. »Immerhin schadet es nicht. Teixel hat Tobias Vlora im Sonnennest gefunden. Zumindest nach Aktenlage des Jugendamts. Würde er ins Sonnennest fahren und den Jungen zu sehen verlangen, ist es völlig egal, unter welchem Nachnamen er geführt wird. Baphomet kann ihm Tobias präsentieren. Und so funktioniert das grundsätzlich. Wenn das Jugendamt ein Kind verlangt, für ein Treffen mit der Mutter, für Arztbesuche, einen Gerichtstermin, dann wird das Kind vorgeführt, egal, ob es sich im Heim oder unter fiktivem Nachnamen in einer Pflegefamilie befindet. Sollte jemals einer vom Jugendamt zu einem Überraschungsbesuch im Sonnennest erscheinen und ein bestimmtes Kind sehen wollen, das in eine Pflegefamilie ausgelagert ist, so erklärt man ihm, die Kinder befänden sich gerade alle zu einer erlebnispädagogischen Maßnahme im Wald. Sollte er warten wollen, wird man eilends Kinder herbeischaffen, auch das gesuchte, aber wahrscheinlicher ist, dass der Beamte anderntags wiederkommt. Bis dahin hat Baphomet die notwendige Zahl von Kindern zusammengezogen und kann ein volles Haus präsentieren. Nach den anderen, den gänzlich fiktiven Kindern, fragt ja eh niemand.«

»Ganz schön …« Mir fehlten die Worte. »Abgefeimt.«

»Ich schätze, mit dieser Geschäftsidee hat Ambrosius Baphomet in den letzten drei Jahren einige Millionen zusammengebracht.«

»Geht das ohne Mitwisser?«

»Helfertypen wie den Baphomets vertraut man meistens. Und solange er nicht übertreibt …«

»Aber dem Detlef Depper, hätte dem als Wirtschaftsanwalt im Aufsichtsrat der Stiftung nicht was auffallen müssen? Oder muss man annehmen, dass er mitgemacht und mit kassiert hat?«

»Dann wären wir bei bandenmäßigem Betrug. Als Anwalt wäre Depper damit für immer erledigt.« Der Staatsanwalt blies Rauchringe gegen die vergilbte Decke der Küche meiner Mutter.

»Aber wenn es so ist, und Sonja Depper hat es rausgekriegt?«

Richard schaute mich an. »Sie war nicht wirklich der Typ, der sich für die Geschäfte ihres Mannes interessiert. Sie hatte selber genug zu tun mit ihrem Beruf.«

»Aber ihr war Baphomet suspekt. Und dass ihr Mann in der Stiftung Xenodochium Aufsichtsrat ist, muss sie gewusst haben. Hast du mich nicht vorhin gefragt, womit sie ihren Mann hätte unter Druck setzen können, damit er die Adoption von Eliska Nemkovas Kind betreibt? Damit, Richard. Sie hätte ihm drohen können, dass sie dir was steckt. Und tatsächlich hat sie dich ja bereits ein bisschen angespitzt, wenn auch mit unkonkreten Verdächtigungen. Das war ein Warnschuss gegen ihren Mann.«

»Glaube ich nicht.«

»Du möchtest bloß nicht wahrhaben, dass diese Tussi mit dem Kutschpferdhintern dich für ihren Ehekrieg missbraucht hat!«

»Ach was! Detlef Depper hat die Adoption platzen lassen, Lisa. Und sie hat mir nichts erzählt.« Richard stauchte die Kippe in den Aschenbecher. »Sie hat auch gar nichts gewusst. Denn wenn, dann hätte sie als Ehefrau ihren Mann zwar nicht anzeigen müssen, aber als Richterin schon. Sonst wäre sie, wenn es rauskommt, ebenso erledigt gewesen wie ihr Mann als Anwalt.«

»Sie hat die Erpressung fortgesetzt, Richard. Sie wollte das

Kind klauen, nachdem klar war, dass es ihr nicht offiziell zugesprochen wird, und Detlef musste dazu die Klappe halten.«

»Das wäre nie gutgegangen!«

»Aber es ist ein gutes Mordmotiv«, sprach ich aus, wogegen er sich so vehement sträubte. Es fiel ihm grundsätzlich schwer zu denken, dass es Gründe gab, die für einen Mord ausreichten. »Detlef Depper wird nicht nur eine Erpresserin los, sondern auch seine Frau und kann Eliska heiraten.«

Richard schlitzte die Augen. »Und dann hätte er Eliskas Tochter unter der Leiche liegen lassen?«

»Wenn seine Frau ihm im Streit mitgeteilt hat, dass sie dich angerufen hat und dass du kommst, dann hätte er darauf hoffen dürfen, dass du oder die Polizei das Kind zeitnah findet.«

Es war mucksmäuschenstill im Haus. Landstill. Ab zehn fuhr kein Auto mehr durch die alte Wohnsiedlung.

»Eins ist klar«, resümierte Richard. »Der Anfangsverdacht reicht hin, damit wir das Sonnennest und die Stiftung unter die Lupe nehmen. Und wir brauchen Wagners Liste nicht dafür. Es genügt, wenn wir mit den Zahlen des Xenodochiums ins Sonnennest gehen und alle Kinder zu sehen verlangen.«

»Und wann?«

»Na ja, jetzt ist Wochenende. Bis ich die Beschlüsse für das Sonnennest, die Stiftung und die Privat- und Geschäftsräume von Depper formuliert, die Anträge gestellt und alles vom Richter unterschrieben bekommen habe, wird es sicher Dienstag. Und eine Mannschaft für die Durchsuchung muss man auch zusammentrommeln.« Er blickte auf seine Armbanduhr. »Wo Alena nur bleibt. Es ist längst Zeit fürs Fläschchen.«

Ich seufzte innerlich. Das war's dann wohl für heute. Der Staatsanwalt wurde wieder Papa. Kind statt Kriminalitätsbekämpfung.

27

Richard schlief wie tot, und ich lag wach im Frust, stocksteif, weil die Prellung in der Schulter es verlangte, besorgte es mir schließlich selbst und zwang mich im Oxytocin-Erguss der Selbstliebe zu gönnerhaften Gedanken. Gönn ihm die paar Tage das Kind. Dreimal hörte ich in dieser Nacht Alenas grillenhaftes Greinen, dreimal stand Richard auf und ging mit ihr hinunter in die Küche, gefolgt von meiner Mutter. Und weil ich nun mal schlaflos in Gönnerlaune war, gönnte ich es ihr auch gleich. Von mir würde sie nie einen Enkel bekommen.

Als ich gegen zehn aus bleiernem Scheintod erwachte, war das Bett neben mir bereits kalt. Richard saß im Wohnzimmer unterm heiligen Sebastian und versuchte, Alena für einen Schlüsselbund zu interessieren. Sie griff immer daneben. Eigentlich griff sie überhaupt nicht gezielt. Aber sie atmete heftig und strampelte vergnügt.

»Na«, erkundigte ich mich. »Hat sie schon Papa gesagt?«

»Das ist doch noch viel zu früh!«, entrüstete sich meine Mutter, die gerade mit einem Teefläschchen eintrat. »Du hast erst mit vierzehn Monaten Papa gesagt, und Mama erst mit achtzehn Monaten. Aber du warst ja mit allem spät dran.«

Tröstlich! Ich folgte ihr in die Küche. Der Kaffee war nur noch lauwarm, die Brötchen bereits pappig.

»Wir haben um halb acht gefrühstückt.« Alles, was meine Mutter sagte, klang vorwurfsvoll, aber vermutlich konnte sie nichts dafür, sie hatte es nicht anders gelernt und war jetzt zu alt, es zu ändern. »Fürs Mittagessen eingekauft haben wir auch schon. Wir wollten dann jetzt mit Herrn Weber nach Metzingen fahren. Katarina war noch nie dort. Wir haben nur auf dich gewartet.«

Outlet-City, soso, Wiedergutmachung, dachte ich. Das passte mir jetzt gar nicht.

»Herr Weber ist ja wohl ein Frühaufsteher. Er hat aber gemeint, wir sollten dich schlafen lassen.«

»Er gefällt dir, was?«

Ein Mundwinkel rutschte meiner Mutter zum Ohr. »Er ist schon recht.« Zaghaft hoffnungsvoll und zugleich zweifelnd setzte sie hinzu: »Ist es was Ernstes?«

»Zumindest ist er mein bisher am längsten dauernder privater Irrtum«, antwortete ich. »Von dir abgesehen, Mama. Aber die Mutter kann man sich ja nicht aussuchen.«

»Das Kind auch nicht!«

»Hättest du gern ein anderes gehabt?«

»Kind, du stellst Fragen!«

»Ich tät's gern wissen, Mama.«

»Du liebe Güte! Ich habe dich unter meinem Herzen getragen. Und so wie heute hat man sich damals nicht um Kinder kümmern können. Aber ob die heutigen Kinder wirklich glücklicher sind …«

»Als wer? Als ich?«

»Bei all den Ablenkungen, den Verlockungen und Verführungen. Meinst du etwa, Katarina ist glücklich?«

»Katarina ist ein schlechtes Beispiel, Mama. Ihre Mutter hat sich vorgestern umgebracht. Das Jugendamt hat ihr ihren kleinen Bruder entführt. Ihr Vater ist davongelaufen, sie lebt seit Jahren von Hartz-IV, nicht mal die Realschulempfehlung haben ihre Lehrer ihr gegeben. Und jetzt kommt sie ins Heim.«

»Wer weiß, wozu's gut ist. Und das Heim ist doch nicht mehr wie früher. Da wird nicht geprügelt, die Kinder müssen nicht hungern. Die haben da Sportplätze und Tiere. Sie lernen ein Instrument, sie kriegen Förderunterricht. Das ist mehr als manches normale Kind bekommt.«

Ich erfuhr nicht, ob ich ihr als Tochter so recht war, wie ich war. Vermutlich hatte sie sich diese Frage nie gestellt. Ihre Generation nahm's, wie's kam. Die intimsten, die größten, die umstürzlerischen Wünsche kannte nur die Muttergottes. Und die hielt sich tunlichst zurück mit ihrer Erfüllung.

Im Wohnzimmer saß inzwischen auch Katarina und bearbeitete ihren mp3-Player. Sie hob den Kopf, als ich eintrat. »Haben Sie Internet auf Ihrem Computer?«

»Wieso?«

»Könnte ich da auch meine Mails checken?«

»Wolltet ihr nicht in die Outlet-City fahren?«

»Geht ganz schnell.«

Wir gingen in die Küche. Ich fuhr meinen Computer hoch, tippte das Passwort ein, startete den Internetzugang und ließ Katarina am Küchentisch zurück. Richard sah aus, als müsse er dauerhaft ein Gähnen unterdrücken. Alena schlief inzwischen, leise schnurchelnd.

»Eigentlich bräuchte ich jetzt das Auto«, eröffnete ich den Konflikt. »Aber ihr wollt ja nach Metzingen fahren.«

»Ich dachte, du kommst mit. Wir haben extra gewartet … Wir könnten dort auch was essen, dann muss deine Mutter nicht kochen.«

»Meine Mutter kocht gern. Wenn wir schon mal da sind! Außerdem habt ihr schon eingekauft!«

Ein verwundertes Lächeln erschien auf Richards Gesicht.

»Aber von mir aus könnt ihr dort was essen. Ich komme schon zurecht!«

Das war's, was ich an Familien hasste. Aufeinander warten, Absprachen, Verhandlungen, Streit um den Autoschlüssel, Samstagvormittagseinkaufsbummel, Wiener Schnitzel und überbackene Baguettes in der Selbstbedienungscafeteria.

»Wie du meinst«, sagte er und gab mir den Autoschlüssel, »dann fahren wir eben mit dem Bus.«

Prompt überkam mich ein schlechtes Gewissen. Drei Leute mussten mit dem Bus fahren, weil ich das Auto wollte. Nicht, weil ich es jetzt brauchte – meine Fahrt wäre auch verschiebbar gewesen –, sondern weil ich rauswollte und für zwei Stunden selbst bestimmen, was ich tat und ließ.

»Und sei doch bitte so gut, Richard, und ruf Meisner an,

ja?« Ich klang wie eine genervte Ehefrau. »Frag sie, woran der Rechtsmediziner Fremdverschulden erkannt hat. Und ob es Erkenntnisse aus den Genspuren gibt oder sonst irgendwelche Besonderheiten. Wir brauchen Täterwissen.«

»Das darf sie auch mir nicht sagen, Lisa.«

»Jetzt zier dich doch nicht so! Wenn du sie direkt fragst, wird sie es dir sagen.«

Ich nahm Cipión, ließ ihn auf den Beifahrersitz springen, legte mir die Zigarettenschachtel bereit und tippte von Wagners Liste ein halbes Dutzend Adressen in Richards Navi und ließ alles hinter mir.

Zuerst Glems, ein Nest zwischen Wald und Feldern. Die Hausnummer in der Kirchstraße, die auf Wagners Liste stand, gab es nicht. Damit hatte sich Tobias Abele schon mal erledigt. Über Hardtsiedlung-Neuhausen und Neuhausen an der Erms fuhr ich nach Metzingen – eigentlich hätte ich Richard und Katarina mitnehmen und im Einkaufsparadies absetzen können – und drüben wieder hinaus. Bis Nürtingen raste ich eine Weile. Die nächste Pflegeelternadresse lag in einem Industriegebiet. Ich fand zwar Hausnummer und Haus, sogar den Namen am Klingelschild, aber aus dem dazugehörigen Briefkasten quoll das Werbematerial. Hier war niemand zu Hause. Cipión pinkelte gegen den Pfosten der Briefkastenanlage und ich machte Fotos. In Echterdingen stieß ich auf ein belebtes Haus in einer frühwinterlich verschlafenen Wohnsiedlung. Im Garten stand eine Schaukel. Eine gewisse Jil Bauer war hier untergebracht. Der Name der Pflegeeltern stand an der Klingel. In Waldenbuch kaufte ich für meine Mutter im Werksverkauf von Ritter Sport kiloweise Schokolade, nachdem sich der Schelmenriegel nicht als Wohn-, sondern als Waldstraße entpuppt hatte. In Reutlingen war das fiktive Kind in einer nicht existierenden Wohnung auf einem Abrissgelände untergebracht.

Halb eins kehrte ich nach Vingen zurück und klingelte an der Haustür meiner Mutter. Vergeblich. Was hatte ich erwartet? Zwei Stunden reichten nicht für Factory-Shopping, wenn ein dreizehnjähriges Mädchen und meine Mutter dabei waren, die eine gierig, weil sie zum ersten Mal in ihrem jungen Leben und vielleicht nie wieder Gelegenheit bekam, auf Kosten eines spendablen Herrn einzukaufen, der nicht mit ihr ins Bett wollte, und die andere umständlich, weil Gier sich verbot und sie zu jedem Kleidungsstück, das sie gerne gehabt hätte, überredet werden musste. Ich stellte mir Richard vor, mit Alena im Arm – oder im Kinderwagen, wenn er Glück hatte – in Sesseln sitzend und einmal die Göre in etwas viel zu Kurzem oder zu Engem, dann die geschamige Alte in etwas viel zu Buntem bewundernd. Aber vielleicht hatte er es genau so gewollt. Vielleicht war es das, wovon er von Kindesbeinen an geträumt hatte, wenn er sich sein Leben als Mann vorstellte. Und Hugo-Boss-Anzüge.

Sie waren jedenfalls noch nicht wieder da, als ich feststellte, dass ich keinen Schlüssel hatte. Ich tappte ums Haus herum und suchte nach einem gekippten Fenster. Aber meine Mutter lüftete im Winter nicht, das sparte Heizöl. Schließlich ergab sich das Schloss zur Waschküche meinem Pickset. Leider war die Tür zur Kellertreppe dann auch abgeschlossen. Um sie zu öffnen, brauchte ich den krumm geschlagenen Nagel, über den die Wäscheleine gespannt war.

Auf dem Küchentisch fand ich meinen Computer im Halbwachzustand mit der Maske eines E-Mail-Anbieters, in die ein gewisser MuminX eingeloggt war. Allerdings festgefroren. Posteingang und Postfächer waren sichtbar, aber der User ausgeloggt. Ich schickte Wagner eine Notmail: »Brauche das Passwort!«

Er antwortete prompt: »Lass mich mal. Zugang bestätigen.«

Wenig später erschien ein Fenster, in dem ich Ja anklicken musste. Dann taten Cursor und Bildschirm eine Weile allerlei Dinge. Schließlich verließ Wagner meinen Computer und teilte mir Katarinas Zugang mit: »MuminX, Pass: Kaulitz.« Ich loggte mich ein.

Katarinas letzte E-Mail war an Jovana gegangen und mit

KX unterschrieben. »Ich kack ab! Aber keine Angst, sie ahnen nichts.«

Ärger flog mich an. Ich hätte gerne behauptet, dass ich was ahnte, aber ich wusste nicht, was. Ich kopierte erst einmal unbesehen den Inhalt aller Mailfächer auf meinen Computer. Dann überflog ich Katarinas Korrespondenz. Jovana und Katarina hatten nicht eben viele Mails ausgetauscht. Sie sahen sich zu oft, und Katarina musste zum Mailen ja jedes Mal ins Sp@ce gehen. Die Liste der gesendeten Mails reichte die vom Anbieter voreingestellten 90 Tage zurück bis Mitte September. Ich fand zahllose orthografisch zweifelhafte Briefe an die Fanadresse von Tokio Hotel. Musik voll fett, Bill Kaulitz voll süß. Unter dem Decknamen MuminX hatte sie auch an andere Stars geschrieben. Manche Briefe lasen sich wüst: »Totale Kacke! Voll übel!« Oder: »Du Einhandsegler, wenn du mich noch mal angrappschst, zeig ich dich an.« Von der Art gab es etliche. Ich vermutete, dass sie sich an Lehrer richteten. Außerdem stieß ich auf eine Mail an »d.depper«. Sie war drei Wochen alt und lautete: »Ich weiss alles über ihre Frau und waß sie gemacht hat mit den Kindern. Sagen sie ihr, sie darf uns Tobias nicht wegnehmen, sonst müssen sie dafür bezalen.«

Ich musste mir eine Zigarette anzünden. So eine Malefizmetz aber auch! Erpressung! Katarina erpresste Detlef Depper. Eben mal so, mit leichter Hand und jugendlichem Leichtsinn, so wie sie gestern Abend Richard zu erpressen versucht hatte. Na warte!, dachte ich. Und rauchte bei offenem Fenster. Richard hatte sie mit Erlogenem zu erpressen versucht. Depper auch? Nina Habergeiß war einst Hebamme gewesen, fiel mir ein.

An der Haustür knackte der Schlüssel. Jetzt schon! Verdammt. Ich warf die Zigarette zum Fenster hinaus, eine unnötige Panikreaktion, denn meine Mutter hatte uns das Rauchen erlaubt.

Tüten schoben sich in den Flur, gefolgt von meiner Mutter, Katarina und Richard mit Kinderwagen. Alena schrie. Meine Mutter trug Kuchen in die Küche, Katarina ihre Tüten in die

Stube, Richard war gestresst und trug Alena nach oben. Mich sah keiner.

Ich folgte Richard die Treppe hinauf. Er hatte Alena auf dem verwitweten Ehebett meiner Mutter abgelegt und zog sich das Jackett aus.

»Ich bin einige Adressen abgefahren«, teilte ich mit. »Bei den meisten wohnen keine Kinder. Wir haben also recht gehabt ...«

»Lisa, Kenntnisse, die ich durch Wagners Liste erlange, kann ich nicht verwenden!«, sagte er genervt, während er Alenas Strampler öffnete.

»Aber wenn wir zufällig durch eigenen Augenschein herausbekommen, dass ...«

»Ich muss jetzt erst einmal Alena wickeln!«

Sie hatte sich buchstäblich bis zu den Ohren eingeschissen. Sie schrie, weil ihr das nicht gefiel. Es gefiel ihr aber auch nicht, dass jetzt die warme Scheiße im Luftzug kalt wurde. Sie schrie aus voller Kehle, ruderte mit den Armen, strampelte und schmierte gelbe Kinderkacke aufs weiße Laken des Ehebetts. Cipión machte eine lange Nase die Bettkante hinauf. Richard verlor die Nerven. Er gab Cipión einen gebremsten Tritt.

»Nimm doch diesen verdammten Köter da weg!«

»He, Cipión kann nichts dafür!«

Meine Mutter geisterte, verführt von großmütterlichem Instinkt oder schlichter Neugier, zur Tür herein, sondierte die Lage, nahm beherzt das kreischende Scheißwürstchen zwischen beide Hände und trug es ins Badezimmer. Richard wankte einen Moment, dann raffte er frische Windeln, Höschen, Hemdchen und Strampler und folgte ihr.

Wie sie es machten, wollte ich nicht wissen.

Zumal mir einfiel, dass ich den Computer unten offen hatte stehen lassen. Ich sprang mit einem Satz die Treppe hinunter – zum Glück war Katarina ganz vernarrt in ihre neuen Jeans, Chucks und Shirts – und lief in die Küche.

Alles war, wie ich es verlassen hatte. Ich machte die Fenster zu, eins nach dem anderen. Dabei entdeckte ich, dass die Handy-Aufnahme offen stand, die ich im Jugendamt gemacht hatte. Ich musste sie irgendwann mit allem anderen Handykrust auf den Computer gesynct haben. Hatte Katarina gestöbert, oder war ich es gestern Abend selbst gewesen? Es war eine ziemlich lange Aufnahme, über zwei Stunden. Offenbar hatte ich vergessen, sie nach unserem Jugendamtsbesuch zu stoppen. Auf dem Audio war nicht nur Richards Gefecht mit Hellewart und Manteufel zu hören, sondern auch, was wir auf unserer Fahrt in die Liststraße gesprochen hatten: »Weißt du, Lisa, ich möchte bitte nicht ermordet werden.« Dann unsere Parkplatzsuche, mein Parkmanöver im Hinterhof, unser Eintritt in Deppers Kanzlei, unser Gespräch mit Depper. »Wie oft habe ich ihr ... meiner Frau ... gesagt, sie soll sich den Schal nicht dreimal um den Hals wickeln.«

Moment!

Was sagte Depper da?

Ich sah die Richterin wieder vor mir am Tisch im *Tauben Spitz* an ihrem letzten Abend unter den Lebenden. Und ich hatte sie so garstig behandelt! Richard war zum Rauchen hinausgegangen, sie hatte zahlen wollen und sich den violetten Schal um den Hals gelegt. Aber nicht geschlungen. Sie hatte ihn vielmehr nach Art moderner Karrieretussis in der Mitte zusammengefaltet, um den Nacken gelegt und die Enden durch die Schlaufe gezogen, so dass der Wulst auf ihrem Brustbein lag. Eigentlich hätte man nur an den Enden ziehen müssen, damit sich die Schlinge zuzog, und Exitus. Doch Detlef Depper redete hier von dreimal wickeln. Auf meinen Fundortfotos war der Schal auch so geschlungen, wie er es als ihren Fehler beklagte, weil er als Bub schon mal einen Klassenkameraden deshalb hatte sterben sehen. Detlef kannte die Kleidungsgewohnheiten seiner Frau offenbar sehr schlecht. Damit war das, was er uns erzählt hatte, Täterwissen.

28

Bis zum Kaffee hatten sich die Gemüter beruhigt, nur meines nicht. »Es ist Detlef Depper!«, raunte ich Richard zu, als der latente Verteilungskampf um die gekauften süßen Stücke tobte.

»Jetzt nicht«, antwortete er und ließ sich die Schwarzwälder Kirschtorte geben, die meine Mutter eigentlich gern gehabt hätte.

Als das Apfelstück bei mir landete, klingelte mein Handy.

»Teixel!«, sagte eine Stimme. »Entschuldigen Sie, dass ich Sie schon wieder anrufe.«

»Wir sind ja gestern unterbrochen worden«, sagte ich. »Was gibt's?« Ich stand auf, angelte meinen Parka und trat vor die Haustür. Bei der Gelegenheit konnte ich mir auch gleich eine Zigarette anstecken.

»Ich war heute im Sonnennest«, berichtete der Jugendamtsmensch. »Und wissen Sie, was mir aufgefallen ist? Es sind kaum Kinder im Haus. Ich habe mir die Schlafräume zeigen lassen. Und wissen Sie was? Die meisten Betten sind nicht einmal bezogen. Herr Baphomet erklärte mir, die Räume sollten renoviert werden, die Kinder befänden sich in einer erlebnispädagogischen Maßnahme in Bad Urach. Dort gibt es einen Kletterpark. Und das im Dezember. Ich habe ihm auf den Kopf zugesagt, dass Kletterparks im Winter geschlossen sind. Da räumte er ein, man habe einen Teil der Kinder vorübergehend in Pflegefamilien gesteckt, um renovieren zu können.«

Richard würde Teixel verfluchen. Jetzt war Baphomet gewarnt.

»Und wissen Sie was?«

»Nein, was?«

»Da hat mich doch tatsächlich eben unser Amtsleiter angerufen …«

»Herr Manteufel?«

»Persönlich, daheim! Am heiligen Samstag! Und wissen Sie,

was er gesagt hat? Es sei nicht meine Aufgabe, das Sonnennest zu kontrollieren.«

»Oh!«

»Ja, gell! Manteufel ist ein Seckel. Er fürchtet Eigeninitiative, weil da könnte sich ja herausstellen, dass er unfähig ist. Aber dann ist mir was eingefallen. Ich habe mal eine E-Mail bekommen, die nicht für mich gedacht war, sondern für Manteufel. Ich bin jetzt im Amt, weil ich die E-Mail noch mal sehen wollte.«

»Und?«

»Ich habe sie vor mir. Sie ist vom Jahresanfang. Damals ist sie mir so komisch vorgekommen, dass ich sie nicht an Manteufel weitergeleitet habe. Ich dachte, das ist nicht gut, wenn er weiß, dass ich das gesehen habe. Da werden Zahlen multipliziert, 150 mal 351 mal 12. Es ist eine verdammt hohe Summe, die da rauskommt. Falls es Geld ist. Ich weiß noch, damals habe ich erst gedacht, Baphomet reicht irgendwas nach für den Jahresbericht. Aber wir haben nur 121 Kinder im Sonnennest. Bei den 351 kann es sich also nicht um Kinder handeln.«

Mein Herz wummerte. »Könnten Sie mir diese E-Mail schicken?«

»Wofür wollen Sie das denn?«

»Nach meiner Einschätzung handelt es sich um einen Beleg dafür, dass Ihr Amtsleiter darüber informiert ist, dass Baphomet von der Stiftung Gelder für fiktive Kinder kassiert, und dass er, Manteufel, sich dieses Wissen bezahlen lässt.«

»Das wäre ja …« Teixel keuchte.

»Korruption. Passen Sie auf. Ich nenne Ihnen jetzt eine Hotmail-Adresse, in der mein Name nicht erscheint. Da schicken Sie die Mail hin. Danach löschen Sie den Dialog von Ihrem Konto. Dann kann Ihnen eigentlich niemand mehr draufkommen, dass Sie es waren, der mich informiert hat. Von meiner Seite aus gilt Informantenschutz. Das heißt, ich werde Ihren Namen auch unter Folter nicht nennen.«

Er hatte Schiss. Da hatte er die einmalige Chance, seinen

Amtsleiter loszuwerden, eine Chance, die nicht viele gequälte Arbeitnehmer hatten, und es krampfte sich sein Gedärm. Manchen Menschen fiel es gar nicht leicht, einem anderen – und sei er auch ein noch so großer Seckel – den Todesstoß zu versetzen.

Noch während ich mit Teixel redete, klopfte ein weiterer Anrufer auf meinem Handy an. Es war Ruth Laukin vom *Stuttgarter Anzeiger*. Ich steckte mir die dritte Zigarette an, auch wenn mir die Füße allmählich erfroren, und drückte den Rückruf.

»Du«, sagte sie, »da hat eben der Leiter des Jugendamts bei uns angerufen …«

»Herr Manteufel.«

»Kennst du den?«

»Ja.«

»Dem geht ja der Arsch mächtig auf Grundeis. Er hat rechtliche Schritte angedroht, falls wir auch nur eine Zeile veröffentlichen, in der dem Jugendamt irgendwelcher Kinderklau unterstellt wird. Bei der Familie Leidenfrost habe man korrekt gehandelt.«

»Ja, ja! Aber die Leidenfrosts sind nicht das Thema.«

Laukin lachte. »Heute wohl noch keine Nachrichten gehört? Die Leidenfrosts haben in einer Nacht- und Nebelaktion mit tatkräftiger Unterstützung einiger Nachbarn vom Raitelsberg ihre acht Kinder aus den Pflegefamilien geholt und sind mit ihnen auf und davon. Wahrscheinlich ins Ausland.«

Ich lachte.

»Und nun ist die Frage, woher sie die Adressen der Pflegefamilien hatten. Und Manteufel hat Schiss, dass herauskommt, dass es eine undichte Stelle im Jugendamt gibt.«

»Nein, Ruth«, sagte ich. »Er hat Angst, dass rauskommt, dass derjenige, der die Adressen der Pflegefamilien hat, darauf kommt, dass im Sonnennest fiktive Kinder über die Stiftung Xenodochium abgerechnet werden. Und ich bin die, die die Liste hat.«

»Was? Noch mal! Was hast du?«

Ich erklärte es ihr.

»Okay«, sagte sie dann. »Du kriegst eine halbe Seite am Montag, aber mit Fotos von den unbewohnten angeblichen Pflegefamilienadressen. Und ich möchte den Artikel morgen Mittag haben, damit unsere Juristen noch drübergehen können. Schaffst du das?«

»Klar!«

Ja! Ich ballte die Faust. Endlich! Ich hatte es geschafft! Drin in der Zeitung mit einer großen selbstrecherchierten Geschichte, und was für einer! Ich schwebte in den Salon meiner Mutter zurück. Nur Richard würde abkotzen, fiel mir ein. Wenn der *Stuttgarter Anzeiger* schon am Montag Skandal schrie, konnte er sich seinen Amtsgalopp mit Durchsuchungsbeschlüssen für Ende der Woche sparen. Das musste er für Montag hinkriegen. Und das bedeutete, wir mussten sofort nach Stuttgart aufbrechen.

Im Salon herrschte Kuchenerschöpfung. Richard saß im Sofa mit Alena auf dem Arm, die im Schlaf seinen Zeigefinger umklammert hielt, und sah aus, als sei er fest entschlossen, sich die nächsten Stunden nicht zu bewegen, um die Kleine nicht zu wecken.

»Richard«, sagte ich. »Wir müssen sofort nach Stuttgart. Es hat sich was ergeben.«

Seine milchkaffeebraunen Augen schwappten langsam in meine Richtung und fragten: »Was ist denn nun schon wieder?«

»Baphomet ist gewarnt«, referierte ich. »Teixel war dort. Er hat einen Beweis, dass Manteufel mit kassiert hat. Manteufel telefoniert schon herum. Und ich muss für Montag einen Artikel für den *Anzeiger* schreiben. Und dann fliegt alles auf.«

»Das versteht doch kein Mensch, was du da faselst, Lisa«, sagte meine Mutter.

Richard hatte es sehr wohl verstanden. Aber sein Körper war sichtlich zu müde, sich von meiner Aufbruchshektik anstecken zu lassen.

»Was fliegt auf?«, fragte Katarina.

»Wobei wir bei dir sind«, sagte ich. »Was um alles in der Welt hast du dir dabei gedacht, einen Drohbrief an Detlef Depper zu schreiben? Und Drohbriefe an deine Lehrer und all den Dreck, den du an andere Leute geschrieben hast?«

Katarinas Körper spannte sich alarmiert. »Was hab ich?«

»Du hast deinen Mailkasten offen gelassen. Da habe ich ein bisschen gestöbert.«

»Du hast meine Mails gelesen?«, schrie das Mädchen. »Das darfst du nicht. Das ist Verletzung des Briefgeheimnisses.«

»Du kennst dich verdammt gut aus, wenn es darum geht, anderen Verbrechen zu unterstellen, Katarina. Aber weißt du auch, was du da machst? Üble Nachrede, Erpressung, Nötigung, Terror deinen Lehrern gegenüber?«

»Die sind voll die Arschlöcher! Der Voss, wissen Sie, was der macht? Der …«

»Nein! Und ich will es gar nicht wissen. Anonyme Drohbriefe sind das Letzte vom Letzten, Katarina. Megafeige, absolut mies und widerlich.«

»Es war doch nur Spaß!«

»Das ist kein Spaß, wenn einer die Drohung liest, ein Mädchen werde ihn wegen Begrabscherei verleumden. Und er weiß nicht mal, welches. Und er weiß auch gar nicht, was er gemacht hat. Er weiß nur, als Lehrer kommt er in Teufels Küche, wenn solche Gerüchte über ihn im Umlauf sind.«

»Aber wenn er grabscht?«

Richard warf der Dreizehnjährigen einen ziemlich unangenehm überraschten Blick zu.

Katarina schrumpfte in ihrem Sessel. »Ich mach das doch schon lange nicht mehr, solche Briefe schreiben. War echt behindert.«

»Was ist lange?«, hakte ich nach. »Erst vor drei Wochen hast du einen Drohbrief an Detlef Depper geschrieben.«

»Das war ich nicht, ich schwör!«

»Wer dann?«

»Meine … meine Mutter war das. Sie hat keine eigene E-Mail-Adresse, sie hat das nie kapiert. Wenn sie was mailen musste, dann habe ich das gemacht. Und sie hat gesagt, ich soll an Depper diesen Brief schreiben, weil er doch der Mann von der Richterin Depper ist.«

Gelogen, dachte ich, aber das war ein Nebenschauplatz. »Deine Mutter und du, ihr habt Depper vorgehalten, ihr wüsstet alles über seine Frau und die Kinder. Und wenn sie euch Tobias wegnehmen, müsse er dafür bezahlen. Wie muss man das verstehen, Katarina?«

»Keine Ahnung, was Mama damit gemeint hat.«

»Deine Mutter war doch Hebamme.«

Katarina nickte. Ihre Augen glitzerten wachsam.

»Hebammen ziehen nicht nur Kinder auf die Welt, sie fahren auch zur Nachsorge zu den Müttern.«

»Kann sein, keine Ahnung.« Das Mädchen fing an, den Nagel des Mittelfingers zu beknabbern.

Wahrscheinlich warf ich Richard einen hilfesuchenden Blick zu. Seine Haltung änderte sich zwar nicht, er entriss Alena auch nicht seinen Zeigefinger, aber jetzt war er wach.

»Katarina«, sagte er. »Pass mal auf. Ich möchte dir ein paar Fragen stellen. Ich bin Staatsanwalt, wie du weißt. Deshalb gibt es da bestimmte Regeln. Ich möchte dich als Zeugin befragen, Katarina. Auch wenn wir hier informell zusammensitzen. Es wird auch kein Protokoll gemacht. Dennoch möchte ich, dass du weißt, dass du nichts sagen musst, womit du dir selbst schaden würdest. Und du musst auch nichts sagen, was deine Mutter belasten würde. Aber ich glaube gar nicht, dass du das musst. Wenn du damit einverstanden bist, dass ich dich als Zeugin befrage, dann musst du allerdings die Wahrheit sagen, Katarina. Willst du das?«

Das Mädchen nickte ernsthaft.

»Gut. Dann möchte ich von dir jetzt wissen, ob deine Mutter

dir jemals etwas über ihre Arbeit als Hebamme erzählt hat und ob dabei auch die Rede war von Richterin Deppers Kindern.«

Katarina nickte. »Sie hat gesagt, dass Depper ihre Kinder umgebracht hat. Als Hebamme war sie ein paarmal dort. Und das kann nicht sein, dass zwei Kinder am … na ja, plötzlich sterben. Deshalb hat ja die Depper dann auch dafür gesorgt, dass wir Tobi …«

»Moment, Katarina. Hat deine Mutter sich das nur gedacht, weil es so unwahrscheinlich ist, dass zwei Kinder derselben Mutter den Krippentod sterben, oder hatte sie … sagen wir, konkrete Anhaltspunkte?«

»Sie hat der Depper doch alles erklärt. Dass man die Babys nicht auf den Bauch legen darf, dass die Decke nicht verrutschen darf und so, weil die Babys sonst ersticken können. Mama war total verpeilt, als das mit dem zweiten Kind noch mal passiert ist. Sie hat sogar Angst gehabt, dass die jetzt ihr was anhängen als Hebamme. Sie hat sich total aufgeregt. Da erinnere ich mich noch gut dran, obwohl ich erst neun oder zehn oder so war. Das war echt schlimm. Und wie das dann losging mit dem Jugendamt und als es dann Depper war, die für uns zuständig war, da hat sie total Angst gehabt. Und dann hat die Depper ihr ja auch angehängt, dass sie verrückt wäre und dieses Mühlhausen-Dings hätte und Spaß daran hätte, Kinder umzubringen. Dabei war sie das eigentlich. Und da haben wir … da hat Mama gedacht, sie schreibt dem Mann von der Depper, damit die wissen, dass wir nicht total ohnmächtig sind und denen ausgeliefert. Dass Mama zur Polizei hätte gehen können.«

»Und warum hat sie das nicht gemacht?«

Katarina zuckte mit den Schultern. »Wer hätte uns schon geglaubt?«

»Okay«, sagte Richard. »Danke, Katarina.«

»Das war's schon?«

»Von meiner Seite, ja.« Richard probierte, ob er den Finger aus Alenas Säuglingsklammergriff bekam.

»Und was passiert jetzt mit Depper?«, fragte Katarina. »Wird er jetzt verhaftet?«

»Warum?«

»Weil er seine Frau umgebracht hat. Das denken Sie doch auch. Er hat die Depper umgebracht, damit sie … Keine Ahnung. Sie wollte doch Eliskas Kind adoptieren. Und dann doch nicht. Weil er nein gesagt hat. Und dann hat sie es sich geholt, und er hat sie umgebracht, damit sie … keine Ahnung. Weil sie verrückt ist.«

»Du bist mir ein bissle zu g'scheit, Katarina.«

Das Kind lächelte.

»Aber ich kann dir nicht sagen, was jetzt passiert. Frau Nerz«, wandte Richard sich dann an meine Mutter, »ich fürchte, wir müssen wirklich sofort los, nach Stuttgart.«

»Was mache ich da jetzt mit dem ganzen schönen Essen, das wir gekauft haben?«

»In Portionen einfrieren, Mama«, sagte ich. »Und selber essen.«

Auf der Fahrt erzählte ich Richard, was ich von Teixel und Laukin erfahren hatte.

»Und diesem Manteufel habe ich die Hand gegeben!«, knurrte er. Korruption kam für ihn gleich nach Mord.

»Hast du Meisner …?«

»Jetzt nicht!«, raunte er mit Blick in den Rückspiegel auf Katarina, die sich mit Musik zudröhnte.

Die Filderebene spannte sich unter einer grauen Wolkendecke. Der Herbst war abgeräumt, der erste Schnee des Winters hatte sich in den Ackerfurchen und Gräben eingelagert. Rabenkrähen schwärmten. Am Flughafen zackten die Dächer der neuen Messe. Das Parkhaus querte wuchtig und weithin sichtbar die Autobahn nach München. Schmal nadelte der Fernsehturm am Horizont. Wir fuhren schweigend bis in die Ostendstraße.

»Bringst du sie rauf?«, fragte Richard, als Katarina ausstieg. »Am besten, du lässt dir von Frau Nemkova unterschreiben, dass du sie abgeliefert hast. Ich warte solange. Alena schläft gerade so schön.«

»Und eigentlich willst du der Konfrontation mit der womöglich zukünftigen und wahren Mutter von Alena aus dem Weg gehen«, konstatierte ich.

Katarina machte derweil den Kofferraum auf und holte ihre tausend Tüten heraus.

»Kürz es ab, Richard! Bring sie jetzt rauf und lass sie dort.«

»Das kann ich nicht machen, Lisa. Solange keine Eltern da sind, liegt die gesetzliche Amtsvormundschaft automatisch und ohne richterliche Entscheidung beim Jugendamt. Ob Eliska ihr Baby wiederbekommt, darüber wird zu gegebener Zeit ein Familienrichter entscheiden«

»Wann ist das?«

»Wenn ein Gentest nachweist, dass sie die Mutter ist, und wenn sie erklärt, dass sie ihr Kind nun doch selbständig aufziehen will … und wenn sie es auch kann.«

»Richard! Fang du nicht auch damit an, beurteilen zu wollen, wer ein leibliches Kind aufziehen kann und wer nicht! Geburt ist Schicksal. Wenn Alena zu Eliska gehört, dann gehört sie eben da hin. Sonst müssten wir anfangen, uns zu fragen, ob eine von Hunger und Tod bedrohte Flüchtlingsfamilie im Sudan wirklich ihre fünf Kinder aufziehen kann oder ob wir sie ihr nicht wegnehmen müssen. Von mir aus gern, Richard, aber dann hätten wir viel damit zu tun, für alle Kinder der Welt optimale Bedingungen zu schaffen.«

»Du wirfst wieder alles in einen Topf«, sagte er.

Ich brachte Katarina bis in die Wohnung hinauf. Die Alte bot mir Wodka an, aber ich entkam rechtzeitig. Als ich wieder hinters Luxussteuer von Richards S-Klasse rutschte, ließ er gerade das Telefon sinken. »Meisner geht nicht ran. Sie klang vorhin schon fürchterlich erkältet. Wahrscheinlich hat sie Betäubungsmittel eingeworfen und sich hingelegt.«

»Aber du hast heute schon mit ihr gesprochen?«

»Ja.«

Ich startete den Wagen. Wie üblich kam ich an den Hebel für die Automatik an der Lenksäule, und der Motor jaulte im Leerlauf. »Und, was hat sie gesagt?«

»Ich darf es dir wirklich nicht sagen, Lisa.«

Ich tippte mit dem Finger den Drive-Gang an und ließ den Wagen mal kurz ans Heck des vor uns stehenden Autos springen. Richard stemmte den Fuß ins Bodenblech und umklammerte schützend Alena.

»Nun sag schon!«

»Fahr erst mal los.«

Ich lenkte die Limousine brav auf die Spur unter die entlaubten Bäume des Mittelstreifens, der die Ostendstraße im Sommer zu einer Grünanlage machte.

»Also«, sagte Richard ohne weitere staatsanwaltschaftliche Pedanterie, »Sonja Deppers Leiche weist Spuren von Gewalteinwirkung an den Armen und Beinen auf.«

»Und eine doppelte Strangfurche?«

»Das rechtsmedizinische Gutachten vertritt die Auffassung, dass das Opfer nicht beim ersten Angriff, sondern erst beim zweiten mit Todesfolge erdrosselt wurde. Also zwei Versuche, der letzte tödlich. Der Fundort ist wohl auch der Tatort. Bei den Mengen, die den Hang runter- und wieder raufgestiegen sind, ist es zwar nur schwer zu sagen, aber die KT vertritt die Auffassung, dass sich wenigstens eine weitere Person da unten aufgehalten hat.«

Ich bog in die Wagenburgstraße ein und hielt auf den Tunnel zu. »Und wer? Der Ehemann?«

»Man hat bei der Durchsuchung seiner Privaträume und seines Büros keine Spuren gefunden, die darauf hindeuten, dass er sich im Wald aufgehalten hat. Alle Schuhe sauber.«

»Hat er ein Alibi?«

»Er war angeblich auf der Heimfahrt von einem Klienten in Freudenstadt.«

»Dann ist er auf der Autobahn Singen–Stuttgart ziemlich dicht am Tatort vorbeigefahren. Vielleicht hat Sonja ja doch zuerst ihn angerufen.«

»Auf Sonja Deppers Handy ist kein Anruf zur fraglichen Zeit mit seiner Handynummer registriert. Aber es gibt noch etwas. Fremd-DNS an einer Stelle, wo sie unter keinen Umständen sein darf.«

»Wo?«

Richard warf mir einen Blick zu. Ich fürchtete schon, er werde auf den letzten Meter wieder skrupulös, aber er zog Alena nur pedantisch das Mützchen zurecht und sagte dann: »Hautabschürfungen am Astknorren, an dem der Schal sich scheinbar zufällig verfangen hat.«

»Das bedeutet also«, stellte ich fest, »dass jemand den Schal auf den Knorren gespießt und sich dabei selbst eine kleine Verletzung zugezogen hat.«

Der Tunnelmund spuckte uns auf die Kreuzungswüste im Geviert von Staatsgalerie, Staatstheater, Bahnhof und Neckartor.

»Man hat bereits eine DNS-Probe von Detlef Depper genommen. Aber bis das Ergebnis vorliegt – morgen Nachmittag –, wird Meisner keinen Haftbefehl beantragen. Sie hat ja sonst nichts.«

Ich fädelte mich auf die Stadtautobahn.

»Nein«, sagte Richard.

»Ich hab doch gar nichts gesagt!«

»Denk nicht mal daran, Lisa! Ich werde Meisner nicht in die Ermittlungen funken.«

»Aber ich muss zu Depper. Ich muss ihm Gelegenheit geben, sich zu den Vorwürfen zu äußern, der Aufsichtsrat des Xenodochiums habe Baphomet und seinem Sonnennest über Jahre Zuschüsse für Pflegefamilien gezahlt, die es gar nicht gibt. Das gebietet die journalistische Sorgfaltspflicht.«

»Haha!«

Es dämmerte schon, als ich Richards S-Klasse über das Verkehrsunglück lenkte, das sich Österreichischer Platz nannte, und die steile Immenhofer Straße hinauforgelte.

»Allerdings …« Richards kaffeebraune Augen funkelten zu mir herüber.

»Entscheide dich! Noch eine Ampel!«

»Allerdings könnten wir uns den Durchsuchungsbeschluss natürlich auch sparen, wenn Depper die Unterlagen freiwillig herausgibt. Und wenn er klug ist …«

Ich schlug den Lenker ein und schleuderte in die Liststraße. Samstagabend herrschte Parkplatzverzweiflung im stillen Gründerzeithäuserschacht. Auch die beiden Stellplätze am Hinterhaus von Deppers Kanzlei waren belegt. Aber Richards Mercedesfahrerseele kannte da nichts. »Stell dich vor die Haustür.«

29

Detlef Depper meldete sich über die Gegensprechanlage aus der Wohnung, kam uns in Jeans, Hemd und Pullover im Treppenhaus entgegen und schloss die Kanzlei auf. Sie roch nach Putzmitteln und Wochenende.

»Und immer noch bekindert?« Der Anwalt gab sich keine Mühe zu verbergen, wie albern er den Staatsanwalt in Vaterpose fand. Er öffnete die Bürotür. »Kaffee kann ich Ihnen leider nicht anbieten. Die Maschine ist nicht in Betrieb.«

»Wir kommen gerade vom Kaffee«, sagte Richard.

Depper stemmte die Hände in die Hüften und machte ein abwartend gelangweiltes Gesicht. »Also, was ist so wichtig, dass Sie mich am Samstagabend aufsuchen?«

»Herr Depper«, sagte ich. »Am Montag erscheint im *Stuttgarter Anzeiger* ein Artikel über das Sonnennest.«

»Von Ihnen?« Er musterte mich von oben bis unten. Der Schmiss an seinem Kinn zuckte.

»Ja, und darin wird stehen, dass die Stiftung dem Sonnennest Zuschüsse zahlt für die Betreuung von Pflegekindern in Pflegefamilien, die es überhaupt nicht gibt.«

Depper zog die Brauen hoch.

»Und meine Frage ist: Wissen Sie etwas davon?«

»Was? Wovon soll ich was wissen?«

»Davon, dass Ambrosius Baphomet bei der Stiftung für fiktive Kinder kassiert.«

»Herr Baphomet ist nicht der Geschäftsführer des Sonnennests, Frau Nerz.«

Und ich war eine sauschlechte Journalistin. Da hatte er recht.

»Herr Depper«, sagte Richard. »Ich sehe einen hinreichenden Anfangsverdacht für einen großangelegten Betrug mit Scheinkindern und Scheinpflegefamilien. Und bevor am Montag der Artikel erscheint, würde ich gern einen Blick in die Bücher der Stiftung geworfen haben. Man möchte ja nicht wie ein Idiot dastehen, wenn die Journalisten anrufen, nicht?«

»Verstehe!« Depper nahm drei Ordner aus dem Regal und legte sie auf den Konferenztisch. »Nehmen Sie sie mit. Ich hoffe allerdings, der Verdacht stellt sich als unbegründet heraus. Auch ich möchte nicht gern als Idiot dastehen.«

Entweder Depper war unschuldig oder mit allen Wassern gewaschen. Wenn uns jetzt nichts einfiel, waren wir draußen. Richard mit dem Baby auf dem Arm und ich mit drei Aktenordnern.

»Ach übrigens«, sagte Richard, sich in der Tür umdrehend. »Das Baby, die kleine Alena hier, sie ist die Tochter Ihrer Sekretärin Eliska Nemkova. Wussten Sie das?«

Der Schmiss auf Deppers Kiefer kräuselte sich spöttisch. »Das fragen Sie mich jetzt nicht im Ernst, oder?«

Im Gegensatz zu mir wusste Richard immer, wann er nichts sagen durfte.

Depper besann sich. Er sah erschöpft aus. »Natürlich wusste ich, dass Frau Nemkova schwanger war. Nur deshalb habe ich sie aus Tschechien mitgebracht. Die Vorstellung, dass sie das Kind nur kriegt, um es in ein tschechisches Kinderheim zu stecken und wieder schwanger zu werden, fand ich unerträglich. Ich weiß, es ist unsinnig. Es gibt tausend andere Frauen, und ich rette eine und ein Kind … Aber irgendwo muss man doch anfangen.«

»Doch Frau Nemkova wollte das Kind nicht behalten.«

»Der Ekel … das muss man wohl verstehen.«

»Also wollten Sie und Ihre Frau es adoptieren?«

»Wir haben kurz darüber nachgedacht, ja. Sonja wollte es, aber ich nicht. Ich habe Ihnen schon erklärt, warum nicht. Die Angst … ich hätte es nicht ausgehalten. Wir haben … ich habe Frau Nemkova angeboten, sie finanziell zu unterstützen. Aber sie meinte, sie könne keine positive Beziehung zu dem Kind in ihrem Bauch aufbauen. Und sie wolle auch nicht, dass meine Frau es nimmt, denn dann würde sie es ständig sehen, und vielleicht könnte sie dann nicht damit leben, dass sie es nicht großzieht. Das mussten wir akzeptieren. Sie hat sich dann aus freien Stücken und ohne Druck von außen entschlossen, es gleich nach der Geburt zur Adoption freizugeben.«

Richard schaute mich an. Jetzt war ich wieder dran, wie immer, wenn es regelwidrig werden musste.

»Sie haben doch«, sagte ich, »vor vier Wochen eine E-Mail mit Drohungen bekommen. Ein Absender MuminX hat Ihnen erklärt, er wisse alles über Ihre Frau und die verstorbenen Babys. Sie sollten Ihrer Frau ausrichten, dass sie Tobias nicht wegnehmen dürfe, sonst müssten Sie bezahlen dafür.«

Der Blick des Anwalts schnellte zu mir. »Das habe ich natürlich nicht ernst genommen.«

»Natürlich nicht. Aber Sie wissen, von wem der Brief stammte?«

»Nein. Keineswegs. Offensichtlich geht es um einen Fall, in dem meine Frau entscheiden musste. Aber sie redet … sie hat mit mir nicht über ihre Fälle geredet, genauso wenig wie ich mit ihr über meine. Daher …« Er hob die Hände, fast erleichtert. »Ich verstehe auch nicht ganz, was das jetzt hier zu suchen hat?«

»Die Mutter, die Angst hatte, ihren Sohn ans Jugendamt zu verlieren, ist inzwischen tot«, erklärte ich. »Sie hat sich erhängt. Und Sie kennen sie. Es handelt sich um Nina Habergeiß, einst die Hebamme Ihrer Frau, die sie auch nach den Geburten ihrer Töchter noch betreut hat und verschiedentlich bei Ihnen zu Hause war.«

Depper zog die Brauen zusammen. »Die Hebamme? Ja, ich erinnere mich dunkel. Da gab es eine, aber ich bin ihr nie begegnet. Sie kam tagsüber, wenn ich im Geschäft war.«

»Das Jugendamt hat ihr am Mittwoch, an dem Tag, als Ihre Frau starb, den fünfjährigen Sohn weggenommen, weil sie angeblich unter einer Krankheit leidet, die Münchhausen-Stellvertreter-Syndrom heißt.«

Ich wartete ab, ob Depper Aha signalisierte, aber er tat es nicht. Im Gegenteil. Sein Gesicht wurde auffällig affektneutral.

»Mütter, die unter dieser psychischen Störung leiden, verletzen ihre Kinder absichtlich, um die Aufmerksamkeit von Ärzten zu erringen. Sie geben ihren Kindern Gift, sie drücken ihnen die Luft ab und schreien die ganze Krankenstation zusammen. Die Mütter wollen ihre Kinder zwar nicht umbringen, aber zuweilen sind ihre Maßnahmen tödlich. Es gibt einen englischen Kinderarzt, der etliche Fälle von plötzlichem Kindstod mit diesem Syndrom in Verbindung gebracht hat.«

Deppers Stimme klang müde. »Und jetzt denken Sie, meine Frau hätte …«

»Was denken Sie denn?«, unterbrach Richard ihn leise.

Vielleicht war es das in Unschuld schlafende Baby auf dem Arm des Staatsanwalts, das den Juristen betäubte. Vielleicht gab es auch nichts mehr zu kämpfen. »Ja«, sagte Depper. »Ja, solche Gedanken habe ich mir durchaus gemacht.« Er drückte sich die Finger in die Augen. »Nächtelang, über Jahre. Jede Minute dieser beiden fürchterlichen Nächte habe ich versucht zu rekonstruieren. Wann ist Sonja aufgestanden, habe ich das Baby vorher eigentlich schreien gehört? Oder ist sie einfach nur so aufgestanden? Ich kann mich nicht erinnern. Habe ich gehört, was sie gemacht hat? Ist sie in die Küche gegangen, um ein Teefläschchen zu machen? Eigentlich waren wir übereingekommen, nicht bei jedem Schrei der Kleinen sofort zu springen und sie nicht daran zu gewöhnen, dass es mitten in der Nacht Tee gibt.«

Er blickte erst mich, dann Richard mit weit offenen grauen Augen an. Sein Bubengesicht war plötzlich faltig, die Backen hingen.

»Sonja hat es mir nie wirklich gesagt, nie ausdrücklich, verstehen Sie, aber aus Andeutungen weiß ich, dass sie als Kind … nun … Gewalterfahrungen gemacht hat. Der Vater hat sie geschlagen, ihre Mutter hat sich erhängt, als Sonja sechzehn war. Sie hat nie darüber sprechen wollen. Ein halbes Jahr war sie in der Psychiatrie, angeblich wegen Borderline, aber sie hat sich nie selbst verletzt. Sie hatte all diese Merkmale nicht, die man mit Borderline in Zusammenhang bringt, Angstzustände, Labilität. Vielleicht war sie manchmal zu gefühllos, geradezu affektleer und …«, er lächelte schief, »ein bisschen arrogant und voller Ansprüche, was ihr alles zusteht, aber sind wir das nicht alle manchmal?«

Alena gab einen verschlafenen Ton von sich und sprudelte Spuckebläschen. Deppers Blick ruckte zu dem Säugling. Er holte tief Luft, dann blickte er uns wieder an.

»Ich weiß nicht, ob Sie sich vorstellen können, was ich durchgemacht habe. Sie können doch die eigene Frau nicht einfach fragen, ob sie die gemeinsamen Kinder umgebracht hat. Sonja hat sich sterilisieren lassen nach dem zweiten Kind. Ich habe das nie verstanden. Man könnte denken, sie habe es getan, um sich selbst ein Ultimatum zu setzen. Wenn sie dieses umbringt, wird es kein weiteres geben. Aber das ist Spekulation. Verstehen Sie mich bitte richtig. Ich weiß nicht, ob meine Frau den Kindern etwas getan hat. Die rechtsmedizinischen Untersuchungen haben keine Hinweise auf Fremdeinwirkung ergeben. Und irgendwann muss man sich für das eine oder andere entscheiden. Ich habe mich dafür entschieden zu glauben, dass wir einfach Pech hatten. Aber den Gedanken an eine Adoption konnte ich nicht ertragen. Es hätte die Ungewissheit wieder aufbrechen lassen, falls Sie verstehen, was ich meine. Natürlich hatten wir Streit deswegen. Sogar am Morgen ihres Todes. Sie hat sich nicht damit abfinden können, dass Eliska ihre Tochter zur anonymen Adoption freigegeben hatte. Und das hat sie ihr gesagt an diesem Morgen. Sie sei kein Mensch, keine Frau, wenn sie ihr Kind weggeben könne. So in diesem Stil. Eliska war außer sich. Ich musste sie heimschicken. Konnte ich ahnen, dass Sonja an dem Tag loszieht und sich das Baby holt, aus dem Kinderheim?«

»Eine schwierige Situation für Sie«, sagte Richard.

Depper sah fast dankbar aus. »Was hätte ich auch tun sollen?«

»Was hätten Sie denn getan, wenn Sonja mit dem Baby angekommen wäre?«, fragte ich.

Depper blinzelte. »Was soll die Frage?« Dann erwachte sein Scharfsinn. »Sie wollen doch nicht etwa herausfinden, ob ich meine Frau umgebracht habe?« Er lachte böse. »Sie haben wohl zu viele Krimis geguckt, Herr Staatsanwalt. Ein kleines Verhör, ohne den Beschuldigten über seine Rechte aufzuklären? Sie gefährden die gesamten Ermittlungen Ihrer Kollegin Meisner und der Soko Mahdental?«

»Wir führen hier nur ein privates Gespräch«, erwiderte Richard und wiegte das Baby in seinem Arm.

Depper starrte ihn an. Das höhnische Lächeln verschwand allmählich aus seinem Gesicht. »Sie haben recht. Was rege ich mich auf? Es kommt nicht mehr darauf an. Ich habe meine Frau nicht umgebracht. Wozu auch? Wenn sie das Baby nach Hause gebracht hätte – womit ich im Übrigen nicht habe rechnen können –, dann hätte sie alles verloren, ihr Richteramt, ihre Beamtenpension, ihr Ansehen. Die Presse hätte sie verhöhnt. Und natürlich hätte sie das Kind zurückgeben müssen. Sie hätte es keinen Tag gehabt. Doch dann hätte sie vielleicht endlich eingesehen, dass sie professionelle Hilfe annehmen muss. Vielleicht wäre es sogar gut so gewesen.«

Der Hauch von Resignation in Richards Haltung sagte mir, dass er dem Anwalt glaubte.

»Nur dass Ihre Frau sich den Schal nicht so gebunden hat, wie Sie es uns beschrieben haben«, sagte ich. »Sie hat die Enden durch die Schlaufe gezogen, wie man das heute macht. Aber Sie haben die Wickelung beschrieben, die ihr Mörder hinterlassen hat.«

»Wie?«

»Das ist Täterwissen, Herr Depper.«

Der Anwalt lachte angestrengt. »Und woher haben Sie Kenntnis von Täterwissen, Frau Journalistin Nerz? Sollte es da eine undichte Stelle geben?«

»Vergessen Sie nicht, ich habe die Leiche gefunden. Ich habe noch versucht, sie … sie wiederzubeleben.«

»Vielleicht waren Sie es ja dann, Frau Nerz!«

In Richard kam Bewegung. »Vielen Dank, Herr Depper«, sagte er von Mann zu Mann über meinen Kopf hinweg. »Und bitte seien Sie uns nicht gram, wenn wir ein paar zu vorlaute Fragen gestellt haben. Es lässt einen ja nicht kalt, wenn eine Kollegin, die man über Jahre begleitet hat …« Richards Stimme knickerte etwas.

Depper winkte ab. »Wir sind alle nur Menschen.«

Arschloch!

»Es ist nicht unsere Aufgabe, ihn zu überführen!«, mahnte Richard, als wir die Treppe hinunterstiegen, ich ihm die Akten hinterhertragend.

»Und jetzt?«, fragte ich.

»Zu mir oder zu dir?«

»Zu mir, ich muss einen Artikel schreiben!«

30

Blaulichter kreiselten am Stöckach im Häuserschacht zwischen Staatsanwaltschaft und dem Wohnblock. Wir sahen es schon, als wir am Neckartor in die Neckarstraße bogen. Ein Polizist winkte die Autos vor uns ungeachtet der roten Ampel sofort in die Heilmannstraße weg. Die Fahrbahn hinter ihm war gestopft voll mit roten Feuerwehrautos. Eine Leiter kragte über sie hinaus. Im Licht der Antiterrorstrahler der Staatsanwaltschaft dampfte Löschwasser.

»Scheiße! Das ist bei mir!«

Ich verweigerte mich den Handzeichen des Polizisten und fuhr geradeaus. Der Beamte stellte sich in den Weg. Verdammt, wo war der Knopf für den elektronischen Fensterheber! Richard half aus.

»Da könnet Sie net durch! Das sehet Sie doch!«

»Aber das ist bei mir!«, schrie ich. »Ich muss da hin!«

Der Polizist beugte sich herab, um einen Blick in den Wagen zu werfen. Richard zeigte über Alena hinweg seinen rosafarbenen Ausweis der Staatsanwaltschaft.

»Ich kann Sie trotzdem net durchlassen«, sagte der Polizist. »Das sehet Sie doch. Da geht nix mehr.« Aber etwas ging immer. »Fahren Sie da hanne na«, sagte er und deutete auf die Apotheke an der Ecke. »Und wartet Sie, ich sag den Kollegen Bescheid. Da wird sich gleich jemand um Sie kümmern.«

Ich stellte die Limousine in das Seitensträßchen vor der Post. Wir stiegen aus, Richard mit Alena auf dem Arm, drängelten uns mit Dackel an der Leine durch die Schaulustigen an der Apotheke bis zur Absperrung vor. Meine neuronalen Prozessoren glühten: Alles weg. Meine Bücher, meine Klamotten. Das Leben auf null gestellt. Macht nichts! War eh alles Plunder. Wird das gutgehen, wenn ich zunächst bei Richard wohne? Zum Glück habe ich meinen Computer mitgenommen. Sonst wär jetzt alles weg. Wie gut, dass ich Wagners Listen auf einem externen Server gelagert habe. Hat Manteufel Feuer gelegt? Oder Ambrosius Baphomet? Egal wer, ich bringe ihn um, wenn Oma Scheible was passiert ist.

Ein Häuflein heimatlos gewordener Leute hatte sich fröstelnd unterm Schutz der Polizei jenseits der Stadtbahnhaltestelle vorm verschlossenen Rolltor der Staatsanwaltschaft versammelt. Die Matuscheks mit drei verschreckten Kindern, Oma Scheible, die sich des Schocks mit Horrorstorys von Bränden, Brandwunden und Rauchvergiftungen erwehrte, die Kopftucheritreerin mit ihrem Mann, der die zehnjährige Almaz fest an der Hand hielt und mit trauriger Miene die Möglichkeit eines ausländerfeindlichen Anschlags erwog, der ihm und seiner Absicht gegolten haben mochte, sein Töchterchen der Genitalverstümmelung auszuliefern, die Studentin mit ihrem Freund und die Alteingesessenen und Rentner, die kaum Miete zahlten, weil sie seit dreißig Jahren in dem Haus wohnten, und nun nie wieder so billig irgendwo unterkommen würden.

Halbwegs beruhigt stellte ich fest, dass es aus dem Stockwerk über mir qualmte, aus den Fenstern der Wohnung von Nina Habergeiß. Verrußt waren nur die Fensterstürze darüber, nicht die meiner Fenster. Niemand hatte also bei mir Feuer gelegt.

Rote Flammen züngelten keine, aber der Dachstuhl dampfte aus allen Ziegelritzen in die helle Stadtnacht. Von zwei Leitern spritzten Feuerwehrleute mit dickem Strahl ins Haus. Was das Feuer nicht angefressen hatte, würde das Wasser unbrauchbar machen. Aber Hauptsache, niemand war verletzt, keiner tot. Das Feuer sei blitzschnell ausgebrochen, erzählte man uns, plötzlich habe es lichterloh gebrannt, Scheiben seien geborsten. Wahrscheinlich Benzin, klügelte Matuschek. Der hatte es von draußen gesehen, als er vom Zigarettenholen wiederkam, und die Bewohner alarmiert, gerettet eigentlich. Wer zahlte jetzt den Schaden. Bei Brandstiftung niemand, wollte Matuschek ganz sicher wissen. Und wenn man den Täter nicht fasse und wenn der nichts habe, bleibe man auf dem Schaden sitzen. Aber wissen werde man das erst in ein paar Tagen, wenn die Brandsachverständigen hineinkonnten. Ich kam mir vor wie im Fernsehen. Ich hörte schon das Tremolo der Reporterin: Katarina V. ist erst dreizehn Jahre alt und doch hat sie nun innerhalb von drei Tagen ihren Bruder und ihre Mutter und nun auch ihr Zuhause verloren.

Wo war Katarina eigentlich? Doch nicht etwa da oben in der Wohnung, auch nicht gewesen! Ich ließ mich über die Telefonauskunft mit dem Anschluss Nemkova in der Ostendstraße verbinden. Eliska ging ran. Nein, Katarina sei bei ihnen. Sie säßen gerade beim Abendessen. Gott sei Dank.

Zu tun gab es jetzt hier auch nichts mehr. Zudem wurde Alena quengelig. Wir hinterließen Personaldaten und Adresse und fuhren erneut durch die Stadt, die Immenhofer hinauf, die Alte Weinsteige zum Haigst in die Kauzenhecke.

Richard badete Alena, wickelte sie, fütterte sie und legte sie erschöpft, aber zufrieden im Kinderwagen ab. Wir aßen, er setzte sich ans Klavier und ich mich in sein Arbeitszimmer an meinen Computer und suchte auf dem anonymen Hotmailkonto nach dem, was mir Teixel gemailt hatte: die Pro-Kopf-Rechnung von Baphomet an Manteufel, die fälschlicherweise an Teixel gegangen war, ferner ein Organigramm des Jugendamts und, als absolut illegale Zugabe, Auszüge aus der Akte über Tobias Vlora-Habergeiß.

Eine Stunde später verstummten die Klaviersonaten und Richard zog mit Deppers Ordnern ins Wohnzimmer um. Alena schrie irgendwann, dann schlief sie wieder. Und ich schrieb.

Fünf Mal fing ich von vorn an, weil nichts zusammenpasste. Ambrosius Baphomet verdiente mit fiktiven Kindern. Er war ein Betrüger. Jugendamtsleiter Manteufel war ihm draufgekommen und verdiente jetzt mit. ASD-Leiterin Annemarie Hellewart mochte keine Kinder, unterstellte den Müttern hoffnungslose Überforderung oder krankhafte Kindesmisshandlung und sorgte dafür, dass die Säuglinge zu Brigitte Belial kamen, die damit wohl auch ihren Schnitt machte, und die anderen Kinder ins Sonnennest. Rosalinde Baphomet verpasste Heimkindern rührselige Opferlegenden und stand an vorderster Front eines hehren Feldzugs gegen Genitalverstümmelung, dem auch die somalische Familie aus meinem Haus zum Opfer gefallen war. So ein Zufall! Richterin Depper hatte in all diesen Verfahren die Beschlüsse unterzeichnet, bei Leidenfrost, bei Habergeiß, bei den Somaliern unter mir, und Terror, Tränen und Traumata verursacht. Mit Baphomets Betrügereien hatte sie nichts zu tun gehabt, sie war ihren eigenen Weg gegangen, von einem Kind zum nächsten, den Blick fest auf den wertschaffenden Nimbus der Mutterschaft gerichtet, eine Madonna auf der Leiter zur Oberlandesgerichtspräsidentin. Dann hatte sie einen Aussetzer gehabt, einen Säugling entführt und ihren Mentor zu Hilfe gerufen. Ihm hätte sie alles erzählt, erzählen müssen. Doch einer hatte sie vorher zum Schweigen gebracht. Aber das war schon nicht mehr Teil der Story, die ich für Ruth Laukin und als Aufmacher für den Lokalteil des *Stuttgarter Anzeigers* am Montag verfasste.

»Und wenn Detlef Depper nicht nur sie umgebracht hat«, überlegte ich, als Richard und ich um halb zwölf im Wohnzimmer zusammenkamen, damit er meine Zahlen nachrechnete und meinen Artikel lobte, was er natürlich nicht tat. »Wenn er auch Nina Habergeiß umgebracht hat.«

»Hast nicht sogar du das eindeutig für Suizid gehalten?«

Warum eigentlich? »Es hat so chaotisch gewirkt, so menschlich, dieses Herumprobieren, bis es endlich klappt. Erst der Versuch mit der Büroklammer in der Steckdose, dann die Schnitte mit dem Rasiermesser, dann der Strick … So was macht doch keiner, wenn er einen andern umbringen will. Abgesehen davon, dass ihm das Opfer so viele Gelegenheiten gar nicht geben würde.«

»Eben.«

»Allerdings, wenn man einen Suizid inszenieren wollte, der

auf jeden Fachmann absolut überzeugend wirkt, dann müsste man es genau so machen. Und anschließend … genau … ein paar Tage später würde man die Wohnung abfackeln, für den Fall, dass im Zuge der Ermittlungen im Fall Sonja Depper doch noch jemand Verdacht schöpft und die ganze Kriminaltechnik antanzt.«

»Das wird immer Spekulation bleiben, Lisa.«

»In Tobias' Akte befindet sich kein richterlicher Beschluss für seine Inobhutnahme, Richard.«

»Manteufel hat uns das doch erklärt: Die zuständige Beamtin ist erkrankt.«

»Das heißt, sie hat den Beschluss in der Manteltasche, seitdem sie Tobias aus dem Kindergarten geholt hat?«

»So ungefähr.«

»Oder es hat nie einen gegeben, Richard. Nichts ist leichter, als einen Beschluss des Amtsgerichts zu fälschen. Man kopiere den Briefkopf und unterschreibe wie üblich mit der Maschine – Depper, Richterin – und mache dann einen Krakel drüber. Detlef Depper dürfte der Krakel seiner Frau bekannt sein. Und er beherrscht die juristische Nomenklatur.«

»Und warum?«

»Seine Antwort auf die Drohung von Nina Habergeiß, sie werde seine Frau als Mörderin anschwärzen. Einschüchterung. So nach dem Prinzip, du kannst mir gar nichts. Er holt Tobias aus dem Kindergarten und steckt ihn ins Sonnennest. Baphomet wird nicht ausgerechnet jetzt den Formalisten spielen. Depper hätte sich nur besser mit ihm absprechen müssen. Mir hat Baphomet nämlich erzählt, Tobias sei von einer unbekannten Person vor dem Tor ausgesetzt worden und er wisse nicht, wer er ist. Und dann geht Depper zu Nina Habergeiß und erklärt ihr, dass sie Tobias wiederbekommt, wenn sie die Klappe hält. Und wenn nicht, dann ist Tobi das nächste Mal tot. So die Art.«

»So die Art?«

»Doch Nina Habergeiß kann ... konnte ziemlich sperrig werden. Sie hatte auch ihren Stolz. Sie bäumt sich auf. Sie droht ihm. Was hindert sie, der Polizei alles zu sagen über die toten Babys und dass die Richterin jetzt wieder ein Kind adoptieren will. Denn Nina Habergeiß wusste von Eliska Nemkovas Kind. Katarina und Jovana sind befreundet, Katarina hat daheim alles erzählt. Und nun kann Nina Habergeiß sogar verhindern, dass wieder ein Kind stirbt. Zum ersten Mal seit langer Zeit ist es wieder wichtig, was sie weiß. Sie wird gebraucht, sie wird ein Säuglingsleben retten. Was sie nicht wusste, ist, dass Depper zu diesem Zeitpunkt seine Frau bereits getötet hatte. Und er glaubt, er müsse auch sie zum Schweigen bringen. Sie ist unberechenbar. Am Ende bezichtigt sie ihn, seine Frau und die Babys getötet zu haben. Vermutlich ist sie ihm wegen der vielen Beruhigungsmittel körperlich rettungslos unterlegen gewesen. Er schleift sie ins Badezimmer ... Er nimmt ... Verdammt! Ich Depp! Ich Riesenschaf!«

»Scht, du weckst Alena auf!«

»Das Blut! Es hätte mir auffallen müssen, Richard. Es hätte auch der Polizei auffallen müssen. Es befand sich kein Blut auf dem Boden, keins im Waschbecken. Es befand sich nur in der Duschwanne. Nur dort!«

»Und das bedeutet?«, fragte Richard widerstrebend interessiert.

»Es bedeutet, dass Nina sich die Pulsader in der Badewanne aufgeschnitten hat. Aber wie hätte sie danach noch die Wäscheleine holen und sich daran aufknüpfen können, ohne ihr Blut überall herumzutropfen, wenigstens im Waschbecken und auf dem Badezimmerboden. Auch die Wäscheleine hätte blutverschmiert sein müssen. Aber so war es nicht. Ich kann es dir zeigen, ich habe Fotos gemacht.«

Er hob entsetzt beide Hände.

»Andererseits kann sich Nina nicht die Pulsader aufgeschnitten haben, nachdem sie sich aufgehängt hatte, auch wenn danach das Herz noch eine ganze Weile schlägt und das Blut reichlich spritzt und fließt. Es muss ein anderer gemacht haben. Vielleicht war Depper sich nicht sicher, ob Nina wirklich im Seil stirbt, so blöd wie sie hing. Bei all dem Fett am Hals. Und sie saß ja fast in der Duschwanne. Vermutlich ist der Halter vom Duschkopf an der Stange hinuntergerutscht. Deshalb hat Depper dann noch die Pulsader aufgeschlitzt. Damit sie verblutet. Und den Kurzschluss mit der Büroklammer hat er herbeigeführt, um ... na, um Verwirrung zu schaffen, was weiß ich. Wenn es zunächst dunkel ist, wenn man in die Wohnung kommt ...«

»Na ja.«

»Jedenfalls muss Depper eine Strommarke am Finger haben. Das wäre ein Beweis. Und auf seinem Computer muss sich der Text des gefälschten richterlichen Beschlusses befinden. So kann er ihn gar nicht löschen, dass man die Datei nicht rekonstruieren könnte. Leider ist der ausgedruckte Brief heute verbrannt. Das ist ein weiterer guter Grund für das Feuer. Ich kann nicht beweisen, dass ich ihn gesehen habe. Hätten wir nur eine halbe Stunde eher bei ihm in der Liststraße geklingelt, hätten wir ihn wahrscheinlich nicht angetroffen.«

»Hm.«

»Und jetzt ist Katarina in Gefahr, Richard!«

Er schlitzte die Augen.

»Sie steckt mit den Nemkovas zusammen. Sie hat alles rund um die missglückte Adoption mitbekommen. Von ihrer Mutter weiß sie von dem Verdacht, dass Sonja Depper ihre beiden Kinder getötet haben könnte. Zumindest könnte Depper das denken, und wie wir wissen, zu Recht. Er muss sie umbringen. Zeuginnen beseitigen. Und zwar, bevor man ihn morgen oder übermorgen verhaftet.«

»Und dann Jovana Nemkova und Eliska ... Nein, Lisa!«

»Und wenn doch? Ein ordentlicher Schwelbrand im engen hölzernen Treppenhaus in der Ostendstraße nachts um drei. Das kostet die meisten Bewohner das Leben, und wenn Depper Glück hat, sind auch die Nemkovas und Katarina darunter.«

Wir starrten uns an.

»Ich fahr da jetzt hin!«, verkündete ich. »Und wenn ich die ganze Nacht in der Ostendstraße stehe. Vielleicht erwische ich Depper auf frischer Tat.«

»Lisa, bitte … Das ist kein Spiel!«

»Und du rufst Meisner an. Du musst sie erreichen. Und wenn du einen Polizeiwagen hinschickst, damit die Beamten sie aus dem Koma klingeln und zwingen, deinen Anruf anzunehmen.«

31

Die Ostendstraße lag still und kalt im Licht von Straßenlaternen und Weihnachtsgirlanden. Autos schliefen. In kaum einem Fenster war noch Licht. An der Ecke schummerte die Nachtbeleuchtung eines Supermarkts. Die Fenster der Polizeidienststelle schräg gegenüber waren hinter blickdichten Rollläden neonhell erleuchtet. Ein Mann eilte von Süd nach Nord. Ein Radfahrer ohne Licht suchte den Tod.

Ich fuhr die ganze lange Straße entlang, an Nemkovas Haus vorbei, an der Polizeidienststelle und der Bäckerei und stellte dann Richards auffällige Limousine doch lieber in einer Seitenstraße ab.

Das Haus Nummer 74b lag nicht weit von der Polizeidienststelle entfernt, allerdings in die zweite Reihe gesetzt und im Schatten der Nachbarhäuser. Ich drückte mich an einen der Bäume auf dem Mittelstreifen und begann zu warten. Nach einer halben Stunde gab ich meinen Platz wegen unerträglicher Kälte und falscher Kleidung auf, marschierte zum Auto zurück, fuhr es in die Ostendstraße, parkte es im Schutz der Bäume an der gegenüberliegenden Fahrspur und drehte die Standheizung auf. Um halb eins rief Richard an und teilte mir mit, dass Meisner ins Amt gefahren sei, um einen Antrag auf Haftbefehl zu schreiben. Außerdem seien ein paar Beamte unterwegs, um Depper vorläufig festzunehmen.

Eine Dreiviertelstunde später informierte er mich, dass die Polizei Depper zu Hause nicht angetroffen habe. Die Polizeidienststelle Ostendstraße sei alarmiert. Man werde das Haus der Nemkovas im Auge behalten.

Kaum hatte ich das Handy vom Ohr genommen, hielt auch schon ein Streifenwagen bei mir. Zwei Uniformierte stiegen aus, setzten sich die Mützen auf und fragten mich, was ich hier machte. Einen Führerschein konnte ich zwar vorweisen, aber keine Fahrzeugpapiere. Nachdem per Anruf bei Richard geklärt war, dass ich die Nobelkarosse nicht gestohlen hatte, erlaubten sie mir, oder vielmehr ordneten sie an, dass ich nach Hause fuhr. Ich rollte die Stadtautobahn entlang, deren neue Fußgängerampeln Samstagnacht Schwärmen von Kneipenbummlern den Weg aus dem Gerberviertel ins Heusteigviertel und umgekehrt bahnten. Ich kurvte um die verunglückte Verkehrsplanung des Österreichischen Platzes und jagte die Pferdestärken in die Immenhofer Straße. Die Ampel am Markusfriedhof war rot. Zwei Mädchen fielen auf, die mit langen Schritten von oben kamen und in die Querstraße einbogen. Hüftkurze Jacken, unter denen Pullover und Shirt hervorlugten, dicke Gürtel auf schwankenden Hüften, Jeanshintern und Chucks an den Füßen, Schals und dunkle Mähnen. Hatte ich mich verguckt?

Ich bog, sobald es die Ampel zuließ, hinterher, überholte die Mädchen und schaute in den Rückspiegel. Tatsächlich: Es waren Katarina und Jovana. Ich bremste auf dem Fahrradweg und sprang aus dem Auto.

Die beiden sprangen gegen die Hauswand zurück. Katarina fing sich als Erste. »Ach, Sie sind das. Und wir dachten schon …«

»Was macht ihr hier? Wisst ihr, wie spät es ist?«

Die Mädchen setzten scheinbeschämte Gesichter auf. »Wir haben die Straßenbahn verpasst.«

»Um halb zwei fährt gar nichts mehr, was man verpassen könnte! Und ihr dürft nach zehn überhaupt nicht ohne Begleitung Erwachsener auf der Straße sein!«

»Das gilt nur für Gaststätten und Bars und so!«, schnappte Katarina zurück.

»Egal. Los, steigt ein.«

Wie aneinandergeklettet rückten sie nebeneinander auf die Rückbank. Ich schlug erneut den Weg in den Osten ein.

»Wo kommt ihr überhaupt her?«

Die Mädchen stürzten sich in verwickelte Erklärungen einer samstäglichen Odyssee, die mit der Clique im Jugendhaus begonnen und sie über Alkoholbeschaffung ins Auto eines jungen Mannes zu einer Party in die Alte Weinsteige geführt hatte, wo er sich mit einer Dritten, die schon sechzehn sei, abgesetzt habe. Als sie bemerkt hätten, dass ihnen ihr Chauffeur für den Rückweg abhandengekommen war, sei die letzte Strambe schon weg gewesen.

»So geht das nicht, Katarina«, sagte ich. »Die Verantwortung kann weder ich noch Eliska oder ihre Mutter übernehmen.«

»Wir sind keine kleinen Kinder mehr. Wir können sehr gut auf uns selbst aufpassen!«, schrie mir Katarina von hinten an der Kopfstütze vorbei ins Ohr.

»Aber es gibt Regeln!«, sagte ich tantig. Ich musste mich konzentrieren, denn ich hatte aus einem rational nicht nachvollziehbaren Grund statt der Stadtautobahn die stillen Halbhöhenstraßen Richtung Ostendstraße gewählt. Vielleicht, weil ich müde war und den Weg für eine Abkürzung hielt, vielleicht auch, um nicht fünfmal am Tag dieselbe Strecke zu fahren.

»Komme ich jetzt ins Heim?«, fragte Katarina.

»Das kommst du sowieso!« Die Limousine schob ihren Stern auf den von allen Geistern verlassenen Kreisverkehr des Urachplatzes. Hinter einer gläsernen Bushaltestelle schlief ein kleiner Spielpark. »Bei den Nemkovas kannst du jedenfalls nicht bleiben, Katarina. Das muss dir doch klar sein.«

»Scheiße!«, hörte ich es hinter mir zischen. »Du bist auch nicht besser als die andern!« Dann wischte mir etwas übers Gesicht und zurrte sich um meinen Hals. Ich bekam keine Luft mehr.

Bremsen, dann Begreifen. Ich hörte mich röcheln. Meine Finger krallten sich in einen eisenhart gespannten Stoff, vermutlich Katarinas Schal. Er drückte mir den Kehlkopf ins Hustzentrum. Doch weil die Kopfstütze hinter mir die Schalstränge auseinanderhielt, konnte ich mit der halben Hand drunterfahren und gegenhalten und weiterröcheln. Aber sagen konnte ich nichts, mich nicht rühren, nicht loslassen. Katarina stemmte das Knie in den Rücken meines Sitzes und zog mit aller Gewalt.

Wusste sie, was sie tat? Sie wusste es. Sie wollte es. Das würde ich nicht überleben. Sie waren zu zweit. Sie keiften sich hinter mir an, während ich röchelte und trotz aller Anstrengungen kein Wort herausbrachte. Ohne meine Schulterprellung hätte ich es vielleicht geschafft, mich mit einem Ruck seitlich zu winden und zu befreien. Vielleicht auch nicht. Katarina war in der besseren Position. Sie konnte das Knie in meinen Sesselrücken stemmen und mit ganzem Körpergewicht ziehen. Dem hatte ich nur meine Bauchmuskeln entgegenzusetzen. Um in den Lenker zu greifen und mich nach vorn zu ziehen, hätte ich loslassen müssen. Dann hätten meine Halsschlagadern offen gelegen für die schnell entscheidende Unterbrechung der Blutabfuhr aus dem Gehirn und Bewusstlosigkeit.

Mach dir jetzt bloß nicht in die Hosen! Alles, bloß das nicht.

Ich hörte eine der beiden die Autotür öffnen und aussteigen. Ein kalter Luftzug weckte wilde Hoffnungen. Aber schreien ging nicht. Und um zu hupen, hätte ich loslassen müssen. Und dann hätten die Leute, die hier rund herum schliefen, auch nur gedacht: Welcher Depp hat wieder mal seine Alarmanlage zu scharf gestellt?

Jovana öffnete meine Tür. Ich konnte sie nur im Augenwinkel sehen. Das bleiche Gesicht mit den geschminkten Augen. Ich trat mit dem linken Bein nach ihr, traf aber nur die Tür. Sie schreckte zurück.

»Mach schon!«, schrie Katarina hinter mir.

Wieder erschien Jovana, aber mit Abstand und weit vorgestreckter Hand, darin ein schwarzes Sprühdöschen. »Jetzt!«, rief sie.

Pfefferspray, dachte ich gerade noch und kniff die Augen zu. Ein scharfer Strahl traf mich, und gleich noch mal.

»He!«, schrie Katarina hinter mir. »Pass doch auf!« Sie hustete.

Mich rettete, dass ich ohnehin kaum Luft bekam. Aber mein Gesicht brannte wie mit heißem Frittieröl übergossen, die Augenlider schwollen. Ich probierte nicht, sie zu öffnen. Dafür spürte ich eine leichte Schwäche im Druck des Schals auf meinen Hals und meine Finger und warf mich nach vorn. Doch Katarina reagierte schnell und riss mich mit einem strafenden Zorn zurück, der mir Todespanik ins Gedärm jagte.

Das schaffst du nicht, diesmal nicht!, rätzte meine innere Stimme. Du bist da in etwas hineingeraten, was du nicht steuern kannst. Das sind keine Menschen so wie du oder Richard oder Detlef Depper. Das sind Mangas mit Witchblades, mit Hexenklingen. Sie sind auf der Höhe ihrer Intelligenz, aber sie haben keine Bedenken, keine Gefühle. Sie haben keine Angst vor den Folgen, vor Strafe, vor moralischer Entwertung. Sie haben kein schlechtes Gewissen, keine Hemmungen, sie haben keine Kultur. Sie tun es einfach, sie tun, was alle tun, sie töten. Und jetzt auch die Mädchen. Sie nehmen sich, was sie haben wollen, weil es ihnen keiner gibt. Sie lassen sich nichts gefallen, sie töten den, der stört. Es hilft ihnen ja sonst keiner.

Und ich war ihnen in die Hände gefallen, diesen Mädchen. Weil ich am Markusfriedhof falsch abgebogen war, weil ich das Falsche gesagt hatte.

»Keine Angst, sie ahnen nichts!« Der Satz platzte taghell in meinem Hirn. Katarina hatte ihn Jovana gemailt. Wer ahnte auch so was? Der gute Richard niemals. Mit mauligem Gesicht zwischen Kopfhörern hatte sie hinter uns im Wagen gesessen, als wir zu meiner Mutter fuhren, und wahrscheinlich jedes Wort mitgehört, das wir sprachen. Zwei Menschen hatte sie getötet – zusammen mit Jovana – und würde es jederzeit wieder tun. Tat es jetzt wieder.

Ich hörte kaum noch, was die Mädchen sich gegenseitig zuschrien, um mir den Garaus zu machen. Ein Messer hätten sie haben müssen. Einen Stein sollte Jovana suchen, drüben in der Anlage. Einen Knüppel. Und immer wieder plötzlich ein zorniger Ruck an meinem Hals. Hörte das denn nie auf? Musste es so lange dauern? Ich kniff den Beckenboden zusammen. Nur nicht im Todeskampf in die Hosen machen! Alles, nur das nicht. Würdevoll sterben! Der Krampf setzte sich in meine Beine fort. Ich merkte, dass ich immer noch mit aller Kraft die Bremse trat. Denn ein Automatikwagen fuhr los, wenn man die Bremse lockerte. Auch der Motor lief noch. Richards Limousine war nicht Brontë, die sich längst verschluckt und stillgelegt hätte.

Ich zwang meine Augen auf. Durch Schlieren sah ich den Stern auf der Kühlerhaube. Er zielte auf die Bushaltestelle. Auch Jovana sah ich, wie sie wieder auf meine Tür zukam, bewaffnet mit einem Knüppel, den Hund und Herr nach dem Spiel im Gebüsch liegen gelassen haben mochten. Ich zog die Überlebensenergie von meinem Hals ab und konzentrierte sie auf meinen Fuß. Beweg ihn! Langsam lockern! Es gelang mir, den Fuß von der Bremse zu ziehen. Sobald ich starb, würde genau das passieren. Das hatte Katarina nicht bedacht.

Knapp zwei Tonnen Fahrzeug setzten sich unaufhaltsam in Bewegung. Lenken konnte ich nicht. Der Reifen links vorn stieß auf die Bordsteinkante, der Lenker schlug nach links. Wir hopsten hoch. Katarina warf sich mit aller Macht in die Seile und schrie. Der Stern zielte knapp an der Bushaltestelle vorbei. Dann rumste es. Blech auf Mäuerchen, nicht das Krachen von Blech auf Blech, das die Nachbarschaft alarmiert hätte. So gering unsere Geschwindigkeit auch gewesen war, der jähe Stopp warf uns nach vorn.

Katarina flog gegen die Rücklehne meines Sitzes. Die Schlinge lockerte sich, ich flutschte, ehe ich denken konnte, raus, befreite mich aus dem Gurt und warf mich zur Tür hinaus. Ich landete auf Händen und Knien, kam noch mal auf die Füße, lief ein paar Schritte, stolperte dann und fiel einen Hang hinunter zwischen Schaukel, Sandkasten und Wippe. Im nächsten Moment hatte sich Katarina auf mich geworfen. Ich spürte Knie in meinen Nacken- und Brustwirbeln, sechzig Kilo Mädchen drückten mir die Luft aus den Lungen, ich biss in Sand.

»Auf den Kopf!«, hörte ich Katarina befehlen. »Auf den Kopf!«

Judotechniken sahen für die Bauchlage keine Befreiungsgriffe vor, denn besiegt war nur, wer auf dem Rücken lag. Erst da galt es, sich innerhalb von dreißig Sekunden zu befreien. Aber ich hatte nicht einmal mehr zwei Sekunden, bevor Jovana mit ihrem Knüppel zuschlagen würde.

»Los, mach schon!«, keifte Katarina ihre Freundin an. »Aber triff mich nicht.«

Nein! Mein Körper bäumte sich, meine Beine fanden Halt, ich katapultierte das Mädchen von meinem Rücken und rollte mich weg. Der Knüppel knallte neben mir auf den Boden, ein kickender Fuß sauste knapp an meinen Augen vorbei. Noch mal der Knüppel. Auch Katarina kam, trat mir in die Seite. Ich rollte mich weg. Aber wenn ich überleben wollte, musste ich stehen. Beim nächsten Angriff hakelte ich Jovanas Beine weg. Sie fiel kreischend. Das gab mir Luft. Wie ich hochkam, weiß ich nicht mehr. Meine Schulter hatte jedenfalls vorübergehend ihr Schmerzgetue eingestellt.

Und da standen sie dann vor mir zwischen Schaukel und

Wippe im Spielplatz, die beiden Mädchen mit Dampfwolken vor den Mündern, Katarina mit einem gut faustgroßen Stein in der Hand, Jovana halb hinter ihr mit einem nicht sonderlich großen, aber dicken Knüppel in der Hand.

Ich konnte immer noch nicht schreien, nur husten, und das bei jedem Atemzug, der an meinem Kehlkopf vorbeistrich. Die Reste des Pfeffersprays bissen auf meinem Gesicht herum und zwangen meine Lider zu krampfhaften Totalverschlüssen. Zwischendurch sah ich, wie unter Weißlichtgeblitze in der Disko, dass Katarina ihre Freundin mit Handzeichen hinter meinen Rücken schickte. Auch das gab es in der fernöstlichen Kriegskunst nicht: den Angriff von hinten.

Ich brauchte Deckung. Etwas Großes befand sich halb hinter mir, eine Hütte. An die flüchtete ich, nahm Holz in den Rücken. Trotzdem konnte Jovana von der Seite den Knüppel in meine Rippen und Flanke stochern. Katarina hob den Arm mit dem Stein in der Hand. Was für eine hässliche Gewalt, schmutzig, langwierig, tötungslustig.

»Ihr schafft es nicht!«, hörte ich mich sagen, heiser und hustend.

»Auf drei!«, rief Katarina ihrer Freundin zu. »Eins, zwei, drei!«

Jovana stieß mir mit aller Kraft den Knüppel in die Seite, Katarina ließ den Stein auf mich sausen. Aber gleichzeitig war anders. Jovana war weniger entschlossen. Deshalb kam sie später. Ich trat Katarina in den Bauch und riss Jovanas Knüppel an mir vorbei.

Katarina fiel auf den Hintern, Jovana stolperte, hatte den Knüppel loslassen müssen und fiel über die Wippe. Ich hatte ihren Knüppel in den Händen. Ich hätte zuschlagen können. Mit dem Knüppel, den ein Hund rau gebissen hatte, auf einen Mädchennacken, einen Kinderkopf.

Ich zögerte.

Katarina kam auf die Füße und zerrte ihre Freundin aus meiner Reichweite. Die Atemwolken dampften, die Augen stierten, hinter Katarinas milchweißer Stirn rasten die Gedanken. Jovana zitterte halb hinter ihr, fluchtbereit.

»Gib auf, Katarina«, krächzte ich.

»Wenn du mich anzeigst, sag ich, du hättest uns entführen wollen, du hättest uns angefasst, du dreckige Lesbensau!«

»Ja, ja! Es wird dir nur nichts nützen. Ich kann mich nicht selbst von hinten erdrosseln!«

Katarina benagte einen Fingernagel. »Wir sind sowieso noch nicht strafmündig.«

So schlau, um kein Argument verlegen, schlagfertig, bestens informiert, was ihre Belange betraf. Hatte es für ihre Führungskraft nicht was anderes gegeben als Mord und Totschlag? Ich verstand sie sogar. Ihr war die Zeit zu lang geworden, bis sie nach Schulabschluss, Ausbildung und Praktikumssklaverei Beförderungsansprüche stellen konnte. Es musste jetzt gelebt werden, jetzt getan, was die Ohnmacht eindämmte und Handlungsgewalt schuf.

»Sie werden dich trotzdem einsperren, Katarina«, sagte ich. »Du hast zwei Menschen getötet, eine Richterin und deine eigene Mutter, Katarina, deine eigene Mutter!«

»Sie wollte es doch! Sie wollte sterben. Ständig wollte sie sterben. Ich hab's nicht mehr hören können. Ich meine, was kann ich da machen? Bin ich dafür verantwortlich? Andere Eltern verdienen Geld. Aber meine, was tut die? Tut sich immer nur selber leid. Und ich habe alles am Hals. Ständig habe ich auf Tobi aufgepasst. Bin ich ein Kindermädchen? Ich habe auch mein Leben.«

Mir schwante Undenkbares. »Du warst das … Du hast Tobi weggebracht. Du hast ihn im Sonnennest abgeliefert.« Kein Wunder, dass sich in den Behörden niemand erinnerte! »Und mir erzählst du was von Jugendamt und Polizei im Kindergarten!«

Katarina lachte nicht ohne Stolz. »War total leicht. Nur das verkackte Sonnennest war voll schwer zu finden. Ich habe zu Tobi gesagt, da gehst du jetzt spielen, und ich hol dich nachher wieder ab.«

»Und uns heulst du was vor. O Gott, Katarina. Wir haben dir helfen wollen. Richard hat …« Die Worte verweigerten sich mir. Was hatte er alles getan, um Katarina ein wenig auf unsere Kultur einzunorden. »Und die ganze Zeit hast du … Scheiße! Warum hast du Richterin Depper umgebracht?« Ich schaute zu Jovana hinüber. Ihr mochte dämmern, dass sie nicht ungeschoren aus der Sache rauskommen würden. »Warum habt ihr das getan?«

»Haben wir nicht. Beweis es uns! Solange sind wir unschuldig!«

Mein Röcheln hätte ein Lachen sein sollen. »Es wird einen Beweis geben, Katarina. Ein Gen-Abgleich, und die Sache ist klar. Ihr habt Depper im Wald getroffen. Oder im Heim, als ihr Tobi abgeliefert habt und sie mit dem Baby davongelaufen ist. Jovana hat sie erkannt. Du kanntest sie ja gar nicht. Aber bei den Nemkovas war sie ein paarmal. Und ihr seid ihr gefolgt. Und dann?«

»Sie hat es verdient!«, blaffte Katarina, ganz Verteidigung, Rechtfertigung und moralisches Achselzucken. »Sie hätte uns nicht so blöd anmachen dürfen, dass wir ihr die Handtasche geklaut hätten und so. Außerdem hat sie ihre Babys umgebracht. Sie ist eine Mörderin. Und so was darf Richter sein. So was bestimmt über unser Leben, über das von meiner Mama und mir? Sie ist schuld, dass Mama Tabletten genommen hat, dass sie verrückt geworden ist vor Angst. Dafür hat sie bezahlen müssen.«

»Das Baby auch?«

»Babys gibt's genug. Die werden ständig geboren. Und die Hälfte von ihnen will keiner. Eliska wollte ihrs ja auch nicht. Und außerdem, was ist? Es lebt doch.«

Ich wollte böse lachen, konnte aber nicht. »Und du warst

es auch, die an Detlef Depper die Drohbriefe geschrieben hat. Nicht deine Mutter, stimmt's?« Ein Gedanke fuhr mir glühend heiß in die Glieder. »Und ihr seid jetzt gerade von ihm gekommen. Nicht aus dem *Exil.* Das war alles gelogen. Ihr wart bei ihm. Was habt ihr mit ihm gemacht?«

Katarina grinste. »Das möchtest du gern wissen?«

Nein, ich wollte es nicht wissen. Ich würde es noch früh genug erfahren.

»Ich rufe jetzt die Polizei«, sagte ich. »Ihr könntet versuchen davonzulaufen. Aber es wird euch nichts nützen. Und ich werde dir hinterherlaufen, Katarina, und ich werde dich kriegen. Klar?«

Ich tastete in der Parkatasche nach meinem Handy.

Katarinas Teeniegestalt straffte sich. »Los, Jovana!«, rief sie. »Lauf!«

Sie selbst drehte sich um und rannte los. Ich sah noch, wie Jovana in die andere Richtung flüchtete, und versuchte Katarina zu folgen. Aussichtslos. Schon nach ein paar Schritten machten sich alle Blessuren bemerkbar, die ich bisher im Überlebensstress hatte ignorieren können. Am Fußknöchel, am Hals, an der Schulter, den Rippen, in der Flanke. Dazu taumelige Erschöpfung.

Schritte verhallten in den Wohnstraßen. Mit leisem Blaulicht kreiste ein Streifenwagen über den Urachplatz und hielt hinter Richards neben der Bushaltestelle gegen die Fahrtrichtung aufs Mäuerchen gesetzter Limousine, deren Motor immer noch lief.

Hatte also einer der Anwohner wegen des Lärms auf dem Spielplatz die Polizei gerufen.

32

»Gott, Sie sehen ja fürchterlich aus!«, sagte Staatsanwältin Meisner, als sie in Richards Wohnzimmer trat. »Bleiben Sie sitzen, bitte!«

Im Stadtkessel, den man von den Fenstern aus sah, leuchtete die Sonne den zweiten Advent aus. Das Sonntagsgeläut war schon lange durch, der Mittagsbraten vorbei. Spaziergänger zogen die Alte Weinsteige hinab.

Ich blieb sitzen und betastete die Schwellungen in meinem Gesicht und rund um die von meinen eigenen Fingernägeln zerkratzte Strangulationsfurche.

Meisner ließ sich in einen von Richards Clubsesseln fallen. »Also ich könnte jetzt einen Schnaps vertragen.«

Aber Richard hatte nur Kaffee oder Fencheltee.

»Ist sicher vernünftiger«, resignierte die Staatsanwältin mit verstopfter Nase und Bellhusten in der Lunge. »Hauptsache heiß. Also Fencheltee.«

Richard stand auf und ging in die Küche. Mit Alena auf dem Arm und gefolgt von Cipión.

»Hat er überhaupt geschlafen?«, fragte Meisner leise.

»Doch ja, zwei Stunden vielleicht.« Nachdem die Polizei ihm seinen Wagen gebracht hatte, hatte er mich im Marienhospital abgeholt. Mit der Nachricht, dass die Polizei Katarina und Jovana auf der Straße aufgegriffen hatte. Nachts um drei zu Fuß auf Stuttgarts öden Straßen hatten zwei Mädchen keine Chance. In so was war die Polizei unschlagbar.

Kein Wort hatte er über die Blessuren seines Daimlers verloren, aber als er mein zerschrammtes Gesicht über der violetten Strangulationsmarke sah, hatte er hart und heftig den Arm um mich gelegt und mit unüblich bebender Stimme gemurmelt: »Mach das nie wieder, hörst du!« Mit Alena zwischen uns hatten wir uns dann für ein paar Stunden auf sein klösterliches Bett gelegt.

»Ich habe immerhin vier Stunden geschlafen«, verkündete Meisner. »Was für eine Nacht! Depper mussten wir auch wieder freilassen. Sie haben uns da ja ein ganz schönes Ei gelegt, Frau Nerz. Aber so wie ich das sehe, haben Sie Depper damit sogar das Leben gerettet. Ich schätze, die Mädels sind von ihrem Vorhaben – welches das war, mag ich mir gar nicht vorstellen – abgerückt, als sie die Polizei sahen, die in der Liststraße gewartet hat, bis Depper ankam. Sie hätten leichtes Spiel mit ihm gehabt, so betrunken, wie er war. Aber die Verhaftung hätte ich mir doch gern gespart.«

»Ich denke, sie wollten nur Geld von ihm«, sagte Richard, der leise mit Alena auf dem Arm und gefolgt von Cipión zurückgekommen war und der Staatsanwältin nun ein Glas Fencheltee reichte. »Vorsicht, heiß!«

Er setzte sich wieder, zippelte Alena den Kragen des Stramplers aus dem Gesicht und fuhr ihr über den dunklen Schopf.

»Geld?«

»Ich denke, sie wollten ihn einfach nur erpressen.«

Meisner schüttelte den Kopf. »Einfach nur … Was geht in diesen Jugendlichen vor?« Sie pustete über den Tee. »Da fällt einem wirklich nichts mehr ein!«

Richard war, seit er mich aus dem Krankenhaus geholt hatte, nicht fähig, irgendetwas zu sagen. Kein Warum war seinen verbissenen Kiefern entschlüpft. Bei Manteufel hatte er sich noch lauthals ärgern können, dass er ihm je die Hand gegeben hatte, aber Katarina hatte neben ihm auf meinem Sofa gesessen, er hatte tröstend den Arm um sie gelegt, er war mit ihr in Metzingen shoppen gewesen, er hatte sich Mühe gegeben, ihr zu zeigen, dass sie ihm was wert war.

»Und?«, fragte ich die Staatsanwältin. »Haben sie gestanden?«

Meisner wärmte sich die Hände am Teeglas und schüttelte immer noch den Kopf. »Katarina schweigt beharrlich. Mit der werden wir noch viel Freude haben. Wahrscheinlich steht ihr eine glänzende Karriere als Serientäterin bevor. Aber Jovana wird bald reden. Sie war nicht die treibende Kraft, sondern Mitläuferin. Die reden, die erleichtern ihr Gewissen irgendwann.«

»Und was passiert mit ihnen? Einsperren kann man sie ja nicht.«

Meisner presste einen ersten Schluck die erkältete Kehle hinunter und zuckte mit den Achseln. »Viele Möglichkeiten haben wir ja wirklich nicht, wenn Kinder straffällig werden. In Baden-Württemberg gibt es zwei Heime für eine GU, also eine geschlossene Unterbringung von Mädchen. Und damit stehen wir im Ländervergleich noch gut da. Nur muss es halt auch freie Plätze geben und sie müssen Katarina aufnehmen. Die Alternative ist die Kinderpsychiatrie. Aber Katarina ist ja offensichtlich nicht psychisch krank.«

»Nein. Sie ist nur intelligenter und kreativer als die meisten ihres Alters«, entfuhr es mir. »Und herrschsüchtiger.«

»Himmel! Sie hat Sie fast umgebracht!«

»Ja, und ich habe mich dabei gefühlt wie … wie in Second World, wie in einer virtuellen Parallelwelt, wo nichts gilt, woran wir uns gewöhnt haben. Kein Mitgefühl, keine Hemmungen, keine Fairness. Hätten sie ein Messer gehabt, ich hätte keine Chance gehabt. Jovana hätte es mir zwischen die Rippen gerammt. Und da war nichts von blinder Wut, Katarina hat zwar spontan gehandelt, aber sie hatte immer einen Plan. Sie war umsichtig, konzentriert, sachlich. Was für ein Potenzial! Und das alles ungenutzt. Seit Jahren passt sie auf ihre Mutter auf, sorgt für ihren Bruder. Die Eritreerin, die mit ihrem somalischen Mann unter mir wohnt, hat ihr ihre Tochter anvertraut, bedenkenlos, wie sie sagt. Und so eine steckt man in die Hauptschule. Ich denke, Katarina hatte Lust, was auf die Beine zu stellen. Nicht klagen, handeln. Lösungen finden. Doch niemand hat ihr glaubhaft machen können, dass sie Erfolg auch dann hätte haben können, wenn sie die Spielregeln einer zivilen Gesellschaft beherrscht. Und was sind das auch für Spielregeln: sich ducken, brav sein, lernen, nicht gegen Lehrer kämpfen und gegen Wände rennen, Freiheit und Stolz auf später verschieben. So zivil ist unsere Gesellschaft ja gar nicht. Und eine Hauptschule erst recht nicht. Da brodelt überall der Krieg. Die totale Vernichtung. Überall wird getötet. Katarina hat irgendwann kein Kind mehr sein wollen, das andere herumschubsen. Und sie hat gemerkt, dass es uns Erwachsene sprachlos macht, wenn sie tut, was wir tun. Wenn sie unser Urteil nicht fürchtet, wenn sie lügt, schlägt, droht, erpresst. Das macht uns Angst. Wir weichen zurück, wir wenden uns ab, wir geben sie auf, lassen sie fallen und lassen sie machen. Und wir ahnen nicht mal etwas.«

Alena begann auf Richards Arm zu quengeln. Vielleicht schlug sein Herz nicht mehr ruhig und beschützend.

»Tja, Kinder sind keine Engel!«, sagte Meisner. »Und Dreizehnjährige schon gar nicht. Aber das …« Sie schüttelte wieder den Kopf. »Ich verstehe nicht, Frau Nerz, wie Sie dafür erklärende Worte finden können.«

»Lisa steht noch unter Schock«, sagte Richard.

»Na hör mal!«, protestierte ich.

»Doch. Sonst würdest du nicht über virtuelle Welten reden. Zwei dreizehnjährige Mädchen haben dich heute Nacht fast umgebracht. Und das willst du nicht wahrhaben, weil du es dir nicht hättest vorstellen können. Ich sage nicht, dass sie dich aus nichtigem Anlass töten wollten, denn es gibt keinen höherwertigen Anlass für Mord. Aber du konntest eben auch nicht ahnen, dass deine Bemerkung, Katarina stehe eine Heimunterbringung zwangsläufig bevor, eine solch tödliche Aggression auslöst. Ohne jegliche Vorwarnung. Das ist das eigentlich Erschreckende. Dass es mit Katarina keine gemeinsame Ebene gab für Regeln, wie wir wütend werden und unsre Wut ausdrücken. Diese Mädchen sind Geschöpfe ohne Gefühlsbindungen. Sie haben keine einzige soziale Bindung, keine Bezugsperson, deren Wertschätzung sie nicht aufs Spiel setzen würden, um zu bekommen, was sie gerade haben wollen.«

So wie sie seine aufs Spiel gesetzt und verloren hatten. Und das schmerzte ihn mehr als sie. Es schmerzte ihn ungeheuerlich.

»Wer nicht geliebt wird, fürchtet nicht, die Liebe eines Menschen zu verlieren.«

»Das erklärt es nicht, Lisa. Kinder lieben ihre Eltern. Schwache Eltern, sogar ungerechte und unberechenbare, sind immer noch besser als keine Eltern. Aber Katarina hat ihre eigene Mutter umgebracht. Stell dir das nur mal vor!«

Ich stellte mir vor, wie ich meine eigene Mutter umbrachte, und scheiterte schon an der Frage, wie.

»Und sie hatte es geplant, Lisa.«

Dem konnte ich nicht widersprechen. Ich hatte mir erst vor ein paar Stunden Katarinas E-Mails angeschaut, die ich auf meinem Rechner gespeichert hatte. Alle. Und ich hatte eine erschreckende Menge an Mails gefunden, die MuminX in die Welt geschickt hatte, um sie zu provozieren und dadurch zu kontrollieren. Beispielsweise ans Jugendamt mit der Mitteilung, die Familie Abshir in der Neckarstraße wolle ihre Tochter in Somalia beschneiden lassen, oder Nina Habergeiß in der Neckarstraße prügle ihren Sohn Tobias und lasse ihn verhungern. Was einen sofortigen Einsatz des Jugendamts ausgelöst hatte, angeführt von Frau Hellewart, morgens um sechs.

»Sie hat«, sagte Richard, nicht zu bremsen jetzt, da er sich entschlossen hatte zu reden, »ihrer Mutter Beruhigungsmittel gegeben, vielleicht auch Alkohol. Sie hat sie ins Bad geführt, sie in die Badewanne steigen lassen, ihr eine Schlinge um den Hals gelegt und sie aufgehängt. Und weil sie sich nicht sicher war, ob sie auch stirbt, wenn sie nicht richtig baumelt, hat sie ihr die Pulsader aufgeschnitten. Das war nicht spontan, das war geplant!«

»Nicht wirklich, Richard. Katarina ist nur immer den nächsten Schritt auch noch gegangen, der sich aus vorangegangenen Handlungen ergab. Erst das Jugendamt anstiften, damit es den kleinen Bruder abholt, auf den sie ständig aufpassen musste, dann den Bruder wegbringen, dann die Mutter beseitigen, die beim Jugendamt Terz machen und herauskriegen würde, dass es gar keinen Beschluss gibt.«

»Einen Beschluss, den sie immerhin auch noch gefälscht hat, damit du denkst, ihre Mutter habe sich umgebracht, weil das Jugendamt Tobias mitgenommen hat, Lisa! Sie musste die Beschlüsse in der Schuhschachtel gründlich studieren, um das hinzukriegen. Sie musste ins Sp@ce gehen, um den Briefkopf in den Text zu kopieren. Da steckt viel Plan dahinter. Und dann wartet sie auf der Treppe auf dich und behauptet, sie habe keinen Schlüssel. Du solltest ihre Mutter finden und den Brief. Und wenn du nicht sofort reagiert hättest, als sich das Licht in der Wohnung nicht anmachen ließ, dann hätte sie behauptet, sie habe Angst reinzugehen. Deshalb hat sie mit der Büroklammer einen Kurzschluss herbeigeführt. Und hinterher heult sie dir was vor.«

Meisner seufzte hustend. »Ja, es gibt nicht viele, die so ausgebufft und kaltblütig handeln. Vor allem bei Mord. So was ist mir noch nicht untergekommen. Ob Katarina wirklich so intelligent und planvoll gehandelt hat, wage ich zu bezweifeln, da muss ich Frau Nerz recht geben. Sie hatte sicherlich nicht geplant, Richterin Depper umzubringen. Katarina hatte ja nicht damit rechnen können, dass sie und Jovana sie treffen, wenn sie den kleinen Tobias im Sonnennest abliefern oder besser: aussetzen. Ich vermute, sie sind der Richterin gefolgt, nachdem Jovana sie erkannt hatte. Und dann hat ein Kleinkrimineller ihr die Handtasche geklaut. Doch Depper hat nur die Mädchen gesehen, ist ihnen gefolgt, hat sie als vermeintliche Diebinnen zur Rede gestellt, sie verdächtigt – zu Unrecht –, sie getadelt, ausgeschimpft, ihnen gedroht. Kurz, sie hat sich aufgeführt wie eine Richterin, allerdings auf ungeschütztem Terrain. Und irgendwann fangen die Mädchen dann an zu schubsen, an ihrem Schal zu ziehen. Depper fällt den Hang hinunter, die Mädchen werfen sich auf sie, das wehrlose Opfer, und erdrosseln sie mit ihrem eigenen

Schal.« Meisner seufzte. »Und tags darauf führt Katarina dann ihre Mutter zur Schlachtbank. Ja, sie hat diese Intuition, die Serientäter haben, die der Polizei lange entkommen. Die Inszenierungen zur Verschleierung ihrer Taten waren fast perfekt. Wenn Sonja Depper nicht Richterin gewesen wäre, hätte ich all diese kriminaltechnischen Extrawürste nicht angeordnet. Die KT hätte in dem Matsch da draußen nicht alles nach Genspuren abgesucht, und der Rechtsmediziner hätte nicht so lange ausgemessen, bis er zwei Strangulationsfurchen findet. Und bei Nina Habergeiß lag die Sache ja noch viel eindeutiger. Auf ein Tötungsdelikt kommen zwölf Suizide und was weiß ich wie viele Unfälle. Kein vernünftiger Mensch hätte bei Depper oder Habergeiß ein Tötungsdelikt vermutet. Auf so was kommt man einfach nicht. Und dann auch noch ein Kind … ein Mädchen!«

»Doch damit nicht genug!«, nahm Richard wieder das Wort, leise und unversöhnlich. »Katarina lässt sich von uns scheinbar widerstrebend nach Vingen mitnehmen. Wir sind anders, das hat sie gemerkt. Netter, interessierter, neugieriger, deshalb gefährlicher. Wir schauen nicht weg. Wir gucken nach, vor allem Lisa.«

Ein kleines Lob wie ein Seitenhieb. Ich wuchs innerlich.

»Das hat Katarina schnell begriffen. Sie musste herausfinden, ob wir ihr draufkommen würden. Und als ich dann den Besuch in Metzingen vorschlug …« Er schluckte. »Unbedacht und aus dem Gefühl heraus, ich sei beim Streit um die Betten zu hart gewesen …« Alena mäkelte. Er legte beruhigend seine warme Hand auf den kleinen Leib. »Im Grunde habe ich nur mit meinem Geld geprotzt, meine Macht gezeigt. Oder nennt es Bestechung. Ich habe ihr gezeigt: Pass auf, es lohnt sich, dich mit mir gut zu stellen, ein nettes Mädchen zu sein, dann wirst du Dinge bekommen, von denen du sonst nur träumen kannst. Ich dachte, mit Belohnungen erzieht man besser als mit Strafen. Aber für Katarina muss es eine so irrsinnige, eine so gigantische Belohnung gewesen sein, dass sie mich für einen manipulierbaren

Idioten gehalten hat. Und so hat sie an ihre Freundin gemailt: ›Ich kack ab. Aber keine Angst, sie ahnen nichts.‹ Das hat sich jäh geändert, als Lisa ihre Mails las und ihr vorhielt, sie schreibe Drohbriefe an fremde Leute, und als ich sie befragte mit allem Brimborium und vorerst nur als Zeugin. Sie bekam mit, dass Lisa im Sonnennest gewesen war. Sie wusste, dass ihr Schwindel mit den Jugendamtsbeamten und der Polizei, die Tobias angeblich abgeholt hatten, bald auffliegen würde. Und kaum, dass wir sie in Stuttgart bei den Nemkovas abgeliefert hatten, lief sie – vermutlich mit Jovana – los, kaufte Spiritus und legte Feuer in der Wohnung ihrer Mutter. Damit war alles weg, das Blut, ihre Schuhe mit den Verschmutzungen aus dem Glemswald, der gefälschte Amtsbrief, die Schuhschachtel mit der Jugendamtskorrespondenz. Tabula rasa. Sie fühlte sich frei, jeden anderen der Brandstiftung und des Mordes zu beschuldigen, zum Beispiel Detlef Depper. Das ist ja ihre Spezialität. Andere beschuldigen.«

»Und dann sind sie zu Detlef Depper gezogen, um von ihm Geld zu erpressen?«, überlegte Meisner. »Vermutlich für ihre Flucht. Da waren sie wieder ganz Kinder.«

»Wer weiß«, sagte Richard, »was passiert wäre, wenn er sich geweigert hätte, wenn er sie ausgelacht hätte.«

Meisner seufzte. »Wir werden es nie ganz begreifen.« Ihre Schokoaugen hefteten sich in meine. »Und hoffentlich stürzt sich jetzt nicht die Journaille auf die Geschichte.«

Ich legte den Finger auf die Lippen und hob die Hand. »Die Journaille wird ab morgen alle Hände voll damit zu tun haben, Baphomets Geschäftemacherei mit Inobhutnahmen und die Rolle des Jugendamts zu skandalisieren.«

»Hoffen wir's!« Meisner trank ihren Tee in kleinen Schlucken. Ihr Blick wanderte vom Fenster, in dem der Sonnensonntag verlosch, über die gediegenen Bücherwände, den dicken Teppich und die Clubsessel zu Oberstaatsanwalt Dr. Richard Weber, der dem Butzele in seinem Arm den Bauch krabbelte.

»Was wird denn jetzt mit ihr?«

Alenas Augen waren offen. Die langen Wimpern warfen kleine Schatten auf ihre Bäckchen. Ihr Mündchen schlug Blasen, sie strampelte mit den Füßen und atmete heftig.

»Da! Hast du das gesehen, Lisa?«, rief Richard leise, Glück und Seligkeit in den Augen. »Hast du gesehen? Sie lächelt. Alena hat zum ersten Mal gelächelt.«

Staatsanwältin Meisner senkte ihre Rotznase ins Teeglas und verbiss sich das Lachen.

Kriminelle Heimat

Bohnet Pleitgen

»Die Sorte Verbrechen, die uns täglich still umgibt. Mit Tempo und Verve erzählt, glaubhaft, ein bisschen frech. Nikola Rührmann nimmt rasch Profil an, hat Ecken und Kanten und Widersprüche und hält nachvollziehbar die Balance zwischen Moral und Unmoral. Das alles entzückt mich.« Else Laudan (Programmleitung Ariadne)

Freitags isst man Fisch

Ariadne Krimi 1177 · ISBN 978-3-86754-177-0

Nikola Rührmann, trinkfeste Physikstudentin und Spezialistin für Stegreif-Zitate, will unbedingt die schöne Julia beeindrucken. Nur deshalb verpflichtet sie sich, den Tod des Kommilitonen Kai aufzuklären. Wozu kennt sie Leute wie Asphalt-Wilfried und Taxi-Christian, die stets das Ohr am Puls der Stadt haben?
Tatsächlich stöbert Nikola eine Fährte auf, der zu folgen sich lohnt. Doch unversehens ist ihr Hauptverdächtiger eine Leiche, und Nikolas unbedachte Schnüffeleien tragen übelriechende Früchte …

Der rasante Kriminalroman spielt im Sommer 1989 in Hamburg. Spritzig, noir und ein bisschen amourös erfasst er den lebendigen Puls der großen Hafenstadt und ihrer so vielfältigen Milieus.

Bohnet Pleitgen steht für das AutorInnengespann Ann-Monika Pleitgen und Ilja Bohnet, seit knapp vierzig Jahren Mutter und Sohn. Ann-Monika Pleitgen schrieb schon als Kind Kurzgeschichten und ging mit 16 zur Schauspielschule. Dort traf sie ihren ersten Mann Folker Bohnet, mit dem sie Sohn Ilja bekam. In zweiter Ehe lebt sie seit langem mit dem Schauspieler Ulrich Pleitgen zusammen, ist seine Managerin und an seinen textlichen Arbeiten beteiligt. Der Physiker Dr. Ilja Bohnet trat als Kind am Theater und im Kinderfernsehen auf. Er arbeitet am Deutschen Elektronen-Synchrotron (DESY). Ihre Kriminalromane schreiben Mutter und Sohn gemeinsam, wobei sie gelegentlich die Rollen tauschen. Weitere Nikola-Rührmann-Krimis folgen bald.

Kriminelle Heimat

Monika Geier

»Monika Geier gilt schon seit langem als großes Talent unter den jüngeren deutschen Krimautorinnen. Jetzt, in ihrem fünften Roman mit Bettina Boll, der alleinerziehenden Mutter und krimininalistischen Halbtagskraft, hat sie ihren Sound zur Vollendung gebracht. Geier plündert die Kolportage-Elemente, die sich in der Krimiliteratur von Umberto Eco bis Dan Brown, von Agatha Christie bis Mo Hayder angesammelt haben, mischt sie ordentlich durch und macht Nouvelle Cuisine daraus, mal deftig, mal subtil, aber immer aufregend, abwechslungsreich und auf höchstem Niveau, dabei mit einem hinterhältig neckischen Witz.« Tobias Gohlis auf *arte.tv*

Die Herzen aller Mädchen

Ariadne Krimi 1184 · ISBN 978-3-86754-184-8

Gregor Krampe, Mittelalter-Experte, hat für Medienrummel wenig übrig. Als Talkshowgast vor laufender Kamera mit dem angeblichen Vorleben seines Vaters konfrontiert zu werden, entspricht so gar nicht seiner Vorstellung von seriöser Unterhaltung. Aber seriös war sein Vater ja noch nie …
Kriminalkommissarin Bettina Boll ist bloß eine Halbtagskraft mit zwei Kindern. Doch da kommt unverhofft ihre große Chance: Die Einsatzleiterin des BKA will sie bei einer Aufsehen erregenden Ermittlung dabeihaben. Es geht um ein geheimnisvolles Buch – und einen Mordversuch. Verdächtigt wird der Sohn des Opfers, ein melancholischer Kettenraucher, den Bettina aus dem Fernsehen kennt. Sie soll ihn anzapfen, aber der Kerl interessiert sich nur für staubige alte Wälzer. Seltsam ist allerdings, dass ihn offenbar noch jemand beschattet. Was steckt wirklich hinter all der Aufregung um eine Ausgabe mittelalterlicher Psalmen?

»Sprachlich raffiniert, formal interessant, exakt dosiert witzig, toll geplottet: Monika Geier ist eine versierte Stilistin und hierzulande eine der Besten des Geschäfts.« Ulrich Noller, *Deutsche Welle*